撒旦的探戈

Sátántangó

卡勒斯納霍凱·拉斯洛／著
余澤民／譯

聯合譯叢 087

國際書評讚譽：

卡勒斯納霍凱不僅善於描繪幽閉恐怖的處境，亦能表現出意想不到的遼闊與趣味。小說裡一班墮落敗壞的人物為了某個神祕目的遭受操弄擺布，流露出果戈里、布爾加科夫般的邪惡幽默……《撒旦的探戈》令人深深著迷、充滿愉悅的怪誕，並且終究比角色居住的世界更宏大廣闊。

——《紐約時報》（*New York Times*）

這是小說中的怪物：布局緊湊、結構巧妙，時時令人激動驚嘆，擁有獨樹一格、具說服力的遠見……它殘酷無情，且是如此驚人的荒蕪蒼涼，反倒因此趣味橫生。這是毋庸置疑的傑出小說。卡勒斯納霍凱是極富遠見的作家。

——《衛報》（*Guardian*）

傑出非凡的小說……混合了令人毛骨悚然的童話故事、狂熱的內心獨白，以及恐怖的官僚邏輯，令人想起卡夫卡的《城堡》、布爾加科夫的《大師與瑪格麗特》、貝克特的《等待果陀》等偉大作品。

——《週日泰晤士報》（*Sunday Times*）

現今歐洲文學大師之一……他的散文看似無窮無盡，又充滿幽閉恐怖感，句子長而嚴密纏繞，每一句都像平庸與末日之間誘人的高空鋼索，使其置於貝克特、伯恩哈德、卡夫卡的歐洲傳統之中。

——《獨立報》（*Independence*）

《撒旦的探戈》是一部現代傑作，教人興奮沉醉，既蒼涼而優美，同時訴說自身的時代，也超越了自身的時代。

——《週日電訊報》（*Sunday Telegraph*）

極度引人入勝……《撒旦的探戈》透過驚人的創造力，將人類想像力的乾枯戲劇化，並從粗野偏狹、乖戾任性的故事中，扭絞出某種近乎邪惡的偉大。

——《新政治家》（*New Statesman*）

當代匈牙利啟示錄大師的這部小說冷酷無情、極富遠見，令人聯想到果戈里與梅爾維爾。本書既是荒蕪的解剖，直探最駭人的荒涼，也是一本透過內省抵抗荒蕪的使用手冊。

——蘇珊・桑塔格（Susan Sontag）

卡勒斯納霍凱視野深遠，其普遍性可媲美果戈里的《死靈魂》，且遠遠超越所有當代寫作關注的次要主題。

——W．G．澤巴爾德（W. G. Sebald）

我愛上他句子裡強烈、尖刺的機智……卡勒斯納霍凱能在每一頁都至少一次表達出某種我們一直有所感覺、卻從未知曉的事物或狀態，更不用說能夠形容了。

——妮可．克勞斯（Nicole Krauss）

精湛、殘酷、扣人心弦的現代歐洲文學傑作，了解二十世紀黑暗心靈不可或缺的閱讀文本。

——亞歷克斯．普雷斯頓（Alex Preston）

SÁTÁNTANGÓ

撒旦的探戈

Krasznahorkai László

卡勒斯納霍凱・拉斯洛 著

余澤民 譯

TÁNCREND

舞目

第一部

第二部

【譯者序】

活在陷阱中跳舞

余澤民

1

終於，我像蛀蟲啃石梁一般頗懷壯烈感地翻譯完了這本雖然不厚，但絕難一口氣讀完的《撒旦的探戈》，立即沉不住氣地告訴了責編，與其說告捷，不如說告饒，若這書再長上幾十頁，估計我會得憂鬱症的。讀這本幾乎不分段落的小說，就像讀沒有標點的古文，每讀一行都感覺艱難。隨後是一段刻意的遺忘，我將譯稿旁置了三個多月，才又鼓起勇氣重新拾起，花了一個月的時間重讀，校改，潤色，定稿。譯稿發出去後，我跟責編抱怨：「簡直就要憋死我了！現在我真想跺腳，喊叫，砸東西，摔書，再也不想看到它！」

當然說歸說，怨歸怨，心裡還是惦著我的這個譯本能早一點印出，好讓我揣著所有釋放不掉的焦慮和憤懣再次把它翻開，換一個讀者的身分再讀一遍，當然，再焦慮一遍，憤懣一遍，絕望一遍，也再清醒一回。這本書於我，是一種虐讀，全新的體驗，折磨加享受，窒息式的快感；快感之後，是更持久的窒息。

十月末的一個清晨，就在冷酷無情的漫長秋雨在村子西邊乾涸龜裂的鹽鹼地上落下第一粒雨滴前不久（從那之後直到第一次霜凍，臭氣熏天的泥沙海洋使逶迤的小徑變得無法行走，城市也變得無法靠近），弗塔基被一陣鐘聲驚醒。離這裡最近的一座小教堂孤零零地坐落在西南方向四公里外、早已破敗了的霍克梅斯莊園的公路邊，可是那座小教堂不僅沒有鐘，就連鐘樓都在戰爭時期倒塌了，城市又離得這麼遠，不可能從那裡傳來任何的聲響，更何況：這清脆悅耳、令人振奮的鐘聲並不像是從遠處傳過來的，而像是從很近的地方（「像從磨坊那邊……」）隨風飄來。他將手肘支在枕頭上，撐起上身，透過廚房牆上老鼠洞般的小視窗朝外張望，窗玻璃上罩了一層薄薄的霧氣，在幽藍色的晨幕下，農莊沐浴在即將消遁的鐘聲裡，依舊喑啞，安然不動，在街道對面，在那些彼此相距甚遠的房屋中間，只有醫生家掛著窗簾的窗戶裡有燈光濾出，那裡之所以能有光亮，也只是因為住在房子裡的主人已經許多年不能在黑暗中入睡了，弗塔基屏住呼吸，生怕漏掉哪怕半聲正朝遠處飄散的鏗鏘聲響，因為他想弄清楚這陣鐘聲到底來自何處（「你肯定是睡著了，弗塔基……」），所以他絕對不能漏掉任何一點聲響。

這是《撒旦的探戈》開篇的頭幾句。整部小說從頭到尾都是這樣黏稠、纏繞、似火山熔漿湧流的句子，而且不分段落，讓人讀得喘不過氣，恨不得一個貝拉·塔爾式的超長鏡頭從《創世記》拍到《啟示錄》，翻譯完這本小說，我感覺從人間到地獄裡走了一遭。絕望之後的絕望，沒有人能逃出書中描繪的泥濘世界。這部作品有著宏大的構思、公式般精密設計的情節，環環相扣，密不透風，在那個陰雨連綿、廣袤無垠的泥濘世界裡，所有人都沒有自主的空間，都是希望的奴隸，命運的棋子，包括作家自己，最終也與那個將自己關在家中晝夜偷窺並勤奮記錄的醫生融為一體，既操縱蛛網，也被蛛網綁縛。我們以為自己生活在有希望的人間，哪知人間在魔鬼的陷阱裡；我們以為自己長腳就有可能逃離，哪知道自己是黏在蛛網上的米蛾。人類的歷史就是周而復始，永難逃脫魔鬼的怪圈。

《撒旦的探戈》，這書名對國內讀者來說並不很陌生，因為它是二〇一五年國際曼布克獎得主的代表作，後現代名著，匈牙利製造，而且作者多次來過中國；喜歡歐洲文藝片的國內影迷們更會知道，匈牙利著名導演貝拉·塔爾曾將這部小說改拍成一部七個半小時的黑白故事片，從頭看到尾的人不多，但收藏它的肯定不少；搞電影的人更清楚，貝拉·塔爾導演的所有影片，無論是原著還是劇本，幾乎都出自《撒旦的探戈》的作者一人之手。這位匈牙利作家的全名很長，我認識了他二十年，才勉強能一口氣把它說出來：卡勒斯納霍凱·拉斯洛（Krasznahorkai László），但說之前必須長吸一口氣，說完後差不多斷了氣。據作家本人說，他的家姓是一個地名，在現在的斯洛伐克境內有一座始建於十三世紀的著名的卡勒斯納霍凱城堡，城堡曾是匈牙利大貴族安德拉斯伯爵家族的領地，二〇一三年三月被一場「由兩個男孩抽菸引發的大火」燒毀。

作家卡勒斯納霍凱．拉斯洛和卡勒斯納霍凱城堡有什麼關係？有的，除了他的祖先可能來自那塊地方，還存在著歷史、文化、命運上的祕通暗連。不久前，我在匈牙利的「圖書博客」上讀到了一篇文化記者納吉．伽布麗艾拉對卡勒斯納霍凱．拉斯洛的採訪，時間選在卡勒斯納霍凱城堡火災的紀念日。這顯然不是巧合，而是為那次對話鋪設了某種背景或基調。

卡勒斯納霍凱承認，火是他生活中的一個可怕的組成，迄今為止，他曾親身經歷過六次火災。其中一次，他與著名作家麥瑟吉．米克洛斯（Mészöly Miklós）在布達佩斯會面，聖安德烈的家宅著了火；還有一次，他在一個鄉村圖書館當管理員，由於圖書館被一場大火燒成了灰燼，他失掉了工作，回到了城裡，兩年後水到渠成地寫出了《撒旦的探戈》，而且也跟凱爾泰斯（Kertész Imre）一樣，處女作一出手就抵達高峰，確立了他後來作品的反烏托邦主題與憂鬱的基調，無論是後來的《抵抗的憂鬱》、《戰爭與戰爭》，還是新近問世的《溫克海姆男爵的歸鄉》，都可以看成是《撒旦的探戈》的續寫。總之，火是他生活中的重要元素或符號，被問及自己與那座同名城堡的關係時，他賣關子地回答：「卡勒斯納霍凱城堡火災是我生活的第七個階段，我現在沒必要告訴你它的意義。至於我的家姓和那個地方有什麼聯繫，還是讓它繼續被青苔覆蓋，保持它的神祕吧。」

2

卡勒斯納霍凱·拉斯洛就是一個這樣的人，書裡書外都是純粹的作家。從某種角度講，他是一位演技相當出色的文學演員，時刻都在扮演一個絕無僅有的洞察者角色，就像《撒旦的探戈》中因窺視而存在的醫生，用冷酷的方式記錄窺視到的一切（包括自己），他善於從生活中提取深層的意義，也擅長用隱喻講述無意義的歷史——周而復始，如封閉的魔圈，沒有誰能掙脱掉，逃出去。醫生自己也不可能，因為記錄本身就是迷宮。

《撒旦的探戈》是卡勒斯納霍凱的處女作，也是代表作，充滿了神祕而冷酷的隱喻，在奠定自己文學風格的同時，已經達到了自己的高峰。一個個卡勒斯納霍凱式的複雜長句接力，纏絞，確如火山爆發時殷紅的熔岩順著地勢緩慢地流淌，流過哪裡，哪裡就是死亡。小說的構架十分奇特，帶著強烈的音樂性，有時讓我聽到譚盾的《火祭》，有時透出柴可夫斯基《悲愴》的韻律，雖然場景荒僻，但是敍事宏大，在沉緩、苦澀的敍事內部有著魔鬼般邪惡力量的指揮和驅動，正是這種撒旦的旋律像擺布棋子一樣擺布著每一個角色，操縱他們的每一個步伐、每一個動作，甚至每一個念頭。

故事發生在一個窮鄉僻壤的小村莊，那是一個曾經紅火過一陣、現在已被廢棄了的農業合作社，絕大多數居民陸續逃走了，逃到別的地方謀生，只剩下十幾個人無處可逃，在陰雨連綿、一片泥濘的晚秋日子裡演繹著酗酒、通姦、陰謀、背叛、做夢與夢破的行動劇。伊里米亞斯來了！他的出現在村裡人眼裡無異於救世主、彌賽亞，點燃了他們絕望中的希望：他們欣喜若狂地追隨他，跟著他跳起死亡之舞，直到最後他們也沒有意識到：救世主實際是魔鬼撒旦。可悲的是，人類的智力趕不上撒旦，因此他們永遠都不會醒悟。

這部小說的標題跟內容一樣神祕而複雜，小說的結構也與書名緊扣。《撒旦的探戈》的十二個樂章環環相扣，首尾連接，描繪了人類生活的可悲、絕望、慘敗與毀滅，既充滿了憂鬱，也充斥著荒唐，否定了一切幻夢和希望。儘管也有短暫的麻痺和可笑的樂觀，但最終揭示的還是一個永恆的真理：希望是相對的，絕望是絕對的，一切都比絕望還更絕望。作家在他的作品裡，沒有留給人類任何出路。正如國際曼布克獎評委會主席、英國女作家瑪麗娜．華納（Marina Warner）所說：「卡勒斯納霍凱是一位有深刻洞察力的作家，並擁有非同尋常的熱情和表現力，抓住了當今世界形形色色的生存狀態，精細刻畫出那些可怕、怪異、滑稽、既驚悚又美麗的生存肌理。」卡勒斯納霍凱．拉斯洛筆下的世界，充滿了毀滅的喑啞與嘈雜。

從匈牙利到歐洲到世界文學，卡勒斯納霍凱都是令人仰望的星斗，不過他投射出的是陰影的黑光，投射到陰影的世界上，不是照亮，而是相反，讓我們震驚於自己認知的懦弱。有人說他是悲觀主義者，我說他是絕望主義者，至少在他的文學上。黑色虛構，又絕對現實，是後現代隱喻文學的代表作。

事實上，無論從一九八五年出版的處女作《撒旦的探戈》到二〇一六年新問世的《溫克海姆男爵的歸鄉》，還是從《優雅的關係》中從A向B、從B向C的連環跟蹤到《抵抗的憂鬱》中殺機隱伏的巡展鯨魚，卡勒斯納霍凱所描述的都是一個陰影的世界，沉悶，詭異，絕望，驚悚，活在這個陰影世界中的人物都是陰影中的陰影，在偌大天宇下一個蛛網蔓延、被上帝遺忘了的角落裡跳舞，向前兩步，後退一步，撒旦的節奏，在原地躑躅。他的所有作品都是一個主題，刻畫人類生存的怪誕、冷酷、無情和絕望。他像一個預言家，預言了我們都不願正視的未來。

或許並不算預言，只是推理，因為人類的過去和現在都是如此。或許，我們可以把卡勒斯納霍凱的作品看成凱爾泰斯作品的變奏，曾幾何時，凱爾泰斯不也以奧斯維辛代言人的角色說，只要人類存在，大屠殺就會進行，因為大屠殺是一種人類文化，有牆的奧斯維辛雖被燒毀了，沒有牆的奧斯維辛依舊存在，人們在戰爭的廢墟上建立起和平的廢墟。讓世人直面人生固然殘酷，但總比虛構人生更有意義，能讓人活得明白並有所準備。難怪蘇珊·桑塔格把卡勒斯納霍凱比作果戈里和梅爾維爾。

3

我與卡勒斯納霍凱·拉斯洛相識在二十五年前，那時我剛漂泊到匈牙利不久，他也剛出版了那本名為「烏蘭巴托的囚徒」的中國遊記。他是一九九一年以記者的身分去中國的，中國政府邀請各國記者去中國訪問，拉斯洛在華期間得到了周到、完美的安排，他的文字和他看到的面孔一樣帶著笑容。

我第一次見拉斯洛是在一九九三年早春，在匈牙利南方的塞格德市。那正是我最落魄的時候，沒工作沒錢沒身分，寄宿在好友海爾奈．亞諾斯（Herner János）博士家，準確地說是被他收留。亞諾斯年長我十歲，當時在尤若夫阿蒂拉大學（現塞格德大學）歷史系任教，一九八九年後率先創辦了一份在精英階層影響甚廣的文史雜誌《2000》，成為文化名人，並以 Q.E.D 出版社社長的身分先後出版了由著名哲學家、翻譯家兼畫家庫拉瓊．伽博爾（Karátson Gábor）老先生翻譯並作注的《易經》和《道德經》，他和拉斯洛是好朋友，出版過拉斯洛的短篇小說集《優雅的關係》，現任匈牙利塞切尼國立圖書館副館長。在當時，亞諾斯就像一塊巨大的磁石，吸引了一大群大學師生、學者和詩人、作家在身邊，卡勒斯納霍凱．拉斯洛就是其中之一，當時他還是文學界的「當紅小生」。

我記得很清楚，那次是亞諾斯邀請拉斯洛到塞格德與讀者見面，提前幾天，亞諾斯就一再叮囑我，這個週末哪兒也別去，說要把我介紹給一位「當代最優秀的作家」，他還說，那位作家很想跟我聊聊中國。可以想像，他對作家也說了一套介紹我的好話。總之，那次會面是雙方共同期待發生的，有朋友做仲介，都帶了美好的預期。

拉斯洛是個高個子，稍微有點駝背，總喜歡穿藍色或黑色的棉布外套，最有個性的該算他常戴的黑色禮帽，長髮齊肩，一副我想像中的田園詩人氣質。雖然對一位不惑之年男人的面孔不適合用「漂亮」來形容，但他確實長了一副兼靈秀飄逸、浪漫敏感、深邃成熟於一體的漂亮面孔，深棕色的絡腮鬍修剪得俐落整齊，額頭很高很寬，即使在冬天也晒得紅紅的，髮際很高，那時齊頸的長髮還沒變灰白，唇鬚下掛著溫善友好、能夠融化陌生的微笑。說話的時候，他會目不轉睛地盯著你，湖藍色的眼睛明澈透亮，透抵人心，既有孩子的真純、成年人的狡黠、音樂人的熱烈，也有思想者的深邃。我想，大凡第一次見到拉斯洛的人，都會被那雙波斯貓般的眼睛和裘德．洛式的微笑迷住，他講話的音調也溫和、委婉，如同朗讀自己小說中繞山繞水的長句。

拉斯洛說，他一九九一年第一次去中國，回來後寫了一部散文體遊記《烏蘭巴托的囚徒》。「我從中國回來，一進門就向家人宣布：從今天開始咱們改用筷子！」他的英文講得很流利，繪聲繪色，家人聽了莫名其妙，以為他在發神經，殊不知，拉斯洛真的染上了「病」，一場持續了多年的「中國病」。從那之後，不管他走到哪兒，都不忘搜集與中國有關的各種書籍，關心與中國有關的消息和新聞。在外吃中餐，在家聽京劇，不管跟誰閒聊，開口閉口都離不開中國。他尤其迷戀古代中國，崇拜詩仙李白，他自稱在他的文字也染上了一股「中國味道」。他說：「只要在街上遇到一個亞洲人，儘管分不清他們是不是中國人，我都忍不住想告訴他們，你好，我去過你們的國家。」

他給了我一張帶中文的名片，上面印有「好丘」二字。他說那是他的中文名，是他上次去中國之前特意請一位漢學家朋友幫他起的，一是取「美麗山丘」之意（他的家姓卡勒斯納霍凱就是一座山丘的地名）；二是借「丘」字與孔夫子掛鉤。雖然我覺得這名字不妥，但還是保持了善意的沉默。我能想像出中國人接到他名片時的微微皺眉，也能想像出他繪聲繪色對自己中文名的得意解釋，這名字怪雖怪，但很可愛。

雖然拉斯洛去過一趟中國，但在亞諾斯家，我是他有生以來第一個能夠做為「朋友的朋友」近距離接觸的中國人。拉斯洛是個情感豐富、善於表達的男人，不但知道如何被別人欣賞，也知道如何欣賞別人，儘管他極富陰柔與自戀，可一旦對誰產生興趣，便會表現出無盡的耐心和溢於言表的情感，會用童話般的語調講一段長長的小事，會用詩一樣的詞語讚美你。生活中的他，就像一位既迷戀自然又在乎自己的印象派畫家，不失毫釐地觀察日出日落的色彩，體驗世態炎涼和人情冷暖，然後將思維轉換成文字，畫到紙頁上。

我們第一次見面，他就跟我聊到了李白，他說李白是他最崇拜的中國詩人，他讀過許多李白的詩，要知道，科斯托拉尼・德熱[1]、沃洛斯・山多爾[2]、法魯迪・久爾吉[3]、伊雷斯・久拉[4]、薩布・呂林茨[5]等多位匈牙利大文豪、大詩人都以這樣那樣的方式翻譯過李白的作品。叫他感到驚異的是，在唐代的中國，怎麼會出現一位在歐洲人眼裡的「現代派詩人」？談到興奮之處，他要我抄一首李白的詩給他，我便用毛筆寫了一幅〈贈汪倫〉，我不僅用中文吟給他聽，還將大意翻譯給他，他從書架上找到一本二十世紀六〇年代出版的匈文版《李白詩選》，還真找到了這首的譯文。讀罷，他點頭微笑：

1 科斯托拉尼・德熱（Kosztolányi Dezső，1885——1936），二十世紀匈牙利文學界最重要的人物之一，作家、詩人、翻譯家、散文家和記者。
2 沃洛斯・山多爾（Weöres Sándor，1913——1989），匈牙利著名詩人、作家、翻譯家和文化學者，科舒特獎得主。
3 法魯迪・久爾吉（Faludy György，1910——2006），匈牙利著名詩人、作家、翻譯家。曾獲科舒特獎、普利策獎、堂吉訶德獎等。
4 伊雷斯・久拉（Illyés Gyula，1902——1983），匈牙利著名詩人、作家、翻譯家、劇作家，三次科舒特獎得主，匈牙利科學院院士。
5 薩布・呂林茨（Szabó Lőrinc，1900——1957），現代匈牙利抒情詩的代表詩人，翻譯家。科舒特獎得主。

「妙極了，這比韓波的情詩更動人。」我不知道韓波是否真給魏爾倫寫過情詩，不過他的這個比喻讓我會心地笑了，覺得這個人很浪漫，很敏感，很個性，很隨意，在他思想的原野幾不設防，也沒約束。更何況，詩歌本身就是一種曖昧的文體。

這天晚上，拉斯洛和我聊得投機，索性邀我隨他一起回家小住幾日，連夜開車帶我離開了塞格德。當時，他住在北方一個叫喬班考的小村莊裡，我在那裡住了有一個星期。

4

那是棟蓋在果園裡的石頭房子，感覺更像座圖書館。書架直抵天花板，其中兩層是他從世界各地收藏的有關中國的書籍和畫冊。出於好奇，我問他是怎麼開始寫作的。他給我講了自己年輕時的經歷。

一九五四年一月五日，拉斯洛出生在匈牙利西南部、與羅馬尼亞接壤的邊城——久洛鎮（Gyula），父親卡勒斯納霍凱・久爾吉是一名律師，血緣裡混合了法蘭西和猶太人的歷史記憶；母親帕林卡斯・尤利婭是血統純正的匈牙利人，在地方政府做社保業務。少年時代，他曾是小有名氣的鋼琴手，是一支爵士樂隊裡唯一的未成年人，或許因為音樂，他身心充滿了浪漫氣息。在久洛鎮，他一直讀完職業高中的拉丁語專業，而後先後在塞格德和布達佩斯學習了兩年法律專業，準備子承父業。拉斯洛迷戀文學由來已久，一九七七年就在文學雜誌《運動的世界》上發表過一篇〈我曾相信你〉，但那只是練筆，很少有人讀過。同年，由於忍受不了法學的冷漠和枯燥，拉斯洛轉到羅蘭大學文學院攻讀大眾教育專業。讀書期間勤工儉學，當過思想出版社的資料員、編外記者，還做過地板打磨工。

那時的拉斯洛還是一位充滿青春理想的社會主義者，揣著一股為大眾服務的樸實激情。一九八三年，拉斯洛大學畢業，抱著用文化拯救貧困的熱願，主動離開都市，跑到一個窮鄉僻壤的小山溝裡，當了一位鄉鎮文化館的圖書管理員。那是一個吉普賽人聚居、被上帝遺忘的角落，鎮子上雖有一所小學，但真正讀書的孩子少得可憐。所謂「文化館」不過是一幢低矮破舊的老屋，有一間辦公室、一個儲藏室和一間二十來平方公尺的閱覽室，藏書不過幾千冊，而且大多是紙頁棕黃的舊雜誌。舊歸舊，但卻很「新」，因為很少有誰摸過它們。四壁和傢俱都散發著霉味兒，書上落滿了塵土，牆角和書架上蛛網密布，塔灰高懸，大概就像《撒旦的探戈》中描繪的小酒館倉庫。

在拉斯洛之前，曾有過一位圖書管理員，據說是一個只在夢裡清醒過的中年酒鬼。讓酒鬼管書，倒也平安無事，直到有一天清晨發生了意外：這個酒鬼在從酒館到文化館上班的路上和另一個騎摩托車的酒鬼撞到一起。拉斯洛說，幸好酒鬼被送進了醫院，才給了他一個在別人眼裡根本不是機遇的機遇。醫生先給酒鬼接上幾根肋骨，隨後把他轉到了精神病院。終於，小鎮上發生了一點點變化，出現了一個新鮮的年輕人面孔。

拉斯洛到任後，將所有圖書認真編目，並動手寫了幾十張通知散發到學校和居民家裡。圖書館在一個跟往日沒什麼兩樣的上午重新開門。第一天沒有人來；第二天沒有動靜；第三天只有郵差來送給他一封家書。一週過去了，年輕人的激情開始降溫。

有一天下午，拉斯洛坐在辦公室的木椅上看書，忽然聽到閱覽室門口有些響動，他本以為是老鼠或捉老鼠的貓，擱下書到隔壁看了一眼：閱覽室裡靜悄悄的，木門虛掩，什麼活物也沒有。他回到屋裡重新坐下，剛把書捧起，又聽到了響動。年輕人再次起身去看，還是沒發現任何異樣，不過這次他沒馬上走開，而是屏息靜氣地站在閱覽室中央。過了一會兒，他又聽到窸窣的碎響，虛掩的木門被什麼東西輕輕拱動……他衝了過去，拉開屋門，意外地看到一群灰頭土臉的孩子！

孩子們被他怒氣沖沖的樣子嚇壞了，四散逃開。拉斯洛抱歉地朝那幾個躲在房後、樹後的小孩子招手，孩子們用煤球一樣漆黑的眼睛警惕地看他。拉斯洛想了想，回屋演了齣空城計，不僅將木門敞開，還搬來一把木椅抵在門邊，回到辦公室重新坐好，手裡捧著書，耳朵卻機警地聽著門口。慢慢地，孩子們又悄悄地聚回到門口，終於，第一個大膽的孩子試探性地跨進了門檻，另一個隨後跟進來，第三個，第四個，第五個……當拉斯洛從辦公室走出來時，幾十雙眼睛盯在他身上。拉斯洛讓孩子們圍坐成一圈，給每個人發了一本書，用講故事的方式給他們上了第一課，講「怎樣讀書」。大多數孩子從沒摸過書，於是他從書皮、扉頁、作者、標題和插圖講起，然後講讀書的好處，告訴他們書裡有許多有意思的故事。再後，他從書架上抽出一本童話《帶刺的玫瑰》，繪聲繪色地講起來……那天晚上，閱覽室裡的最後一個孩子是被父母硬拉走的。

從那之後，拉斯洛開設了「讀書課」，還從城裡請來一些演員、作家跟孩子們見面。再後來，不僅是孩子，鎮上不少成年人也成了文化館的常客。圖書館逐漸變得熱鬧，常被孩子們擠得滿滿的；原來靜如死水的小鎮開始有了新聞和話題，有了惹人關注的興奮點。在居民們眼裡，新來的圖書管理員成了一個奇特的怪人。不過，年輕人只在山溝裡工作了一年，原因是：一場莫名其妙的午夜大火將文化館連同可憐的藏書一起燒成了灰燼。既然沒有了書，圖書館管理員也就失掉了存在的意義。於是，拉斯洛戀戀不捨地離開了小鎮和孩子們。

「你們看，就是因為那一把火燒掉了小圖書館的幾千冊藏書。所以做為補償，我應該多寫幾部。」作家曾打趣地跟朋友們說。失業後，他正式開始了作家生涯，用一年時間寫成了處女作《撒旦的探戈》，靈感就緣於這段特別的生活感受。拉斯洛善於描寫封閉鄉村的精神世界，能透過小酒館裡的瑣碎場景看到人類最內心的層面。

在《撒旦的探戈》裡，伊里米亞斯從城裡回來了；在《戰爭與戰爭》的序篇裡，先知以賽亞回來了；在《溫克海姆男爵的歸鄉》裡，又一位卡勒斯納霍凱式英雄再次出現在絕望者們的視野裡，溫克海姆男爵，從布宜諾斯艾利斯回來，回到匈牙利，回到無望的故鄉，在這裡，人們等他就像等彌賽亞，等救世主。

絕望，希望，再絕望，再希望？

絕望的希望，希望的絕望；陷阱中的舞步，魔鬼的怪圈。

就像赫拉巴爾（Bohumil Hrabal）或艾斯特哈茲（Esterházy Péter），他也在作品裡透過東歐人特有的幽默表現事物悲喜劇的兩面。在讀者看來，《撒旦的探戈》是絕對的黑色，但是作者自己並不承認。拉斯洛說，凡事都有悲與喜的兩面，「從這面看是喜劇，那面看是悲劇。我們東歐人對這矛盾的兩面格外敏感。實話實說，我不認為《撒旦的探戈》是部黑暗作品，它不是悲劇，而是一部關於沒有根據的信仰的悲喜劇。」

5

拉斯洛是一個看過世界的人。一九八七年，第一次離開匈牙利，拿著西德人給他的DAAD獎學金在西柏林生活了整整一年。柏林牆倒塌後，他成了一個名副其實的世界公民，不僅經常往返於德國和匈牙利之間，還先後旅居法國、西班牙、美國、英國、荷蘭、義大利、希臘和日本，還有中國。

自從在塞格德相識後，他就一直跟我念叨，說希望有一天我可以陪他再去一次中國。這個「中國計畫」他醞釀了好久，直到一九九八年五月才得以實現。那一年，西歐的一家國際新聞群組織從世界範圍選出十二位具有影響力的作家，請他們各選一位自己崇拜的人，然後沿著他的足跡實地遊訪，寫一篇報導。與拉斯洛同在名單上的還有馬奎斯。拉斯洛毫不猶豫地選擇了李白，決定沿著詩仙的足跡走一圈。我理所當然地做了他此行的隨行、翻譯和助手。

我們在五一節那天從北京出發，搭乘火車和長途客運，在不到一個月的時間裡馬不停蹄地走遍了泰安、曲阜、洛陽、西安、成都、重慶等近十座古城，然後穿過三峽，抵達武漢。一路上進行了大量採訪，每到一地，都要拜會作家同行，話題總是離不開李白。跟中國文人談李白並不是難事，他們總能談出個「詩仙」、「酒仙」的所以然，甚至會為李白是「儒」是「道」爭執一番。但是，試想一位藍眼睛的老外和一個長髮年輕人攔住一位過路的老農、商客、軍人或年輕情侶，然後冒昧地提問：你知道李白是誰嗎？你能背李白的詩嗎？你為什麼喜歡李白？你有沒有聽說有關李白的傳說？做為中國人，李白對你有什麼意義？假設李白坐在你的旁邊，你最想跟他說什麼？最要命的是，最後還要加上歐洲式的浪漫：「你認為李白和楊貴妃做過情人嗎？」

你一定能夠想像出被採訪者們當時莫名其妙、瞠目結舌、甚至忍不住噴笑的表情和答錄機裡錄下的一句句不知所云又常出人意料的回答吧？

起初，我也覺得拉斯洛的採訪很搞怪。李白寫過詩千首，但大多數中國人能順口背出的總是那首並非上品的「床前明月光」；李白走過無數山川，但我們所能找到的，只有後人附庸風雅的題字和為開發旅遊而翻修的廟宇。我忍不住問他：「如果你在布達佩斯街頭被一個中國人攔住問：你知道裴多菲嗎？裴多菲對你來說有什麼意義？你肯定也會發愣，然後尷尬地發笑。不是嗎？」

拉斯洛狡黠地笑道：「你說的不錯。但是只要你追問下去，我總會說出點什麼的，即使說『不知道』，也是一種回答。」我聳肩默認。的確，一個中國人說「不知道」與一個歐洲人說「不知道」意味不同，或許，一個外國人在留有李白足跡的地方說「不知道」比隨便一個中國人說「不知道」更能激發他的靈感？

旅程結束，在花了兩週時間整理完我們錄下的十四盤磁帶之後，我才發現他的過人之處：做為外國人，他要捕捉的並不是詩人生前的地理行蹤，而是做為詩人在本民族中留下的情感印記。他要寫一篇關於李白靈魂的文章，不是向歐洲讀者介紹生平，而是講一個歐洲人心目中的中國詩人。根據這次旅程，他寫了一篇散文體長遊記〈只是星空〉。回到布達佩斯後，我對朋友的作品產生了好奇，畢竟他是我近距離接觸過的第一位作家。說來也巧，亞諾斯剛好出版了他的短篇小說集《優雅的關係》，順手給了我一本。我不但翻著字典讀了，還花了整整一個月時間將其中一篇〈茹茲的陷阱〉翻譯成中文，幾年後發表在《小說界》上。現在回過頭看，那是我文學翻譯生涯的起點。

以前我就很喜歡讀書，但過去讀書大多迷戀於內容，翻譯〈茹茲的陷阱〉讓我獲得了一種全新的閱讀體驗，第一次被如此艱澀、精密、纏繞的語言所吸引，越是難讀，越是想讀，感覺到讀書的蹦極狀態。這篇小說譯成中文只有一萬字，但讓我染上了翻譯的癮，一發不可收拾。不到三年的時間裡，我翻了三十多位作家的短篇小說，為未知的未來做準備，直到二〇〇二年秋天凱爾泰斯獲得諾貝爾獎。從那之後，命運把我引上了文學之路，不僅成為翻譯家，還成了作家，從這個角度講，他和凱爾泰斯都是我的文學恩人。

回想二十五年前，當我們初次相識時，他就興沖沖地將一本散文集《烏蘭巴托的囚徒》送給我，當時我一句匈語都聽不懂，更不用說閱讀了，我跟他只能用英語溝通。我問他《烏蘭巴托的囚徒》書名的來歷，他盡量簡單地告訴我，一九九一年他從蒙古轉道去中國，過境時簽證遇到了麻煩，曾被困在烏蘭巴托。說來真是緣分，當初我倆誰都不曾料到，二十五年後我會翻譯他的作品，會充當他的中國聲音。

其實對中國的出版界來講，本來不該對拉斯洛感到陌生，他自九〇年代後多次來過中國，造訪過多位作家和編輯，我也無數次推薦過他的書，他學中文的妻子也來中國與多家出版社商談，最終都是不了了之。從二〇〇五年開始，我在《小說界》雜誌開設「外國新小說家」專欄，第一期介紹的就是他，發表了其小說〈茹茲的陷阱〉。兩年後，我又發了他的一篇〈狂奔如斯〉，可惜出版社的嗅覺並不靈敏，或是知難而退，直到他獲得了國際曼布克獎才蜂擁而至。拉斯洛迷戀中國文化，除了《烏蘭巴托的囚徒》外，還寫過兩部關於中國和東方文化的書：《北山、南湖、西路、東河》和《天空下的廢墟與憂愁》，後一本書中有一篇〈奶奶〉，寫的就是我的母親。每次他到北京，都會住在我母親家。他一直希望自己的作品能出中文版，那將是他與他推崇的中國文化的對話。終於，國際曼布克獎圓了他的這個夢，使他在中國變得搶手，我既為老朋友高興，也為中國讀者稍稍遺憾——本來十五年前就該讀到他的作品。

6

二〇一五年宣布的國際曼布克獎，使卡勒斯納霍凱．拉斯洛站到了媒體的聚光燈下。在那之前，他於二〇一四年獲得了美國文學大獎（America Award in Literature），早在一九九三年，他就因《抵抗的憂鬱》在德國被評為年度最佳圖書而蜚聲歐洲。他在匈牙利獲得的獎更是不計其數，囊括了科舒特獎、共和國桂冠獎、馬婁伊獎、尤若夫．阿蒂拉獎、莫里茨．日格蒙德獎、阿貢藝術獎等幾乎所有獎項。

當然，無論獎項讓作者如何走紅，都改變不了作品的難度。無論對哪國的譯者來講，翻譯拉斯洛的書都是一項挑戰，因為作家極富個性的文學標籤就是「卡勒斯納霍凱式長句」，即便描述窮鄉僻壤的陰雨和泥濘，用「史詩般的」來形容他的語言也不過分。在拉斯洛看來，短句簡單無趣，能承載的東西有限，當一個人思維奔湧、表達欲膨脹時，肯定會選擇用長句，就像酒館裡的客人一樣喋喋不休，不使用句號，一晚上只說一句話，當然，作家的嘮叨與酒鬼不同，與表現欲一同膨脹的還有文字的野心與詩意。即便在母語文學中，他的長句也獨樹一幟，對絕大多數的匈牙利讀者來說也是閱讀上的挑戰，他的句式既很難讀又很耐讀，細膩又粗糲，細碎又宏大，構設精密，富於律動。如果翻譯不好，會讓人讀起來覺得上氣不接下氣。因此不難理解，接連兩屆的美國最佳翻譯圖書獎都頒給了他的英文譯者和他的作品，二〇一三年是《撒旦的探戈》，二〇一四年是《西王母下凡》，評論家們認為兩位譯者「發明了一種卡勒斯納霍凱式英語」。翻譯成中文後也是如此，讀者會讀到一種有異於中文語言的「卡勒斯納霍凱式中文」：

秋日的蠅蟲圍著破裂的燈罩嗡嗡地盤飛，在從燈罩透出的微弱光影裡畫著藤蔓一樣的「∞」字圖案，牠們一次又一次地撞到骯髒不堪的琺瑯瓷面上，隨著一聲輕微的鈍響重新墜回到牠們自己編織的迷人網絡裡，繼續沿著那個無休止的、封閉的飛行路徑不停地盤飛，直到電燈熄滅；一張富於憐憫的手托著那張鬍子雜亂的臉，這是酒館老闆的臉；此刻，酒館老闆正聽著嘩嘩不停的雨聲，眨著昏昏欲睡的眼睛盯著飛蠅愣神，嘴裡小聲地嘟囔說：「你們全都見鬼去吧！」

讀這樣的長句，與其說是中文，不如說像太極拳，縝密沉著，纏綿不斷，節節貫串，絲絲入扣，是中文寫作者憑中文思維不大可能寫出來的中文。難怪以長鏡頭著稱的匈牙利導演貝拉．塔爾在創作上離不開拉斯洛，從一九八七年至今，他倆已經合作了九部影片，不是由拉斯洛親自改編自己的小說，就是由拉斯洛創作劇本，特別是《撒旦的探戈》、《鯨魚馬戲團》、《來自倫敦的男人》和《都靈之馬》，全都成了電影史上的經典。僅從上面抄寫的這句話，我們就可窺見他們倆的關係，卡勒斯納霍凱式長句為貝拉．塔爾式長鏡頭的電影語言提供了最為堅實的文學支撐。讀他的小說，感覺就像看貝拉．塔爾執掌的鏡頭如何以幾乎靜止的緩速慢慢地搖動：流向遠方的泥濘，淅瀝不停的陰雨，平原上黑暗的光線，貼在玻璃窗上的面孔，單調執拗的鐘錶滴答，喋喋不休的一句醉話，手風琴拉出的探戈旋律，倒酒喝酒咂吧嘴的聲響，在疾風中沉悶至極的行走，牛叫，數錢，跳舞，窺伺，夾著僵硬死貓的女孩，還有教堂廢墟裡幽靈似的瘋子……無論鏡頭固定多久或推移得多麼緩慢，都無法把我們帶入任何的精神世界，所能看到感到的只是毀滅、恐懼、絕望和欺詐。

「首先，《撒旦的探戈》在電影史上以片時最長、承載事件最少而出名：在這部七小時半長的電影裡，除了一場騙局之外幾乎沒發生任何事情。對運動的想像在其自身中消散，將我們帶回起點。」法國哲學家賈克．洪席耶（Jacques Rancière）的這句評論，有助於我們理解這部小說的書名，「撒旦的探戈」，陷阱中周而復始的魔鬼舞步。

在這部小說裡，騙子是最有生命力和感染力的人，所有渴望活下去的人都麻木、猥瑣、愚蠢，如跑轉輪的老鼠。貌似發展的人類永遠不會吸取任何的經驗教訓，一次次微弱希望的萌發，總以落入陷阱結束，在卡勒斯納霍凱．拉斯洛的這部代表作裡，騙局是未來的同義詞，謊言是推動歷史的動力。影片裡，一行滿懷憧憬的逃亡者在貓頭鷹的凝視下，被「救世主」伊里米亞斯引上迷途；小說的結尾，醫生用木條將自己房間的門窗釘死，告訴我們「無處可逃」。儘管這部小說採用了形式主義特徵強烈的後現代寫法，但本質是冷峻的歷史唯物主義。準確地講，是部深刻的寓言小說或哲學小說。正因如此，就連目光高冷、吝嗇口舌的蘇珊．桑塔格也被他折服，稱之為「當代最富哲學性的小說家」，是「能與果戈里和梅爾維爾相提並論的匈牙利啟示錄大師」。德國當代名家澤巴爾德（W. G. Sebald）也持類似的看法，他認為：「卡勒斯納霍凱的視野深遠，其普遍性可媲美果戈里的《死靈魂》，且遠遠超越所有當代寫作關注的次要主題。」

另外，作者對卡夫卡的崇拜和繼承也不言而喻，在《撒旦的探戈》的正文之前，他用卡夫卡《城堡》中的一句話做引言：「那樣的話，我不如用等待來錯過它。」他多次在採訪中明確地說，卡夫卡是他追隨的文學偶像。我在他的文字中還能讀出杜思妥也夫斯基，只是他在作品裡展現了貧困、絕望、汙濁和黑暗之後，並沒有給出解脫和救贖之路。

拉斯洛是一個徹頭徹尾的憂傷主義者，即便生活中的他不缺愛情也不乏成功，他屬於先天下之憂而憂的那類嚴肅作家，也許今天會被許多人譏笑，認為他杞人憂天，庸人自擾。他寫《撒旦的探戈》的時候，覺得「當時的世界太黑暗」，但是現在，他也認為世界並沒有發生多大的變化，人類仍活在自己鋪設的陷阱裡，總是欺騙與自欺，這讓他感到憂傷，甚至懷疑幸福。

「幸福是什麼？是愛嗎？我覺得不是，愛是痛苦的。」有一次，他帶著那副招牌式的波斯貓目光和袞德．洛式微笑跟記者講，「幸福只是一種幻覺，也許你確實能幸福上那麼一兩分鐘，但在之前和之後都是憂傷的。我覺得，沒有什麼理性的原因可以讓我快樂起來，當我回顧人類的歷史，有時我覺得是一齣喜劇，但是這喜劇讓我哭泣；有時又覺得它是一齣悲劇，而這悲劇卻讓我微笑。」人類以為自己很強大，強大到能夠掙脫上帝，但他們逃不出魔鬼的圈套，所有自以為聰明的努力不過都是在跳撒旦的探戈，在原地躑躅。無處可逃！這是作家對整個人類提出的警示，不過，也恰恰由於作品的殘酷和不留出路，為喚醒個體對普世的思考提供了一種嚴肅的可能。

二〇一七年五月六日，布達佩斯

「那樣的話，我不如用等待來錯過它。」

——F.K.

第一部

一　他們來的消息

十月末的一個清晨，就在冷酷無情的漫長秋雨在村子西邊乾涸龜裂的鹽鹼地上落下第一粒雨滴前不久（從那之後直到第一次霜凍，臭氣熏天的泥沙海洋使逶迤的小徑變得無法行走，城市也變得無法靠近），弗塔基被一陣鐘聲驚醒。離這裡最近的一座小教堂孤零零地坐落在西南方向四公里外、早已破敗了的霍克梅斯莊園的公路邊，可是那座小教堂不僅沒有鐘，就連鐘樓都在戰爭時期倒塌了，城市又離得這麼遠，不可能從那裡傳來任何的聲響。更何況：這清脆悅耳、令人振奮的鐘聲並不像是從遠處傳過來的，而像是從很近的地方（「像從磨坊那邊……」）隨風飄來。他將手肘支在枕頭上，撐起上身，透過廚房牆上老鼠洞般的小視窗朝外張望，窗玻璃上罩了一層薄薄的霧氣，在幽藍色的晨幕下，農莊沐浴在即將消遁的鐘聲裡，依舊喑啞，安然不動，在街道對面，在那些彼此相距甚遠的房屋中間，只有醫生家掛著窗簾的窗戶裡有燈光濾出，那裡之所以能有光亮，也只是因為住在房子裡的主人已經許多年不能在黑暗中入睡了。弗塔基屏住呼吸，生怕漏掉哪怕半聲正朝遠處飄散的鏗鏘聲響，因為他想弄清楚這陣鐘聲到底來自何處（「你肯定是睡著了，弗塔基……」），所以他絕對不能漏掉任何一點聲響。他一瘸一拐地踩著廚房冰冷的地磚，邁著令人難以置信的柔軟貓步走到窗前（「難道沒有一個人醒著？沒有人聽到？難道除了我，誰都沒有聽見嗎？」），他推開窗戶，探出身子。清冽、潮冷的空氣撲面襲來，他不得不閉上一小會兒眼睛；公雞的鳴叫、遠處的狗吠和幾分鐘前剛剛刮起的凜冽刺骨的呼嘯寒風使周遭變得更加沉寂，不管他怎麼豎起耳朵都無濟於事，除了自己沉悶的心跳聲外，他什麼都沒有聽見，彷彿這一切只不過是一場半夢半醒的魂靈遊戲，彷彿只是「……有誰想要嚇唬我」。他憂傷地望著陰鬱的天空和被蝗災氾濫的苦夏烤焦的殘景，突然在同一根槐樹的枝杈上看到春夏秋冬的季節變換，他似乎突然理解了，整個事件在巍然不動的永恆球體內，也只不過扮演一個小丑的角色，在混亂無序中誘喚魔鬼的良知，經營出一個優勢地位，將瘋癲偽造成生活的必需……他看到自己被釘在自己搖籃與棺槨的木十字架上，痛苦地掙扎了一下，最後，隨著乾淨俐落的一聲判決，他被赤條條地——既無封爵也無授勳地——交到洗屍人手中，交給一邊忙碌一邊大笑的剝皮工，在那裡，人們必須毫無憐憫之心地面對人的際遇，不存在任何一條小徑可以讓人死而復活，因為一個人在那個時候就連這個事實也將會明白，自己的整個一生都註定要被騙子操縱，他們事先早就在紙牌上做好了記號，最終不僅收繳掉他最後的武器，還剝奪了他有朝一日能夠找到歸途的希望。他朝側面扭過頭，望了望坐落在村子東邊的那幾棟曾經紅紅火火、現在已經荒蕪了的廢棄建築物，這時他苦澀地注意到，紅腫的旭日射出的第一道曙光投照在一座頂無片瓦、搖搖欲墜的農舍房頂的木梁之間。「我必須做出最後的決定。我絕不能繼續留在這裡。」他重新鑽回到被窩裡，將頭枕在手臂上，但是不能夠閉上眼睛——與其說他被那陣鬧鬼似的鐘聲給嚇住了，不如說驚愕於這突如其來的寂靜，這可怕的暗啞，因為他感覺到從現在開始，什麼都有可能發生。但是一切全都靜止不動，連他自己也一動不動地躺在床上，就這樣，一直到他周圍沉默的物品突然開始了某種令人心煩的對話（餐具櫃嘎嘎吱吱，平底鍋叮叮噹噹，一只瓷盤溜回到原位），這時候他突然翻了個身，背向從施密特夫人身上散發出的汗味，伸出一隻手摸索放在床邊的水杯，然後端起來一飲而盡。他以這種方式擺脫了自己孩子氣的恐懼；他嘆了口氣，抹了一把冒汗的額頭，他知道施密特和克拉奈爾現在可能剛把牲畜圈起，從塞凱斯趕到坐落在村子北部的農莊牛欄，之後，他們終於能夠在那裡領到全村人辛辛苦苦掙來的八個月工錢，再從那裡步行回家，怎麼也得花上幾個小時；他決定再試著睡一小會兒。他閉上眼睛，翻身側臥，伸出手臂將婦人摟到自己的懷裡，就當他差不多剛開始打盹，他又聽到了鐘聲。「上帝啊！」他掀開被子，但是就在他長了硬繭的赤裸腳掌觸到廚房地磚的剎那，鐘聲突然停止了，好像（「有誰給出了一個信號……」）……他佝僂著身子坐在床沿，將兩隻手放在大腿上並絞在一起，這時候他的視線落到了那只空杯子上；他的喉嚨乾燥，右腿刺痛。他既不敢躺回去，也不敢站起來。「我最遲必須明天出發。」他用眼睛仔細掃視了一遍廚房裡還可能派上用場的物品，望了望被燒焦的油脂和食物殘渣弄得髒兮兮的爐灶、塞在床下的那只斷了提手的籃子、瘸了腿的桌子、掛在牆上的那幅落滿一層塵灰的聖像畫和幾只深口的平底鍋，最後，他將視線轉向已經透進晨光的小窗戶，看見彎彎曲曲伸到窗前的光禿禿的槐樹枝、哈里奇家凹陷的房頂、歪斜的煙囪和滾滾的濃煙，他自言自語：「我必須下定決心，今天晚上就走！……最遲明天。明天早上。」「哎喲，我的天哪！」躺在他旁邊的施密特夫人突然驚醒，大聲叫道；她用疑懼的目光在昏暗中環視了一圈，一臉驚恐，坐在男人身邊喘著粗氣，不過當她看到屋裡的一切都熟悉依舊，如釋重負地嘆了口氣，一頭躺回到枕頭上。「怎麼了，妳做噩夢了吧？」弗塔基問。施密特夫人始終睜著受驚的眼睛怔怔地盯著天花板。「上帝啊，簡直太可怕了！」她又嘆了口氣，將手捂在心窩上，「唉，怎麼會夢到這種事！……我說了你都不會相信……我坐在裡頭，坐在裡屋……突然有人敲窗戶。我根本不敢開窗戶，只是走到窗前，透過窗簾的縫隙朝外窺視。我只看到了他的後背，因為他正在使勁地搖門把手……我看到他的嘴，他在大吼大叫，鬼知道他在嚷什麼……他鬍子雜亂，兩隻眼珠子像是玻璃做的……太可怕了……後來，我突然想起，晚上我只轉了一下鑰匙，但是我清楚，等到我爬起來衝到門口，肯定已經遲了……所以，我趕快撞上了廚房門，但是就在這一刻我突然想到，我沒有鑰匙……我開始大喊，可是從我的喉嚨裡發不出一點聲音。後來……我就不記得了……不知道為什麼，怎麼會，但是……哈里奇夫人突然透過窗戶往屋裡看，並且咧著嘴笑……你知道她咧嘴笑的樣子嗎？你知道她什麼時候才會咧著嘴笑？……總之，她朝廚房裡頭看……後來，我不知道怎麼回事……她消失了……但在這個時候，外面已經開始踢門，我知道，再有一分鐘，房門就會被撞開，這時候我突然想到切麵包的長刀，我迅速衝到餐具櫃前，但是抽屜卡住了，我使勁拉它……我驚恐萬狀，感到馬上就會被嚇死……後來我聽到一聲巨響，房門被撞開了，有人已經來到了過道……我始終沒能拉開抽屜……這時候，那人已經出現在廚房門口……我終於拉開了抽屜，抓起長刀，他揮舞著手臂朝我撲來……但我不知道怎麼回事……他突然躺在了牆角，躺在窗下……噢，對了，他手裡拎著許多藍色、紅色的平底鍋，平底鍋在廚房裡滿天飛……這時候我覺得，我腳下的地突然開始搖晃，你肯定想像不出來，整個廚房像一輛汽車似的開始移動……現在我已經澈底糊塗了，不知道到底是怎麼回事……」她說完之後，如釋重負地大笑起來。「咱們真是天造地設的一對兒！」弗塔基搖著腦袋說，「我呢，你知道嗎，我是被鐘聲驚醒的……」「你說什麼?!」婦人驚得目瞪口呆地望著他，「鐘聲?哪裡會敲鐘?」「我也不明白是怎麼回事。而且敲響了兩次，剛敲完一次，沒隔多一會兒，又敲了一次……」施密特夫人也迷惑不解地連連搖頭：「怎麼，你沒有發瘋吧?」「但願這一切都是我夢到的。」弗塔基不安地嘟囔說，「記住我說的話，今天會發生什麼事……」婦人生氣地轉過身，背朝著他：「你永遠都是這麼說，你真該閉上你的這張臭嘴，別再瞎扯了。」這時候，他倆突然沉默下來，聽到屋外的後門吱呀一聲被推開了。他們倆被嚇得魂飛魄散，瞪著彼此。「這肯定是他!我能感覺到。」施密特夫人小聲說。弗塔基緊張地坐起來。「可是……這不可能!他們不可能回來這麼早……」「我怎麼知道，這是怎麼回事……你趕緊走!」他從床上跳起來，抄起衣服夾到腋下，迅速帶上身後的屋門，開始穿衣服。「我的拐杖。我把拐杖放在外頭了。」自開春之後，施密特夫婦就再沒有使用過這個房間。牆上先是長出了一層綠黴，然後牆皮龜裂，斑斑駁駁；雖然衣櫃總是擦得非常乾淨，但放在裡面的衣服、毛巾和所有的床具照樣會長黴；節慶場合專用的餐具剛收起來一個星期就開始生鏽；鋪了鉤編桌布的大桌子，桌腿變鬆，搖搖晃晃；再後來窗簾變黃，有一天電燈也不亮了，最後他們乾脆搬到了廚房，乾脆讓那間臥室變成老鼠和蜘蛛的帝國——想來他們也沒有別的辦法。他倚著門框，腦子裡在盤算怎麼才能神不知鬼不覺地離開這裡，但是情況看起來相當絕望，因為他要想從這裡溜出去，怎麼也得穿過廚房，如果從窗戶爬出去，他又感覺自己年老體衰，更何況，那樣肯定會被克拉奈爾夫人或哈里奇瞧見，想來他們時刻都在用半隻眼睛窺視窗外，看外面正發生什麼事。另外，施密特一旦發現他的拐杖，馬上就會知道他肯定藏在屋子裡的某個地方，那樣一來，他就得吃不了兜著走，施密特在這件事上可不會開玩笑，這樣一來，他又得像七年前那樣狼狽地逃走——在消息走漏後不久，在生意興隆的第二個月；當他逃到這裡時，身上只穿了一條破爛褲子和一件褪色外套，身無分文，饑腸轆轆。施密特夫人急匆匆地朝著過道走去，弗塔基把耳朵貼在門板上。「別擔心，親愛的！」他聽到施密特沙啞的嗓音，「妳就照著我說的去做。聽清楚了沒有？」弗塔基立即血往上湧。「我的錢。」他感覺自己掉進了陷阱。但他沒有多少時間再猶豫了，所以他還是決定從窗戶爬出去，因為「他現在必須馬上行動」。他剛剛扭動窗戶的手柄，就聽見施密特沿著過道走了出去。「這傢伙要去撒尿！」他踮著腳尖重新回到房門口，屏住呼吸，豎起耳朵。他聽到施密特隨手帶上了小門去了後院，於是躡手躡腳地溜進廚房，上下打量了一眼緊張得手足無措的施密特夫人，一聲不響地跑到前門，迅速別身出去，當他肯定他的鄰居已經重新回到了屋內，這才用力搖動房門的把手，好像剛剛到這兒一樣。「怎麼，家裡沒人嗎？施密特老哥！」他用沙啞的嗓音高聲喊道，隨後——為了不給對方逃走的時間——他猛地拉開門跨進屋內；施密特正好從廚房裡拐出來，想從後門逃走，但被弗塔基擋住了去路。「好啊，好啊！」他用挖苦的聲調問道，「你這麼著急忙慌的是要去哪兒啊，老傢伙？」施密特窘得一句話也說不出來。「那好，既然你不願意說那就我來說！我來幫你，兄弟，我來幫你說，別怕！」弗塔基陰沉著臉繼續說道，「你想帶著錢跑掉！對不對？我猜得沒錯吧？」這時候，施密特一直一言不發地眨巴著眼睛。弗塔基搖了搖頭說：「好啊，老傢伙。這個我實在沒有想到。」他們回到廚房裡，兩個人在桌邊相對而坐。施密特夫人緊張地圍著爐灶擦擦這個，動動那個。「你聽我說，老哥……」施密特結結巴巴地開口說，「我馬上就會跟你解釋……」弗塔基不耐煩地揮了下手：「一「你就是不說，我也知道！你的意思是說，克拉奈爾也在裡頭？」施密特迫不得已地點了點頭：「一半一半。」「婊子養的！」弗塔基惱羞成怒地惡聲罵道，「你們以為真能耍得了我嗎?!」他垂下腦袋想了想，最後問道，「那麼，現在呢？該怎麼辦？」施密特攤開兩條手臂，懊惱地說：「又能怎麼辦呢？你也在裡頭，老哥。」「這話怎麼講？」弗塔基問，同時在心裡撥拉著算盤。「咱們三個人分。」施密特被迫應道，「只是你的嘴要把嚴一點。」「這你用不著擔心。」施密特夫人站在爐臺旁深嘆了口氣說：「你們都瘋了。你們以為能躲得過去嗎？」施密特好像根本就沒有聽見妻子的話，他的眼睛盯著弗塔基：「你看，你應該相信我了，這件事我已經跟你實話實說了。但是我還有話想跟你講，老哥！你千萬別把我給出賣了！」「咱們已經說好了，不是嗎?!」「當然，在這一點上我們沒有絲毫的爭議！」施密特繼續說，變成了央求的腔調，「我只想求你一件事，我想……你能不能把你那部分錢借我用一些，我只需要很短的一段時間！就一年！等到我們能在什麼地方落下腳來……」弗塔基聽了火冒三丈：「你還想讓我給你們舔哪兒，老傢伙?!」施密特上身前傾，右手撐在桌子上。「要不是上次你說，你這輩子再也不想離開這裡去任何地方，我也不會求你這個！既然你還待在這裡，你要這些錢有什麼用？只要借我一年……就一年！……我們真的需要，請你理解，我們必須要用這些錢。我帶兩萬福林走什麼也幹不了，連一個小農舍都買不下來。至少再給我一萬福林，行吧?!」「別跟我說這個！」弗塔基沒好氣地回答，「我對你們的勾當一點兒也不感興趣。我也不想爛在這裡！」施密特被氣得直搖腦袋，急得差一點哭出來，之後重新問了他一遍，非常固執，也越發無奈，將手肘撐在廚房桌子上，每做一個動作都搖晃一下，好像這也是他央求行動的一部分，請求老傢伙「發一點慈悲」，對他高抬貴手；就在施密特只需再花一點點氣力弗塔基馬上就會心軟的剎那，弗塔基的目光突然變得黯淡離散，迷失在浮游於絲線般纖細的陽光裡那數以百萬計、熠熠閃光的塵埃中，他的鼻子嗅到了廚房內的霉腐氣味。他的舌頭突然感覺到一股酸澀味，他心裡暗想，死亡已經來臨。自從農業合作社被解散之後，人們都爭先恐後地逃離這裡，就跟當年他們搭乘市郊專線列車趕赴這裡一樣快；而他，則跟像他一樣也不知道能去哪裡的幾戶人家，跟同樣無處可投的醫生和校長一起留在了這裡，日復一日地密切注意食物的味道，因為他知道，死亡最先出現在湯裡、肉裡、牆壁裡；一口飯菜，他會在嚥下喉嚨之前在嘴巴裡咀嚼很久，他一小口一小口地慢慢喝水，或品飲極少能有機會搞到手的葡萄酒；有的時候，他感到一股無法抗拒的渴望，忍不住去到自己曾住過一段時間的老電泵廠的機械車間，在那裡摳下一塊硝石灰牆皮塞進嘴裡細嚼慢品，為了能夠透過攪亂氣味、味道的正常秩序喚起自己的警覺，因為他相信，與令人絕望的永恆結局相比，死亡更是一種警告。「我不是要你把錢送給我，」施密特有氣無力地繼續說，「而是借。你明白嗎，老哥？我是跟你借錢。一年之後，我會準時分文不差地如數奉還。」他們疲憊不堪地坐在桌邊，施密特因為疲勞而兩眼冒火，弗塔基則盯著地磚上神祕的圖案出神；他不能讓人看出自己心裡害怕，他想，儘管他解釋不清自己到底害怕什麼。「你要知道，在夏天最熱的日子裡，我也曾一個人去過塞凱斯無數次，天熱得讓人都不敢喘氣，生怕一喘氣就被熱氣憋死！你知道是誰搞來的木材？誰修建的羊圈?!我也跟你、克拉奈爾和哈里奇一樣受過許多的罪！老傢伙，你現在一本正經地跟我說借錢。可是錢借給你後，鬼知道我下次再見你是什麼時候，我說得對不對?!」「這麼說，你不信任我。」施密特感覺受了辱。「我不信任！」弗塔基吼叫起來，「你跟克拉奈爾狼狽為奸，打算在黎明前捲走所有的錢，在這之後，我怎麼還能夠信任你?!你把我看成什麼了？以為我是傻瓜嗎？」他們沉默了下來，靜靜地坐著。婦人在爐灶前嘩啦嘩啦地擺弄著盤子，施密特垂頭喪氣，弗塔基兩手顫抖著捲了一支菸，隨後從桌子旁站起來，一瘸一拐地走到窗前，他左手拄著拐杖，望著房頂上水花如浪的雨水，望著在風中搖曳的樹木，以及光禿的樹枝在空中畫出的弧線；他想到了樹根，想到了現在它已經變成了土地的、滋養生命的汙泥，想起了死氣沉沉、令他恐懼的寂靜。「那麼……你說！」他猶疑地開口，「你們為什麼還要回到村裡，既然已經……」「為什麼，為什麼！」施密特小聲嘟囔說，「因為，就因為我們是在路上，在回家的路上動的這個念頭。當我們做出決定時，已經走到了村子口……另外還有，我的老婆……我能把她丟在這兒嗎?!……」弗塔基點頭表示理解，隨後又問：「克拉奈爾呢？」停頓了片刻他又問對方，「你們打算怎麼樣？」「他們跟我們一樣毫無希望地困在這裡。他們想要北上，克拉奈爾夫人聽說，那裡有一個廢棄的舊儲木場之類的地方。我們分手的時候這樣約好，天黑後我們在路口碰頭。」弗塔基嘆了口氣：「這一天還很長，別的人呢？比如哈里奇和校長？……」施密特懊喪地擺弄著手指：「我怎麼知道?!我猜，哈里奇大概也從早到晚地睡了一天，昨天在霍爾古斯家開了一個很大的派對。管他呢，讓校長先生見鬼去吧！如果因為他惹出麻煩，我就把這狗娘養的挖個坑埋掉。現在儘管放心，老傢伙，別緊張。」他們決定，他們將在這裡，在廚房裡等到天黑。弗塔基把一把椅子拉到窗戶跟前，眼睛盯著街對面的房子。施密特的睏意上來了，趴在桌子上開始打起呼嚕，婦人則從餐具櫃後面拉出一隻帶鐵箍的軍用木箱，撣掉上面的灰塵，將箱子裡面也擦拭乾淨，隨後開始一聲不響往箱子裡裝他們的衣物。「下雨了。」弗塔基說。「我聽見了。」婦人應道。這時候，微弱的日光正好透過向東緩慢飄移、濃密翻捲的陰雲投照下來；廚房籠罩在黃昏般的昏暗裡，讓人無法肯定地知道，勾畫在牆上的、輕輕顫動的斑點只是陰影，還是隱藏在充滿希望的念頭背後的絕望那惱人的痕跡。「我要向南走，」弗塔基怔怔地望著窗外的寒雨說，「那裡的冬天會短一些。我要租一個離某個繁華城市不遠的小農舍，整天舒服地在一盆熱水裡泡腳……」雨滴輕柔地從窗戶的兩側流下來；內側，雨水從窗戶上邊一條一指寬的縫隙流到木梁和窗框相接觸的地方，在那裡逐漸填滿了哪怕最細小的裂縫，開出一條路流到木梁的邊緣，之後再次分散變成水滴，開始滴落到弗塔基的大腿上；然而，此刻的他正沉浸在對遙遠地方的幻想裡，一時回不到現實之中，以至於沒有意識到自己的下身浸濕了。「也許我到一家巧克力工廠找一份值夜班的工作……也沒準我會到一所女子寄宿學校當門房……我會努力地忘掉一切，只在每天晚上打一盆熱水泡腳；我什麼也不做，只看這該死的生活如何流逝……」剛才還靜靜下著小雨，現在雨水突然開始傾盆瀉下，就像決堤的洪水一樣在已經被淹沒了的大地上氾濫，分成一條條狹窄、蜿蜒的水流，朝著村子裡地勢較低的方向流去。儘管已經不能透過玻璃看到什麼，但他還是沒有轉過身子，他怔怔地看著腐爛的窗框和補土剝脫的地方；突然，玻璃上出現了一個模糊的形狀，這個形狀慢慢變得清晰，變成一張人臉，但弗塔基一下子弄不清這張臉是誰的，直到一雙驚恐的眼睛清晰可辨；這時候，他已經看到了「自己疲憊不堪的模樣」，他認了出來，感到震驚和痛楚，因為他感到：時間將沖刷掉他的面孔，就像雨水現在流淌在玻璃上；在這個映射裡，折射出某種宏大、遼遠的貧困，並且向他輻射，是恥辱、驕傲與恐懼相互疊加的複合層。突然，他又在舌頭上感覺到那股酸澀味，腦子裡想起黎明聽到的鐘聲、水杯、床、槐樹枝、冰冷的廚房地磚，他一臉苦澀地撇下嘴角。「一盆熱水！……讓一切全都見鬼去吧！……我每天都要舒舒服服地泡我的腳……」從他背後傳來哽咽的哭聲。「唉，妳這是怎麼了？」但是施密特夫人沒有回答，她不好意思地轉過身，抖動著肩膀輕聲抽泣。「聽到沒有？妳怎麼了？」婦人瞧了他一眼，之後，似乎意識到在這裡說什麼都已經沒有意義，於是一聲不響地坐到爐灶旁邊的板凳上，擤了下鼻涕。「妳為什麼不說話？」弗塔基固執地追問道，「妳到底中了什麼邪？」「我們又能去哪裡！」施密特夫人痛苦地爆發了，「我們剛逃到第一個鎮子上就會被員警逮住！難道你不明白嗎？他們連我們的名字都不會問！」「妳在胡說八道些什麼？」弗塔基憤怒地衝她吼道，「妳的口袋裡揣滿了錢，妳還……」「對呀，我說的不也正是這個！」婦人回嘴打斷他，「我說的就是錢！至少你應該有一點腦子！我們離開這裡……扛著這只該死的箱子……就像一個乞丐幫！」弗塔基火了：「唉，妳嚷夠了吧！這件事用不著妳操心。這跟妳一點兒關係也沒有。閉上妳的臭嘴，這才是妳該幹的事。」施密特夫人氣得跳了起來：「你說什麼?!怎麼跟我沒有關係？」「我什麼也沒說，」弗塔基低聲應道，「小聲一點兒，妳會把村裡人吵醒的。」時間緩慢流逝，讓他們覺得幸運的是，鬧鐘早就不走了，所以沒有滴答滴答的聲響提醒他們注意時間；即使這樣，婦人還是怔怔地盯著錶針，同時用木勺攪著鍋裡咕嘟冒泡的紅辣椒燴馬鈴薯；過了一會兒，他們神色疲憊地坐在桌旁，眼前擺著熱氣騰騰的菜盤，儘管施密特夫人一再催促（「你們還等什麼呢？你們想渾身淋透，大半夜在泥地裡吃嗎？」），兩個男人還是一口沒吃。他們沒有開燈，儘管在折磨人的等待中，眼前的所有家具都變得模糊一片，幾只平底鍋在門邊有了生命，聖人們在牆上活了起來，有時讓人覺得，好像床上還躺著什麼人；為了擺脫眼前的幻象，他們偷偷相互睨視，但他們三個人的臉上都流露出無奈；他們明白，在天還沒有全黑下來之前，他們不能出發（因為他們確信，哈里奇夫人或校長此時正坐在窗戶後，兩眼盯著通向塞凱斯的山路，他們越來越擔心，因為施密特和克拉奈爾遲遲未歸，已經晚了整整半天），施密特和婦人時不時地輪流挪動一下身子，似乎什麼都不願再多想，只希望黃昏一到就動身啟程。「他們現在去看電影，」弗塔基忽然小聲地宣布，「哈里奇夫人、克拉奈爾夫人、校長、哈里奇。」「克拉奈爾夫人？」施密特猛地跳了起來，「在哪兒？」他快步走到窗前。「他說的沒錯。一點兒沒錯。」施密特夫人點頭附和。「閉嘴！」施密特煩躁地轉向妻子。「別急，兄弟！」弗塔基安慰他說，「這個女人挺聰明。反正也要等到天黑，不是嗎？她這樣做，誰都不會起疑心，不是嗎？」施密特煩躁地坐回到桌旁，把臉埋在手掌裡。弗塔基沮喪地在窗前吐了一口煙。施密特夫人從餐具櫥裡抽出一根麻繩，因為箱子鎖鏽住了，不管她怎麼按都鎖不上，她把軍用木箱捆得結結實實，放到門口，然後坐到丈夫身邊，兩手相扣。「咱們還等什麼？」弗塔基說，「趕緊把錢分了！」施密特偷偷瞧了一眼妻子。「咱們還有足夠的時間，對吧，老哥？」弗塔基站起身來，他也坐到桌子旁邊，兩腿叉開，抓著鬍子雜亂的下巴盯著施密特的眼睛：「咱們分了吧。」施密特揉了揉太陽穴說：「到時候會分，別擔心，你會得到你的那份。」「嘿，你還等什麼呀，老傢伙。」「你現在著個什麼急？我們得等克拉奈爾把另一部分錢拿過來。」弗塔基微笑著說：「事情很簡單。咱們先把你手裡的這部分錢對半分了，之後再分克拉奈爾手裡的那部分。」「好吧，」施密特表示同意，「妳把手電筒拿過來。」「我去拿。」婦人緊張地跳起來。施密特從雨衣的內側口袋裡掏出一個用麻繩捆著、塞得鼓鼓囊囊、已被汗水浸濕的信封。「等一下，」施密特夫人喊住丈夫，迅速用一塊抹布把桌面擦乾淨，「現在行了。」施密特將一張皺巴巴的紙鋪到弗塔基的眼皮底下（「這樣清清楚楚，」他說，「你別覺得我想騙你。」）；弗塔基歪著腦袋快速掃了一圈周圍的情況，然後說：「咱們數吧。」他把手電筒塞到婦人手裡，兩眼放光地盯著每張鈔票的來蹤去影；隨著施密特短粗手指頭的搓撚動作，鈔票在桌面的邊緣疊成越來越鼓的厚厚一堆，他慢慢地理解了他，餘下的怒氣也煙消雲散，因為「假如一個人看到了這麼多的錢後理性盡失，不惜冒天大的風險將它據為己有，真沒有什麼好吃驚的」。他感到腸胃痙攣，嘴裡突然積滿了唾液，心臟跳到了喉嚨口；隨著施密特手中那疊浸了汗漬的鈔票逐張地減少，堆在桌子另一角上的鈔票逐漸增厚，閃動、搖晃的手電筒光刺得人睜不開眼，彷彿施密特夫人故意對著他的眼睛照，他感到頭暈，虛弱，直到施密特用沙啞的嗓音宣布說，「好了，就這麼多」，這時他才恢復了神志。就當他自己剛剛數到一半時，有人站在窗前朝屋子裡喊道：「妳在家嗎，施密特夫人，我親愛的？」施密特從妻子手中搶過手電筒，迅速關掉，然後朝桌子指了指，低聲對她說：「趕快把錢藏起來！」施密特夫人一個閃電般的動作斂起所有的鈔票，塞到兩隻乳房之間，然後用同樣低聲的語調說：「是哈里奇夫人！」弗塔基竄到爐灶和餐具櫃之間，將脊背緊緊貼在牆上，黑暗中，只能看到兩個磷光似的亮點，就像一隻貓匍匐在那兒。「出去，快把她支走！」施密特低聲說，隨後把妻子推到廚房門口，婦人站在門檻上遲疑了片刻，嘆了口氣，走出廚房朝過道走去，她清了下嗓子說：「好啦，好啦，我來了！」「只要她沒注意到手電筒光，就不會有事！」施密特跟弗塔基耳語道，但他自己都不相信自己說的話，當他躲到門後時，緊張得連腳跟都站不穩。「如果她敢跨進來一步，我就掐死她。」他在心裡絕望地想，嚥了口口水。他感到脖子上有條血管在怦怦地狂跳，腦袋眼看就要炸裂；他努力在黑暗中理清思路，但是就在這時，他看到弗塔基從牆根的黑影裡走出來，找他的拐杖，弄出很大響動，坐到了桌邊；他以為自己見到了鬼。「你瘋了，你這是幹嘛?!」他的聲音是從牙縫裡擠出的，小得幾乎無法聽見，他開始發瘋似的揮動手臂，示意弗塔基待在原地，別再弄出聲響。但是弗塔基理都沒有理睬他，點燃一支菸，將燃著的火柴舉起來，向施密特示意……算了，別再藏藏躲躲了，不如他也過來坐下。「趕快吹滅，你這個蠢貨！」施密特生氣地躲在門後，但是沒有動彈，因為他知道，哪怕只是一點點的動靜，他們都會被人發現。然而，弗塔基平靜地坐在桌邊，若有所思地吐著煙圈。「這是多麼愚蠢的主意，」他鬱悶地暗想，「老傢伙……這簡直是瘋了……咱們怎麼會捲到這裡邊來！……」他閉上眼睛，眼前看到了空曠的國道和他自己，喪魂落魄，正精疲力竭地朝城市方向走，村莊彷彿越離越遠，慢慢地被地平線吞噬；這時候他心裡明白了，這筆錢在到手之前，就已經失去了，想來他很久以來猜測的事實現在得到了印證：他不僅不能，而且根本就不想離開這裡，因為他在這裡至少可以蜷縮在習以為常的風景的陰影裡，但在外面，在村子外邊，誰知道等待他的將是什麼。但是現在有某種模糊的本能對他耳語，那些黎明的鐘聲，是一個陰謀，跟哈里奇夫人的突然登門有著深刻的聯繫，因為他幾乎可以肯定發生了什麼，所以屋外的來訪才這麼反常，並且持續得如此之久……施密特夫人一直沒有回屋……他緊張不安地抽著菸，煙霧在他的四周繚繞，他的幻想——就像眼看即將熄滅的燼火——重新復燃。「也許，村莊將會獲得重生？也許，新的機器很快就會運到，新的居民會遷到這裡，一切又都從頭開始？牆會得到修繕，建築會被重新刷上白灰，泵水站將會重新啟用？他們會不會需要一名機械師？」施密特夫人臉色煞白地站在門口。「嘿，你們都出來吧。」她聲音嘶啞地一邊說一邊伸手打開了電燈。施密特眨巴著眼睛竄到她跟前：「你這是幹嘛?!趕快關上！他們會看到我們的！」

施密特夫人搖了搖頭：「別這麼緊張。所有人都知道我在家裡。不是嗎？」施密特被迫點了點頭，抓住婦人的手臂。「嘿，怎麼了?!她看到剛才屋裡的光了嗎？」「對，看到了，」施密特夫人回答，「我跟她講，因為你們還不回來，我緊張得做了一個噩夢，驚醒過來，伸手開燈，沒想到電燈泡閃了一下，燒掉了。她看到屋裡有手電筒光時，我正在換燈泡……」施密特讚許地嗯了一聲，但隨後重新愁眉苦臉。「她到底……妳趕緊說最要緊的……她到底看到我們沒有？」「沒有，肯定沒有。」施密特這才鬆了口氣。「那她來這裡想幹什麼？」婦人做出一副費解的樣子，輕聲地說：「她是瘋了。」「我們真得走了。」施密特說。「她說，」施密特夫人遲疑了片刻，一會兒看一眼施密特，一會兒瞧一眼死盯著她的弗塔基，然後接著又說，「她說，伊里米亞斯和佩奇納正沿著礫石公路往這邊走……要來這裡，來村子裡！說不定現在……已經到了小酒館……」頓時，弗塔基和施密特都驚得說不出話來。「聽說是長途客運的售票員看到的……是在城裡看到他們……」婦人打破了沉寂，咬著嘴唇說，「後來他看到他……他們步行出發……朝村子方向出發……在這樣惡劣的天氣裡……售票員還看到他們，在艾萊克岔路口朝這邊拐過來，因為他家的農舍就在那裡，當時他正急急忙忙地往家趕。」弗塔基跳了起來：「伊里米亞斯？和佩奇納？」施密特大笑起來：「看來哈里奇夫人真的瘋了。腦袋被《聖經》砸著了。」施密特夫人一動未動。她手足無措地攤開手臂，然後突然衝到爐灶前，一屁股坐到板凳上，將手肘拄在大腿上。「如果這是真的……」她小聲說，並且兩眼放光，「如果這是真的……」施密特不耐煩地打斷她：「可是他們已經死了！」「如果這是真的……」弗塔基低聲說，像是順著施密特夫人的思路往下想，「那麼……就是霍爾古斯家的孩子撒了謊……」施密特夫人恍然大悟，瞧著弗塔基：「想來我們只從他的嘴裡聽說他們死了。」「沒錯，」弗塔基點了點頭，顫抖著手又點燃一支菸，「你們還記得嗎？我當時就說，我覺得這整個這故事令人生疑……有什麼讓我覺得不對勁。但我說的話沒有人聽……後來我也接受了這個說法。」施密特夫人沒有將目光從弗塔基臉上移開，彷彿在向他傳遞自己的想法：「是的，是他撒了謊。事情很簡單……這個孩子撒了謊。這個可以想像，而且完全可以想像……」施密特緊張地時而看看這個，時而望望那個：「不是哈里奇夫人瘋了。而是你們兩個瘋了。」弗塔基和施密特夫人都沒有應聲，互相望了一眼。「你的腦子是不是有問題?!」施密特突然脾氣大發，朝弗塔基逼近一步，「你這個老瘸鬼！」但弗塔基搖了搖腦袋說：「不，不，老兄……我認為哈里奇夫人確實沒瘋。」他衝施密特說完後，望了婦人一眼，並且大聲宣布：「我相信這件事是真的。我去小酒館看一看。」施密特閉上眼睛，試圖讓自己鎮定下來：「一年半了！我們聽說這個消息也有半年了！這件事所有人都知道！人們一般不會拿這種事情開玩笑的。你們不要上當！這肯定是個圈套！你們明不明白？這是個圈套！」但弗塔基根本就不再聽他說什麼，開始繫身上外套的鈕扣。「你們將會看到，一切都會好起來的，」他肯定地說，從他自信的口吻裡可以聽出，他已經做出了最終的決定，「伊里米亞斯，」他微笑著繼續說下去，並且拍了拍施密特的肩膀，「他是一個大魔法師。他能用牛糞蓋出城堡……只要他想蓋的話。」施密特的脾氣變得失控，他一把揪住弗塔基的外套，拉向自己。「你就是一堆牛糞，老哥！」他咧著嘴冷笑，「讓我告訴你吧，你也只能被當作糞肥用。你以為我能聽你這個雜腦子指揮?!這不可能，老哥！你改變不了我的計畫！」弗塔基的目光十分平靜：「我也不想讓你改變什麼，老傢伙。」「那麼?這筆錢怎麼辦?」弗塔基低下頭說：「你跟克拉奈爾一起分掉吧。就當什麼都沒有發生。」施密特衝到門口，擋住他的去路。「白癡！」他吼了起來。「你們都是白癡！滾回到你們老媽的死屄裡去！但把我的錢……」他舉起中指，「給我好好放回到桌子上。」他面帶威脅地看著婦人：「妳聽到沒有，妳這個該死的……把錢給留下來。妳聽懂了沒有?!」施密特夫人站在原地紋絲不動，眼裡閃爍出異常的光亮，她朝施密特跟前跨近幾步。婦人臉上的所有肌肉都繃得緊緊的，咬著嘴唇：施密特感覺到妻子對自己的蔑視和譏諷，不由自主地倒退了幾步，冷冷地盯著婦人。「你少衝我嚷嚷，你這個小丑！」施密特夫人將嗓門壓得很低。「反正我會走。妳愛幹什麼就幹什麼。」施密特說。弗塔基揉了一下鼻頭說：「兄弟，如果他們真在這裡，」他心平氣和地補充道，「你怎麼也逃不出伊里米亞斯的手心，這個你也很清楚。將會發生什麼呢?……」施密特有氣無力地走到桌邊，懊喪地坐到椅子上。「死人復活！」他自言自語地嘟囔說，「這兩個傢伙竟相信這類胡言亂語……哈哈哈，真讓我笑破了肚皮！」他用拳頭猛地捶了一下桌子。「你們難道沒有看出來，這是一場什麼樣的遊戲?!他們只是猜到了什麼，現在想要引誘我們出來……弗塔基老哥，至少你應該還有一點理智……」但是弗塔基沒有搭理他；他站在窗前，兩手背在身後並絞在一起，平靜地說：「你們還記得嗎?比如有一次，工錢拖了九天還沒發，是他……」施密特夫人聲調嚴肅地打斷他說：「總是他把我們從泥坑裡拉出去。」「你們這兩個該死的內奸，我早就應該看清楚你們。」施密特嘀咕說。

弗塔基離開窗前，走到施密特身後。「如果你真這麼不相信，」他建議說，「我們先派你老婆過去看看……到那兒就說，她是去找你，因為她想像不出你還會在哪兒……然後……」「可以用你的性命打賭，這肯定是真的。」婦人斬釘截鐵地說。錢最終還是留在施密特夫人的胸罩裡，因為施密特也認為，那裡是最安全的地方，儘管他堅持要用一根線繩把它在那個部位捆牢。他們費了很大氣力才把他按回到椅子裡，因為他想起身找什麼東西。「好吧，我走了。」施密特夫人說，並以閃電般的動作套上雨衣，穿上靴子，轉身出門，很快消失在黑暗中；她沿著通向小酒館的車道一路小跑，小心繞開深深淺淺的水坑，沒有回頭看他們一眼：沒看那兩張貼在窗玻璃上被雨水沖刷得七流八淌的臉。弗塔基捲了一支菸，充滿快樂和希望地吐著煙圈；他體內的焦慮釋放了，感到渾身輕鬆，望著天花板出神地幻想：他幻想泵水站的機房，似乎聽到了已經好幾年一動不動、一聲不吭的機器突然開始咳嗽，哼唧，呻吟，但是馬達最終還是重新啟動，他似乎重新嗅到了石灰的氣味……他們剛聽到房門被吱呀地推開，施密特還沒反應過來，就已經聞聲跳了起來，他聽到克拉奈爾夫人問：「他們在這兒呢！你們聽說了沒有？」弗塔基點頭嗯了一聲，戴上帽子。施密特木訥地坐著，趴在桌上。「我丈夫……」克拉奈爾夫人磕磕巴巴地說，「已經出門了，他叫我過來說一聲，如果你們不知道的話，是的，你們肯定已經知道了，我們透過窗戶看到，哈里奇夫人來過這裡了，但我馬上就走，不想打攪你們，至於這些錢，我丈夫讓我過來傳個話，讓它見鬼去吧，這種事情不是我們能夠幹的，他說，哎……他是對的，因為躲藏，逃跑，我們不會有一個晚上的安穩日子，誰都不想這樣。伊里米亞斯，你們回頭就會知道，還有佩奇納，我就知道這事不是真的，說老實話，我早就覺得霍爾古斯家的孩子賊頭賊腦的十分可疑，看他那副眼神就不對勁；你們也能看得出來，他是怎麼編造出這一切叫我們相信的，我說了，我從一開始就不相信……」施密特一臉狐疑地打量著克拉奈爾夫人。「妳也參與進去了，對不對？」說罷，他發出一陣呵呵短笑。聽到這話，克拉奈爾夫人挑了挑眉毛，心慌意亂地從門口消失了。「你來嗎，老兄？」弗塔基問，說話間已經跨在了門檻上。施密特走在前頭，弗塔基拄著拐杖跟在他身後，風將他外套的衣擺吹得向後飄起，他拄著拐杖在漆黑一片的土路上摸索前行，另一隻手捏著帽簷，以防被吹到泥水裡。大雨滂沱，將施密特的咒罵和他激勵的話語沖刷到一起，最後他只重複這一句話：「別垂頭喪氣，老兄！你會看到，我們會有好命的，金子般的命！我們的黃金時代！」

二　我們復活了

他們頭頂上的掛鐘指針指在差一刻十點，但是他們還能夠期待些什麼？他們清楚地知道日光燈在布滿細如髮絲、密如蛛網的裂縫的天花板上發出的那令人頭疼欲裂的吱吱聲和故意摔門發出的永恆回聲都意味著什麼，知道他們厚重的、釘了月牙形鐵掌的皮靴如何火星四濺地咚咚走在高大空曠、貼滿瓷磚的走廊裡，他們似乎能夠猜到身後的燈為什麼全都這樣昏暗，為什麼每個角落看上去都是這般令人倦怠；假如此時此刻他倆不是蜷縮在已被數以百計的屁股磨得光滑發亮了的長椅上不由自主地偷偷盯著二十四號房門的鋁質門把手等待被人叫進去，並希望能夠充分利用那（「最多不會超過……」）兩、三分鐘時間來消除「落在他們頭上的涉嫌陰影」的話，那麼他們肯定會在這個結構恢宏的體系前帶著同謀般的得意與驚愕低下頭。這肯定是由某位認真無疑、有點勤奮過度的公務員在辦事過程中造成的荒唐的誤會，不然還會有什麼其他可能？……相互羈絆的混亂詞語很快捲入了漫無目標的漩流，隨後拼湊成一些軟弱無力、痛苦不堪的空洞句子，就像一座倉促搭建起來的橋梁，剛承受了三步的重量就隨著一陣斷裂聲，隨著一個聲音不大但無可挽回的啪嚓聲驟然坍塌，使他們像中了魔咒似的一次次在昨晚收到的通知上的印章與傳喚之間瘋狂地旋轉。準確、含蓄、怪異的措辭（「……涉嫌的陰影……」）清清楚楚地告訴他們，並不是讓他們透過證明自己的無辜以否認這一指控，想來要他們否認自己的無辜——或追究他們的責任——純屬浪費時間，這不過是一次非正式的談話，他們要藉這次談話的機會表明自己（與一樁已被遺忘的案件相關的）立場和身分，也許到時候還會修改一些個人的資訊資料。在已經過去了的、讓他們感覺漫長無涯的那幾個月裡，由於觀點上一些根本不值得一提的愚蠢分歧，他們從生機勃勃的生活漩渦中被離心出來，被隔絕開來，而他們基於從前遭到忽視的立場建立起來的信念逐漸變成熟，現在，只要機會一來，他們就能夠以驚人的果斷毫無糾結地對那些其實質可被歸結為「指導思想」的問題做出正確的回答：因此，沒有什麼能讓他們感到意外。至於這種自我蠶食、一次又一次陷入驚恐的狀態，他們可以大膽地寫到「過去苦澀的帳單」上，因為「沒有一個人能夠毫無傷損地從這個囚籠裡逃出來」。當指針快要指到十二點時，一位軍官背著兩手，邁著輕盈的步伐出現在樓梯頂端的拐角處，看上去，他渾濁的眼睛直勾勾地盯著虛空，過了一會兒他收回目光，打量這兩個古怪的傢伙，直到他死灰色的臉上浮現出淡淡的血色，他站在那裡，翹了翹腳尖，隨後帶著一臉疲憊的苦相轉身走了，他在樓梯拐角的半圓處消失之前，抬頭朝掛在寫有「嚴禁吸菸」字樣的牌子下的另一塊掛鐘瞧了一眼，皮膚重新變成死灰色。「兩塊鐘，顯示的是兩個不同的時間，」個子較高的那個人安慰他的同伴說，「而且哪塊鐘走得都不準。我們這裡的這塊鐘，」他邊說邊用格外細長、優雅的食指朝頭頂上指了指，「慢了許多，而外面那塊鐘……度量的根本就不是時間，而是無可奈何的永恆現實，我們跟它之間的關係不過就像樹枝跟雨水之間的關係：在它面前我們束手無策。」儘管他講話的聲音很輕，但他深沉、洪亮的男性嗓音還是響徹空曠的走廊。他的同伴是一個渾身輻射出鋼鑄鐵打的自信、堅強與果敢的男人，他盯著另一個人那雙暗淡無光的鈕扣般的眼睛和那張飽經滄桑的痛苦面孔，突然渾身充滿了豐沛的激情。「樹枝和雨水……」他仔細地咀嚼這幾個詞的滋味，就像在品飲陳年的老酒，他屏息凝神想要判斷出釀酒的年分，整個人都沉浸於這種冷靜的專注。「你是個詩人，我的朋友，我說的是真話！」他補充了一句，用力點了點頭，好像一個人驚訝地意識到自己偶然說出了什麼真相。他在長椅上挪了挪身子，往上坐了坐，試圖讓自己的腦袋跟他同伴的腦袋保持在同樣的高度，他把手插到巨人尺碼的大衣口袋裡，在揣滿螺絲釘、水果糖、一張海濱風光的明信片、大頭釘、一支鎳銀湯匙、一副空眼鏡架和止痛藥片的大衣口袋裡摸到一張被汗水浸透了的信紙，他的額頭開始冒汗。「但願我們別把事情搞砸！……」他脫口說道，儘管他很想把這句話收回來，但是已經來不及了。高個子男人臉上的皺紋加深了，嘴唇抿成一條線，眼皮慢慢垂了下來，因為現在他也很難完全抑制住自己驟然奔湧的情緒。然而，他們兩個都很清楚，他們犯了一個錯誤，早晨──為了馬上能得到合理的解釋──他們闖進了那扇標有門牌的辦公室門，徑直衝到最裡面的房間；結果他們不僅沒有得到答覆，甚至連長官的面都沒有見到；長官只跟外面辦公室的秘書們說了一句話（他說：「看看這些是什麼人！」），隨後，他們發現自己被關在了門外。他們怎麼會這樣愚蠢？他們犯了一個什麼樣的錯誤啊?!他們一錯再錯，即使三天三夜也不足以讓他們擺脫自己的倒楣運。因為自從他們重新深吸到新鮮、自由的空氣，沿著塵土飛揚的街道和荒蕪凋敝的公園溜達，他們望著秋季金黃色的風景，幾乎感到獲得了新生，他們從迎面走來的男人和婦人們慵慵欲睡的眼神裡，從垂著腦袋和縮在牆根的憂鬱少年遲滯的眼神裡獲得了力量；從那之後，某種尚未可知的倒楣運一直像影子一樣地跟著他們，不具形狀，時而透過一隻閃爍的眼睛看到他們，時而透過一個動作洩露它的在場，充滿威脅，無從遏制。昨天晚上在廢棄的小火車站上發生的（「簡直不可想像，實在太可怕了……」）情景更強化了這所有的一切；當時，鬼知道誰能猜到他倆想在開向月臺的候車室門旁的一條長椅上度過那一夜，一個滿臉青春痘、體態笨拙的小夥子走進轉門，毫不猶豫地朝他們徑直走過去，將這張傳票塞到他們手裡。「這件事永遠不會有了結？」當高個子男人問那個呆頭呆腦的信使時，這句話在他小個子的同伴心裡響起了回聲，後者怯生生地說：「你知道，這些傢伙故意這樣做，我的意思是說……」另一個傢伙疲憊地微笑：「用不著你多嘴。你還是整整你的耳朵吧。又豎起來了。」聽到這話，矮個子男人好像突然意識到自己犯了什麼罪過似的，羞愧地摸了摸自己大得離奇的招風耳，試圖把它按平，咧開嘴露出閃亮的牙齦：「這是命運的安排。」他說。高個子男人挑起眉毛瞪了同伴一會兒，然後轉過臉去。「哎呀，你也太醜了！」他故意做出一副吃驚的樣子大聲說，隨後又扭回頭看了他幾眼，彷彿不相信自己的眼睛。「招風耳」神色懊喪地往一旁挪了挪，將他鴨梨形狀的小腦袋縮到豎起的大衣領後，小得幾乎看不見。「你不能以貌取人。」他做出一副受辱的樣子嘟囔道。就在這時，房門開了，伴隨著一陣巨大的噪音，一個拳擊手模樣、扁平鼻子的大漢走了出來，他並沒有搭理兩個跑到他跟前的傢伙（也沒有說：「請你們跟我來一下！」），而是邁著咚咚的步伐從他們跟前走過去，消失在走廊盡頭的一扇門後。兩個人憤怒地面面相覷，彷彿被逼到了懸崖上，已經山窮水盡，絕望得可以不顧後果，他們距離做出某種不可原諒的行為只差一步之遙；就在這時，那扇門又突然被推開，一個矮胖的傢伙伸出腦袋。「你們還在等什麼？」他用譏諷的腔調問，隨後發出一聲根本不合當時情境的沙啞的「啊哈」，將門朝他們完全打開。在一個大得像倉庫的辦公室內，有五六名身穿便服的傢伙弓腰坐在一張經風歷雨的沉重辦公桌後，在他們的頭頂上，一盞盞日光燈投出微微顫抖的環形光亮，在遠處的角落裡盤踞著沉積已久的陳年黑暗，即便透過百葉窗縫隙濾進來的光線也黯然消失在虛無之中，彷彿被從下向上蒸發的潮氣吞噬掉了。那幾名書記員一聲不響地埋頭寫著什麼（他們中間有幾個人戴著人造皮革的袖套，另外幾個人的眼鏡滑到了鼻子尖上），但是不知道怎麼的，房間內還是能夠聽到永無止歇的碎碎低語；他們中不是這個，就是那個，總有人用眼角瞟著他們，帶著冷漠或幸災樂禍的神色，似乎只是偷眼窺視，看哪個不安的動作會洩露主人內心的祕密，看什麼時候從破舊的大衣下面露出髒兮兮的褲帶，或從鞋子裡露出破洞的襪子。「這是在幹嘛！」高個子男人惱火地抱怨，他剛一率先邁進倉庫樣辦公室的門檻，就驚愕地定在了那裡，因為他看到一個穿襯衫的男人正匍匐在地，像是在深棕色的辦公桌下緊張地尋找著什麼。然而，他的心理還是足夠強大，在這種時候絕不能退縮；他上前幾步，然後站住，將視線投向天花板，巧妙而得體地回避了另一個人很不體面的尷尬處境。「尊敬的先生！」他用和悅、迷人的嗓音說，「我們沒有忘記，也沒想忘記我們的職責。我們現在來到這裡，就是遵從您的要求；我們從昨天晚上的通知裡得知，您想跟我們談幾句話。我們是這個國家忠實……忠實的公民，所以，我們理所當然、自覺自願地聽從您的吩咐。我可以自豪地告訴您，有幾年我們很受重用，當然並不是一貫如此。這一點也肯定逃不過您的眼睛，非常遺憾，我們坐過一段時間的冷板凳，因此有一陣子未能接到您委派的任務。我們做為您的部下向您保證，我們會一如既往地對您效忠，從今往後會努力避免疏忽大意，克制住我們粗鄙的本能。先生，請您相信我做出的保證，我們今後會按照您一貫奉行的高標準嚴格要求去努力工作。我們很高興能夠為您效勞。」矮個子男人也激動得連連點頭，忍不住當場跟他的朋友緊緊握手。這時候，長官從地板上爬了起來，將握在手心裡的一枚白色藥丸呑進嘴裡，痛苦地試了好幾次之後，終於在沒喝水的情況下將藥丸嚥下。他撣了撣黏在膝蓋上的灰塵，坐到辦公桌後的椅子上。他兩臂交叉地伏在附扣帶的皮革面資料夾上，怒視著面前這兩個正漫不經心地望著他頭頂上方的古怪傢伙。他的臉部肌肉痛苦地抽搐，顯出一副苦澀的表情。他沒有挪動手肘，就從菸盒裡搖出一支香菸，塞到嘴裡，並且點燃。「你說什麼？」他用懷疑的語調問他，表情尷尬，他的腳開始在桌子下面緊張地抖動。但是這句提問漫無目標地在空氣裡盤旋，兩個傢伙一動不動地站在那裡，耐心地聽著。「你是鞋匠？」長官試著再次問他，並吐出一口長長的濃煙，濃煙撞到跟前的資料夾堆上，像漩流一樣將它包繞，幾分鐘後，他的臉又變得清晰可辨。「不是，先生……」「招風耳」彷彿受到了深深的侮辱，開口應道，「我們今天是被召進來的，說好八點鐘……」「啊哈！」長官突然得意地追問，「那你們為什麼沒有按時報到？」「招風耳」露出一副怨懟的神情，挺著脖子看著他。「這裡肯定存在誤會，我想說的是……我們是準時到達的，您忘了嗎？」「我明白了。」「不，您並不明白！」矮個子男人繼續激動地解釋，「現在的情況是，我們，我指的是這位先生和我，我們什麼都能做。做傢俱？養雞？閹豬？房地產仲介？處理各種棘手的事情？做市場監督？做貿易？……隨您指派，您想讓我們做什麼，我們就能做什麼！請您別再開玩笑了！您心裡很清楚……是吧，我們的工作是搜集情報，我想說的就是這個。我們為您搜集情報，請您千萬記住。情況就是這樣，我想說的是……」長官疲憊地向後一靠，慢慢地打量他倆，臉上的表情豁然開朗，突然跳了起來，打開後牆上的一扇小門，站在門檻旁扭頭說道：「你們在這裡等著。但不要胡來……你們知道我的意思！……」幾分鐘後，一位身材高大、金頭髮、藍眼睛的男人出現在他們面前，制服上佩戴著上尉軍銜，他坐到桌子後面，自在地伸直兩腿，並給了他倆一個和善的微笑。「你們有帶紙麼？」他禮貌地問。「招風耳」在巨大的衣服口袋裡開始摸索。「紙？我有張這個！」他高興地說，「請您稍等一下！」他將一張有點皺巴但很乾淨的信紙攤在上尉眼前。「您是不是還需要一支筆？……」高個子的男人問，說著準備將手伸進大衣的內口袋。上尉的臉色黯淡了片刻，隨後又開心地瞧著他們，像是改變了主意。「你們確實挺可愛！」他點頭笑道，「你們倆挺有幽默感！」「招風耳」謙虛地低下頭。「沒有幽默感的人幹不成大事，長官，這一點必須承認……」「是的，咱們言歸正傳，」上尉嚴肅地說，「我想知道的是，你們有沒有別的形式的證明信。」「招風耳」立刻應道：「當然有啦，長官先生！馬上……！」他又把手伸進口袋，掏出了傳票，一臉得意地在空中揮了揮，然後放到桌子上。上尉掃了一眼，隨後滿臉漲紅地衝著他們吼叫起來：「你們不識數嗎?!真是婊子養的白癡！這裡標的是幾樓?!」這一爆發來得如此突然，兩個人都被嚇得倒退一步。「招風耳」使勁地點頭。「當然知道……」他只能嘴硬，因為實在想不出更合適的話來。軍官歪了一下腦袋問：「你說什麼？」「二樓，」「招風耳」回答，並以解釋的口吻補充了一句，「報告長官。」「那你們在這裡幹什麼?!你們是怎麼跑到這兒的?!真見鬼，你們知道這裡是什麼地方嗎?!」兩個人都沮喪地搖搖頭。「這裡是賣淫登記處！」上尉俯身衝他們吼道。但是兩個人神色鎮定，沒有顯出絲毫的吃驚，矮個子男人搖了搖頭，表示不相信上尉的話，高個子男人則咬著嘴唇陷入沉思，他兩腿交叉著站在同伴身邊，像是在欣賞牆上的風景畫。軍官將一個手肘撐在桌上，用手掌支著腦袋，開始按摩自己的額頭。他的腰背筆直，如同正義之路，他的胸脯寬厚，凹凸有致，他的制服顯然經過精心的清洗和熨燙，白得刺眼的襯衫領與他粉紅、細嫩的皮膚和諧生輝；他的頭髮柔軟捲曲，有一綹頭髮垂在他天藍色的眼睛前，為他渾身洋溢著孩子式純真的外表添加了一種令人無法抗拒的魅力。「現在首先，」他用南方人富於旋律感的嗓音鄭重其事地說，「出示你的身分證。」「招風耳」從褲後口袋裡掏出兩本揉得破舊、捲了邊的小本子，並將高高的文件堆往一旁稍稍推了推，騰出一小塊地方，好在遞交之前將小本子稍稍展平一些；但是出於年輕人的不耐煩，上尉從他手裡一把奪過小本子，以軍人的風格快速、機械地翻了一遍，但是並沒有閱讀裡面的內容。「你叫什麼？」他問矮個子。「佩奇納，願意為您效勞。」「這是你的名字嗎？」「招風耳」鬱悶地點點頭。「我想聽到你的全名。」軍官向前欠了欠身子。「這就是全名，報告長官。」佩奇納一臉無辜地回答說，隨後轉向同伴，小聲問：「現在我該怎麼辦？」「你是什麼人，茨岡人[6]嗎?!」上尉厲聲地斥責他。「什麼？我？」佩奇納吃了一驚，「茨岡人？」「好啦，別演戲了！告訴我你的名字！」「招風耳」求助地望著同伴，然後聳了聳肩，一臉困惑，好像不能完全保證自己能為自己將要說出的話負責似的。「嗯……山多爾，費倫茨，伊斯特萬……哦……安德拉斯。」軍官翻了一下身分證，用威脅性的語調冷冷地說：「這裡寫的是『尤若夫』。」佩奇納看上去彷彿遭到了雷擊。「肯定不對，長官，請您給我也看一下……」「你給我老實地站在原地！」上尉用不容置疑的聲音命令。他的同伴臉上既看不出焦慮，也看不出興奮，當軍官問他叫什麼時，他眨了幾下眼睛，彷彿思緒飄到了別的地方，他禮貌地回答：「對不起，我沒有聽懂。」「我問你的名字！」「伊里米亞斯。」他嗓音洪亮地回答說，神情中帶著自豪感。上尉將一支香菸叼在嘴角，動作笨拙地把它點燃，把燃燒的火柴扔到菸灰缸裡，再用火柴盒將火苗摁滅。「哦，是這樣。這麼說，你也只有一個名字。」伊里米亞斯神色愉悅地點點頭：「當然啦，先生。跟其他所有人一樣。」軍官死死地盯住他的眼睛，當辦公室主任推開門時（他問：「你們說完了沒有？」），他朝他們招了下手，示意他們跟他出去。他們跟著他走了幾步，在幾名書記員狡黠目光的注視下從外面辦公室的桌前走過，跨出屋子，走進樓道，爬上樓梯。這裡的光線更加昏暗，在拐彎的地方，他們險些被臺階絆倒；他們扶著粗鐵的護欄往上走，表面拋光的鐵板底部布滿了扎手的鐵鏽疙瘩；他們腳下踩著長了一層潮濕苔蘚的樓梯一級級地往上爬，儘管能夠感覺到周圍經過了澈底的沖洗，但也很難掩蓋在拐角處撲面而來的那股令人想到魚腥的濃重氣味。

半樓[7]

一樓

二樓

看上去像騎兵隊長一樣瘦削挺拔的年輕上尉，邁著鏗鏘有力的步伐大步流星地走在他們前頭，他那雙錚亮、半高的皮靴在光潔的陶瓷地磚上發出近乎音樂般的聲響；他沒有回頭看他們一眼，但是他們知道，現在他正從頭到腳地打量他們，分析他們，從佩奇納的工作靴到伊里米亞斯扎眼的紅領帶，他可能透過他的某種特殊能力記住了這些細節，要知道，後脖頸上被撐薄了的皮膚要比憑肉眼經驗發現的東西更能給他留下深刻的印象。「檢查！」他們剛一跨進一扇同樣標有「24號」的房門，走進一間霧氣瀰漫的悶熱大廳，他便朝一位鬍髭濃密、皮膚黝黑、膀闊腰圓的軍士大聲喝道；他絲毫沒有放慢速度，用幾個快速的手勢示意那幾個從椅子上跳起來的人重新坐下，並在走進左邊那扇嵌有玻璃的

6 茨岡人（Tzigane），指吉普賽人。

7 按匈牙利人的習慣，與路面相平的那層叫「地面樓層」，相當於中文說的「一樓」。有的建築有半地下室，地面樓層高於路面，叫「半樓」。

房門之前，發出幾道簡單明瞭的指令：「跟我來！把材料給我！還有報告！接109分機！之後要一條市內線！」軍士聚精會神地緊張聽命，直到聽見門鎖的喀答聲，他才用手臂抹了一下額頭的汗水，坐到正對大廳入口的桌子旁，將一份印刷表格推到他們眼前。「你們把這個東西填好。」他疲憊地說，「你們坐下！但是先要讀一下背面的『填表須知』。」大廳裡沒有空氣流動。天花板上有三排日光燈，明亮刺眼，這裡的百葉窗全都緊閉著。文書們緊張、匆忙地在無數張辦公桌之間走來串去，有的時候，他們在狹窄的通道上撞個滿懷，不耐煩地彼此躲閃一下，報以歉意的微笑，結果使辦公桌也逐漸旁移，在地板上刮出銳利的劃痕。然而，也有一些人紋絲不動地坐在那裡，需要完成的工作在他們面前堆成了高塔，看上去就讓人感覺壓迫，但他們還是要把大部分時間花在跟同事們爭吵上，因為總是有人從背後不停地推擠他們，或朝旁邊推一下桌子。有幾個人像騎兵似的弓著腰騎坐在紅色皮革面的靠背椅上，一手握著電話筒，另一隻手端著一杯熱氣騰騰的咖啡。在大廳的後部，從這堵牆到那堵牆，日漸衰老的女打字員們坐成長長、筆直的一排，飛速敲擊著打字機的按鍵，帶著不可抗拒的誘惑。佩奇納驚愕地注視著眼前這一狂熱的工作場景，用手肘頂了一下伊里米亞斯，但他的同伴只是點了一下頭，繼續認真地閱讀「填表須知」。「咱們得撤了，現在還不算太晚……」佩奇納小聲說，但他的同伴煩躁地朝他揮了下手，叫他閉嘴。隨後，他的目光從表格上移開，開始在空氣中嗅探，他問：「你聞到了嗎？」邊問邊朝上頭指指。「像是沼澤的氣味。」佩奇納說。軍士瞧了他們倆一眼，示意他們靠近他一點，然後低聲說：「這裡的一切都在腐爛……三個星期裡，已經粉刷了兩次牆……」在他深陷、浮腫的眼睛裡閃著狡黠的光，他的雙下巴緊緊地卡在挺拔的襯衫領子裡。「要不要我跟你們透露一些事情？」他帶著會意的微笑問。他湊近他們的臉，他們倆能感覺到從對方嘴裡呼出來的呵氣。他開始無聲地笑起來，笑了半天，似乎他自己無法克制。然後他頓挫有力地強調自己說出的每一個字眼，感覺像在他倆面前安放幾枚炸彈：「你們能滾最好趕緊滾，」隨後他又補充道，「否則死定了。」他做出一副幸災樂禍的表情，緩緩敲了幾下桌面，像是自己將自己剛說出的話又重複了一遍。伊里米亞斯報以一絲蔑視的微笑，重新埋下頭閱讀表格，佩奇納則驚愕地盯著軍士；軍士突然咬住嘴唇，輕蔑地打量了他們倆一眼，然後仰身靠在椅背上，失神而淡漠，重新成為背後海綿質的密集噪音的一部分；一分鐘前，他剛從那片嘈雜聲裡鑽出來，現在又被吸了回去，彷彿被吞回到魔鬼的喉嚨裡。當他們填好表格，被帶進上尉的辦公室時，剛才還把他們折磨得要死要活的所有疲憊都倏然消失，他們的腳步變得堅定有力，動作充滿了活力，言語像軍人一樣斬釘截鐵。辦公室布置得低調而舒適：在霸氣十足的辦公桌左邊擺放著一株巨大的盆栽植物，濃綠的枝葉可以讓人的眼睛得到休息；在門邊的角落裡擺著一張皮面的長沙發、兩把皮面的扶手椅和一張「摩登品味」的吸菸桌。窗前遮著沉重的墨綠色天鵝絨窗簾，從房門到辦公桌，地板上鋪著大紅地毯。從天花板上（與其說看到，不如說可以感覺到……）落下細細的浮塵，緩慢而從容。牆上掛著一幅軍人肖像。「坐下來吧！」軍官指著並排擺放在對面角落裡的三把木椅說，「我希望，我們能夠彼此理解。」他靠坐在一把椅背很高的椅子上，腰抵著米黃色的木板，眼神僵直地投向遠處，投在天花板上某個黯淡的點上，彷彿他根本就不在這裡，不在這悶熱得令人窒息的空氣裡，只有他歌詠般的嗓音透過繚繞的煙霧朝他們這邊飄來。「你們今天被傳來，是因為你們犯了威脅社會安全的逃避工作罪[8]。你們肯定注意到了，我沒有註明確切的時間，因為這三個月跟你們無關。不過我樂意忘掉這整件事。現在只是取決於你們自己。希望我們能夠彼此理解。」時間在他的話語上沉積，凝結，就像膠凍樣的藻類凝固在許多世紀的化石裡。「我建議，讓我們全都忘掉過去。不過條件是，你們要接受我對你們未來的建議。」佩奇納在摳鼻孔；伊里米亞斯歪著身子，試圖將自己的外套從同伴的屁股底下拉出來。「你們沒有選擇的餘地。如果你們說：不行，那麼我會讓你們在冷板凳上一直坐到頭髮花白。」「您究竟想要說什麼？」伊里米亞斯費解地打斷對方。但是軍官好像並沒有聽見他的問話，繼續說下去：「你們有三天的時間。你們肯定想都沒有想過，你們還能有工作的機會。我知道你們的一切……我給你們三天時間，讓你們想清楚利害關係。我不會給你們更多的承諾。但這三天我可以給你們。」伊里米亞斯怒火中燒，但是想了一下，並沒有發作。佩奇納現在真被嚇壞了。「這些該死的咒語我怎麼一句都聽不懂，請您原諒我這麼講……」上尉也假裝沒聽見這句話，他像是在宣讀判決書，由於預料到被告會激烈抗議，所以他對此置若罔聞。「你們記住我說的話，因為我不會再講第二遍：絕不允許再這麼悠閒，再這麼浪蕩，你們再不要惹是生非，這一切都要畫一個句號。你們得給我工作。聽懂了沒有？」「你聽懂了嗎？」「招風耳」轉向伊里米亞斯問。「沒有，我什麼也沒聽懂。」伊里米亞斯說。上尉惱火地將目光從天花板上移開，狠狠地瞪了他們倆一眼。「閉嘴！」他用那副老派、富於韻律的嗓音喝斥。佩奇納雙手抱胸地坐在椅子上，準確地說，他更像是躺在上面，後腦勺枕在椅背上，驚恐不安地眨巴著眼睛，沉重的棉大衣像花瓣一樣攤在他的周圍。伊里米亞斯坐得腰板筆直，大腦瘋狂地轉動，黯黃色的尖頭皮鞋亮得刺眼。「我們有自己的權利。」他說，鼻子上聳起細小的皺紋。上尉惱羞成怒地吐了一口煙，臉上——的確，只是短短一瞬——顯出一絲疲憊。「你們的權利！」他火了起來，「你們居然還敢談論權利？對你們這類人來說，法律只是供你們利用的工具而已！你們遇到了麻煩才會找出個條款用來遮羞！但是這一切都已經結束了……我不是在跟你們討論，這裡不是俱樂部，你們聽明白沒有？我勸你們現在就習慣這個，從今往後你們做事情必須要遵紀守法。」伊里米亞斯用冒汗的掌心揉了揉膝蓋問：「這是什麼法律？」上尉的表情變得嚴肅。「強人的法律。」他斬釘截鐵地說，他的臉上突然失去了血色，抓在扶手上的手指也變得蒼白，「國家的法律。民眾的法律。難道這對你們來說都毫無意義？」佩奇納終於忍不住要開口（「這是怎麼回事？咱們之間到底是什麼關係？如果要我說，我更願意……」），但被伊里米亞斯揪住了。伊里米亞斯鎮定地說：「上尉先生，您跟我們一樣清楚，這是什麼法律。所以我們現在才在這兒，跟您一起。不管您怎麼看我們，我們都是守法公民。我們知道什麼是職責。我想提醒您的是，我們無數次證明了這一點。我們站在法律這一邊。您也一樣。既然如此，那您說說，有什麼必要對我

8 在第二次世界大戰後的匈牙利社會，人們沒有「失業」的概念，匈牙利政府有義務為所有人安排工作。在這種背景下，失業者被定為「危害公共安全的逃避工作罪」，受到法律處罰。

們進行這樣的威脅……」軍官露出嘲諷的微笑，用他真誠、坦率的大眼睛盯著伊里米亞斯神祕的面孔，儘管他的這番話聽起來相當溫和，但在他的眼眸深處隱藏著憤怒的火種。「我知道你們的一切……不過……」他嘆了一口氣說，「我不得不承認，我並沒能因此瞭解你們更多。」「這話說得不錯！」佩奇納終於鬆了口氣，推開同伴，用討好的眼神看著上尉。看到這個眼神，上尉的身體抽搐了一下，慢慢扭過臉，充滿威脅地盯著佩奇納。「你們要知道，我已經忍受不了這樣的緊張！實在受不了了！」在軍官發作之前，佩奇納就已經預見到，預感到，結局將會很糟糕。「我們的談話不是挺好嗎，總要比……」「閉上你這張爛嘴！」上尉狂怒地朝他吼叫，並猛地從椅子上跳起來。「你們想要怎麼樣？你們以為自己是誰？蠢豬！竟敢在我面前放肆無禮?!」他惱羞成怒地坐回到椅子上，「居然還說什麼跟我站在同一邊！……」佩奇納已經站了起來，飛快地揮舞雙手試圖解釋，盡可能挽回眼前的處境。「不，當然不是，看在上帝的分上，報告長官，現在，我該怎麼說呢，我們做夢都不會這樣想！……」上尉什麼話也沒說，又點燃一支香菸，兩眼焦躁地直視前方。佩奇納不知所措地站在那兒，打著手勢向伊里米亞斯求援。「我是受夠了你們兩個了，」軍官用金屬般的聲音說，「我已經聽夠了這曲『伊里米亞斯——佩奇納二重奏』。我總是碰到這樣的蠢貨，然後讓我來擔負責任，你們這些婊子養的！」伊里米亞斯迅速插話說：「上尉先生，您很瞭解我們。為什麼不能讓一切都跟過去一樣？您問一下（「……薩布」，佩奇納幫忙說）……薩布上士先生。從來沒遇到過任何的麻煩。」「薩布退休了。他的團隊也由我接管。」上尉苦澀地說。佩奇納立即衝到他的跟前，一把抓住上尉的手臂：「我們還跟綿羊似的傻乎乎地坐在這兒?!……哎，祝賀您，長官先生，怎麼說呢，我們向您表示最衷心的祝賀！」上尉反感地甩開佩奇納的手：「回到你的座位上去！你這是幹嘛？」他無可奈何地搖了搖頭，隨後，他看到兩個人驚愕的樣子，於是又換了一副較為溫和的語調，「好啦，你們聽著。我希望我們能相互理解。你們記住，現在國內天下太平。所有人都安居樂業。情況本來就應該這樣。但是如果你們讀報紙的話，你們就會知道，國外的局勢正處於危機狀態。我們不能讓危機卡住我們的脖子並毀掉我們所取得的成就。這是一項巨大的責任，你們明不明白？巨大的責任！我們不能容忍這種遊手好閒，不能讓你們這樣的傢伙繼續無法無天地東遊西蕩，因為我們不希望有人在背後嚼舌頭。另外，在這項需要我們共同努力的工作中，你們完全能派上用場！我知道你們很有想像力。你們不要以為我不知道這一點！我不會追究你們的過去，你們將得到你們應得的東西。但是，你們要適應新的形勢！聽清楚了沒有?!」伊里米亞斯搖搖頭：「這不可能，上尉先生！沒有人能強迫我們做什麼。但是如果涉及職責，我們會以自己的方式盡自己所能……」上尉火了，眼睛瞪得凸了出來，嘴唇開始顫抖。「什麼？沒有人能夠強迫你們做什麼?!你們是些什麼東西，居然還敢跟我頂嘴?!他媽的你這個混蛋、該死的爛婊子養的蠢驢！骯髒的流浪漢！明天早上八點整，你們過來向我報到！你們現在滾吧！滾開！」他的身子抖了一下，轉身背向他們。伊里米亞斯垂頭喪氣地朝門口走去，縮頭縮腦，緊跟著已經像蜥蜴一樣溜出房間的佩奇納，出門前又扭頭瞧了一眼。上尉在揉太陽穴，他的臉……彷彿罩上了一層鎧甲，泛著金屬般幽暗、灰色的光，皮膚下顯露出神祕的權勢：腐朽復活，從骨髓腔裡爬出來，立即充盈到屍體的每個部位，就像活著時那樣血脈充盈，隨後連最表層的皮膚也戰歌高唱地充滿了不可戰勝的力量，短暫的容光煥發在剎那間消失，肌肉變得僵硬，皮膚開始反光，閃爍著銀光；原本弧線形的精緻鼻子、微微隆起的顴骨、髮絲般纖細的皺紋被重新形成的鼻子、顴骨和皺紋所取代，以抹掉與之相關的所有記憶，消除掉他身上過去的影子，以保留在許多年後被從墓穴裡掘出的那副樣子。伊里米亞斯帶上身後的房門，加快腳步，穿過嘈雜的大廳，追上了佩奇納；此時的佩奇納已走在走廊裡，沒有回頭看同伴是否跟在自己身後，因為他擔心自己一旦回頭，又會被重新叫回去。陽光透過濃密雲層的縫隙投射下來，城市透過圍巾呼吸，街上刮著惱人的風，房屋、人行道、車道都浸泡在傾盆的大雨裡。老婦們坐在窗戶後，透過鉤編的窗簾凝望著黃昏，她們心臟皺縮地看著那些在窗外房簷下匆匆奔逃的人們，看到在所有人臉上折射出的同樣的罪孽和同樣的悲傷，那種悲傷就連屋內燒得滾燙的陶瓷壁爐、熱氣騰騰的蛋糕也難以慰藉。伊里米亞斯大步流星地穿過小城，佩奇納喋喋抱怨著邁著小步緊追其後，他們偶然停下來一會兒，喘一口氣，冷風將他們的衣襬向後吹起。「現在咱們去哪兒？」他有氣無力地問。但伊里米亞斯並沒有在聽他說什麼，繼續往前走，用威脅的口吻自言自語地嘟囔：「他會後悔的……這個混蛋肯定會後悔的……」佩奇納加快了腳步。「讓我們澈底忘掉這件垃圾事吧！」他建議說，但他的同伴把他的話當成了耳旁風。佩奇納提高了嗓音：「我們去多瑙河上游吧，我們在那裡或許能開始做點什麼……」然而，伊里米亞斯既沒有看他，也沒有聽他說什麼。「我要扭斷他的脖子……」他跟同伴講，並做出一個兇狠的動作，表示他要怎麼扭。但是佩奇納固執地說：「在那邊我們可以做許多事情……比方說，我們可以釣魚……或者，你聽我講：有一個很懶、很有錢的傢伙，比方說，他想建一個……」他們在一家小酒館前停下來，佩奇納將手揣進口袋裡，數了數他們的錢，隨後推開了玻璃門。酒館裡沒有幾個晃動的人影，看廁所的婦人大腿上放了一臺袖珍式的電晶體收音機，她正在收聽正午的鐘聲；用髒抹布擦過的桌子變得更濕更髒，它們將做為證人見證這個小小的復活，現在大多數的酒桌都東倒西歪地空在那兒，四、五個凹頰癟臉，將手肘支在桌子上的男人彼此坐得距離很遠，愣愣地發呆，有的在偷眼瞟女侍，有的盯著面前的酒杯，有的在寫信，有的心事重重地喝著咖啡、果子酒或葡萄酒。苦澀、窒悶的臭味跟成團的煙霧混在一起，酸腐的酒氣升向被煙熏黑了的天花板；在酒館門旁邊，在一個被砸爛了的煤油爐後，一條被淋成落湯雞的狗蜷在角落裡瑟瑟發抖，驚恐地望著門外。「你們這些懶豬，全都給我挪動一下！」一個打掃清潔的婦人一邊尖叫著一邊握著一條纏在掃帚柄上的抹布從一張張桌子旁走過。櫃檯後一位棕紅頭髮、娃娃臉的女酒保正靠在擺滿變質的糕點和幾瓶昂貴香檳酒的貨架上塗染指甲。一位身材碩壯的女侍靠在客人坐的吧檯外側，一隻手夾著菸捲，另一隻手拿著一本廉價的通俗讀物；她每翻一頁，都會興奮地舔一下嘴唇。牆上亮著一圈落滿浮塵的昏黃壁燈。「來單份混合酒。」佩奇納比劃著說，跟同伴一起支著手肘靠在吧檯上。女侍繼續看書，連眼皮都沒有抬一下。「再來一盒『銀科舒特』。」伊里米亞斯補充道。女酒保沒精打采地離開貨架，小心地放下指甲油瓶子，然後動作遲緩、神色倦怠地倒了一杯酒，推到伊里米亞斯眼前。「七十七菲勒[9]。」她慢吞吞地說。但是兩個男人都沒有動彈。伊里米亞斯盯著女人的臉，兩人的目光碰到了一起。「我要的是單份！」他大聲吼道，口氣裡頭帶著威脅。女酒保又迅速倒滿了兩杯酒。「對不起。」她略顯膽怯地將兩杯酒推到他倆跟前。「我們好像還要了一包香菸。」伊里米亞斯用低沉的嗓音說。「十四福林九十菲勒。」女孩用急促、含混的語調說，她瞧了一眼發出窒息般笑聲的女同事，並示意她別再笑了。但為時已晚。「我想知道，到底有什麼好笑的。」伊里米亞斯問道。酒館裡的所有眼睛都轉向了他們。女侍的笑容凍在了臉上，她隔著圍裙緊張地整了整胸罩的肩帶，然後聳了一下肩膀。突然鴉雀無聲。在開向街道的窗戶前，坐著一個身體肥胖、皮膚油亮的男人，頭上戴了一頂客運售票員的制服帽；他驚訝地盯著伊里米亞斯，然後將剩下的小杯酒一飲而盡，將空酒杯笨拙地往桌子上重重一放。「對不起……」他結結巴巴地說，意識到所有人都在看著他。就在這時，不知道是誰從哪個方向發出低聲、溫柔的哼唱或嗤笑。伊里米亞斯和佩奇納都屏住了呼吸望著對方，因為就在同一時刻，他倆都感覺到有人在輕聲唱歌。兩個人交換了一個眼色，這時候哼唱聲似乎也提高了一些。伊里米亞斯端起酒杯，然後又慢慢地放下。「有誰在這裡唱歌嗎？」他十分惱火地自言自語，「誰敢在這裡這樣放肆?!這他媽的在搗什麼鬼？是一臺機器？……還是……燈泡？……不對，肯定還是有人在這裡唱歌……也許是坐在廁所前的乾巴老頭？……或是那個穿運動鞋的混蛋？這到底是什麼聲音？想要造反嗎?!」之後，聲音戛然停止。現在只有沉默，只有懷疑的目光……伊里米亞斯拿酒杯的手微微顫抖，佩奇納緊張地用手指敲著吧檯。每個人都垂著腦袋，垂下眼皮坐在那裡，沒有人敢動彈一下。看廁所的婦人驚懼地抓住女侍的手臂：「要不要叫員警來？」女孩純粹出於高度的緊張而無法自控地發出神經質的嗤笑，後來她為了轉移一些注意力，迅速打開洗碗槽的水龍頭，並故意用啤酒杯製造出一些雜音。「我們要炸掉一切，」伊里米亞斯用沉悶的嗓音說，而後又用洪亮的低音重複了一遍，「我們要炸掉一切！一個一個地把他們炸飛！」他轉向佩奇納說，「這些膽小的蛆蟲。給每個人的外套裡都塞一包炸藥！給他，」他用大拇指往旁邊指了一下，「塞到口袋裡。給他，」他又用眼睛朝壁爐方向示意了一下，「塞到枕頭下。把炸彈塞到煙道裡、腳墊下、吊燈上，塞到他們的屁眼裡！」女酒保和女侍彼此緊靠地縮在吧檯盡頭。客人們驚恐萬狀地尋找彼此的目光。佩奇納用兇惡的眼神打量著他們。「炸掉橋梁。炸掉房屋！炸掉整座城市。炸掉公園！炸掉他們的上午！炸掉郵局！逐個炸掉所有一切……」伊里米亞斯像吹口哨似的噘起嘴唇，吐著煙圈，將酒杯在灑了一攤啤酒的吧檯上推來推去。「因為事情必須要有一個了結。」「沒錯，有什麼必要這麼猶豫不決?!」佩奇納點頭附和，「我們要有計畫地炸！」「炸掉所有城市！一座接一座地炸！」伊里米亞斯瘋狂地說，「炸掉農莊。連最偏遠的小棚舍也要炸掉！」「轟！轟！轟！」佩奇納揮舞著手臂大聲喊叫，「你們聽到沒有?!之後：轟隆！一切不復存在，先生們。」他從口袋裡掏出一百二十福林扔在吧檯上，扔在一攤啤酒的正中央，紙幣慢慢被啤酒浸濕。伊里米亞斯也離開了吧檯，推開店門，但這時候他突然轉過身去。

9 福林和菲勒均為匈牙利貨幣單位，1 福林 =100 菲勒。

「過不了幾天，伊里米亞斯將把你們撕成碎片！」說完之後他啐了一口口水，輕蔑地撇了撇嘴，在離開酒館之前，他最後用目光環視了一圈，逐個掃了一遍那些蠕蟲樣的臉。下水道的臭味跟泥濘、水窪、撕破夜空的閃電的氣味混在一起，風搖撼著電線、瓦片、被棄的鳥巢；透過關不嚴的矮窗的縫隙，能夠感到屋內令人窒息的悶熱……聽到擁抱在一起的情侶們怨艾、煩躁的隻言片語……嬰兒要求吃奶的啼哭聲融進了錫箔氣味的黃昏裡；蜿蜒的街道和被積水浸泡、開始下沉的公園順從地躺在大雨中；光禿的橡樹、折斷的乾花、燒焦的草地謙卑地匍匐在暴風雨裡，就像殉難者趴在劊子手腳下。佩奇納跌跌撞撞地跟在伊里米亞斯身後大聲嚷道：「是去找施泰格瓦爾德嗎？」但是他的同伴並沒有聽到。伊里米亞斯立起方格外套的領子，兩手插在口袋裡，昂著腦袋，深一腳淺一腳地從這條街匆匆穿到那條街，在哪兒都沒有放慢腳步，也不回頭張望，叼在嘴裡的菸捲已被雨水打濕，但他根本沒意識到；佩奇納繼續扯著嗓子、變換花樣地詛咒這個世界，他的O型腿一拐一拐地磕絆跌撞，他已被伊里米亞斯落下有二十步遠，再怎麼喊叫也無濟於事（「嘿，等等我！別跑這麼快！把我當成什麼人了，殺人狂嗎？」），同伴理都不理他，更糟糕的是，他一腳踩進齊腳踝深的積水裡，踉蹌了幾步，有氣無力地靠在一幢房子的外牆上，咕噥說：「我實在跟不上這種速度……」但在幾分鐘後，伊里米亞斯重新出現，濕漉漉的頭髮垂在眼前，鮮黃色的尖頭皮鞋上沾滿了泥。佩奇納也渾身被淋透了。「你看看這裡，」他指指自己的耳朵說，「整個變成了一塊鵝皮……」伊里米亞斯勉強點了點頭，清了下嗓子說：「我們到村子裡去。」佩奇納驚得睜大眼睛瞪著他：「你說……什麼?!現在?!我們兩個?!去村子裡?!」伊里米亞斯重新抽出一支菸，點上，迅速吐出一口煙，說：「對，現在，馬上去。」佩奇納靠在牆上：「你聽我說，老哥，師父，我的救世主，索命鬼！遲早我會死在你的手裡！看在上帝的分上，我又冷又餓，我想去一個暖和的地方，我想把衣服晾乾，吃一點東西；上帝知道，我沒有絲毫的欲望在這麼惡劣的天氣裡散步，我更不想跟瘋子似的追著你狂奔，你這該死的傢伙！你去死吧！」伊里米亞斯揮了下手，冷冷地說：「你願意去哪兒就去哪兒，我不留你。」說著他拔腿繼續走。「你去哪兒？你現在去哪兒？」佩奇納在他的背後憤怒地喊，同時又不得不跟著他，「你想撇下我去哪裡……你給我站住，站住！」當他們走出小城時，雨已經稍微小了一點。夜幕降臨。不見星星，也不見月亮。在艾萊克岔路口，在他們前方一百公尺的地方，有一個搖晃的黑影；後來他們才發現，那是一個穿著雨衣的人；那個人正朝村子方向走去，被黑暗吞噬。在國道兩邊目光可及的盡頭，有幾片陰鬱的小樹林，視野裡的一切都被泥濘覆蓋，因為在向下傾斜的北方，所有景物的輪廓都在夜幕下變得模糊不清，顏色盡褪，不動的東西懸浮起來，移動的東西變得癱瘓，國家公路就像一條神祕漂泊、搖盪的船浮在泥濘、浩瀚的海洋中央。沒有一隻鳥在固體般堅實的天空中飛翔，沒有動物用窸窣的響動打破像晨霧般在大地上瀰漫的寂靜，只有一頭孤獨、受驚的小鹿——彷彿泥沼在呼吸——時而仰頭，時而低頭，時刻準備著逃離，逃向遠方。「我的上帝！」佩奇納嘆了口氣，「我一想到早晨我們才能到達那裡，我的腿就開始抽筋！為什麼我們不跟施泰格瓦爾德借一輛卡車？再借一件大衣！你把我當成了什麼人？舉重運動員嗎?!」伊里米亞斯停下來，腳踩路邊的一塊里程碑，取出菸盒；兩個人各自抽出一支，用他們的手掌遮擋著點燃。「你這個殺人犯，我可以問你一下嗎？」「什麼？」「我們為什麼要去村子裡？」「為什麼？你有睡覺的地方嗎？你有能吃的東西嗎？你有錢嗎？你別總是抱怨，否則我扭斷你的脖子。」「好吧。我明白了。臨時性的。但我們後天必須回來，不是嗎？」伊里米亞斯咬著牙想了想，沒有應聲。佩奇納又嘆了口氣：「老哥，你真應該用你這麼聰明的腦袋想想別的主意！我不想跟那些人混在一起。我不能忍受待在同一個地方。佩奇納在自由的天空下出生，在那裡生活，並在那裡死亡。」伊里米亞斯苦澀地揮了下手：「我們的處境非常糟糕，我的朋友。現在我們沒有別的辦法，必須跟他們混在一起。」佩奇納焦慮得十指相絞：「師父！不要跟我說這種話！我已經心亂如麻了！」「好了，好了，你用不著緊張得大小便失禁。等我們拿到他們的錢後，馬上離開那裡。以後總會有別的出路……」他們動身出發。「你認為他們會有錢嗎？」佩奇納憂心忡忡地問。「農民們多少總會存一點的。」他們默默地走了幾公里，沒再講話，大概走到了岔路口與村頭小酒館之間的半途中；在他們的頭頂偶爾可見閃爍的星光，過了一會兒，重新是一片稠密的黑暗；偶爾，月亮透過雲霧投下朦朧的光影，兩個精疲力竭的行路者在月光之下，在碎石路上，跟它們一起在天空的戰場上奔逃，穿越所有的障礙拚命前行，奔向目標——直到黎明。「我真想知道這些鄉巴佬等一會兒看到我們出現時會說什麼……」伊里米亞斯若有所思地跟走在他身後的同伴說，「肯定會大吃一驚的。」佩奇納加快了步伐。「你怎麼能夠肯定，他們還會留在那裡？」他不安地問，「我覺得他們但凡有一點腦子，早就該從那裡搬走了。」「腦子？」伊里米亞斯狡黠地笑道，「他們會有腦子嗎？他們都是天生的奴僕，到死也不會有什麼改變。他們坐在廚房裡，在角落裡拉屎，偶爾朝窗外看看別人在做什麼。我太瞭解他們了，可以說瞭若指掌。」「我不明白你為什麼對此能這麼自信，老哥。」佩奇納說，「我的預感是，那裡已經沒有任何人住。房子都是空的，瓷磚都被偷走了，頂多在磨坊裡會有一兩隻饑餓的老鼠……」「不可能……」伊里米亞斯自信地反駁，「這些人一直還都坐在那兒，跟以前一樣坐在髒兮兮的板凳上，每天晚上吃紅椒燉馬鈴薯，不清楚可能會發生什麼。他們疑神疑鬼地盯著彼此，在寂靜中大聲地打嗝兒，並且總是等待。他們頑強、堅忍地等待著，他們認為自己受到了欺騙。他們像貓一樣匍匐在豬圈裡等待著，希望能夠發現一點餿水殘渣。這些人就像古代城堡裡的僕人們，有一天他們的老爺開槍自殺了，他們所有人都無助地圍著屍首打轉，不知所措……」「別吟詩了，我的首領，我馬上就要發瘋了！……」佩奇納試圖讓自己鎮定下來，用手緊緊捂住饑腸轆轆的肚子。但是伊里米亞斯並不理睬他，繼續抑揚頓挫地說：「他們是失掉了主子的奴隸，但並不能脫離所謂的驕傲、尊嚴與勇敢活著。這些東西支撐著他們的靈魂，即便他們在愚笨的大腦深處感覺到，這一切特質並不屬於他們自己，他們之所以這樣，只不過是喜歡活在它們的陰影裡罷了……」「夠了……」佩奇納抱怨說，他揉了揉眼睛，因為雨水一直在他扁平的額頭上不斷地流著，「你用不著生我的氣，但是我現在真的無法忍受聽這類的話！……等到明天你再跟我說吧，現在我們不如聊一聊，聊一碗……滾燙的四季豆湯。」然而，伊里米亞斯並不在乎同伴的抗議，繼續在他的耳邊大聲說：「影子飄向哪裡，他們就像牛群一樣跟著影子走，因為他們離不開陰影，就像他們還離不開壯麗與輝煌……」（「天哪，別再說了，我的老哥……」佩奇納痛苦地央求道。）「……他們唯恐自己會被那種與壯麗、輝煌共存的孤獨所拋棄，因為那樣他們會像喪家犬一樣地發瘋，將所有的一切撕成碎片。只要給他們一個燒得很暖和的房間和一鍋燒得滾燙的紅椒燉馬鈴薯，這些蠢貨，就會每天晚上在桌子上跳舞，要是能在夜裡笑嘻嘻地鑽進鄰居家胖老婆暖和的被窩，就會感到幸福無比……你到底有沒有在聽我說，佩奇納？」「哎呀呀！」佩奇納無奈地嘆了口氣，懷著鬼祟的希望補充道，「怎麼？你說完了嗎？」這時候，他們可以看到路邊一棟房子歪七扭八的柵欄、搖搖欲墜的棚舍和生鏽的水箱，當他們經過那裡時，從一個高高堆起的草垛後傳出一個沙啞的聲音：「你們等等！是我！」一個十二、三歲，渾身淋透、凍得直哆嗦的小男孩朝他們跑過來，褲腿高高地挽到膝蓋，頭髮蓬亂，眼睛發光，對著他們一個勁地傻笑。佩奇納第一個認出他來：「原來是你？……你跑到這裡來幹什麼，你這個小廢物?!」「我已經在這裡躲了好幾個小時了，真倒楣……」他自豪地說，並且迅速低下了頭。成綹的長髮垂在他的雀斑臉上，在彎曲的手指間夾著一支燃著的菸捲。伊里米亞斯細心地注意到，男孩偶爾抬眼看他，但是馬上又垂下了眼簾。「說吧，你想幹什麼？」佩奇納搖了搖頭試探地問。男孩瞧了伊里米亞斯一眼。「您曾做出承諾……」他開始結巴，「要……要……要是……」「嘿，快點說呀！」伊里米亞斯煩躁地催促。「要是我跟人說……」男孩一邊支支吾吾地說，一邊用腳踢地上的土塊，「……你們已經死了，那麼……你們安排我跟施密特夫人……」佩奇納一把揪住男孩的耳朵厲聲訓斥：「你小子在想什麼呢？剛從蛋殼裡孵出來，你就想往女人的裙子底下鑽，你這個小無賴！你還想幹什麼?!」男孩從他的手裡掙脫出來，兩眼冒火地衝他嚷道：「放開我，你拉我幹嘛?!你算個雞巴蛋，老色鬼！」要不是伊里米亞斯從中攔擋，他們肯定會打成一團。「夠了！」他朝兩人喝道，「你怎麼知道我們回來？」男孩跟佩奇納保持了一段安全的距離，揉著耳朵說：「這是我的祕密。話說回來，我知不知道都無所謂……村裡所有人都知道了。從售票員那裡聽到的。」伊里米亞斯朝著正怒髮衝冠、翻著白眼詛天咒地的佩奇納做了一個手勢，讓他冷靜一下（「你給我長一點腦子！放開他！」），隨後轉向男孩問：「什麼售票員？」「凱萊曼啊！他就住在艾萊克岔路口，他看到你們了。」「凱萊曼？他當了售票員？」「對啊，他從春天開始在長途客運上當售票員。只是現在長途客運停駛了，所以他有的是時間東遊西蕩……」「那好吧。」伊里米亞斯說完拔腿就走。男孩跟在他們身邊。「我做了你們讓我做的事……我希望你們也能夠說話算數……」「我們一般說話都會算數的！」伊里米亞斯冷冷地回答。男孩像影子一樣地跟著他；一旦終於趕上了他，便偷偷斜眼瞧著他，之後又落到他的身後。佩奇納越來越跟不上他們倆，已被落下很長一段距離；儘管他們聽不清他的聲音，但知道他在無情地詛咒這下個不停的暴雨，詛咒泥濘，詛咒男孩，詛咒整個世界，詛咒一切都該「下地獄」。「我還有一張照片呢！」男孩在大約兩百步開外開口說。但伊里米亞斯都沒有聽見，也許他裝沒聽見，他高昂著頭，邁著大步走在道路中央，他的鷹鉤鼻子和尖下巴像刀一樣地劈進了暗夜裡。「您不想看看照片嗎？」男孩再次試著問。伊里米亞斯慢慢瞧了他一眼，問：「什麼照片？」這時候，佩奇納趕上了他們。「您想看嗎？」伊里米亞斯點點頭。「嘿，別再拐彎抹角了，你這個小鬼頭！」佩奇納也催促說。「那您不會生我氣吧？」「不會，當然不會。」「但是只能我拿著！」男孩強調說，隨後他將手伸進襯衫裡。照片上，他倆站在城裡的一個售貨亭前，伊里米亞斯在右邊，頭髮梳理得很整齊，偏分髮型，穿著方格圖案的西裝，戴著紅色領帶，前面的褲線在膝蓋的位置中斷了；站在他旁邊的佩奇納穿著運動短褲和肥大的背心，陽光照透了招風耳。伊里米亞斯一臉嘲諷地眯著眼睛，佩奇納的表情鄭重其事，眼睛正好閉著，嘴張了條縫。左邊有一隻手伸進了畫面，手指間捏著一張五十福林的鈔票。在他們身後，旋轉木馬看上去眼看就要歪倒或已經歪倒。「嘿，你們看啊！」佩奇納高興地說，「這還真是我們呢，老哥！這真神了！給我，讓我好好看看自己這張老臉！」但是男孩一把推開了他。「不行！你想幹嘛？別再跟我搗亂！把你的髒爪子拿開！」他將照片放回到一隻塑膠袋裡，揣進懷裡。「喏！你這個小傢伙！」佩奇納用溫和的聲音懇求道，「再給我看看，我還沒有看清楚呢。」「你要還想繼續看……那就……」男孩猶豫了片刻，「……那你就得在春天把酒館老闆娘介紹給我，她也有對漂亮的大奶子！」佩奇納開始破口大罵（「你還想怎麼樣，你這個臭小子！」），男孩朝佩奇納的後背揮了一拳，然後撒腿去追伊里米亞斯。佩奇納揮舞著拳頭追了一段，隨後又想起那張照片，暗自微笑，沉吟了片刻，加快了腳步。他們走到了十字路口，從這裡最多還剩半個小時的路。男孩寸步不離地跟著伊里米亞斯，用崇拜的眼神偷眼看他，一會兒蹦到他的左側，一會兒跳到他的右邊。「瑪麗，她跟酒館老闆一起廝混，」他一邊蹦跳一邊大聲說，不時吸一口已經燒到他指甲的菸捲，「……施密特夫人跟瘸子偷情已經很長時間了，校長則在家裡自慰……那真是一個……令人作嘔的傢伙，您肯定想都想像不出來！……我妹妹已經澈底瘋了，只會豎起耳朵聽，偷聽，偷窺，她時刻都在窺視所有的人，我媽媽怎麼揍她都不管用，一點兒用也沒有，就像人們說的那樣，她會這樣呆傻一輩子……醫生永遠窩在家裡，不管你相信不相信，他在家裡什麼都不幹，真的什麼都不幹！他整天整夜地坐在那兒，就連睡覺都坐在椅子裡睡；他家裡臭氣熏天，簡直就是個老鼠窩，不分白天黑夜都亮著燈，可是他根本就不在乎，即使這樣，他照樣能抽好得不能再好的香菸，而且總是喝酒，就像一隻塘鵝，如果您不相信我說的，那就去問問克拉奈爾夫人，到時候她會告訴您，情況確實如此，您到時候就會知道的。對了，我差一點忘了，今天施密特和克拉奈爾領回賣家畜的錢，沒錯，從二月分開始所有人都為這筆錢忙活，只有我媽媽沒有，她從來不幹這種髒活。磨坊？現在只有烏鴉和我的姐姐們才去磨坊，她們經常在那裡接客，但她們兩個是那樣的白癡，您肯定想像不到，她們掙的錢全被我媽媽收走了，她們能做的只有哇哇大哭！唉，如果是我，我肯定不會讓這種事發生，這個我敢打賭！您說什麼？在小酒館？那裡不可能有正經事做！酒館老闆娘的臉胖得簡直就像是乳牛的屁股，不過慶幸的是，她終於搬進了城裡的房子，將在那裡一直住到開春，因為她說，她不打算讓自己泡在泥巴裡，實在太可笑了，酒館老闆每個月都必須回村裡一次，他一回來，就把他老婆收拾得服服貼貼，就像尿盆的手柄……另外，他賣掉了那輛非常棒的潘諾尼亞牌自行車，結果買了一堆廢鐵回家，總需要讓人推，無論在村子裡的哪個角落，當他啟動那輛老爺車時——因為他從城裡給所有人都帶過什麼東西——所有人都要幫他推，否則馬達就發動不了……他還說，他開著這堆廢鐵奪得了州裡的比賽冠軍，哈哈哈，真是搞笑！現在他跟我的二姐一起，因為我們從去年開始就欠他的種子錢沒有還……」已經能夠看到小酒館亮燈的窗……卻聽不到裡面有人説話，一點點聲音也沒有……靜悄悄的，彷彿屋子裡空無一人……但也不對，他們聽到了什麼，有人在吹口琴……伊里米亞斯把泥巴從重得像灌了鉛似的鞋子上擦掉……清了下嗓子……小心翼翼地推開店門……雨又開始下起來，東邊，天空以記憶的速度開始發亮，在波浪起伏的地平線上浮現出一抹赤紅和一片淡藍；隨後，帶著令人喉嚨發緊的苦痛，太陽升了起來，就像一個乞丐每天清晨慢慢爬上教堂側門的臺階，太陽升起，是為了建立一個陰影的世界，將樹木、大地、天空、動物和人們從那個混沌、昏沉、囫圇一體、讓人們從像籠中的蒼蠅那樣驚恐不安地跌撞於其中的黑夜裡分離出來，天邊尚能看到逃亡的暗夜，在對面，在西邊的地平線上，黑夜的兇悍兵丁紛紛逃遁，就像一支絕望、驚慌、潰敗的軍隊。

三　知道些什麼

隨著古生代的結束，整個中歐地區都開始了沉陷的進程。毫無疑問，我們匈牙利的這片土地也包括其中。在新的地質形成的過程中，古生代形成的山巒全部下沉，被大海的淤泥覆蓋。在下沉的過程中，匈牙利的國土成為覆蓋南歐海洋的一部分，並成為它的西北部盆地。在整個中生代，這裡都是由大海主宰。醫生煩躁地坐在窗戶旁，肩膀倚在冰冷、潮濕的牆壁上，他連頭都不用動一下，就能夠透過母親留給他的印有花卉圖案的髒窗簾與朽爛的窗戶之間的縫隙眺望村子，他只需要從書頁上面抬起眼來，只需要短短的一瞥，就能夠注意到村莊裡哪怕最細小的變化，即便他偶爾還是可能會錯過什麼——不管是因為他陷入了沉思，還是由於他去了遠離農莊的某個地方——在這種時候，他出色的聽力也能夠幫助他；不過他很少陷入沉思，更少披著毛皮領的冬大衣從繃有布面的扶手椅裡站起來，那把椅子的擺放位置取決於他日常活動所積累的經驗，他成功地將自己不得不離開這個靠窗「觀察哨」的次數控制在最少的極限。當然，這並不是一樁一夜之間就能完成的輕鬆任務。恰恰相反：他必須搜集，並以最優的方式整理那些與吃飯、喝酒、吸菸、寫日記、閱讀，以及無數與瑣事相關的所需物品，甚至，他必須放棄那種——完全由於自身的弱點——「即便不慎犯錯也可免於懲罰」的念頭；想來，若不放棄僥倖的念頭，他就會做出對自己不利的事，由於粗心大意導致的錯誤會增高危險，所造成的後果會比人們表面想到的更加嚴重：一個多餘的動作是否能夠掩蓋初始的困惑；一根位置放錯的火柴或帕林卡[10]酒杯本身就是對造成記憶力衰退的破壞性影響的紀念品，更不要說，這會強迫他做出進一步的修正——依次排序，逐漸輪到香菸、筆記本、刀子和鉛筆，之後「最佳動作的整個系統」會發生改變，混亂接踵而至，所有的一切都變得無序。觀察的最佳狀況並非一蹴而就，不是的；在許多年裡，經過日復一日的仔細打磨——經過自我鞭撻、懲罰和一陣又一陣作嘔導致的戰慄——隨著最初的搖擺不定和不時萌生的絕望所造成的混亂一去不復返，他的身心系統已不必再逐一地檢查所有的舉動，物品終於找到了它們最終應該擺放的位置，他自己也可以不假思索地果斷控制自身哪怕最為細小的行為舉止，可以毫無含糊、毫不遲疑地向自己承認，自己的生活已經完全變得自如可控。當然，即使這樣，後來他還是需要花費幾個月的時間克服內心的恐懼，因為他知道，即使他以這種完美無缺的方式對自己的處境做出即時的判斷，他的生活，仍然會在烈酒、香菸和其他生活必需品的採購方面——非常遺憾——不得不依賴他人。他將跟食品採購相關的事情全權委託給了克拉奈爾夫人，而他對酒館老闆的

---

10 帕林卡（Pálinka），匈牙利特產的烈酒，類似白蘭地的水果白酒。

懷疑被證明是毫無依據的：婦人辦事一絲不苟，甚至改掉了她常在最不恰當的時刻抱著一樣樣在村子裡被視為稀罕物的食品打斷他工作的毛病（「快吃吧，醫生，別等涼了！」）。至於喝的東西，有時候他會自己購買，一買就會買很多，更多的時候，做為某種獎勵，他會將這項任務委託給酒館老闆；而酒館老闆——由於擔心喜怒無常的醫生有一天會收回對他的信任而使他丟掉這一大筆穩定的收入——哪怕是醫生最微不足道、有時簡直愚蠢透頂的願望，他也會不遺餘力地予以滿足。醫生對這兩個人確實用不著過於防範，至於農莊裡的大多數居民，早就不會因突然的發燒、胃痛或外傷等小病小災而不做預約就破門而入，因為所有的村民全都認為，他的專業知識和可信任度也隨著他的行醫執照被吊銷而喪失殆盡。這個——儘管這麼講明顯有一些誇張——並不是毫無根據：他把大部分精力花在保持自己脆弱易傷的記憶能力上，任憑所有無足輕重的瑣碎事自生自滅。即便如此，他還是總活在焦慮狀態，因為——就像他經常寫在日記裡的那樣——「這些事占去了我所有的精力！」因此，不管是克拉奈爾夫人還是酒館老闆，只要他們一出現在門口，醫生就會就一言不發地盯著他們長達幾分鐘之久，死死地盯著他們的眼睛，透過他們的視線投在地上或轉向一旁的速度，透過他們眼神裡流露出的狐疑、好奇並摻雜了恐懼的陰影變化，判斷他們是否還願意繼續維持並且能夠保持他們之間締結的貿易關係協定，之後，他才招一招手，讓他們走近一些。他將自己與他倆的交流控制到少得不能再少的程度，他不搭理他們的問候，只是朝鼓鼓囊囊的袋子瞥一眼，然後用很不友好的神色觀察他們笨拙的動作，嘴裡一直念叨著，以一臉不耐煩的表情聽他們笨嘴拙舌地講述他們事先準備好了的提問或解釋，使得他們（特別是克拉奈爾夫人）吞吞吐吐，閃爍其詞，點都不點就將他事先點好了的鈔票塞進口袋，然後匆忙離去。他之所以不願意走近門廳，或多或少是因為當他不得不從扶手椅裡站起來去房間的另一頭取什麼東西時（特別是當他心神不寧的時候），他會感到明顯的不適，感到頭疼或突然胸悶憋氣；所以在這種時候（經過長時間的思想鬥爭），他會盡可能地速戰速決，但是當他回到原位時，這一天已經被毀掉了：某種無法解釋的深深不安會給他注入一針興奮劑，杯子或鉛筆開始在他的手裡抖動，焦慮地在日記本裡記下想到的話，隨後，又以粗莽、激憤的動作用橡皮擦掉。在他房間裡的角角落落，到處都堆滿了東西，髒得不成樣子：從外面帶進來的泥沙已經積了厚厚一層，結結實實地乾在完全腐爛變朽的地板上；門邊的牆根長了蒿草，右邊地上扔著一頂被踩扁了的、幾乎已經辨不出形狀的禮帽，四周到處撒有食物殘渣，塑膠袋、空藥瓶、從本子裡撕下的紙張和鉛筆頭隨地可見。醫生——跟那些潔癖患者的病態截然相反——絲毫不想採取任何措施改變這種令人難以忍受的狀況：反正他已經覺得，房子的後半部分已經劃歸到「外面的世界」，它確實也已經屬於了外面的、充滿敵意的領域。這樣一來，他找到了能夠解釋自己恐懼、焦慮、無措和六神無主的緣由，因為房間裡總共只有一面是「保護牆」，而從另一面牆「可以隨便發起攻擊」。房間開向一條光線陰暗、雜草叢生的走廊，廁所門也開在走廊；廁所的水箱已經壞了好幾年了，因此備有一只水桶，克拉奈爾夫人每星期三次，必須將水桶灌滿水。在走廊盡頭的對開門上掛著一把生鏽的大鎖，另一頭的房門則通向室外。克拉奈爾夫人單有一把進屋的鑰匙，每次她來，剛一邁腿進屋，就立即能聞到刺鼻的酸臭味，這股氣味被吸進她的衣服裡，甚至滲透進她的皮膚裡，即便她——「在登門探望醫生的日子裡」——每天洗兩遍澡也無濟於事。對喜好打聽的哈里奇夫人或施密特夫人，她也是用這個理由解釋自己為什麼不在醫生家裡久留——原因很簡單，她實在忍受不了那股臭味，幾分鐘都不行，因為：「我實話實說，那股臭味令人無法忍受，實在無法忍受！我真不明白，在這樣可怕的臭味裡他怎麼可以活下去。他畢竟是一個受過教育的人，能夠看到……」醫生根本沒有意識到這股令人無法忍受的臭味，除了集中精力關注的事外，他對於家裡其他的一切都熟視無睹；他把更多的注意力和心力都用在維護自己周圍物品的秩序上，用在桌子上、窗臺上和扶手椅周圍已被蛀蟲咬爛了的地板上的食物殘渣上，用在餐具、香菸、火柴、日記本和書之間的擺放距離上：有那麼幾次，當他在由於黃昏的突然降臨而變得昏暗的房間裡一樣樣地審視他那些擺放如意的用品時，會感到一股溫暖和些許的滿足，他意識到所有的一切都在他的掌控之下，他的掌控力無所不在。幾個月前他意識到，自己沒有必要做進一步徒然無效的嘗試，而後他很快也領悟到，即便他想做一點輕微的改變，自己也沒有這種能力；事實證明，調整並不是立竿見影的有效手段，因為他擔心自己對改變的渴望只是記憶衰退的隱祕跡象。實際上他也沒有做什麼別的，只是小心翼翼地保持警惕，保護他的記憶能力不被周遭世界的毀滅所吞噬；從那一天開始——自從合作社宣布解散，他就下決心留下來，直到接到「恢復行醫執照的決議」——他就跟霍爾古斯家的大女兒一起爬到磨坊頂上，眺望沸沸揚揚的裝車場景，看人們大呼小叫的忙亂樣子，遠處停著一輛輛逃難似的大卡車，看上去整個村子彷彿因被宣判了死刑而開始沉陷，就從那一天開始他感覺到：他實在太虛弱了，自己一個人的力量無法阻止這勝利大逃亡的進程。無論他做什麼都於事無補：他無法遏制那股毀滅這些房屋，牆壁，林木和土地，從高處俯衝的鳥兒，奔跑的動物，人的身體、欲望與希望等一切的強大力量，無論他怎樣試圖抵抗這場對人類的殘暴攻擊都是枉然，他不具備那種能力，因此隨著時間的推移他已經明白，他所能做的只有用自己的記憶直面這場不祥的、卑劣的衰敗過程，因為他相信這樣一個事實：所有的一切（石匠建造的、木匠打造的、婦人縫製的一切，男人們和女人們在這裡含辛茹苦地生產的一切）哪怕灰飛煙滅，哪怕沖進地下的祕密暗流，哪怕變成功效奇異的玉液瓊漿，仍舊會生動地留在他的記憶裡，直到他的身體臟器與他解除那份「能夠維持彼此交易關係的協定」，直到他的肉和骨頭遭到死亡與腐爛的禿鷲的攻擊。他相信「只有這樣我們才會有希望，才能讓自己不會有一天也變成這座日趨腐爛、永遠在搭蓋的地獄中一個無跡可尋的沉默囚徒」。然而，只是用心記憶是不夠的，由於「記憶本身也無計可施，沒有能力完成這項任務」，必須找到那些輔助工具，那些能夠殘留下來的、具有意義的蛛絲馬跡；在它們的幫助下，不斷運轉的記憶可以擴大影響的範疇，並得以在時間的維度中持續延存。醫生站在磨坊的高處暗自思忖，最好是，「將那些事件的數量降到最少的極限，借此增加我觀察對象的數量」；就在那天晚上，他態度粗暴地將困惑不解的霍爾古斯家的大女兒打發回家，告訴她說，以後不再需要她的護理。他在窗前布置了一個當時並不完善的「觀察哨」，隨後著手組織一個從某種角度講稱得上「瘋狂」的觀察系統的各種零件。屋外已經黎明在即，遠處，在塞凱斯的上空有四隻羽毛凌亂的烏鴉在煞氣地盤飛，在天上畫出舒緩的弧線；他整了整披在肩上的毛毯，摸索著點燃一支香菸。對所有的一切他都要進行仔細的觀察並不斷地「記錄」，記下他所目睹的一切，他要竭盡全力，任何一個微不足道的細節都不能放過，因為他震驚地發現，對那些看上去無足輕重的細節的忽視，就等於默認：我們毫無防護地站在連接混亂與秩序的橋梁上，迷失於洶湧的人潮中；不管有怎樣微不足道的小事發生，不管是被菸草末「劃分出的桌子一角」，還是野鵝飛來的方向，或是看上去毫無意義的人的動作，他都必須不斷觀察著進行跟蹤，記住一切。在白堊紀時代，我們國家地殼的構成，因地質而言，可以分成兩大類。現在，有一個內在的地質實體顯現出不斷沉陷的跡象。一個釜形的區域逐漸形成，總有越來越多的盆地沉積物不斷地試圖填埋它。在盆地的邊緣我們發現了地殼折疊，形成了斜向的斷層結構……現在，匈牙利內地的地質實體開始了歷史的新篇章，進入了一個新的發展階段，在這個過程中做為地質反應，地表岩層構架和內部實體之間至今為止相互關聯的緊密關係逐漸瓦解。地殼的緊張關係尋求達到新的平衡，而且這個平衡達到了，這時候，一直起著主導作用的、堅固的內部實體坍塌，沉陷，歐洲最美的盆地群由此誕生。在沉陷過程中，新近紀的海洋灌入新形成的盆地。他的視線離開紙頁，緩緩抬起，他看到外面起風了，驟然，猛烈，彷彿在對這片地區發起猛攻；在東方的地平線上，慢慢被旭日的紅光淹沒了，之後，一輪旭日已轉眼升空，散發著蒼白的光，濃密的雲在日輪前流動。施密特和校長驚慌失措地站在狹窄的土路邊，站在房屋那側，槐樹細密的樹冠屈從地搖擺；狂風肆虐，將地上厚厚的一層枯葉掀起，粗暴地捲成一個球，一隻黑貓驚恐萬狀地鑽進校長家的院子柵欄。他把書推到一旁，拿過日記本攤在眼前，透過窗戶縫隙刮進的寒風令他毛骨悚然。他把香菸在椅子的扶手上摁滅，戴上眼鏡，迅速掃了一遍自己在夜裡寫下的文字，然後繼續記錄道：「暴風雨要來了，晚上要用破布堵上窗縫。弗塔基仍在屋裡。一隻貓鑽進了校長家，這隻貓我從來沒有見過，真見鬼，牠跑到這裡來做什麼?!一定是被什麼事情嚇壞了，所以牠才這樣驚恐地從這麼窄的柵欄縫裡鑽進去……貓的脊椎幾乎貼到了地上，但只用眨眼的工夫就鑽進去了。我睡不著了，我的頭疼。」他將盛滿帕林卡酒的酒杯端了起來，一飲而盡，然後馬上再次斟滿。他摘下眼鏡，漫不經心地瞇起眼睛。黑暗中，他看到一個飛速狂奔的模糊人影，一個身材高大、瘦削、動作笨拙的傢伙；後來他注意到那條路，那條「彎曲的、障礙重重的道路」在遠處突然中斷。他並沒有料到那個人影會墜進溝塹：他驚愕地睜大了眼睛。突然間，似乎鐘聲敲響，但馬上重新歸於寂靜。怎麼會有鐘聲？而且距離非常近……至少他在剎那之間感覺到，鐘聲是從很近的地方傳來的。他目光冷漠地透過縫隙掃視了一遍整個農莊。施密特家的窗戶上，似乎能看到一張模糊的臉，隨後，他很快辨認出弗塔基那張皺巴巴的面孔：他將身子從敞開的窗口探出來，驚恐而仔細地在房屋的上空尋找著什麼。他想要幹什麼？醫生從像小山一樣堆在桌子另一頭的一大疊本子裡抽出一個用大寫字母標寫了**弗塔基**的筆記本，翻到相關的那一頁，迅速寫下：「弗塔基害怕什麼。黎明時分，他在窗口一臉驚恐地窺尋什麼。F害怕死亡。」他一口喝乾了帕林卡酒，再次迅速地斟滿酒杯。他點燃一支香菸，大聲地說：「反正你們都會完蛋的。你也一樣，弗塔基，在劫難逃！你用不著這麼緊張。」幾分鐘後，屋外開始落下雨點。轉眼之間大雨傾盆，很快就把大大小小的土溝灌滿了，閃電的工夫，一條條小溪向四面八方溢流。醫生全神貫注地觀察了一會兒，然後在日記本裡勾畫了一張場景的草圖，就連最小的水坑、水流都仔細、認真地標記出來，隨後在草圖的下方註明了時間。房間裡的光線慢慢變亮，光禿的燈泡驚恐地將燈光灑在天花板上。醫生撐著身子站起來，從裹著的毛毯裡鑽出來，關掉電燈，隨後回到原位重新坐好。他從擺在椅子左邊的一隻大紙箱裡掏出魚罐頭和乳酪。乳酪上有一處已經發霉，醫生仔細檢查了一番，然後將乳酪扔進跟前的垃圾筐裡。他打開罐頭，慢條斯理、仔仔細細地嚼了幾下，然後才嚥到喉嚨裡。之後，他又一揚脖子，把剛倒好的一杯帕林卡酒一飲而盡。他已經不覺得冷了，但還是想裹著毯子再待一會兒。他把書攤在大腿上，迅速斟滿酒杯，繼續閱讀。我們饒有興味地注意到，龐蒂期時代結束時，當大平原的海水大多已經退去，出現了許多淺水湖，就像今天的巴拉頓湖，在浪濤的拍擊中風和水合力施威，造成了無數的毀滅與變化。這說的都是些什麼鬼話？難道是預言或地質歷史嗎？醫生惱火地自言自語。他繼續翻閱。同樣就在這個時期，大平原的整個地區也開始上升，因此，湖水溢出，流淌，也流到遠處的地區。若沒有海底平原的這種極度緩慢的上升，我們就無法解釋蒂薩河[11]水系裡萊萬泰湖泊群的迅速消失。在萊萬泰的湖泊消失之後，在更新世時代，曾經的內陸海已經只剩下很小的湖泊、沼澤和濕地了……在貝恩達博士這本在當地出版的書中，文字內容聽起來根本就不令人信服，論據不足，邏輯推理也經不住推敲，因此讓人感覺不是一部正經的論著，作者對這個話題只是一知半解，就連專業術語的使用也含混不清，但是即便如此，在他閱讀的過程中，他腳下和周圍這片貌似堅實、無垠的大地的歷史栩栩如生地展現在他的眼前，這位不知名作者的寫作風格晦澀枯燥，他既不能也不想從那些用現在時態撰寫的文字中準確地弄清：他捧在手裡的這本書寫的到底是對人類滅絕後的預言，還是他所生活的這個地球的歷史。意識似乎向他的想像施加了魔法，他幻想眼前的農莊和周圍地區豐饒、多產的沃土在千百萬年前被大海覆蓋……在這個地方，海洋和陸地不時地交替，突然——與此同時，他認真地記下，身材短粗、走路搖晃的施密特滿臉雨水，穿著一雙因沾滿泥沙而變得很沉的靴子出現在從塞凱斯方向來的公路上，之後他行色匆促，彷彿害怕被人看到似的，從後門溜進了屋子裡——沉浸在波濤洶湧的時間裡，他冷靜地意識到自己像斑點一樣渺小的存在：他看到自己毫無防衛、無可奈何地像受難者一樣站在這個滾動的地球上，他的出生與死亡的弧線脆弱地呈現在驚濤翻捲的大海與雄壯崛起的山巒之間喑啞無聲的激戰中，他彷彿感覺到他那副坐在椅子裡的臃腫肥胖的軀體下的微微震顫，這說不定就是下一次大洪水來臨的預兆，彷彿是對完全徒勞的逃跑的警告，在無法抗拒的大毀滅中他自己也在劫難逃，他看到自己混在獸群之中，跟著由麋鹿、狗熊、兔子、野狍、老鼠、昆蟲和蛇、狗、人組成的恐怖而瘋狂的逃亡大軍一起絕望地奔逃——諸多毫無目標、毫無意義的生靈正衝進令人難以理解的共同毀滅之中，在他們頭頂疲憊不堪、紛紛墜落的飛鳥已是唯一可能倖存的希望。他用了短短幾分鐘的時間，在心裡粗略擬定了一項計畫，或許他最好放棄此前的各種實驗，這樣可以將節省下來的精力用於「擺脫的願望」上，戒除食物和菸酒，用沉默

11 蒂薩河（Tisza）是多瑙河最大的支流，流經羅馬尼亞、斯洛伐克、匈牙利和塞爾維亞。

替代為事物命名的長期折磨，幾個月後，也許一兩週後，他就能借此獲得一種完全可以兑現的生活，而不是在身後留下一堆讓他不得不在迫切自我呼喚的終極沉默中悄然解決的問題；但是他很快就覺得這一切滑稽可笑：這只不過是出於恐懼和自尊感的脆弱，他略感驚懼地喝乾已經倒好的帕林卡酒，然後馬上重新斟滿，因為空酒杯總會讓他感到有些不安。之後，他又點燃了一支香菸，繼續寫道：「弗塔基小心翼翼地溜出門來。等了一會兒。隨後敲門，喊了一句什麼，重新急匆匆地進屋。施密特夫婦沒有出來。校長拎著垃圾桶走到房後，克拉奈爾夫人在門口朝外張望。我累了，我要去睡覺。今天是幾號？」他將眼鏡推架到額頭，放下鉛筆，揉了揉夾紅的鼻翼。屋外，在傾盆的暴雨裡，只能看到一些模糊的斑影和一個個時而清晰時而模糊的樹冠，在閃電間歇不斷響起的隆隆雷聲裡，他注意到從遠處傳來的痛苦、刺耳的狗叫聲。「好像有人在虐待牠們。」他看到幾隻被捆著腿吊起來的狗，一個變態的年輕人正在一座小屋或棚舍的角落用燃燒的火柴燎它們的鼻子；他豎起耳朵細聽，繼續記錄。「現在好像停止了……現在叫聲又變大了。」然而，幾分鐘後，他不能肯定自己是否真的聽見了這痛苦的哀號。也許，這只不過是他經過長達多年令人疲憊的工作而獲得的某種能力，能夠從轟隆的雷聲裡聽到那些在某種程度上保存在時間中的過去的哀號（「痛苦不會不留痕跡地澈底消失。」他暗自希望），現在，就像雨水擊打塵埃。這時候，他突然聽到了其他的聲音，聽到呻吟、哽咽、失聲的人的抽噎，緊接著，聽到撕心裂肺、痛苦欲絕的哭泣——彷彿將屋外挺拔的樹木和房屋變成了斑點——時而清晰，時而跟傾盆而下的單調雨聲混雜到一起。「宇宙日益衰敗。」他在他的日記本裡寫道，「我的聽力越來越差。」他看了看窗外，喝乾了杯子裡的最後一滴酒，但是這一次他忘了馬上重新斟滿。他感到渾身發熱，額頭和粗壯的脖頸上冒出一層冷汗，他感到有些眩暈，在心前區感到有一點疼痛，更準確地講，感到緊張的抽搐。不過，他並不覺得這有什麼奇怪的——自從昨天夜裡一聲從不遠處傳來的尖叫將他從短暫、不安、失眠的幾個小時淺睡中驚醒，他就一直不停地喝酒（放在他右邊的酒瓶裡只剩下夠他喝一天的帕林卡酒），而且，他幾乎什麼食物都沒有吃。他起身想去廁所解手，但掃了一眼在門口堆成了山的垃圾，他又改變了主意。「等會兒再尿吧，不著急。」他大聲地說，但是並沒有坐回去，而是貼著桌子走了幾步，走到對面的牆根下，希望這一股「憋脹感」能有所減輕。淋漓的汗水從他的腋下順著肥胖軀體的兩側像溪水一樣地涓涓流下：他感到自己的身體虛弱不堪。在他走動的過程中，毯子從肩膀往下滑，他感覺沒有氣力抓緊它。他坐回到扶手椅裡，又斟滿了一杯酒，因為他覺得酒精會對他有所幫助；他是對的：幾分鐘後，他的呼吸重新變得輕鬆，也不再那麼厲害地冒汗了。打在窗戶玻璃上的雨水模糊了他的視線，於是他決定暫時停止監視工作，稍微休息一會兒；他知道，自己什麼都不會錯過，因為即便「最小的雜音，最輕的聲響」——這種時候，就連從他體內傳出的心臟、大腦或腸胃運轉的細微聲響——都會立即引起他的注意。很快，他沉入了焦慮不安的夢鄉。熟睡之前，一直握在他手裡的空酒杯滑落到地上，但並沒有摔碎；他垂著腦袋，嘴角流著口水。彷彿一切都在等待這一個時刻：房間裡突然變得昏黑，彷彿有一個人站到了窗前；牆壁、天花板、門、窗簾、窗戶和地板的顏色也都變暗，醫生額頭上蓬亂的髮綹、短粗手指上的指甲突然加快了生長，桌子和椅子嘎吱作響，在這場鬼祟的叛亂中，連房屋本身也微微沉陷；在後牆根，蒿草開始以瘋狂的速度生長，被隨手亂扔、紙頁皺巴的本子試圖透過幾下猛烈的抖動將自己撫平；頂梁喀啦喀啦地發出聲響，老鼠在過道裡更加大膽地竄跑。他頭昏腦脹、滿嘴怪味地驚醒過來。他不知道幾點鐘了，只能進行猜測；昨天晚上他忘記給那塊以結實著稱，防震、防水、防凍的「火箭牌」手錶上發條了，現在，這塊錶的指針停在了剛過十一點的位置上。背上由於出汗，濕透了襯衫，他感到陣陣發冷，頭暈，頭疼，儘管並不是那麼明確，不適感似乎集中在他的後脖頸。他往杯子裡倒滿帕林卡，現在他才意識到，自己剛才判斷錯誤：剩下的酒並不夠他喝一天，只夠他喝幾個小時。「我得進城一趟，」他煩躁地暗想，「我得到哈巴狗那裡去打一瓶酒。但是沒有公車了！假如雨停了的話，我步行也可以去。」他朝窗外望了一眼，沮喪地看到，路上積水很深，已經沒辦法行走了。假如他不走老路而走礫石公路的話，那麼即使走到明天早上他也不可能走到。他決定先吃一點午飯，等一會兒再做決定。他又打開一盒罐頭，身子前傾，開始用勺子挖著吃。他剛剛吃完，想再寫一段描寫雨水淹沒了土溝和道路的場景，並跟黎明時的情況做一下對照，看看發生了什麼樣的變化；但是就在這時，從房門那邊傳來一些響動。有人在鎖孔裡擺弄鑰匙。醫生放下筆記本，不悅地靠在椅背上。「您好，醫生先生！」克拉奈爾夫人話聲未落，已經站在了屋門檻邊。「是我。」她說，她知道自己得等一會兒；果然，醫生現在也不忘用冷酷、緩慢、細緻的眼神重新審視對方的面孔。克拉奈爾夫人膽怯、不解地忍受著（「讓他看個夠吧，既然他那麼喜歡看我的話，那就讓他看個夠吧！」她跟家裡的丈夫說），隨後在醫生的招呼下，朝他跟前走了兩步。「我來這裡是因為，您看，天下這麼大的雨，中午我跟我丈夫說，這雨不會很快停，之後還會下大雪的。」醫生沒有應聲，悶悶不樂地盯著前方。「我跟我丈夫講，反正我也不能進城去了，因為直到開春都不會有長途客運，所以我們想，您應該跟酒館老闆說一下，他們有汽車，一次可以多拉回來一些，一次可以買回夠您用兩、三個星期的貨，這是我丈夫說的。然後，等到開春咱們再商量下一步怎麼辦。」醫生呼呼喘著粗氣。「這麼說，您不想再繼續為我工作了？」克拉奈爾夫人顯然已經做好了回答這個問題的準備，她說：「我怎麼會不想繼續工作？想來，醫生先生非常瞭解我，我從來沒有抱怨過，只是您也看到了，現在是雨季，長途客運停駛了，這個情況您也很清楚，我丈夫說，您會理解的，難道讓我步行進城嗎？另外，這對您來說也更划算，一次可以買回更多的東西……」「好吧，克拉奈爾夫人，您可以走了。」婦人抬腿朝門口走去。「那就請您跟他說一下，跟小酒館的……」「回頭我願意跟誰說就跟誰說！」醫生惱火地對她喝道。克拉奈爾夫人走出屋去，但在走廊裡沒走出幾步，突然想起了什麼轉過身來：「喲，你看，我都忘了。這是鑰匙。」「鑰匙怎麼了？」「我把鑰匙給您放到哪兒？」「您愛放哪兒就放哪兒。」克拉奈爾家跟醫生是鄰居，所以他只能觀察很短的時間，他看著婦人吃力地拔著掛滿汙泥的靴子走回家。他從一大堆本子裡翻出標有**克拉奈爾夫人**字樣的筆記本，提筆寫道：「K辭職了。不再擔負採購工作。我去找酒館老闆。去年秋天還沒任何問題，她沒有在乎過下雨或步行。她一定有什麼具體的計畫。她看上去神色有一點驚慌，但是語氣很堅定。她肯定準備做什麼。但這該死的傢伙想做些什麼？」整個下午，他一直在翻看前幾個月寫的關於克拉奈爾夫人的記錄，但是心裡疑惑不解；也許他的懷疑是沒有根據的，也許發生這一切僅僅是因為，這個婦人整天待在家裡做白日夢，現在把事情弄混了。醫生對克拉奈爾夫人的廚房早就很熟悉了，他對那個總是燒得很熱的狹小洞穴記得非常清楚，他知道，這樣悶熱、惡臭的狗窩無疑是滋生異想天開的孩子式計畫的最佳溫床，有的時候，會像蒸鍋一樣蒸發出愚蠢透頂、荒唐不經的欲望。顯然，現在就發生了這樣的事，蒸汽頂起了鍋蓋。之後，就像已經發生過許多次那樣，克拉奈爾夫人會在第二天早上帶著理智而苦澀的眼神登門找他，迫不及待地想要挽回自己前一天的過失。雨，時而變小一些，但是很快重新砸落下來；毫無疑問，克拉奈爾夫人說得很對，這真的是今年的第一場秋雨。醫生回想起去年的秋季，還有之前的那些年，他知道，現在不會再有其他的可能：間歇性的陽光只會持續短短幾小時，頂多不超過一天，此外便是沒完沒了的傾盆大雨，一直會下到霜凍；道路會變得無法行走，他們將與外部世界澈底隔絕，與城市隔絕，與鐵路線隔絕；由於秋雨不斷，土地變成了泥沼的海洋，動物逃到了塞凱斯盡頭的森林裡，躲進霍克梅斯莊園狹長的樹林或維因海姆莊園雜草叢生的花園裡，泥濘吞噬掉所有的生命，使得植物腐爛，除了沒到小腿肚的泥水之外什麼都不會留下，直到夏天，車輪都會陷在泥溝裡。浮萍、莎草、蘆葦長進了泥沼和周邊的汙水塘，在晚上或黃昏，月光照在上邊閃閃發光，就像在野土上長了許多隻小眼睛，它們睜著銀白色的瞎眼朝天空張望。哈里奇夫人從窗前走過，穿過馬路走到街對面，輕輕敲了敲施密特家的窗戶。幾分鐘前，他似乎斷斷續續地聽到從哈里奇家那邊傳來的說話聲，因此他想，肯定是哈里奇出了什麼問題，身材瘦高的哈里奇夫人過去請施密特夫人出面幫忙。「毫無疑問，哈里奇又喝醉了。這個婦人神色緊張地在跟施密特夫人解釋著什麼，施密特夫人一副吃驚或震驚的樣子，聚精會神地盯著對方。具體的情況我看不大清楚。校長也從屋裡出來，在追他的貓。隨後，他在腋下夾著一架放映機，動身朝文化館方向走去。其他人也三三兩兩地出了門，沒錯，那裡將要放映電影。」他又倒了一杯帕林卡酒，點燃一支菸。「人們都這樣行色匆匆！」他喃喃自語。夜幕降臨，他站起身來想去開燈。他突然感到一陣眩暈，但還是能夠搖搖晃晃地摸到開關。他打開燈，但是要回到椅子那裡，他實在一步都邁不動了。有什麼東西將他絆倒，腦袋重重地撞到牆上，他摔倒在電燈的開關下。當他重新恢復了意識，好不容易從地上爬起來，感到自己的額頭在涓涓地流血。他不知道自己昏迷了多久。他跌跌撞撞地回到原位。「看來我醉得很厲害。」他想，隨後喝了一小口帕林卡酒，因為他現在不想抽菸。他出神地盯著前方發愣，很難恢復到清醒的意識。他整了整披在肩上的毛毯，透過窗簾的縫隙望著屋外漆黑的暗夜。儘管帕林卡酒使他的大腦變得遲鈍，但他還是能夠感到自己的體內有「各種各樣的疼痛」試圖鑽進他的意識層，然而他並不想意識到它們：「我的頭被磕了一下，僅此而已。」他想起下午跟克拉奈爾夫人的交談，試圖做出一個明智的決定：下一步他該怎麼辦？在這樣惡劣的天氣裡他不能夠出門，但是帕林卡酒的存貨有限，需要補充。他不願意去想該怎樣補上克拉奈爾夫人的缺空——如果她不回心轉意的話，醫生將陷入無助的境地，因為他不僅只是在採購食物方面需要人說明，家裡還有一些雖然不多但也必須要做的瑣碎家務需要找人來做，這根本不是一項容易的任務；暫時他只能試著制訂一個可能實現的方案，在不守株待免的情況下（明天必須讓克拉奈爾夫人跟酒館老闆取得聯繫），怎樣才能以某種切實可行的方式搞到足夠的酒，直到這個問題獲得「終極解決」？顯然，他要跟酒館老闆談一談。但是，他怎麼才能跟他聯繫上呢？他應該透過誰與他取得聯繫？考慮到自己的身體狀況，他想都沒想自己親赴酒館的可能性。可是，後來他想來想去還是覺得，最好別把這個任務交給別人，因為酒館老闆肯定會把酒稀釋，事後宣稱：「我不知道這是醫生先生訂購的酒。」他決定稍微等一小會兒，積存一些氣力，之後才能夠動身上路。他拍了拍自己的額頭，用手帕蘸了一下水罐裡的水，擦了擦頭上的傷口。儘管這並沒能使他的頭疼減輕，但他還是沒敢冒險翻找藥物。他想，如果自己睡不著覺，至少打一個小盹兒，他一次又一次地使勁揉搓因驚懼而睜得很大的眼睛。他用腳向外踹了一下那只放在桌下的真皮舊手提箱，從裡面抽出幾本外國雜誌。這些雜誌就跟他的書一樣是隨機購買的，來自一家羅馬尼亞小城的舊書店，是一個自稱祖先來自施瓦本地區[12]施瓦爾岑費爾德鎮的猶太人賣給他的。有一年冬天，由於城裡的旅遊旺季已經過去，這個猶太人不得不暫時關上店門，到周圍的大小城鎮走街串巷做買賣。這種時候，他總不會忘記去造訪醫生，他很尊敬醫生，認為他是一位「有文化的名人」。醫生並不怎麼看雜誌裡的文字，只是翻看圖片消磨時光，現在也是如此。他最喜歡看那些關於亞洲戰爭的戰地攝影報導，這在他看來一點都不遙遠，也沒有什麼異邦情調；他堅信這些照片是在附近什麼地方拍攝的，這種時候，他非常希望能夠看到這張或那張熟悉的臉；這種時候，他會花很多的精力來辨識它們。他按照等級順序將那些照片規整好，只需用一個熟練、果斷的動作就能找到他最喜愛的照片。尤其是——儘管每隔一段時間，等級順序會發生改變——有一張照片特別吸引他的注意力：一支龐大的、衣衫襤褸的隊伍在一片沙漠般的荒野裡蜿蜒前行，在他們身後是一片籠罩在硝煙和火光之中的天塌地陷、千瘡百孔的城市廢墟，在他們的前方有一塊巨大、可怕的虛斑。這張照片特別強調了一架位於照片左下方、看上去格外醒目的軍事觀察儀。他認為這張照片很值得關注，因為它以巨大的自信、深邃的洞察力展現出了一段運轉良好、「稱得上英雄業績的研究史」；他想像自己站在那架觀察儀後，以觀察者和被觀察物之間的最佳距離，帶著精細準確的觀察目的，站在那架他不知多少次幻想自己站在其後的觀察儀後，用果斷的動作按下照相機快門。就在此刻，他也不由自主地看著這張照片；儘管他對照片上的每個細節都瞭若指掌，但是無論他多少次拿起它，還是希望能夠發現新而又新的、至今為止尚未被發現過的細節。就算他戴著眼鏡也無濟於事，不知怎麼回事，現在他眼前的一切都模糊不清。他把雜誌放了回去，在出發前喝了「最後一口」。他費力地穿上毛皮襯裡的冬大衣，將毛毯疊好，搖搖晃晃地走出了家門。清爽、寒冷的空氣撲面而來。他摸了摸口袋裡的錢包和筆記本，整了整寬簷的呢子禮帽，略帶猶疑地朝著磨坊方向走去。他本來可以抄近路去小酒館，但那意味著他必須先從克拉奈爾家門前經過，然後再經過哈里奇家，更不要說，他肯定會在文化館或發電站附近碰到「某頭蠢驢」，那樣一來，他就不得不應付那些偽裝成狡黠、粗俗的問候和寒暄的令人作嘔的好奇心。在泥沙裡行路非常困

12 施瓦本（Schwaben）是德國西南部的一個區域。

難，更何況，在黑暗中他幾乎兩眼一抹黑，然而等他穿過自家後院走上通向磨坊的小路時，或多或少地找回熟悉感，但他還是沒有恢復平衡，走路的時候身體搖晃，蹣跚不穩，結果經常發生這樣的情況：他一步沒有估算好，就會撞到樹上或絆到低矮的灌木叢裡。他呼吸急促，胸脯起伏，下午他感到的心絞痛感並沒有完全消失。他加快腳步，想儘快趕到磨坊裡躲避風雨，他不再嘗試繞開埋伏在小路上的水窪，需要的話，他會一腳踏進淹到腳踝的積水裡，他的靴子裡泥水流淌，毛皮襯裡的冬大衣變得越來越沉重。他用肩膀頂開磨坊沉重的大門，坐到一只木箱上，上氣不接下氣地喘了很久。他感覺到脖子上的青筋劇烈地搏動，兩腿發麻，雙手顫抖。此刻，他站在一幢廢棄建築物的地面樓層，上面還有兩層樓。到處都是令人窒息的寂靜。建築物內，凡是能用的東西都被人拿走了，高大、黑暗、乾燥的磨坊裡響著空空的回聲；在大門右邊放著幾只裝水果的包裝箱、一個功能不明的鐵槽和一個寫著「滅火！」字樣，做工粗糙、裡頭並沒有沙子的木頭箱。醫生脫下靴子，拉下襪子，擰了一下襪子裡的水。他找到香菸，但被淋濕了的菸盒裡沒有一支能抽的菸。大門後的燈沒有關，投射出微弱的光線，照亮了一塊地和幾個木箱，像從黑暗中映出的幾塊斑影。他似乎聽到老鼠亂竄的窸窣聲。「這裡有老鼠？」醫生吃了一驚，朝向磨坊的深處走了幾步。他戴上眼鏡，眨著眼睛，出神地盯著漆黑的深處。但是，他沒再聽見窸窣的聲響，他又回到大門口，穿上襪子和靴子。他在大衣的下邊試著劃火柴，希望火柴能夠點燃。他試了一會兒，果真劃著了一根，借著抖動的火苗的光亮，在離大門旁邊三、四公尺遠的對面牆上，隱約可以看到通向樓上的幾層臺階。他朝樓上走了一兩步，但是並沒有特別的目的。火柴很快燃盡了，他既沒有情緒，也沒有必要再費勁地劃著一根火柴。他在黑暗中站了一小會兒，摸了摸牆壁，正要掉頭下臺階，準備踏上通向小酒館的路，就在這時，他又聽到了窸窣的聲響。「還真有老鼠。」聽起來，這窸窣的響聲傳自很遠的地方，好像是從頂樓的某個地方傳來的。他用一隻手扶著牆，開始沿著樓梯向上爬，還沒邁出幾步，雜音變得越來越大。「這不是老鼠。像是木柴燃燒的劈啪聲。」當他走到樓梯拐彎處時，聲音仍舊很小，但可以清楚地聽出是斷斷續續的對話。在中間那層樓最裡面的位置，大概距離有二十到二十五公尺遠，醫生目瞪口呆地看到兩個女孩坐在地上，圍著一堆殷殷燃燒的柴火。火光清晰地照亮了她們的面孔，在高大的天花板上投下巨大、抖動的陰影。看得出來，兩個女孩談得十分投入，但她們並沒有聊別的，只是在聊燃燒的木柴，不時失神地盯著忽明忽暗、忽高忽低的火焰。「妳們在這裡做什麼？」醫生大聲問道，朝她們走過去。兩個女孩受驚地從地上跳起，隨後，其中一個如釋重負地笑了起來。「喲，是您嗎，醫生先生？」醫生走到火堆前，坐到地上，坐在兩個女孩中間。「妳們不介意的話，讓我也稍微暖和一下。」他說。兩個女孩也坐回到火堆旁，將腿盤坐在屁股底下，輕聲地笑了。「妳們能不能給我一支菸抽？」醫生問道，目光並沒從火焰中移開，「我的菸被雨淋成了海綿。」「當然可以，您儘管抽，」其中一個女孩應道，「菸就在您旁邊，在那兒，在您腳邊。」醫生點燃一支菸捲，長長地吐了一口煙圈。「您知道，這雨，下個不停，」其中一個女孩解釋說，「我們也正因為這個才躲在這兒，瑪麗和我，剛還在抱怨沒有活兒幹，唉，近來店裡的生意不好（她說完沙啞地大笑起來），所以，您知道，我們躲在這裡烤火。」醫生轉了一下身子，好讓另一側身體也變暖和些。自從放走了老大之後，他再沒見過霍爾古斯家的兩姐妹。他知道她倆整天都泡在磨坊裡，心不在焉地等著「客戶」推門進來，或小酒館的老闆通知她們。很少有人來這個村子。「我們覺得，沒有意義這樣等下去。」霍爾古斯家的大女兒繼續說，「您知道，有好多次都是這樣，今天剛來一個，明天又來一個，可他們只是坐在這兒，該死的，什麼也不幹。有的時候，我們倆恨不得抱在一起，因為我們倆都很冷。我們孤獨地等在這個鬼地方，非常害怕……」霍爾古斯家的二女兒嗓音嘶啞地大笑起來：「沒錯，我們非常害怕！」她像小女孩似的調皮地又補充了一句，「孤獨地等在這個鬼地方，太難受了。」這句話話音剛落，姐妹倆都發出尖聲的短笑。「我還能再抽一支嗎？」醫生沉著臉問。「當然可以，抽吧，我們的菸誰都可以抽，怎麼會偏偏不讓您抽?!」霍爾古斯家的二女兒笑得更厲害了，她模仿姐姐的嗓音重複說：「怎麼會偏偏不讓您抽?!這句話說得好正經，妳這句話說得真好！」隨後，她們突然止住了沙啞的笑聲，神情疲憊地盯著火焰。暖洋洋的柴火讓醫生覺得很舒服，他決定留下來再待一會兒，將衣服烤乾，把身子烤透，然後再動身去小酒館。他慵懶地望著火光，呼吸時微微打著呼哨，霍爾古斯家的大女兒打破了沉默，她的嗓音疲憊、嘶啞而苦澀：「您知道，我已經過了二十歲，她不久也將滿二十歲。在您沒來之前，我們就在談論這個，實在想不通，我們怎麼會到這樣的境地。有時候，這所有的一切真令人厭倦！您知道我們能存多少錢嗎?!這個您能夠想像嗎?!唉，有時候我真想殺人，這一點都不是在開玩笑！」醫生默不作聲地盯著火焰。霍爾古斯家的二女兒神情淡漠地盯著前方，兩隻腳叉開，雙手撐在身後默默地點頭。「我們要養活那個小孽種，那個更加白癡的小艾斯蒂，更不用說我媽媽了，她什麼都不會做，只會抱怨這個抱怨那個，問我們把錢藏到哪兒了，要我們把錢交出來，除了錢，就是錢，他們把我們當成什麼了？他們居然能搶走我們的最後一條內褲，我說的是真話，一點都不誇張！我們早晚有一天要到城裡去，永遠離開這個骯髒的豬窩……您要是能親耳聽到她對我們的叫嚷就好了，我們真是受夠了！……她總是動不動就訓我們，罵我們，訓我們，問我們以為自己是什麼東西，所以……我們對這樣的生活真的很厭倦。我說得對吧，瑪麗？我們感到非常的厭倦！」霍爾古斯家的二女兒揮了下手說：「算了，別再說了，妳說這麼多有什麼用？妳要不走，要不留下！並沒有人會攔著妳，沒有必要抱怨別人。」她姐姐立刻嚷了起來：「妳想讓我走，是吧？妳希望我從這裡滾蛋，是吧？妳以為我走了，妳一個人在這裡就能過好日子了！別做夢了！如果我走，妳也得走！」妹妹朝姐姐做出一副鬼臉：「好了，別再沒完沒了地抱怨了，妳再說我就要哭了！」霍爾古斯家的大女兒又火了起來，但還沒等她嚷出來，她的話就被一陣劇烈的咳嗽噎了回去。隨後，她們一聲不響地坐在殷燃的火旁，默默地抽菸。「沒關係，瑪麗，我們馬上就可以弄到錢，就在今天，就在這裡！」姐姐率先打破了沉默，「嘿，妳看著吧，這裡馬上會有事發生！」妹妹惱火地轉向她說：「他們早就應該趕到這兒了。估計在路上出了什麼狀況，我可以感覺到。」「算了吧，妳就別惦記著他了。我瞭解克拉奈爾，瞭解其他所有的人。一到這裡，就跟狗一樣吐著舌頭追妳要飯吃，每次都這樣，現在也不會例外。只是，妳不會指望他吐出所有的錢吧?!」醫生抬起頭來問：「妳們在說什麼錢呢？」霍爾古斯家的大女兒不耐煩地快速揮了下手：「哦，這跟您沒關係，您烤您的火，親愛的醫生，您用不著為別人的事操心。」醫生又坐了一會兒，然後要了幾支香菸和一根乾火柴，起身走下了樓梯。他穩穩當當地走到磨坊門口，斜落的雨水透過門縫濺進來。頭疼稍微好了一些，也已經一點都不暈了，只是胸口還有些憋悶，沒有澈底緩解。他的眼睛很快適應了黑暗，現在他完全可以頭腦清晰地沿著小路往前走。就他的身體狀況而言，他走得很快，疾步如飛，只偶爾被蒿草或灌木絆一下腳；他歪著腦袋往前走，以免雨水直接打在他的臉上。幾分鐘後，他站到過去用來稱量穀物的小屋房簷下，但他沒有停頓，繼續急匆匆地趕路。無論前面還是身後，到處漆黑一片，寂靜無聲。他大聲地咒罵克拉奈爾夫人，肚子裡策畫著各種各樣的復仇計畫，但轉眼又都拋到了腦後。他又累了，有時候覺得要立即找一個地方坐下來，不然他會癱倒在地。他拐上通向小酒館的礫石公路，他暗下決心，現在不可以停下來休息，他要一口氣走到那裡。「還有一百步，不會更遠，就只剩下這一點路了。」他鼓勵自己。從小酒館的門和小窗戶裡投射出喚起希望的那種光亮，在伸手不見五指的黑夜裡，那是唯一引導他前行的目標。燈光已離得非常近了，但他突然感覺到，他緊盯著的那點光亮好像不僅沒有越來越近，反而離他越來越遠。「沒有關係，這只是因為我身體不舒服的緣故。」他自己説服自己，並且稍稍停了一會兒。他抬頭看天，狂風將雨水刮到他臉上，他感覺到現在需要幫助。不過，突然襲來的不適感來也匆匆，去也匆匆。他從礫石公路上拐下來，轉眼站到了酒館門前，這時候，從門洞裡傳出一個羸弱的聲音：「醫生叔叔！」這是霍爾古斯家最小的孩子。小艾斯蒂抓住了他的大衣。她麥桿色的頭髮和長到腳踝的羊毛衫已經被雨水淋透了。她垂著腦袋，抓著醫生的大衣，感覺並不像是在取悅他。「妳想幹嘛？是妳吧，小艾斯蒂？」小女孩並沒有回答他。「這麼晚了，妳在這裡做什麼？」醫生感到很吃驚，隨後不耐煩地試圖擺脫掉她，但是小艾斯蒂抓住他不放，彷彿抓到一根救命的稻草。「嘿，放開我！怎麼回事?!妳媽媽在哪兒呢?!」醫生抓住小女孩的手，女孩突然將手抽開，但立即抓進了醫生的袖口。她繼續默默地站在那兒，垂著腦袋。醫生煩躁地推開小艾斯蒂的手臂，甩開她後，自己下意識地後退了一步，但倒楣的是，他一腳踩到一件農具上，他的手在空中亂抓也無濟於事，直挺挺地摔倒在泥地裡。小女孩嚇了一跳，立即跑到小酒館的窗前，從那裡看著他，並且做好了逃走的準備。巨大的身軀從地上慢慢地爬起來，朝她走來。「過來！馬上到我這兒來！」小艾斯蒂的手抓著窗臺，隨後用力一推離開窗下，邁開內彎的腿，驚慌失措地跑上了礫石公路。「我怎麼這樣倒楣！」醫生憤憤地嘟囔說，然後朝著小女孩的背影大喊，「我怎麼遇到了妳這個掃把星！妳往哪兒跑?!站住，妳給我站住！馬上給我回來！」他束手無策地站在小酒館門前，不明白這是怎麼回事，不知道自己該怎麼辦：去辦自己的事情，還是追那個孩子？「她媽媽在這裡酗酒……她的姐姐們在磨坊裡當妓女，至於她哥哥……鬼知道此刻他正在城裡撬哪家商店，這小傢伙則穿著一件單衣在這裡亂跑……莫非老天爺在懲罰他們！」他走上礫石公路，對著黑暗大聲吼道：「艾斯蒂，回來！我又不會打妳！妳瘋了嗎！馬上給我回來！」沒有回答。他隨後追去，心裡憤憤地想，自己根本就不該離開家門。他渾身都被淋透了，話說回來，他本來就感覺身體不舒服，現在又加上這個又怪又倔的瘋丫頭！……他感覺自從家裡出來，遇到了太多奇怪的事，現在所有這些事都在他的腦袋裡攪成了一團。他苦澀地暗想，這所有的一切，所有這些透過許多年漫長的時間和「苦澀的」奮鬥建造起來的一切，都是這樣的脆弱不堪；他懷著更加強烈的復仇之心，看到自己——儘管有一副魁偉、強壯的軀體——現在也正瀕臨崩潰：看啊，只是走了一小段路到酒館（「而且我還在路上歇了一會兒！」），不管怎麼說，這都算不上一段多長的距離，可是你看，現在他喘得上氣不接下氣，胸口憋悶，兩腿發軟，身體耗盡了全部的氣力，最糟糕的是，他毫無意識、慌慌張張、不知所措地從這裡被捲到那裡，根本就不清楚自己現在為什麼要在礫石公路上，在傾盆大雨中追一個在發瘋的小丫頭。他朝著女孩大概跑去的方向吼了一聲，隨後怒氣沖沖地站住了，他意識到，自己再怎麼追也不可能追上她。現在，終於到了他該調整一下自己的時候了。他轉過身來驚訝地發現，自己居然離開酒館跑了這麼遠！他抬腿剛走了幾步路，有那麼一瞬，他感到眼前的世界昏天黑地，感到他的兩腿滑進了泥裡；在一個非常短暫的刹那，他意識到摔到了地上，滾進了泥溝，隨後失去了知覺。他花了很長時間才慢慢地甦醒過來。他不記得自己怎麼躺在這兒，滿嘴是泥，泥漿的土腥味讓他感到噁心。他的大衣也滿是泥水，由於天氣寒冷和雨水浸泡，他的兩條腿麻木僵硬，但不可思議的是，他從霍爾古斯家的姐妹倆那裡要來的三根菸捲——為了避免被雨水打濕，他一直緊緊地握在手裡——居然完好無損。他把菸捲迅速揣回口袋裡，試圖從地上爬起來。然而，他的腿在陡峭的泥溝側壁上一次次打滑，不知道嘗試了多少次，他才終於成功地重新爬回到礫石公路上。「我的心臟！我的心臟！」就在這時，一個突如其來的閃念使他驚恐萬狀地抓住自己的胸口。他感到極度疲憊，他知道，他應該儘早去醫院。然而，大雨使得他的計畫變得絕無可能，雨一直在下，下個不停，一陣又一陣以傾斜的角度落在公路上。「我必須休息一下。找一堵牆，還是回到小酒館？不行，我還是找個別的地方吧。」他離開礫石公路，躲到不遠處的一株老槐樹下。他收起兩腿墊在身下，這樣一來，他就不會直接坐在地上了。他努力讓自己什麼都不去想，兩眼發呆地望著前方。他就這樣坐著，不知道過了幾分鐘，還是幾個小時。東邊的地平線逐漸變亮。醫生疲憊不堪地懷著某種模糊的希望，注視著遠處那片被光明無情籠罩的鄉村大地。對於現實，他心裡既希望，又恐懼。他很想躺在一間溫暖、親切的房間裡，在皮膚白皙的護士們的注視下，一勺勺地喝滾燙的肉湯，喝完之後，轉身靠牆。他注意到在修路工的工棚那邊，有三個人影朝這邊走來。他們離他很遠，遠得令人絕望；他聽不到他們說什麼，只能看到他們，看到一個瘦小的孩子正興奮地跟另一個人解釋什麼，第三個人則在幾公尺之外跟著。當三個人終於走出了地平線，他認出了他們，並且試著向他們呼叫，但他的聲音被疾風吹走，被雨水沖刷，他們根本就沒有注意到他，繼續往前走，朝小酒館走去。當他驚訝地意識到，自己剛才看到的是兩個據傳已死的大牌流氓時，他當即忘掉了一切；他的腿開始刺痛鑽心，喉嚨乾裂。晨曦中，他沿著礫石公路往城裡趕，不想再掉頭去小酒館。他深一腳淺一腳地蹣跚前行，腦子裡裝滿了心事，一陣接一陣刺耳的雜音把他嚇得心驚肉跳。一群烏鴉不動聲色地尾隨，讓他感覺十分恐怖，始終沒有偏離他的視野。下午，他走到了艾萊克岔路口，這時候，他連爬上馬車的氣力都沒有了。在回家途中的凱萊曼不得不把他拉上馬車。當他在車夫座位後被雨水淋濕了的稻草堆上躺下後，感到如釋重負，腦子裡一直迴響著售票員在驅動馬車時說的那句責備話：「醫生先生，您不該這樣！您真不該這樣！」

四　蜘蛛事件 I

（8）

「你該把火點上！」莊稼漢凱雷凱斯說。秋日的蠅蟲圍著破裂的燈罩嗡嗡地盤飛，在從燈罩透出的微弱光影裡畫著藤蔓一樣的「8」字圖案，牠們一次又一次地撞到骯髒不堪的琺瑯瓷面上，隨著一聲輕微的鈍響重新墜回到牠們自己編織的迷人網絡裡，繼續沿著那個無止休的、封閉的飛行路徑不停地盤飛，直到電燈熄滅；一隻富於憐憫的手托著那張鬍子雜亂的臉，這是酒館老闆的臉；此刻，酒館老闆正聽著嘩嘩不停的雨聲，眨著昏昏欲睡的眼睛盯著飛蠅愣神，嘴裡小聲地嘟囔說：「你們全都見鬼去吧！」哈里奇坐在門邊角落裡一把嘎吱作響、生鐵支架的椅子上，他穿著一件制服式的雨衣，鈕扣一直扣到下巴，如果他想坐下來的話，他必須把雨衣提到腰上，因為，實話實說，風雨既沒有饒過他，也沒有饒過他的外套，即使他的相貌變醜，肌肉變鬆弛，最終失掉了自己的健壯外形，從他的身上也還是輻射出某種柔韌的力量，與其說它防禦的是這淅瀝嘩啦的惱人雨水，不如說防禦的是人們經常愛說的那種——「很容易變成悲劇的內在力量……」；這種力量從濕透的心臟裡流淌出來，晝夜不停地沖刷我們毫無防衛的內臟器官。水窪在他的靴子周圍變得越來越大，空杯子在他的手裡變得越來越沉，不管他怎麼努力不去聽身後傳來的聲響，都無濟於事：在他的身後，凱雷凱斯將手肘拄在「撞球桌」上，將茫然、空洞的目光投向酒館老闆，他慢慢在牙縫間吸溜了一會兒葡萄酒，然後貪婪地咕咚一口嚥下喉嚨。「我說，你該把火點上……」他重複了一遍，隨後將腦袋朝右邊一歪，再也不能發出一絲的聲音。從牆根底下散發出的霉味，簇擁著從後牆上爬下來的蟑螂大軍的先發部隊，很快，主力部隊也隨後開來，迅速布滿了油漬斑駁的地板。酒館老闆打了一個不以為然的手勢做為回應，他帶著狡黠的、同謀式的微笑望著哈里奇潮濕的眼睛，但當他聽到莊稼漢的警告語後（「別跟我比劃，你這個蠢貨！」），嚇得縮回到椅子裡。馬口鐵皮櫃檯後的牆壁上，貼了一張俗豔花俏、濺有石灰斑點的廣告海報，海報的一角已經垂下來；對面牆上，燈光沒有照到的地方，在一張褪了色的可口可樂廣告旁邊，伸出來一排鐵鉤子，上面掛著落滿灰塵的禮帽和披風，乍看上去，就像幾個吊死鬼。凱雷凱斯朝酒館老闆走過去，手裡握著一只空酒瓶；地板在他的腳下嘎吱作響，他的身子有一點向前傾斜；他魁梧的軀體彷彿充滿了整個酒館，就像一頭從牛欄裡衝出來的公牛，剎那間使外面的空間也顯得狹小了。哈里奇看到，酒館老闆在倉庫的門後消失了，並且聽到他迅速、驚恐地插上了插銷，顯然發生了什麼事。但是，當哈里奇稍稍定下了心神，又覺得酒館老闆並沒有必要躲到堆積成小山、多年未動的化肥麻袋、園藝工具和豬飼料垛之間，躲在這難聞的氣味裡，後背緊靠著冰冷的鐵門。想到這裡，他不由得感到某種開心的愉悅或一絲得意，因為他正在喝的這些色澤迷人的美酒的「前主人」此刻被一個喜怒無常、氣力無窮的莊稼漢嚇得膽戰心驚地躲在緊鎖的門後，希望聽到一個解除危險的響動。「再來一瓶！」凱雷凱斯惡聲惡氣地說。他從口袋裡掏出一把紙鈔，由於他的動作幅度過大，有一張鈔票經過在空中一段悠然自在的飄浮之後落到了地上，恰好落到哈里奇笨重的靴子旁。哈里奇是個聰明人，他很瞭解事件發展──哪怕只是短暫的幾分幾秒──的邏輯法則，其中包括對方大概會做什麼，也知道自己應該怎麼做。哈里奇立即站起來，等了片刻──說不定這個莊稼漢會彎腰撿錢；過了一會兒，他清了一下嗓子，走了過去，掏出自己的最後幾枚硬幣，鬆開了拳頭。硬幣叮噹作響地散落一地，之後──等到最後一枚硬幣也終於安靜地躺在了地上──他俯身跪在地板上撿拾硬幣。「把我那張一百福林的鈔票也撿起來！」凱雷凱斯用響雷似的嗓音向他吼道。哈里奇很識時務（「……我看透了你！」），以僕人式的忠誠，默默而順從地，同時心中充滿仇恨地將鈔票撿起並遞給他。「不過面值搞錯了！……」他戰戰兢兢地嘟囔說，「可是面值……！」這時候，聽到莊稼漢惡狠狠的問話（「還在磨蹭什麼?!」），哈里奇迅速站起身來，撣了撣膝蓋上黏的土，將手肘支在櫃檯上，跟凱雷凱斯保持了一段安全的距離，似乎他並不能確定，這傢伙剛才的那句話到底是在催酒館老闆，還是在催他。凱雷凱斯看上去有些遲疑不決（假如真會有什麼事情讓他遲疑不決的話），寂靜裡，哈里奇終於用他微弱得幾乎不可能被人聽見的聲音（「嘿，怎麼總讓我們等著？」）重複了一遍，感覺他的所有話都一言既出，駟馬難追。現在，哈里奇不得不跟這個彪悍、魁偉的巨人站在一起，謹言慎行地站在這個似乎與他有著某種含混不清的同謀關係的凱雷凱斯身旁，不僅出於他敏感易傷的自尊心，更是出於骨子裡對懦夫表現的牴觸，他唯一的選擇是：膽戰心驚地與之共謀。凱雷凱斯慢慢轉過身來，就在這一刻，隱伏在哈里奇內心的義務性忠誠已被一種特別的興奮替代了，因為他可以驕傲地斷定：自己亂開的一槍居然射中了靶心。所發生的一切都出乎意料，他更未對自己的聲音——對自己這樣發出的聲音——做好準備，因此，為了消除莊稼漢在某種程度上感到的意外，他迅速——做為即刻的、無條件的撤退——補充道：「當然，這跟我毫無關係……」凱雷凱斯逐漸失去了耐心。他低下頭，意識到吧檯上擺著的是一排等待清洗的髒酒杯；他剛要憤怒地揮起拳頭，酒館老闆恰好從倉庫裡走出來，愣在了門檻前。他揉了揉眼睛，用一側的肩膀倚著門框，在自家酒館倉庫裡躲藏的這短短幾分鐘，足以讓他憑藉生活的經驗消除掉剛才突然襲來的、細想起來荒唐可笑的驚恐（「他要打我！這個野蠻的畜生要過來打我！」）。的確，他沒有判斷失誤，隨後並未發生任何嚴重的事情，如果說發生了什麼也只是「像一塊石頭掉進一個無底洞裡」。「再來一瓶！」凱雷凱斯喝道，並把錢拍在了櫃檯上。過了一會兒，他看到酒館老闆仍在遠處謹慎地觀察，於是補充了一句：「不用害怕，你這個蠢貨！我不會打你的。只是你別再跟我打那種手勢。」當他回到了原來的座位上，回到「撞球桌」旁邊，好像生怕有誰會突然將椅子從他身下抽走似的，小心翼翼地坐到椅子上，這時酒館老闆已經換了一隻手托著自己的下巴；某種不很確定但實實在在的渴望的白翳罩在他那雙乳清色的狐狸眼睛上，時刻待命的奴性熱情從他那張石灰一樣慘白的臉上發散出來，這使得他的皮膚變得柔軟，使他的掌心變得潮濕；他那優雅、修長、光潤、多年來為打造那隻同樣完美的手掌而勞作的手指，略微塌陷的肩膀，挺起的肚腩……他身體的所有肌肉都靜止不動，只有他的腳趾在牛津鞋裡抓撓。一直紋風不動懸在棚頂的吊燈現在開始晃動起來，狹小的光暈將天花板和牆壁的上緣留在昏暗裡，只頹然無力地照著坐在下面的三個人，照著攤滿了乾點心、麵條、白酒杯和葡萄酒杯的櫃檯，還有桌子、椅子和昏迷不醒的蠅蟲，小酒館就像一艘搖曳的船，在傍晚朦朧的薄暮中啟航。凱雷凱斯打開酒瓶蓋，用另一隻手抓過酒杯，他就這樣一動不動地坐了好幾分鐘，一手握著葡萄酒，一手握著玻璃杯，好像一個人忘記了自己該幹什麼，只是坐在他一直生活的黑暗裡，現在萬籟俱寂，聽不見任何話語和任何響動，就這樣，他覺得自己像聾了瞎了，所有的一切都變得失重，他周圍的一切，也包括他的身體、屁股、手臂和叉開的大腿，彷彿他所有的觸覺、味覺和嗅覺都同時喪失，或許現在，在他深層的自我意識裡一切都已然不復存在，只有體內血液的湧流，只有器官平靜的運轉，因為驚恐的神祕核心撤退到這地獄般的黑暗之中，撤退到禁止想像力存在的地帶，之後，人們要從那裡一次又一次地突圍出來。哈里奇不知道應該如何應對眼前的情勢，他坐在那裡興奮地挪動著身體，因為他感覺到，凱雷凱斯正在觀察他。假若把他這種出人意料的靜止不動解釋為一種邀請的緩慢表達形式，未免過於專斷；正好相反，他從那雙轉向自己的死魚眼裡感到某種說不清道不明的威脅；但是哈里奇無論怎樣絞盡腦汁在記憶裡搜尋，都找不出此時此刻自己應該為之負責的任何過錯，更不要說在他像「受難者」一樣沉溺於自我認知的自由深潭中的那些嚴肅時刻，他承認自己輕浮、易逝的五十二個春秋在偉大命運、壯麗人生的殊死拚搏中是多麼的微不足道，不為人知，就像在失火的車廂內的一炷香縷。當然，這種短暫即逝、不留痕跡的愧疚感（是否真的有愧疚感？想來，「愧疚之火燃盡，就像一根熄滅的火柴」，留下的灰燼很容易在良心中辨別）還沒滲透到心靈深處，就已經被吸收到舌膛、喉嚨、食道和腸胃自命不凡的歇斯底里之中，消失在這最初與最後的需求裡，因為他事先早已做好了準備，遠遠早於他的希望，希望施密特夫婦趕緊到來，並跟他結算「該歸他的那一部分」。寒冷使情況變得更糟，他只需朝疊積在酒館老闆那張皮匠板凳旁的葡萄酒架瞥上一眼，就會將他的想像力捲入危險的漩渦，將他澈底地吞噬掉，尤其是現在，當他聽到葡萄酒終於從那個莊稼漢的酒瓶裡咕咚咕咚地流出來，便忍不住要朝那邊看：有某種更加強大的力量將他的視線吸引到那邊，去看酒杯裡瞬間即逝的珍珠氣泡。酒館老闆垂下眼簾仔細聽著，聽哈里奇朝他走過來的腳步聲，一塊塊地板在他的皮靴底下嘎吱作響；甚至，他已經聞到從哈里奇嘴裡呼出來的酸澀酒氣，但他還是沒有抬頭，他對哈里奇臉上豆大的汗珠並不感興趣，因為他知道，他會第三次向他屈服。「嘿，老弟……」哈里奇含蓄地清了下嗓子，「一杯，就一杯！」他用嚴肅、可靠、誠實、清澈的眼神看著他，並且向上豎起了食指。「施密特他們反正很快就會到這裡。你知道……」他閉著眼睛舉起酒杯，慢慢地、小口小口地喝著，頭稍稍後仰，杯子空了，但繼續在嘴邊舉一會兒，直到最後一滴酒滾落他的喉裡。「這小酒不錯……」他尷尬地咂了兩下嘴，猶豫不決地將酒杯輕輕放到櫃檯上，像是一個人在最後一刻仍然抱著某種希望，隨後，他緩緩轉身，小聲嘟囔了一句（「簡直是餿水！」），慢慢走回到自己的座位。凱雷凱斯垂著腦袋靠在「撞球桌」的綠色檯面上，酒館老闆盯著燈光出神，稍稍挪動了一下坐麻了的屁股，然後揮著抹布開始清理自己周圍的蜘蛛網。「哈里奇，你聽我說！嘿……你聽到沒有？你說，那裡在幹嘛？」哈里奇不解地看著前方：「你說哪兒？」酒館老闆重複了一遍。「噢，你是說文化館嗎？……哦，」他抓了抓頭皮，「沒有什麼特別的事。」「欸，這我知道……可在放映什麼呢？」「哦……」哈里奇興趣索然地揮了一下手，「我至少已經看過三遍了。實際上我只是陪我老婆去，把她送到那兒，我就回來了。」酒館老闆坐回到他的皮匠板凳上，背靠著牆，點燃一支菸。「你倒是說呀，今天到底放映什麼片子！……」「哦，放的是，叫什麼名字來著……《索霍區內的醜聞》。」「真的嗎？」酒館老闆點了點頭。哈里奇旁邊的桌子嘎吱作響，櫃檯的朽木也發出一陣緩慢的長長嘆息，就像一輛老式馬車的車輪在輕快滾動，驅散了馬蠅單調的嗡嗡聲，召喚出從前的一切往事，也做為遞嬗的一部分記錄著永恆的衰敗。木頭的嘎吱聲就像一隻正在翻書的無助的手，試圖從一部落滿塵埃的舊書裡查找已經消失了的思緒；寒風盤旋在小酒館的上空一遍遍地請求，要它將「貌似簡單的回答」帶給懶散的泥沙，要它在樹木、空氣和大地之間建立起能夠相互吸引的魅力，然後透過門與牆壁無形的縫隙找到通向最原始聲音的路徑。哈里奇打了一個酒嗝。莊稼漢趴在「撞球桌」上打著呼嚕睡著了，從大張著的嘴巴裡流出口水。突然，一陣隱約傳來的轟隆聲從遠處慢慢地朝這邊接近，一時間讓人無法斷定到底是一群回欄乳牛的哞叫，一輛校車顛簸的雜音，還是一支行進的軍樂隊在演奏。一串讓人無法聽懂的抱怨從凱雷凱斯的腸胃深處噴湧而上，很快衝破了那副乾燥、麻木的嘴唇……「……婊子……」和「……真……」，或「……更大……」——只能聽出來這麼多。抱怨聲最後被一記斬釘截鐵的重拳擊碎，這一拳可能是針對某個人，也可能是針對某件事。酒杯倒了，葡萄酒先在球檯布上蔓延形成一具被壓扁了的狗屍的形狀，隨後四下洇滲，呈現出一個個變化莫測、倏忽即逝的圖案，最後留下了一片似圓非圓、邊界模糊的浮水印（是在吸收嗎？滲透到檯布纖維的縫隙之間，流到布滿裂紋的桌板表面，在那裡形成了一個這裡相互連通、那裡相互獨立的連體池系統……然而對哈里奇來說，一切成這樣才有意義，因為……）。哈里奇咬牙切齒地罵道：「這個該死的醉鬼！」他粗野地衝凱雷凱斯揮了揮拳頭，之後帶著無可奈何的憤怒，好像不願相信自己的眼睛似的，轉向酒館老闆怒氣沖沖地解釋道：「他把酒灑了！……」酒館老闆意味深長地盯著哈里奇看了好久，然後才用眼角不以為然地瞥了一眼醉倒的莊稼漢，而且他的目光並沒有準確地落到他身上，只是投向那個方向，草草掃了一眼，大致估算了一下損失。他略帶輕蔑地露出微笑，安慰了一下在這類事情上沒有經驗的哈里奇，然後輕輕點了下頭，將話題轉移到別的事情上：「這傢伙就像頭巨大的野獸，不是嗎？」哈里奇迷惑不解地盯著酒館老闆從半睜半閉的眼皮間投射出的狡黠目光，隨後搖了搖頭，仔細打量了一遍這個像公牛一樣臥在那裡的莊稼漢。「你怎麼想？」他甕聲甕氣地問，「這樣一頭畜生一頓能吃多少？」「吃？」酒館老闆用鼻子哼了一聲，「他不是吃，而是吞！」哈里奇走到櫃檯前，靠在那裡。「他一頓能消滅半頭豬！你信不信？」「我當然信。」凱雷凱斯打了一個響鼾，他倆立即閉上了嘴。他倆面帶驚恐地盯著這個一動不動、安安靜靜的巨大身軀和充血的腦袋，在「撞球桌」底下的暗影裡能夠看到他沾滿泥沙的皮靴；他看著它，就像一個人在圍欄和水面的雙重安全保護下觀察一頭熟睡的野獸。哈里奇一直在尋找，謝天謝地，他真的找到了（一分鐘？一秒鐘？）自己與酒館老闆之間的友情，就像一隻關在籠中的土狼與一隻在籠子上空自由盤飛的禿鷲找到了彼此之間溫暖的、相互依存、不裝腔作勢的夥伴關係，這種關係能讓牠們迎接任何的災難……他們被一陣巨大的雷聲驚醒，感覺頭頂上的天空炸裂開來。緊接著，一道閃電將小酒館照得亮如白晝，甚至能夠嗅到電閃的氣味。「這雷離得非常近……」哈里奇打破沉默說，與此同時，有人從外面用力地敲門。酒館老闆從板凳上跳了起來，但是站在那裡沒有動身，因為就在那個瞬間他感覺到，或許在電閃和門響之間存在著什麼聯繫。當外面的人開始咚咚地捶門，他這才定了一下心神走過去開門。「怎麼，原來是你？……」哈里奇的眼睛瞪得溜圓。由於酒館老闆的背影擋住了他的視線，他起初什麼都沒看見，後來看到兩只笨重的靴子和濕漉漉的雨衣，再後來看到凱萊曼浮腫的臉和他頭戴的那頂被雨淋濕了的制服帽。兩個人都吁了一口氣。來人罵罵咧咧地抖落雨衣上的雨水，生氣地將它折好放到壁爐頂上，然後衝著酒館老闆叫嚷起來；此刻，酒館老闆正背對著他彎下腰撿掉到地上的螺栓。「你們都聾了嗎?!我在外頭敲了好半天的門，差一點就被閃電給劈死了，可你們就是不來開門！」酒館老闆回到櫃檯後邊，倒了一杯帕林卡酒推到老漢面前。「雷聲這麼大，聽不見也不足為奇……」酒館老闆找了一個藉口搪塞。他用銳利的目光打量對方，以瘋狂的速度試圖猜出是什麼風在這麼大的雨裡把這傢伙吹到這兒來的。為什麼他拿杯子的手在顫抖？為什麼在他的眼裡有一種神祕感？無論是酒館老闆還是哈里奇，都沒有急著向他詢問什麼；屋外又打了一個閃亮的雷電，彷彿整個天空砸落下來，雨又開始傾盆般地落下來。老漢試圖將水從絨布呢制服帽裡擰出來，並用了幾個習慣性的動作，重新恢復了帽子的原狀並戴到腦袋上，帶著一副心事重重的表情將帕林卡酒一飲而盡。現在，他先得把馬牽進來；在那條荒蕪很久、不知從何年何月開始就沒人走過的馬路（野蒿叢生，青草滿地）上，他屏住呼吸在黑暗中尋找；興奮的馬頭先閃露出來，不時惶惑不解地扭過頭來，瞧著自己這位雖不知所措但表情堅定的主人。他看到了緊張擺動的馬尾巴，聽到牠們「氣喘吁吁」的喘息和馬車伴著兇悍的狗吠走在冬日路上痛苦的嘎吱聲，他看到自己站在馬車夫的位置上手握韁繩，艱難地走在雨水過膝的泥地裡，迎著撲面而來的刺骨寒風，實際上，現在他才真正相信發生了什麼，此時此刻；他很清楚，假如沒有伊里米亞斯和佩奇納他們倆，自己絕不可能冒雨出門，想來「沒有比他們更強大的力量」能夠迫使他行動，因為現在他可以肯定，這是真的，想來（看啊！）他已然在自己高大的影子裡看見了自己，就像一位士兵在戰場上，聽到了將軍發出的戰鬥令，儘管沒有聽到任何人的呼喚，他已經邁開了衝鋒的步伐。一幅幅無聲的畫面重新浮現在他的眼前，畫面間的銜接越來越生硬，彷彿要求人們務必把握住每一幅畫面的重要性，務必遵從一個獨立完整、不可瓦解的秩序；只要一個人的記憶還在運轉，還能夠提供確鑿的證據並使轉瞬易逝的**現在**得以存在，他就必須透過啟動這一秩序的鮮活的歷史線索，迫使自己在事件的開放區域內——並非借助於自由的感覺，而是借助於自己懷揣的焦躁不滿——搭建一座能夠跨越距離、連通記憶與自己生活的橋梁；所以，現在，他頭一次有機會意識到這些，所發生的這一切都使他感到恐怖，但他很快就透過嫉妒的占有欲捕獲住這個記憶，「在還剩下的幾年裡」，這個記憶不知道重現了多少次，最後一次在眼前看到這幅畫面時，他在深夜最為悲涼的時辰伏在自家農舍朝北的小窗前，孤獨地，不眠地，等待黎明。「你從哪兒來？」酒館老闆終於打破了沉默，開口問他。「從家裡。」凱萊曼回答。哈里奇一臉吃驚地走近他：「那至少要走半天的路……」來人一聲不響地點燃一支菸。「你是走來的？」酒館老闆疑惑地問。「當然不是。趕著馬車。沿著老路。」酒精已經使他的身子變暖和，他眨著眼睛看看這張臉，又看看那張臉，但還是沒有告訴他們他最想說的事，再者，他也不知道該從何說起，因為現在並不是一個非常合適的時機：準確地講，他還無法確定自己到底希望什麼，儘管他清楚地知道，這種空虛和從牆壁裡散發出的無聊只是表面現象而已，因為這個坐落在村頭、看似無形但真實存在的據點，幾個小時之後就會熱鬧起來，氣氛會迅速變得瘋狂，似乎現在已能聽到節日的喧囂（的確，只有報信者才能夠做到這一點）……其實他心裡期望得更多，希望能得到更大的關注，而不僅僅是酒館老闆和哈里奇，即使他們倆加起來也遠遠不夠，因為他覺得，命運在如此重要的時刻只把這兩個傢伙派到他跟前，是命運對他的怠慢……他跟酒館老闆之間存在著一道不可逾越的「鴻溝」，在他看來是「旅行者」的人，或者換一個更鄭重的說法，是「旅人」的人，對酒館老闆來說只是一個「客人」……；至於哈里奇，對這個「骨瘦如柴的臭皮囊」講什麼「紀律、果敢、奮鬥精神和誠信可靠」，不但在今天，即使在明天也是對牛彈琴。酒館老闆緊張地盯著售票員隱在陰影裡的後脖頸，慢慢、小心地吸了一口氣。哈里奇——跟以往一樣，在售票員開口之前——則暗自猜測：一定是死了什麼人。消息迅速在村子裡蔓延，在酒館老闆回來之前的半個小時，哈里奇有足夠的時間偷偷檢視那些觸手可及、擺在櫃檯上的葡萄酒瓶，瓶身標籤上印的「雷斯令」一詞對他來說有著無盡的聯想。之後，趁其他人在熟睡或打盹兒，他還有充裕的時間，以閃電的速度做了化驗，證實了自己長久以來的猜測：葡萄酒跟水混合時生成的新化合物（對他來說這是一種不同的物質！），顏色跟葡萄酒的原色有著極易混淆的相似之處。就在他成功結束了調查的時候，哈里奇夫人在去酒吧的路上，似乎看到有一顆星星墜落到磨坊上。她停了下來，將手按在胸口上，無論她怎樣用她巡察的目光掃視那像執著的鐘聲一樣被陰雲覆蓋的天空都無濟於事，她不得不承認，大概只是自己的眼睛由於突如其來的興奮而冒出的金星吧；可不管怎麼說，這種不確定性、這種可能性的簡單事實和這片荒蕪之地的淒涼景色全都沉重地壓到了她的心頭，她思忖了片刻，改變了主意，轉身回家，從一堆剛剛熨燙過的床單下抽出那本早被她翻爛了的《聖經》，她懷著越來越深刻的罪惡感再次出發，在昔日村莊地名的牌子下，她拐上了礫石公路，頂著迎面落下的大雨走了一百零七步來到小酒館門前；與此同時，她以輻射般的速度在心裡看清了事態的發展。為了贏得一點點時間（因為在這樣激動的狀態下，她必須戰勝巨大的混亂，將那團在腦子裡不由自主攪成亂麻的話語清晰地、不容置疑地表達出來：「這是《聖經》的時代！」），哈里奇夫人在小酒館門口停了一會兒，就在她一腳跨過門檻的剎那，她確信自己找到了能夠以最簡潔的方式增強震撼效果、迫使所有人予以關注的最恰如其分的詞語，她對著那些驚詫的面孔大聲喊道：「復活了！」聽到這句喊聲，凱雷凱斯驚恐萬狀地抬起頭來；售票員從椅子上跳了起來，彷彿被人刺了一刀；酒館老闆也不例外，身子突然向後一仰，腦袋重重地撞到牆上，頓時感到頭暈目眩。他們很快認出了哈里奇夫人。酒館老闆忍不住對她嚷嚷起來（「看在上帝的分上，哈里奇夫人，妳是不是瘋了?!」），隨後他試圖將掉下來的螺栓重新扭回到門上。哈里奇十分尷尬地將妻子拉向離他最近的一把椅子（但這並不是一件容易的事：「看在上帝的分上，快點進來，妳看雨都濺進來了！」），然後他不住地點頭表示贊同，以此安撫激動得吐沫飛濺的妻子。最後，她終於止住了那番時而慷慨激昂，時而驚恐悲切的喋喋亂語，憤怒地衝著一臉譏諷訕笑的酒館老闆大聲吼道：「這沒什麼可笑的！一點兒也不可笑！」哈里奇總算把她拉到了一張擺在拐角處的桌子旁，按在一把緊挨著自己的椅子上。這時候，婦人氣惱得一言不發，將《聖經》緊緊抱在胸前，目光投向有罪之人頭頂上的那塊神聖、榮耀、高遠的虛空，眼裡流露出堅定不移的篤信。好似一根立在地上的木樁，此刻她從這片由垂著的腦袋和弓著的脊背構成的磁場裡挺身而出；在這個她後來長達幾個小時都不肯離開的地方，在這個窒悶、封閉的小酒館裡，她的目光如同一道裂隙——通過這道裂隙，氣體可以暢通無阻地流動，而令人麻痺、冰冷刺骨的毒風從這裡吹進，充滿整個空間。在緊張的寂靜裡，只聽見飛蠅持續不斷的嗡嗡聲，以及從高處無終無止、傾盆瀉下的雨水聲，兩者復又融入所有恆常存在的細碎聲響，在屋外彎曲的槐樹裡，在桌腳和櫃檯支架間進行的特殊夜間勞動中，聲響以不規則的律動測量時間的最小單位，並且無情地分配這些空間，好讓一個詞、一句話或一個動作都完好無缺地各就各位。這個十月末的夜晚，只存在唯一的律動：某種特殊、古怪、有節奏的律動，以詞語和想像都無法企及的秩序，發生在樹木、暴雨、泥沙裡，在朦朧、緩慢退去的黑暗、模糊的陰影、疲憊運動的肌肉裡，在寂靜、人類的話題、礫石公路凹凸不平的路面裡，在毛髮生長與體內纖維組織崩解、朝著生長與衰亡不同方向的相異節奏裡；即便如此，這成千上萬響著回聲的律動，這令人困惑、沙沙作響的黑夜雜音都源於共同的步伐，即嘗試掩蓋絕望的企圖：事物的背後頑固地冒出其他的事物，溢出視野之外便不再團結一致。於是，一扇永遠被遺忘的敞開的門，一把永遠不會被打開的鎖。一道溝壑，一條縫隙。酒館老闆發現，若想在腐朽的木門上找到原來的螺絲孔洞純屬白費氣力，他扔掉螺栓，隨後在門下塞了一塊木楔；他罵罵咧咧地坐回到皮匠板凳上（「有縫就有縫吧。」他終於平靜地接受了現實），或許，他可以用平靜的身體抵抗那越來越升級的不安，他心裡很清楚，這種不安很快就會將他吞沒。因為一切努力都是徒勞的：一個突如其來的、想要報復哈里奇夫人的念頭剛剛冒出，就立即被深深的絕望扼殺掉了。他環顧四周的酒桌，估算還剩下多少葡萄酒和帕林卡酒，然後站起身來，轉身走進倉儲間，隨手帶上身後的小門。現在沒有人能看到他，他可以自由地發洩憤怒，惡狠狠揮著拳頭，做出一副可怕的面孔，在鐵鏽味的空氣裡（「愛的氣味……」過去，在這裡還能當霍爾古斯姐妹大本營的時候，他曾用多種方式形容過它），沿著由堆在這裡多年未動的貨物留出的那條規矩的路徑奔跑，平時每當他需要為迫在眉睫的問題進行長時間孤獨的思考，他都會這樣：先朝著那扇由兩指粗的鐵柵欄和神祕蛛網衛護、防止竊賊從路邊潛入的窗戶跑，然後在一大堆麵粉袋那裡拐彎，沿著兩側用豬飼料堆起的高牆一直跑到小桌子那裡，桌上堆滿了帳本、記事本、菸草和各種私人用品，之後，他又跑回到窗前，在那裡——這時候心裡的火氣已經平息，他對造物主發了一句不敬的責難，抱怨他試圖用「毒蜘蛛」毀掉他的生活——他向右轉身，跨過一小堆從麻袋裡流出、被掃成一堆的糧食種子，很快又回到鐵門前。這一切都是無稽之談：他不相信任何形式的復活，哈里奇夫人願意信就讓她信吧，他太瞭解這類騙術了；如果她突然發現一個死人竟然活著，感到些許不安也是很正常的事。當時他沒有理由懷疑霍爾古斯家的男孩一口咬定的那些話，他甚至把那小子拉到一旁，詳細「盤問」了更多的細節，雖然在一個個小細節上看得出來，故事的某些線索「看上去並不是那麼令人信服」，但他並沒有覺得這個故事可能是假的。因為，他也問過自己：霍爾古斯家的男孩有什麼理由告訴他一個無稽的謊言？當然，他也一直相信自己的看法，即便這孩子已經墮落得不可救藥，但並沒有經歷過生活的滄桑，他不相信一個小孩子能夠編出這樣的謊言，除非受到外界的影響，特別是慫恿！但是與此同時，酒館老闆心裡也非常肯定：既然有人在城裡看到他們死在了城裡，那麼死亡的事實仍舊是事實。不過，即便這傢伙還活著，他也不會感到絲毫的意外，伊里米亞斯永遠是伊里米亞斯，畜生不可能變成人。對他來講，關於這個齷齪的無賴，他什麼都願意相信，只要是關於這個卑鄙的惡棍和他同夥的消息，他一分鐘都不願意多想。他心裡已經拿定了主意：即便他們真的來到這裡，喝酒也得花錢買，他在這一點上絕不會有絲毫的猶豫。說到底，他們是死是活跟他有什麼關係?!對他來講，他們即使是鬼也無所謂，只要他們在這裡喝酒，就必須付錢。他不能做虧本的買賣。他不是為了虧本而辛勞「一輩子」，他之所以流血流汗地經營這家酒館，不是為了讓那些「遊手好閒的流氓無賴」來這裡免費喝酒。他從來就不習慣賒帳賣酒，對吧？話說回來，賑濟天下不是他的風格。再者，伊里米亞斯他們真被汽車撞死了，這也並非不可能。為什麼？難道除了他之外，就沒別人聽說過「假死狀態」這麼一說嗎？也說不定他們被人成功地拖回到這個悲慘世界，那又怎麼樣?!在他看來，從現代醫學的觀點看，這並非絕無可能，儘管這個推測比較輕率。不管怎麼樣，總而言之：他對他們不感興趣；他天生就不是那類會被一個可疑的「死人」嚇倒的人。他坐到桌子前，撣掉貨物記錄簿上的灰塵，翻開之後，抽出一張紙和一根已經被咬扁了的鉛筆頭，興奮地結算起最後一頁上的資料，一邊嘮叨著一些沒人能夠聽懂的話，一邊在紙上寫下一個個乏味的數字：

10×16 啤，次／4×4

9×16 軟，次／4×4124

8×16 葡，次／4×4

庫存 2 箱，31.50

3 箱，5.60

5 箱，3.00

他聚精會神、滿心自豪地從右向左看著這些傾斜的數字，心裡感到對世界的無限仇恨，正是這個世界使那幫卑鄙的惡棍將他選做他們最新骯髒計畫的攻擊目標：他通常可以將突如其來的怒火中燒（「他是一個善良的人！」他妻子經常跟城裡的鄰居們這樣嘮叨）及蔑視，轉化為自己生活的遠大夢想：他很清楚，為了以後能夠實現夢想，他必須時時刻刻做好準備，任何一句沒過腦子的話、一次匆忙草率的結算，都可能讓一切毀於一旦。但是，「人有時候控制不住自己的脾氣」，這樣總會惹出麻煩。酒館老闆對賬上的數字感到滿意，他突然發現可以用什麼來建造自己夢想的「基地」。早在童年和青少年時代，他就能從周遭纏絞著的厭惡與憎恨中計算利潤，而且能精細地計算到一分一毫。從那之後，他顯然不會再犯同樣的錯誤！不過，他有時仍會發火，在這種時候，他會退避到這個地方，躲過那些惡意的眼神，偷偷發洩掉胸中的怒氣。他知道要小心地克制自己。即使在這種時候，他也懂得自制，以防造成任何的損失。他用力踢牆，或者——頂多——將空酒箱摔到鐵門上：「見他媽的鬼去吧！」但是現在，他絕不能這樣由著性子宣洩，酒館裡的客人會聽到的。跟其他時候一樣，他又逃進了數字裡。因為數字裡隱藏著某種神祕的證據，某種人們以蠢笨的方式低估了的「高貴的簡單」，在這兩者之間可以形成一種令人脊柱竄涼的意識：「**存在不同視角**。」但是，存不存在一串數字能夠戰勝那個瘦如竹竿、頭髮花白、目光呆滯、長了一張驢臉的伊里米亞斯？這攤狗屎，這個垃圾，這個只配待在糞坑裡的蠅蛆?!這些數字可以擊敗這個卑鄙無恥的小人，這個來自地獄的惡棍？不可信任？高深莫測？沒有什麼字眼能夠用來形容他。在這傢伙身上，任何詞語都蒼白無力。對這個混蛋，根本就不需要任何的詞語。只需要氣力。需要有誰能夠揮起拳頭揍他一頓！對付他要動用氣力，而不是喋喋不休。他用筆劃掉了剛寫好的東西，但那些透過畫線仍能清晰讀出的數字從紙上閃爍出越來越多的意義。這些數字告訴酒館老闆的，已經不僅僅是裝在酒箱裡的葡萄酒瓶、啤酒瓶和無酒精飲料瓶的數目，噢，絕對不僅是這個！數字對酒館老闆來說有了越來越大的重要性。與此同時，他意識到自己也變得越發壯大。對他來說，數字的重要性越大，他也越感到「我在壯大」。這幾年來，這種可怕的偉大意識一直困擾著他。他快步跑到倉庫後部的無酒精飲料跟前，想證實一下，自己的記憶是否正確。他感到不安，左手開始不由自主地發抖。怎麼辦？「我能怎麼辦？」最終他不得不面對這個令人感到壓迫的問題。「伊里米亞斯想要幹什麼？」一個嘶啞的嗓音從角落裡傳來，他感到身上的血液在片刻之間變冷，凝固，被他視之為邪靈的蜘蛛居然開口說話。他抹了一下額頭上的冷汗，靠到麵粉袋上，點燃一支香菸。「有人免費喝十四天的酒，之後還有臉再回來要！這傢伙就是這類人——他回來了！不僅回來了，而且還嫌我給他倒的酒太少！我得把這些醉醺醺的豬全都趕走！關掉所有的燈！用釘子把門釘死！我要拿東西把門堵上！」他瘋了。他再次沿著意識的通道疾走。「讓我們來看看他的嘴臉。有一天他來到我家的農舍說：『你們需不需要錢？……如果需要，所有的地都種洋蔥。』『就種洋蔥？』我插話問。『種什麼洋蔥？』我又問。『紅皮洋蔥。』他回答。於是，我在地裡種滿了洋蔥。果真非常見效。後來我從一個施瓦本人手裡買下了這家小酒館。偉大的事情總是非常簡單。在酒館開業後的第四天，伊里米亞斯就把他的鷹鉤鼻子伸到我眼前，居然膽敢跟我說，我（我！！）的這一切都歸功於他，他白喝了十四天的酒，而且連謝都沒有謝一聲！現在呢？說不定他會不講理地說，他要把這個小酒館收回去，把我的酒館！上帝啊！假如有一天，有人突然站到你跟前告訴你說：『你上天也好，入地也罷，你樂意去哪兒就去哪兒，反正在這裡我是老闆了……』假如真發生這樣的事，世界會變成什麼樣子？這個國家會怎麼樣？難道再沒有什麼神聖可言？噢，不，我的好朋友！在這個世界上存在法律！」他喋喋不休地自言自語，說到這裡，他的視線變得清晰，心情平靜下來。他心平氣和地數著無酒精飲料箱。「當然啦！」他拍了一下腦門，「人的腦袋只要一發熱，麻煩就會立即找上門來。」他取出貨物記錄簿，翻開之後，重新劃掉最後一頁，又得意洋洋地寫道：

9×16 軟，次/4×4

11×16 啤，次/4×4

8×16 葡，次/4×4

庫存 3 箱，31.50

2 箱，3.00

5 箱，5.60

他把鉛筆夾到本子裡，然後把它塞進桌子的抽屜，揉了揉膝蓋，拉開鐵門的插銷。「咱們走著瞧吧。」哈里奇夫人第一個注意到他「在那個可怕的地方待了那麼長的時間」，現在她用犀利的眼睛密切跟蹤酒館老闆的一舉一動。哈里奇一臉驚恐地聽著售票員講述這個離奇的故事。他盡可能將自己縮到最小，把兩條腿收到身子下邊，兩隻手深深地揣進口袋裡，盡量減少可能受到攻擊的面積，以防萬一「有人朝我們撲過來」。在這樣不同尋常的時刻，售票員這樣驚慌、緊張地出現在這裡就已經足夠了（他上一次來村子裡還是夏天），確切地形容，這種感覺就像一個身穿長及腳踝的破舊大衣的陌生人推門闖入一個正在吃晚飯的人家的廚房裡，用驚恐、疲憊、令人驚愕的嗓音告知：「戰爭爆發了！」而後靠在碗櫃上神色恐惑地一口喝下一杯家釀的帕林卡酒，從此永遠地消失。想來，對這種突然間的復活和驚慌失措，現在他又能說什麼呢？他感覺不祥地意識到，周圍的一切發生了變化：桌子和椅子都移動了，在黏糊糊的地板上留下了淺色的痕跡；擺在牆根下的葡萄酒箱次序發生了改變，吧檯的桌面乾淨得出奇。平時一連好幾個月，「菸灰缸都疊成一堆沒有人用」，因為所有人都把菸灰彈到地上——可是現在，你看！每張桌子上都擺了一只閃閃發亮的菸灰缸！門用木楔固定，地上的菸蒂被細心地掃到了角落裡！這到底是怎麼回事？更不要說那些可惡的蜘蛛，你剛在一個地方坐一小會兒，身上就會掛上蜘蛛網⋯⋯「話說回來，我操這份心幹什麼。讓這隻母豬見鬼去吧⋯⋯」凱萊曼等著酒杯重新斟滿，這才站起身來。「我得活動活動我的腰！」他大聲地哼唧著，上身有節奏地做了幾下前躬後仰的動作，然後猛地一仰脖將白酒倒進了喉嚨。「我應該相信，現在我確確實實坐在這兒。怎麼突然變得這麼安靜？連狗都一聲不吭地趴在壁爐後！我坐在這裡，瞪著眼睛，簡直不相信我看到的是真的！可他們確實就在那裡，在我眼前，而且是真人大小，活生生的！」凱雷凱斯納悶地嘀咕。哈里奇夫人冷眼掃了周圍一圈：「現在您說實話，至少吸取教訓了吧？」售票員惱火地轉過身問：「什麼教訓？」「您還是什麼教訓都沒學到?!」哈里奇夫人用傷感的語調反問，並用拿著《聖經》的那隻手朝凱萊曼手中的酒杯指了一下，「您看，您現在又喝醉了！」老漢用鼻子哼了一聲。「什麼？我？喝醉了？你憑什麼跟我說這樣的話?!」哈里奇一大口酒下肚後，用略帶歉意的語調插話：「凱萊曼先生，您別當真！很遺憾，她總是這樣。」「你這話說的，我怎麼能夠不當真啊！」老漢扭過頭來反問，「你們以為我是什麼樣的人?!」酒館老闆出於職責打岔：「您別激動。繼續說，說吧。我很感興趣。」哈里奇夫人一臉煩悶地轉向丈夫：「你居然能這樣若無其事地坐在這兒，好像什麼都沒有發生?!這傢伙在這裡侮辱你的妻子！這我真是沒有想到！」從她的語調裡投射出一股強烈、莫名的輕蔑，把凱萊曼將要說的話卡在了喉間，儘管他並不想就此住嘴。「哦……我說到哪兒了？」他問酒館老闆，隨後擤了一下鼻涕，將手帕按照原來的折印仔細地重新疊好，「哦，對。吧檯女侍出言不遜，那確實有點……」哈里奇遺憾地搖了搖頭，「咳，這種事情不大可能發生。」凱萊曼惱火地將酒杯重重地蹾到桌子上：「真是要命，這樣我沒辦法講下去！」酒館老闆警告性地瞪了哈里奇一眼，隨後朝售票員打了一個手勢，表示「行了，別這麼大驚小怪」。「那好，我不講了。我已經講完了！」凱萊曼懊惱地打斷他，指了一下哈里奇說，「讓這傢伙講吧！他曾在現場，對吧？他知道得比我更清楚！」「別理他們。」酒館老闆安撫道，「他們不懂，請你相信我說的話，他們不理解這些事。」凱萊曼的情緒稍稍平靜了一些，點了點頭：酒精使他的骨頭變得暖和，虛胖的臉變得通紅，好像連鼻子都浮腫了……「哦，我接著說……我剛才講到，那幾個吧檯女侍……我本以為伊里米亞斯會抬手搧她們的耳光，但他沒有！一切照舊，好像什麼都沒有發生。這幫傢伙！他們跟在座的諸位沒什麼兩樣……我認識他們，一個燃料與建築材料貿易公司的大貨車司機、兩個林場的裝卸工、附近一所學校的體育老師，還有另外幾個人。說老實話，我很欽佩伊里米亞斯的自制力……我們對他……要平心而論。他能拿她們怎麼樣？換了我們，又能拿她們怎麼樣?!我等著他們嘗了一口混合酒，因為他們倆要的就是這個（沒錯，我可以告訴你，他們倆點的都是混合酒），隨後，他們坐到酒桌旁，我走到他們跟前。這時候，伊里米亞斯認出了我，我的意思是說……他立即認出了我，跟我擁抱，他說：『太好了，我的朋友，沒想到能在這裡見到你！』他向吧檯女侍打了一個手勢，她們應聲跳了過來，就像蟋蟀一樣，當時她們手裡沒有活兒；他點了一杯蘭姆酒。」「一杯蘭姆酒？……」酒館老闆不解地追問。「對，一杯蘭姆酒，」凱萊曼肯定地回答，「這有什麼好奇怪的？當時我看出他沒有情緒說話，所以我就跟佩奇納聊了幾句。他把什麼都告訴了我。」哈里奇夫人向前弓著身子，豎起耳朵，生怕會漏掉一個字。「噢，真的嗎？告訴了你一切。他真是個嘴裡把不住門的傢伙。」她面帶挖苦地嘟囔說。就在售票員馬上要轉過身子，準備跟這個「巫婆」怒目相對時，酒館老闆將上身伏在了吧檯上，一隻手搭在他的肩膀上：「我已經跟你講了，不要理她。你跟佩奇納聊天的時候，伊里米亞斯在幹什麼？」凱萊曼克制住心裡的火氣，身子沒再動彈，接著說下去：「伊里米亞斯只是偶爾點點頭。總之，他沒怎麼說話。好像在想什麼事情。」酒館老闆嚥了口口水。「你是說……他在想……什麼事情？……」「是的，是這樣的。最後他只說了一句：『我們得走了。凱萊曼，咱們還會見面的。』他們走了之後不久，我也走了，因為我不可能……

至少我對那幫流氓無賴忍受不了太久，另外我在基斯羅曼城跟屠夫霍坎還有一些事。我動身回家時，天已經黑了，但我離開屠宰場後去了小酒館。在那裡，我碰到了托特家的小兒子，幾年前，他跟我在普斯泰萊克曾當過鄰居。我從他嘴裡得知，伊里米亞斯在下午都幹了些什麼！他說，整個下午伊里米亞斯都在施泰格瓦爾德家跟一位破產的獵槍商人在一起，談論關於彈藥之類的話題，至少施泰格瓦爾德家的孩子們在街上是跟他這麼說的。後來我就回家了。就在我馬上要走到艾萊克岔路口之前，你知道，就在黑山坡那兒，我無意中扭頭望了一眼，看到了他們。我當即斷定，只可能是他們，儘管他們離我很遠。我往前走了一小段路，只為能夠看到岔路口，我的眼睛果真沒看錯，還真是他們：他們毫不猶豫地拐上了礫石公路。後來，我在家裡突然意識到他們要去哪兒，為什麼要去，去幹什麼。」酒館老闆向前探著身子仔細聽著，用一副滿意、狡黠的神情眨著眼睛望著凱萊曼；他猜到，他現在聽到的只是一部分，只是整個故事的一小部分，而且也有可能，對方講的完全都是謊言。他對凱萊曼不僅相當瞭解，而且相當佩服，所以據他揣測，凱萊曼不會輕易「亮出手裡的王牌」。再者說，他當然知道，沒有人會不打自招地告訴你一切，因此他從來不相信任何人，出於同樣的理由，現在他對售票員說的話也一句都不相信，儘管他一字不漏地仔細在聽他講的話。他敢肯定，即使這傢伙想說真話，他也不會說出來的，因此，他不認為故事的第一個版本會有多麼重大的意義，但他至少能夠據此推測：「可能發生了什麼事……」但是究竟發生了什麼事，他認為，需要花很大的氣力才有可能破解，因此，人們要耐心地聽完一個又一個新的故事版本，所能做的只有等待，等待著事實在某一個瞬間——出其不意地——呈現在面前；事件更多的細節也有可能逐漸變得清晰，這樣一來，透過超人的努力，也可以回過頭來核實原發事件的每一個元素，看它們是按照怎樣的順序相繼發生的。「他們去哪兒？為什麼？要幹什麼？」酒館老闆微笑著問。「在這裡有他們要做的事，你不覺得嗎？」凱萊曼提高嗓門回答。「也許吧。」酒館老闆語調冰冷地應道。哈里奇朝妻子身邊湊了湊（「我的耶穌啊，這話聽起來令人毛骨悚然！脊背竄涼……」），婦人也慢慢扭過臉，仔細打量丈夫皮鬆肉墜的臉、白內障的眼球和低矮、前突的額頭。近距離的端詳讓她覺得，哈里奇臉上鬆墜的皮膚看上去就像在屠宰場陰森可怕的工廠內並排攤擺、疊積的生肉和醃肉；他白內障的眼珠讓她聯想到院子水井裡長了浮萍的水面，低矮、前突的額頭則讓她聯想到「登在全國發行的報紙上、令人只看一眼就永遠忘不了的殺人犯的額頭」。因此，就在刹那之間，她對丈夫突然產生的一絲同情又以同樣閃電般的速度迅速地消失，代之以一句根本不合時宜的話：「洪恩浩蕩的耶穌啊！」她趕走了自己應該愛自己丈夫的沉重願望，因為，「一條狗都比他更值得人敬重」，可是，她該如何是好？這已經寫在了命運之書裡。也許，天堂裡某個安靜的角落在等著她，但是哈里奇的命運會怎麼樣？他那罪惡、粗鄙的靈魂將墜落到哪兒？哈里奇夫人相信天意，寄希望於煉獄之火。她揮著手裡的《聖經》嚴肅地說：「趁你還有一點時間，最好還是讀一讀它！」「我？妳知道我不喜歡……」「你！對，我說的就是你！」哈里奇夫人打斷了丈夫，「至少，對那個無法做好準備的最後時刻，你總不至於這樣的毫無準備。」這些一字千鈞的字眼並沒有打動哈里奇，然而，抱著「和為貴」的想法，他還是做出一副鬼臉接過了書。然後，他用手掂了掂

《聖經》的分量，點頭表示肯定，並且翻開了第一頁。但哈里奇夫人跳了起來，從他手裡將書奪走：「不要讀《創世記》，你這個白癡！」她動作嫻熟地一下子翻到了《啟示錄》。哈里奇發現第一句話就非常難讀，很快他就放棄了努力，但他還是裝模作樣地繼續閱讀，因為哈里奇夫人正莊重嚴肅、略帶一絲寬恕地注視著他。紙上的字句並沒有傳輸到他的大腦，撲鼻的書香確實對他有仁慈的功效：他的一隻耳朵先是偷聽凱雷凱斯與酒館老闆的對話，而後偷聽售票員跟酒館老闆之間的交談（「還下嗎？」「還在下。」還有「那傢伙呢？」「爛醉如泥。」），因為慢慢地，他重新恢復了判斷力，伊里米亞斯他們造成的驚恐逐漸蒸發，他重新感覺到吧檯的距離、喉嚨的乾澀和酒館封閉的空間。這時，一股良好的感覺灌注全身——他能夠坐在這裡，坐在「人群中間」，這使他有了一種「危險不會降臨到自己頭上」的安全意識。「今朝有酒今朝醉。我沒有必要為別的事操心！」當他看到施密特夫人出現在門口，一個「頑皮的小小希望」觸電般地竄遍他柔軟的脊柱：「誰知道呢？也說不定我能夠得到我的那筆錢！」但是，由於哈里奇夫人銳利的目光，他沒有太多的時間沉溺於想像，他垂下了眼簾，俯身面向《聖經》，就像一個功課不好的學生俯身面向考卷，同時要克服監考老師毫不寬容的嚴厲目光和窗外炎熱的夏季誘惑。因為——在哈里奇眼裡——施密特夫人本人就是夏季——這個高不可攀的季節的化身，她熟知「荒蕪的秋季、無欲的冬季」和既令人亢奮又無法讓人滿足的春季。「哦，施密特夫人！」酒館老闆一躍跳起，臉上帶著淡淡的微笑，就在凱萊曼搖搖晃晃地在地板上尋找剛才用來固定店門的木楔的空檔，他將施密特夫人引向自己平時工作用的專座前，等著她坐下，隨後躬身附耳，能夠聞到從婦人頭髮裡散發出的濃烈、刺鼻、剛好蓋過頭油毒烈氣味的古龍香水味。他真的說不出來，自己更喜歡復活節的空氣，還是這種——就像讓公牛騷亂的春風那樣——使他直奔目標的、惹人亢奮的霧氣。哈里奇無法想像她跟她丈夫在床上是什麼樣子……「您看這個鬼天氣。您喝點什麼？」酒館老闆問。施密特夫人用她「讓人看了想啃的手肘」將酒館老闆推到一旁，環顧了一下四周。「櫻桃酒？」酒館老闆親熱地問，臉上帶著抹不掉的微笑。「不要，」施密特夫人回答，「嗯，也行，那就來一小口吧。」哈里奇夫人的眼睛裡冒出憎恨的火星，臉燒得通紅，嘴唇哆嗦著注視著酒館老闆的一舉一動；憤怒和令人喪失理智的激情在她乾癟的身體裡時而隱伏，時而爆發，使得她一時束手無策，不知道應該怎麼辦：離開這個「令人憎惡的賊窩」？還是走上幾步，給那個滿腹淫欲、專門獵捕無辜生靈的大耳朵壞蛋一記響亮的耳光？她真想立即起身保護施密特夫人（「我要把她摟到懷裡，好好地寵她……」），不能讓酒館老闆的「強暴舉止」得逞，但是她無能為力。她知道不能洩露自己的情感，因為馬上就會被人誤解（想來，即使她什麼都不做，那幫傢伙也會在她的背後交頭接耳！），而且她能夠猜出，那幫人會迫使這個可憐的女人加入一個什麼樣的團體，她還能猜出，什麼樣的命運在等待著她。哈里奇夫人坐在那裡，眼眶噙滿了淚水，她弓著腰，彷彿全世界的負荷都壓在她瘦骨嶙峋的肩膀上。「您聽說了沒有？」酒館老闆用束手就擒的甜蜜語調問。他將一杯帕林卡酒放到施密特夫人面前，然後用力吸氣，努力收起他像蜘蛛一樣圓滾滾的肚腩。坐在角落裡的哈里奇夫人脫口而出，聲調嚴厲：「她聽說了，她早就聽說了。」酒館老闆表情嚴肅地坐回到自己的座位上，嘴唇緊閉；施密特夫人用兩根手指優雅地將酒杯端到唇邊，然後——似乎經過了縝密的考慮——頗有男人氣概地把頭一仰，一飲而盡。「你們說啊，能不能肯定就是他們？」「當然肯定！」酒館老闆插話，「不會有錯！」興奮充滿了施密特夫人的整副身心，她感覺到皮膚變得潮潤，無數的思緒在腦袋裡頭絞作一團，混亂無序，所以她用左手死死地抓住桌子邊緣，以防在這突然從天而降的巨大幸福感中洩露了自己的內心。她必須從軍用木箱裡挑出自己的東西，她應該考慮一下，假如明天早晨——也許就是今天晚上？——他們出發的話，將會需要什麼，不需要什麼，因為她絲毫都不懷疑，伊里米亞斯這次不同尋常的——「不同尋常的」？應該說「驚天動地的」——來訪（「他就是這麼一個人！」她自豪地想。）不可能是出於偶然……她，施密特夫人，準確地記得他說過的那些話……噢，這個她怎麼可能會忘記掉？現在，這所有的一切，在最後的一刻！在過去幾個月裡，關於他死亡的消息一分一秒地逐漸摧毀了她所有的信念，她放棄了所有的希望，放棄了自己所有值得稱道的計畫，甚至想到了令人悲傷——喪失理智——的出逃，她一心只想從這裡逃走。妳這個缺少信心的傻瓜！想來，她始終知道，悲慘的生活是對她的欠債！她擁有值得她希望和等待的東西！現在，從現在開始，她不需要繼續受苦，痛苦已經結束了！她已經幻想，夢想了多少次！然而現在，就在這裡！就在眼前！這是她人生的重大時刻！她用充滿憎恨與莫名蔑視的冒火的眼睛盯著一張張混沌的面孔。快樂充滿了她的身體，差一點就要飽滿得脹裂。「我把你們全都丟在這裡！讓你們所有人都死掉爛掉。這就是我希望你們得到的下場！讓雷電把你們劈成兩半！你們趕緊死掉吧。現在就死！」在她的腦子裡突然孕育出一個巨大的、含糊不清的（主要是巨大的）計畫，她看到了璀璨的燈火，看到明亮的商店櫥窗和流行樂隊，看到昂貴的內衣、絲襪和帽子（「帽子！」）在她的想像中飄擺；質地柔軟、手感冰涼的裘皮大衣，流光溢彩的大飯店，奢侈的早餐，巨大的購物商城，還有夜晚，夜晚！舞蹈……她閉上眼睛，聽著窸窣的聲響、狂野的轟鳴，這登峰造極的歡樂喧囂。在她低垂的眼簾下，自少女時代就悉心珍藏、不得不尋找避難所的魔幻夢想又重新浮現（在一個重溫過成百上千次的「午茶沙龍」裡……），但是與此同時，在她怦怦狂跳的心臟裡，也充滿了昔日撕裂般的絕望：她錯過了多少歡樂，可以說是所有的歡樂！現在，她將如何——終於能有一天！——找到自己的位置？在這突然落到她頭上的「真正生活」裡，她又該做些什麼呢？想來，她還是得用刀叉吃飯，但是她該怎樣使用那成千上萬種彩妝、脂粉、面霜和乳液，她又該如何回應「熟人的問候和恭維」？她該怎麼穿著打扮，怎麼選擇衣服？假若他們——上帝保佑！——將有一輛汽車的話，到時候她開著它做什麼？她暗下決心，不管怎樣，她都要掩藏自己的第一感受，要保持沉默，另外，她要認真、仔細地觀察一切。既然她能夠忍受跟像施密特這樣令人厭惡、臉像紅辣椒一樣的弱智一起生活，為什麼要為跟伊里米亞斯在一起感到驚慌無措?!她只認識一個無論在床上還是在生活中都能夠深深打動她的男人——伊里米亞斯。即便用全世界的金銀財寶也不能換來伊里米亞斯的一根小手指頭；將全世界所有男人說過的話加在一起，也抵不住伊里米亞斯一句話的意義……再說了，男人?!……除了他之外，這個地方哪裡還有男人？永遠腳臭沖天的施密特，總是一瘸一拐、撒尿會濺到褲子上的弗塔基，他們算是男人嗎？還有酒館老闆？你看，就是這個傢伙！

他有蜘蛛一樣的小肚子、爛掉的牙齒和熏人的口臭。她熟悉「這一帶所有骯髒的床鋪」，但她未曾遇到過一個能跟伊里米亞斯媲美的人，無論從前，還是以後。「這些可憐的嘴臉。我待在這裡都感到羞恥。這裡所有的一切，就連牆壁都散發著令人難以忍受的臭氣。我怎麼會跑到這裡來？骯髒的沼澤。簡直就是個垃圾場。這群骯髒的臭鼬！」「唉，」哈里奇發出一聲嘆息，「這個施密特真是一個幸運的傢伙。」他饑渴地望著婦人寬闊的肩膀、粗壯的大腿、盤成髮髻的黑髮和即使罩著外套也很美麗的一對大乳房，以及在想像中……（他站起身來，請她喝一杯……帕林卡酒。後來呢？後來他們開始聊天，他向她示愛。「可是，你已經有老婆了。」婦人應道。「不用管她！」他回答說。）酒館老闆又端來一杯帕林卡酒放在施密特夫人跟前，她幾小口就把杯裡的酒抿乾，嘴裡流出了口水。哈里奇夫人的背上起了一層雞皮疙瘩。結果毫無疑問，儘管施密特夫人並沒有要，酒館老闆還是端上了一杯酒，婦人一言不發地將帕林卡酒喝乾，好像這酒是她點的。「他們成了情人！」哈里奇夫人閉上了眼睛，為了不讓別人看出此時她內心的波瀾。抱怨和憤怒在她的血管裡奔湧，從心臟一直流到腳指頭。現在，她差一點點就會喪失心智。她感覺自己掉進了陷阱，想來她無力與他們進行任何的對抗，聽他們滔滔不絕地胡言亂語，對她來說就已經足夠了，她難以忍受自己無助地坐在這裡，而這些男人卻鎮定自若，旁若無人地在這裡幹著他們的罪惡勾當。但是隨後一道光芒——她可以發誓，這是一束來自天堂的光——像匕首一樣照亮了籠罩她靈魂的可怕黑暗。「我是一個罪人！」她痙攣似的緊緊抱住《聖經》，嘴唇不時抽動，但心裡急切地搜尋恰當的詞語，她本能地唱起了〈我們的天父〉。「我在岔路口遇到他們時，還是清晨，」售票員大聲喊道，「大約七點鐘，頂多也就八點！從那裡——不管他們走得多慢——半夜也該能到達這裡。從那兒到這兒，」他向前欠身繼續說，「這段路我用了一個半小時，兩個小時，哦，好吧……說得更準確一些，用三、四個小時就能夠走完，而且有過好幾次，我的馬只能在泥地裡一步一步地慢慢走，估計他們用四、五個小時就足夠了！」酒館老闆豎起了食指說：「怎麼也要走到清晨，你就等著瞧吧。那段路坑坑窪窪，高低不平。即使他們走那條老路，走三、四個小時也走不到，而老路直通這裡。但他們走的是礫石公路！那條礫石公路，要兜一個很大的彎，遠得就像要繞過大洋。這個用不著跟我解釋，我是當地人。」凱萊曼的眼皮已經沉得幾乎睜不開，所以他只能揮一下手，將腦袋垂到桌上，很快睡著了。在店內後部，凱雷凱斯慢慢抬起那顆剃禿了的、傷疤累累的可怕頭顱，夢幾乎將他釘在了「撞球桌」上……好幾分鐘，他一聲不響地聽著屋外傾盆的雨聲，揉了揉自己發麻的大腿，猛地打了一個冷顫，隨後一臉驚恐地望著酒館老闆。「蠢豬！這個該死的壁爐為什麼不熱?!」他的這句廢話起了一點點作用。「你說得很對，」哈里奇夫人也附和道，「要是能再暖和一點就好了。」酒館老闆喪失了耐心：「你胡扯些什麼？這裡沒有你多嘴的地方！腦袋犯病了是不是?!這裡不是候車室，是酒館！」凱雷凱斯聽了勃然大怒：「要是十分鐘後這裡還不暖，我就把你的腦袋扭下來！聽懂了沒有！」「好了好了，瞧你，喊什麼呀?!」酒館老闆的口氣軟了下來，嘟囔著應道，隨後望了施密特夫人一眼，虛情假意地對著她笑笑。「現在幾點鐘了？」酒館老闆瞧了一眼腕上的手錶：「十一點。頂多十二點。過一會兒我們就會知道，等其他人來了。」「什麼其他人？」凱雷凱斯問。「我只是順口一說。」酒館老闆說。莊稼漢將手肘拄到「撞球桌」上，打了個哈欠，伸手去抓酒杯。「誰把我的葡萄酒拿走了？」他用低沉的嗓音怒聲質問。「你喝完了。」酒館老闆說。「你騙人，蠢豬！」凱雷凱斯不信。酒館老闆咧嘴笑著攤開兩手：「我沒有騙你，真是你喝掉的。」「那你再給我端一杯來！」煙霧在酒桌的上空慢慢地湧動，從遠處傳來憤怒的犬吠——突然響起，又突然消失。施密特夫人豎起鼻子在空氣中聞了聞，驚愕地問：「這是什麼味道？剛才還沒有呢。」「只是蜘蛛。或是煤油味。」酒館老闆用親熱的口吻回答，並屈腿跪到煤油壁爐前點火。施密特夫人搖了搖頭。她聞了聞身上的雨衣，然後又聞了聞椅子底下，跪到地上，進一步仔細檢查。她的臉幾乎貼到了地板上，然後突然直起身說：「這是大地的味道。」

五　拆解

說來不易。想當初，她花了整整兩天的時間才弄清楚該如何手抓腳蹬地爬進那個後房簷下缺了幾塊封簷板、看上去絕對不可能爬進去的狹小窟窿裡；然而現在，她只需半分鐘就可以爬進去：雖然有一點危險，但她只需幾個精準、矯捷的動作就可以縱身躍上那個罩著黑色帆布的柴禾堆，用手抓住排水管的鐵箍，將左腳伸進洞口並稍稍向旁邊滑一下，然後把腦袋猛地向前一伸，就鑽進了曾幾何時鴿子棲居的閣樓裡，在這個她自己的帝國裡，這裡的每個祕密只有她一個人知道；在這裡她不用擔心哥哥會突如其來、莫名其妙地襲擊她，她一直十分小心謹慎，唯恐離家太久會引起母親或姐姐們的懷疑，她們一旦發現她的祕密，肯定會毫不留情地命令她出來，那樣一來，無論她怎麼努力都是徒勞。但是，現在已經管不了那麼多了！她脫掉濕透了的厚絨衣，整了整套在身上的那件她最喜歡的粉紅色白領上衣，坐到自己的「窗戶」前，閉上眼睛，渾身瑟瑟發抖，做出隨時跳躍的準備，默默地聆聽雨水擊打屋瓦的劈啪聲。她母親睡在下面的房屋裡，姐姐們今天沒有回家吃午飯，這樣一來，她可以肯定她們下午不會來找她，除非尚尼會來，沒有人知道那小子的行蹤，所以他總會出人意料地突然現身，像是在農舍裡搜查某個潛伏的祕密，試圖揭示它的答案，而且只能採用出其不意的偷襲方式。事實上，她完全沒有理由真正地擔心，因為從來就沒有人來找過她；甚至，他們會嚴厲地命令她必須離他們遠一些，尤其是當家裡來了客人時（這種情況經常發生）。她來到了一片無人區，因為在這裡她無法履行任何一道命令：既不能離門口太近，同樣也不能溜達得太遠，因為她知道他們隨時可能會傳喚她（比如：「快去買一瓶葡萄酒回來！」或者：「女兒，去給我買三包香菸回來，科舒特牌的，妳不會忘吧？」）。但是，假如她有一次疏忽大意，他們就會永遠不再讓她進屋裡了。因為她之所以能夠留下來住，只因為她能夠幹這些雜活；自從她「經過雙方的協商」被從市立特殊教育學校送回到家裡後，她媽媽就把她關在廚房裡幹家務活，由於害怕遭到責備，她將手裡的瓷盤掉到了地板上摔得粉碎，把琺瑯鍋碰脫了漆，牆角裡有蜘蛛網沒清掃乾淨，湯燒得太淡沒有滋味，紅椒燉肉味道太鹹，最終搞得她連最簡單的任務都難以完成，結果可想而知，她被從廚房裡趕了出去。從那開始，每天她都在緊張的等待中度過，躲在穀倉背後，蜷縮在房子的角落或屋簷下邊，因為從那裡她可以看到廚房門，而從廚房裡面看不到她，只要他們開口叫她，她立即能出現在他們面前。在持續不斷的觀察中，她的感覺系統很快就緊張得瀕於崩潰：她的注意力只集中在廚房門上，然而過度的警醒和焦慮使她感到頭痛欲裂；她同時能注意到門上的所有細節，門上方那兩塊髒玻璃和用圖釘固定在窗玻璃上的鉤編窗簾，下面四濺的泥沙，門把手向下垂著，總之，她注意到造型、色彩、線條和怵目驚心的紋理網絡，她甚至能以獨特的方式準確地感覺到廚房門在被細碎分割的時間內所呈現出的各種不同狀態，每時每刻都在預示著不同程度的危險性與可能性。然而，當靜止突然結束，當周遭的一切開始有節律地運動：房子的牆壁從她身邊跑過，窗戶彎成弧線並且改變了位置，豬圈和孤寂的花園從她的左側滑過，頭上的天空壓得很低，大地在她腳下飛快地移動，她並沒有看到廚房門打開，母親或姐姐就如從天降般突然出現在她面前。就在她垂下眼皮前的那個短暫的瞬間，她能夠確定無疑地辨認出她們，從那一刻開始，她們的身影就充滿了這個塞滿東西的逼仄空間，她閉著眼睛都能夠感覺到

她們的存在，

自己**就在**她們跟前，

在她們之下，

甚至她還知道，一旦抬頭仰視她們，眼前的畫面可能就會破碎，由於她們有著令人難以忍受的高高在上的特權，因而她們的視覺影像很可能就會一觸引爆。嗡鳴的寂靜領域只到一動不動的廚房門為止，她一旦推開廚房門，就不得不從刺耳的雜音中辨識出母親或姐姐們的厲聲喝令（「這小東西會讓我心臟病發作！妳在這裡亂跑什麼？這裡沒有妳要找的任何東西！馬上回去自己玩吧！」），喝斥聲迅速遠去，消失；與此同時，她跑回到穀倉後或屋簷下，在那裡感到如釋重負，這陣風暴雖然過去了，但隨時又可能重新開始。當然，對她來說沒有遊戲可言，並不是她手頭沒有娃娃、童話書或玻璃球之類——假如某個陌生人出現在庭院，或家人從屋內向她投來監督性的一瞥——可以讓她假裝在玩遊戲的玩具，但由於時刻準備著接受召喚，使得她根本不敢玩遊戲，已經又有很長時間了，她不能沉浸於

任何種類的遊戲之中。不僅由於她玩玩具的時間長短取決於她哥哥喜怒無常的情緒和對此做出了嚴格的規定，另外還因為她是出於義務和自衛的目的才玩這些遊戲，為的是符合她媽媽和姐姐們的期望，她清楚地知道，她們寧願忍受她玩那類「不適合她這個年齡的孩子玩的遊戲」，也不願意日復一日羞恥地感到（「如果她們可能感到的話」）「我們的一舉一動都遭到病態的監視」。只有在這裡，在曾經的鴿子窩裡，她才會有安全感：她在這裡玩遊戲，這裡既沒有「能讓人走進來的」門（她父親把門給封死了，做為某項在遙遠過去制訂的、早已變得含糊不清、永遠不可能實行的計畫的第一步），也沒有「能讓人向內偷窺」的窗戶，鴿子窩裡的「窗戶」是她用圖釘釘在頂板上的兩張從報紙上剪下的彩色照片，為了「讓風景變得漂亮」：一張照片是海濱落日，另一張是站在雪山背景下的一頭麋鹿……當然，一切全都結束了！幾股穿堂風吹進閣樓，她打了一個冷顫。她摸了一下厚絨衣，可還沒有晾乾，她寧可將閣樓裡最值錢的一樣寶貝——她從堆在後廚房內的破爛裡找到的一塊鉤編窗簾披到肩上，也不願下到屋裡喚醒母親，讓母親幫她找一件乾衣服。她不相信自己竟這麼樣的大膽，即使就在一天之前，她都覺得不可想像：假如她是在昨天被雨淋濕，肯定會立即去換衣服，因為她知道，她一旦生病，就不得不臥病在床，那麼她就必須強忍住淚水，因為她媽媽和姐姐們忍受不了聽她哭泣。然而，大概就在昨天早晨她突然意識到（那種感覺就像發生了一次大爆炸，並沒有任何的東西坍塌，恰恰相反，有什麼東西拔地而起），對她來說，有一種「建立於誘人的尊嚴基礎上的信念」使她能夠平和地墜入夢鄉。早在幾天之前她就注意到，在她哥哥身上發生了什麼：他拿勺子的動作跟以往不同，關門的方式也發生了改變，他常在她旁邊的小鐵床上突然驚醒，白天會若有所思地想什麼事情出神。昨天早飯之後，他到穀倉後面找到她，既沒有揪著她的頭髮把她拉起來，也沒有更糟糕的，默默站在她背後直到她緊張得忍不住哭泣，而是從口袋裡掏出了一塊巴拉頓湖牌華夫巧克力餅乾塞到她的手心裡。小艾斯蒂不知道這是怎麼回事，即便在下午尚尼跟她分享了「世界上有史以來最奇妙的祕密」後，她還是在心裡偷偷地嘀咕。她並不是不相信哥哥說的話，對此她從來都沒敢懷疑過，讓她覺得難以置信、無法解釋的是：尚尼怎麼偏偏選中了她？怎麼偏偏向她這個「完全不可靠的人」求助？但是，「但願這不是一個新陷阱」的希望最終還是戰勝了「這又是一個新陷阱」的焦慮；因此，就在最終瞭解了真相之前，甚至恰恰由於無法瞭解任何的真相，小艾斯蒂——毫無條件地以閃電般的速度——同意了一切。當然也不可能有別的結果，因為尚尼會不擇手段地迫使她說「是」，不過他現在沒有必要這麼做，因為：由於他將自己關於搖錢樹的設想透露給了妹妹，所以一下子贏得了小艾斯蒂無限的信任。後來，當尚尼「終於」說完了，他盯著妹妹「捂在手心裡的」臉，觀察自己的話到底產生了什麼樣的效果；這時候，由於突如其來的快樂，她差一點就放聲哭出來，然而出於苦澀的經驗，她知道自己不能在哥哥面前這樣做。她慌忙將她自復活節以來苦心積存的財產遞給了哥哥，為了讓他去做「肯定會成功的試驗」；她從登門造訪的客人們那裡兩福林兩福林存下來的零用錢，本來就是打算給尚尼的，現在她不知道該怎麼告訴他，這個祕密她隱藏了好幾個月，並為了能夠留下這筆積蓄而不得不撒謊……然而，她哥哥對此並沒有表現出太多的好奇，不管怎麼說，她為自己終於能夠參加他的祕密冒險而感到高興，因此她內心的慌亂也轉眼煙消雲散。然而她無法解釋的是，他為什麼給予她這樣危險的信任？特別是，他為什麼要冒受挫的風險？想來，他不會真的認為他妹妹也篤信「勇敢、堅韌與勝利」的信條。另一方面：她並沒有忘記隱伏在他的所有傷害和暴行，在所有殘酷無情的深處的緣由。因為有的時候，在她生病的時候，尚尼不但允許她睡到他的小床上，甚至還忍受她對他的擁抱，讓她就這樣摟著尚尼入睡。幾年前在她父親的葬禮上，她明白了什麼是死亡，死亡是「讓人躋身於天使們中間的唯一途徑」，不僅僅出於上帝的意志，而且還可以進行選擇；她決心要弄清楚怎麼才能選擇，當時也是她哥哥給了她啟蒙。沒有她的哥哥，她一個人什麼都做不了，她需要他告訴自己具體應該怎麼做，即便她能偶然發現「用老鼠藥」的主意。昨天清晨，她醒來之後，終於克服了恐懼心理，決定不再等待，她感到自己並不只是想像，而是想真正地感覺到升入空中，一股狂飆將她席捲，扶搖直上，離大地越來越遠，房屋、樹木、田野、運河、下面的整個世界都萎縮成一團，這時她已經站在了天堂的門口，在熊熊的火焰中躋身於活生生的天使們中間——這時候，尚尼用他搖錢樹的祕密計畫把她從那既魔幻又可怕的飛行中拉了回來，之後在黃昏時分，他們一起——兩個人一起！——出發，去到運河岸邊；哥哥肩扛鐵鍬，高興地吹著口哨，她跟在哥哥身後，保持幾步之遙，興奮地將包在手帕裡的財產緊緊抱在肚子上。尚尼十分專業地、一聲不吭地在河岸邊挖坑，不僅沒有將她趕走，而且還允許她把錢放在坑底。他一本正經地讓她把錢放到坑裡，囑咐她每天要給「錢種子」澆兩遍水，上午一次，晚上一次，水要澆足（「否則會乾掉的！」），然後送她回家，要她一小時後「準時」拎著噴壺回來，在此之前他會念一些「魔咒」——他要一個人念！小艾斯蒂十分熱心地完成了哥哥交給她的任務，那天晚上她睡得驚惶不安；睡夢中被瘋狗追逐，但是天亮之後，她看到屋外大雨傾盆，一切都籠罩在祥和的迷濛之中。她首先直奔運河岸邊，保險起見，先去認真地給那些被施過了魔法的種子澆水，說不定這些雨水都不能滿足它們的需要。午飯的時候，為了不吵醒熟睡的母親（她割了整整一夜的乾草），小艾斯蒂伏在尚尼的耳邊小聲告訴他：「還沒有發芽，現在還什麼都沒有長出來……」尚尼告訴她：新芽至少三天，一般要四天才能從地裡冒出來。三天內是不可能長出來的，當然，「條件是花床能得到足夠的水分……」他不耐煩地繼續說，聲音裡帶著不容置疑的口吻，「沒有必要整天都蹲在那裡……那樣沒有好處……妳早上和晚上各看一次就足夠了。照我說的這樣。妳聽沒聽懂我說的話，小笨蛋？」他對她咧嘴笑了一下，急急忙忙離開了家，小艾斯蒂決定留在家裡，直到晚上都待在閣樓上（除非她有事必須出去）。「肯定會發芽的！」不知多少次，她閉上眼睛，看到從地裡「冒出嫩芽」，樹冠越長越濃密，很快，黃金的樹枝被重量壓彎，她每天挎著斷了提手的小籃子——天靈開地靈開！——去撿錢幣，拎回家倒在桌子上！……他們倆會成為萬人矚目的明星！從那天開始，他們將在乾淨的房間裡睡覺，睡在大床上，蓋著厚厚的羽絨被；他們除了每天早上要去運河邊撿回滿滿一籃錢幣之外，再不會有別的事情要做，剩下的只有跳舞，一杯接一杯地喝熱可可，天使們也會前來做客，圍坐在廚房內的餐桌周圍，全班人馬……她皺了皺眉頭（「等一下！」），身子前躬後仰地唱了起來：

昨天是一天，
今天是兩天，
明天是三天，
明天的明天是四！

「也許只需要再睡兩個晚上？」她興奮地暗想。「錯了！」她突然停了下來。「不對！」她將大拇指從嘴裡抽出，同時將另一隻手從鉤編窗簾下抽出來，試著用手指重新計數。

昨天是一天，
今天是兩天，
二加一是三！
明天啊明天，
三加一是四！

「哦，當然！很有可能就在今天晚上！今天晚上！」外面從屋瓦上流下來的雨水持續不斷、堅實有力地沿著霍爾古斯家外牆以筆直的直線落到地上，房子周圍的水溝變得越來越深，彷彿在每滴雨水裡都暗藏了隱祕的意圖，先圍繞建築物挖一條護城河，將屋子裡的居民與外界隔絕，之後慢慢地，一寸寸地滲透到埋在泥沙裡的基石和充滿敵意的土地裡，浸泡整個地基；在一段冷酷無情的時間裡，先後使房屋的牆壁、窗戶和門發生傾斜，移位，倒塌，墜落，釘在牆裡的釘子變成塔灰，掛在牆上的鏡子變成瞎子，最終整棟破舊的房屋變成了一堆骯髒的廢墟，就像一艘漏水的沉船在泥沼中沉陷，悲慟地宣布著雨水、大地和人類意志的痛苦奮鬥毫無意義：屋頂也不能提供安全的防護。在她的下面是澈底的黑暗，只透過簷下的孔洞如同霧氣瀰漫一般地濾進些許的亮光。四周寂靜，她背靠在一根梁柱上，由於剛才的喜悅尚未完全消散，她閉上了眼睛。「喏，現在！」……她清楚地記得父親第一次帶她進城，正好趕上全國的耕牛市集，當時她只有七歲；父親也不管她，讓她在帳篷間自由地閒逛，就這樣，她遇到了柯林，柯林在最後的一場戰爭中失去了雙眼，靠平時在市集上和較大的酒館裡吹口琴賣藝掙得的微薄收入勉強謀生。她從他的嘴裡得知，失明是「一種魔法狀態，我的小女孩」，他，柯林，一點都不為自己的失明而感到難過，甚至相反，他為此感到高興，感謝上帝賜予他「永遠的黑暗」，因此，當有人在他跟前描述可憐的塵世生活的「色彩」時，他只會一笑置之。小艾斯蒂像中了魔咒似的如醉如癡地聽柯林講述，在下一次趕集時，她徑直奔到柯林跟前；這一次瞎子向她洩露了祕笈，告訴他通向神奇帝國的那條大道就鋪在她眼前，並沒有被「禁止」：她什麼都不用做，只需要長久地閉上眼睛。但是，她的第一次嘗試嚇壞了她：她看到了燃燒的火焰、波浪般的射線和她驚慌逃竄、形狀不定的身影，並聽到從近處傳來的某種持續不斷低沉嗡鳴和撞擊聲。她不敢向從秋天到春天一直泡在小酒館裡的凱雷凱斯請教，因此，直到一年後她有一次染上了重症肺炎，被從城裡請來的醫生守在她身邊看護了一個通宵，她這才突然找到隱祕的入口；在體格高大、肥胖、寡言的醫生身旁，她終於獲得了安全感，發燒使她感覺到遲鈍，一種閃電般的快樂在她的身上流竄，她閉上眼睛——這時候，她看到了柯林講述的場景。在一個神奇的帝國裡，她的父親頭戴禮帽，身穿長大衣，牽著韁繩把馬車拉進一個庭院裡，從馬車裡搬出圓錐糖、蜂蜜麵包等成百上千樣的美食，堆了滿滿一桌子……她明白了，帝國的大門只有在她「皮膚滾燙」、渾身發抖、眼皮開始燒灼的時候才會打開。她亢奮的想像力經常使她死去了的父親重新復活，慢慢沿著一條小徑朝礫石公路走遠，在她的眼前逐漸消失；後來，她也越來越經常地看到哥哥，哥哥不是開心地對她眨眼睛，就是在小鐵床上睡在她身邊，此時此刻，似乎他也出現在跟前。夢意浮現在她平靜的臉上，頭髮遮住了她的眼睛，她的一條手臂從床上垂下來；過了一會兒，她的皮膚猛地抽搐了一下，手指開始活動，她突然翻了一個身，被子從她的身上滑落。「這到底是在什麼地方？」帝國的嗡鳴聲和撞擊聲朝遠處傳去，她睜開了眼睛。她感到頭疼，皮膚燒得滾燙，四肢沉重。突然，她的視線落到了「窗戶」上，突然吃了一驚：她還是不能這樣守株待兔地在這裡乾等，等著這不祥的昏暗自行散開；她忽然明白了，此前她那個並不值得敬重的哥哥為什麼會對她表現出一副令人費解的好脾氣，只是她冒了將永遠失去他對自己信任的風險，而且她對這一點也很清楚，這是她的第一次，也可能是最後一次機會：她不能失去尚尼，因為他瞭解「這個世界狂傲、瘋癲、矛盾的」結構，沒有尚尼，她只能兩眼一抹黑地在要命的抱怨與無聊之間，在放蕩與憤怒的千萬種危險之間盲目地躑躅。她雖然害怕，但也已經明白，她必須行動起來做一點什麼，這是一種至今為止從未體驗過的感覺，這種感覺與瞬間閃亮、混亂無緒的雄心達成了平衡：假若她能贏得哥哥的尊重，那麼她將跟他一起「征服」世界。於是，魔法的寶物、斷了提手的籃子、低垂的金枝——慢慢地，不知不覺地——從她注意力狹小的空間退去，讓位給她對哥哥的崇拜。她感覺自己站在一座橋上，這座橋將她過去的、昨天還讓她感到害怕的諸多恐懼連接到一起；她必須走過這座橋，去到河的對岸——尚尼已在那裡耐心地等她！——所有的困惑都將在那裡迎刃而解。「我們必須勝利，妳明白嗎，小傻瓜？勝利！」現在她終於明白了哥哥這句話的意味，因為他的勝利希望也波及她，即便她能夠感覺到，最終並無勝負可言，想來沒有什麼事情能夠結束；尚尼昨天晚上說的那句話（「人們把一切都弄得亂七八糟，但是我們兩個知道，該如何在這裡恢復秩序，小傻瓜！……」）讓所有的敵意都變得可笑，使所有的失敗都變成英雄主義行為。她把大拇指從嘴裡抽出來，將披在肩上的鉤編窗簾拉得更緊，她開始在狹小的閣樓上來回走動，不讓身體感覺到太冷。應該怎麼辦？應該如何證明自己肯定能夠「勝利」？她茫然無措地環顧閣樓。房梁以威脅的姿態懸在她的頭頂，木頭上到處可見生鏽的鐵釘、鐵箍和鐵鉤。她的心臟怦怦狂跳。這時候，從下面傳來一陣響動。尚尼？她的姐姐們？她小心翼翼、悄然無聲地下到柴禾堆上，然後緊靠著牆壁溜到廚房的視窗，將臉貼到冰冷的玻璃上。「原來是米庫爾！」黑貓蹲在廚房內的桌子上，正在開心地嗅著午餐後紅色平底鍋裡剩下的紅椒燉馬鈴薯。鍋蓋滾到了角落裡。「哎喲，米庫爾！」她躡手躡腳地推開門，把貓咪抓起來扔到地上，迅速將鍋蓋重新蓋到平底鍋上，這時候她突然想起了什麼。她慢慢轉過身子，仔細、認真地尋找那隻黑貓。「與牠相比，我更強大！」在她的腦子裡閃出一個這樣的念頭。米庫爾跑到她的跟前，在她腿上蹭著。小艾斯蒂踮著腳尖走到衣帽鉤前，取下一隻綠色的尼龍網袋朝牠走去。「嘿，給我過來！」米庫爾順從地走了過去，十分聽話地任憑小艾斯蒂把牠裝進網袋裡。她的冷漠並沒有持續太久：黑貓的腿從網袋的漏洞裡伸出來，在空氣中蹬踹，未能找到堅固的落腳點，於是害怕地喵喵驚叫。「怎麼了?!」母親的聲音從屋裡傳出，「誰在外頭？」小艾斯蒂受驚地站在原地。「我……是我……」「真該死，妳在那裡搞什麼鬼?!趕快給我出去玩去！」小艾斯蒂一聲不響、大氣不出地小心走到了庭院裡，手裡拎著喵喵叫的網袋。她平安無事地走到農舍的一角，站在那裡，深吸了口氣，隨後開始撒腿奔跑，因為她感覺到，她周圍的一切都準備要騰躍。最後——第三次騰躍——她成功地鑽進了藏身之所，靠著屋頂的一根梁柱呼呼喘氣，她並沒有回頭張望，但是她知道：在她的下面，柴禾堆周圍，穀倉、花園、泥沙和黑暗都在憤怒地互相詆毀，就像衝著逃走的獵物齜牙咧嘴的餓狗一樣。她放走了米庫爾，皮毛閃亮的黑貓先跑到洞口處看了一眼，隨後小心翼翼地在閣樓上嗅了一圈，偶爾抬起頭來，在寂靜中寂靜地豎起耳朵，然後在小艾斯蒂的腿上蹭來蹭去，快樂地不時翹起尾巴，當小主人坐到了「窗戶」前，牠縱身一躍，跳到她的懷裡。「你要完蛋了。」小艾斯蒂小聲說，米庫爾開始友好地打起了呼嚕。「你別覺得，我會可憐你！當然，如果你有本事的話，你可以自衛，但是不管你怎麼自衛，都是無濟於事……！」她把貓扔到地上，朝洞口走去，用一塊木板堵住了簷下的洞口。她等了一小會兒，讓自己的眼睛適應了黑暗，然後慢慢地朝米庫爾走去。米庫爾並沒抱任何的懷疑，只是順從地忍受著，任憑小艾斯蒂把牠舉到空中；直到小主人突然倒地，發瘋似的開始從一個角落滾到另一個角落，貓咪才開始試圖逃脫。小艾斯蒂的手指像手銬一般緊緊鎖住貓咪的脖子，時而把牠舉過頭頂，時而又迅速地將牠壓在身下；在最初的一分鐘裡，米庫爾被這突然的舉動嚇呆了，渾身僵硬，甚至沒有掙扎。然而，這種較量並沒有持續太長的時間，米庫爾很快抓住一個有利的時機，將利爪深深抓進小主人的手心；小艾斯蒂也突然失去了信心：不管她怎麼惱火地責罵（她說：「好啊，來吧！你有什麼本事就使出來吧！咱們好好比試一下！」），米庫爾根本就不想與她較量，甚至，當她一次次撲到貓咪身上時，她還要敏捷地用拳頭支撐，以免壓到貓腦袋上。她用毅然決然的目光盯著逃到角落裡的米庫爾；出於驚恐，米庫爾渾身的毛都豎了起來，隨時準備逃竄，用牠熠熠閃爍的奇特眼睛死死地盯著小主人。該怎麼辦？再試一下？但是怎麼試？她做出一副可怕的表情，像是對貓咪發出責難，嚇得牠立刻飛到了相反的角落。之後，她做出一系列突然的動作——揚手，蹬腿，猛地朝牠縱身躍去，這些動作足以讓米庫爾更加絕望、更加瘋狂地向角落裡逃竄，身子失控地左摔右甩，刮到從梁木裡伸出的鐵鉤、鐵釘上，撞到陶瓦、樑條或蓋在出口的木板上。他們倆都清楚地知道對方在哪兒。根據貓眼睛裡的閃光、陶瓦的響動或身體沉悶的碰撞聲，小艾斯蒂總能精確無疑、閃電般迅速地判斷出米庫爾此刻的位置；而她的手臂在稠密空氣中揮舞形成的、幾乎令人無法察覺的旋流則暴露了她自己的所在。喜悅和驕傲在她的體內一寸寸地膨脹，使她開始了瘋狂的想像，她感覺到自己連動都不用動彈就可以將灌頂的神力壓到貓咪身上；

在最初的瞬間，一種自覺廣博無邊、用之不竭的意識（「我想怎麼樣就能夠讓你怎麼樣……」）讓她感到稍許的迷惑：展現在她面前的是一個完全未知的宇宙，她自己站在宇宙的中央，茫然無措地置身在這無窮無限的選擇之中；然而，這種猶疑不決，這種飽滿的幸福感並沒能持續太長的時間，很快她就看到了自己，看到那雙驚恐萬狀、閃著死亡光亮的貓眼，一個迅速的動作抄起貓的前爪，用繩子把米庫爾吊在一隻鐵鉤上。她感覺到自己的身體重得反常，越來越成為這種陌生的自我意識的犧牲品。對於勝利的熱烈渴望，也驅使她要戰勝那個過去的自我，但是她知道，不管她朝哪個方向邁步，腳下都會跌跌撞撞，很可能會栽倒，即使在最後一刻，這種發自體內的決心和優越感都有可能受到深深的挫傷。她僵立在那裡，望著貓眼裡閃爍的幽幽磷光，在此之前，她從來沒有注意到，現在這幽光直刺她的眼眸：她在幽幽的磷光裡看到了恐懼，看到了對方無助的掙扎，看到了那種將槍口轉向了自己的絕望和最後的希望，如果牠甘願充當獵物，或許有可能逃脫劫難。這兩隻眼睛，如同探照燈一樣刺破黑暗，突然照亮了剛剛過去的幾分鐘時間，他們拚死地廝殺，身體時而分開，時而互相撕扯，小艾斯蒂無助地、眼睜睜地看到：她在自己體內緩慢而痛苦搭建的一切，現在不堪一擊地轟然坍塌。屋梁、「窗戶」、木板、鐵鉤和用磚封死了的閣樓門再次飄進她的意識，但是它們——就像一支紀律嚴明、服從命令的軍隊——已經從原來的地方轉移到別處：分量輕的東西逐漸向遠處消退，分量重的東西以奇特的方式向這邊緩緩地靠近，彷彿所有的一切都沉入湖底，在日光照不到的地方，重量決定了它們運動的方向與速度。米庫爾驚恐地匍匐在腐爛板條上厚厚堆積的鴿子屎裡，緊繃的肌束眼看就要斷裂，黑暗勾勒出牠身體的輪廓，看上去給人一種牠馬上將在緻密的空氣裡向她游來的感覺；直到她火辣辣的掌心感覺到貓咪喘息、蠕動、溫暖的肚子和牠身上多處被釘子割破劃破、涓涓淌血的皮膚時，她才意識到自己都做了些什麼。羞恥與悔恨緊緊扼住了她的喉嚨；她知道，現在她的勝利也改善不了任何的現實。假如她挪動腳步，想要走過去撫摸牠，結果肯定是徒勞的：米庫爾將會逃跑。現在，不管她是叫牠，追牠，還是想把牠抱到懷裡，一切都是白費氣力。米庫爾隨時都準備逃竄，這次死亡冒險的恐怖記憶已經永遠地留在了牠的眼睛裡，無法抹去，並迫使牠做出極端的動作。在此之前，她以為只有失敗是令人難以忍受的事，現在她明白了，勝利也同樣令人難以忍受，因為在殊死的搏鬥中，可恥的並不是她戰勝了對手，而是她沒有失敗的機會。在她的腦際閃過一個念頭，或許他們可以再試一次（「……如果牠用爪子……如果牠用牙咬……」），但她很快意識到，沒有別的結果：因為她更強大。她感到皮膚燒灼，額頭冒汗。這時候她聞到了一股氣味。突然她感到無比的驚恐，她以為除了他們之外，閣樓裡還有別的什麼人。小艾斯蒂朝「窗戶」邁了一步（「這是什麼臭味？」），黑貓以為牠的主人將發起另一輪進攻，於是倏地鑽進了旁邊的角落。「你拉稀了！」女孩厭惡地對牠喊道，「你居然敢拉屎！」頃刻之間，惡臭充滿了閣樓。她憋住一口氣，彎腰仔細看了看糞堆：「而且你還撒尿了！」女孩朝洞口跑去，換了一口新鮮空氣，隨後回到了犯罪現場，她用一根木棍將貓屎撥拉到一張報紙裡，並用它威脅了米庫爾說：「我真想讓你吃掉它！」她突然停了下來，彷彿被自己的話追上了，隨後她又朝洞口跑去，猛地推開擋在那裡的木板。「我還以為你害怕了！我還覺得你挺可憐！」

為了不給對方留下逃跑的時間，她以閃電的速度縱身跳到了柴堆上，反身扶正了一下堵在洞口的木板，然後將臭紙包扔到了黑暗之中：讓躲在暗處窺伺獵物的隱形妖怪吃掉它吧！她貼著屋簷，躡手躡腳地摸到廚房門口，小心翼翼推開門，母親在臥室裡大聲地打鼾。「我有這個膽量。是的，我敢這樣做！」她由於高燒渾身打顫，腦袋沉重，兩腿發軟。她悄悄地拉開儲物間的門。「該死的畜生。真是活該！」她從架子上取下奶鍋，倒了滿滿一大杯牛奶，然後踮著腳尖回到廚房。「反正現在收手已經不可能了，」她心裡暗想，從衣鉤上取下母親黃色的開襟羊毛衫，動作輕緩，悄悄地來到庭院裡，「首先是，羊毛衫。」她想把陶土杯子放到地上，好從容地穿上羊毛衫，但是當她蹲下的時候，羊毛衫的下緣碰到了泥地。她迅速站起身來，一手拿著羊毛衫，一手握著杯子。現在怎麼辦？雨水斜打在屋簷下，鉤編窗簾的右側已經濺濕。她小心翼翼地朝後面走去，生怕杯子裡的牛奶會灑出來（「我先把羊毛衫掛在柴禾堆上，然後再把杯子……」），但是她突然停了下來，因為她突然想起來，剛才把貓盤忘在了門檻旁。直到這時，她才想好自己應該怎麼做：只要將羊毛衫舉過頭頂，就可以蹲下去將杯子放下，這樣一來，就能一隻手舉著貓盤，另一隻手握著牛奶杯朝柴禾堆走去——事情一下子變得簡單起來。於是，她瞬間控制住了混亂的局面，並且看清了眼前任務的關鍵環節。她先把盤子放進閣樓，然後又成功地拿著杯子鑽了進去。她重新用木板擋住洞口，然後在黑暗中喚米庫爾：「米庫爾！米庫爾！你在哪兒呢？過來吧，我給你一點好吃的！」黑貓伏在最遠處的角落，從那裡警惕地進行觀察，牠看到小主人伸手從「窗戶」前的橫梁下掏出一個紙袋，往貓盤裡撒了一些什麼，然後在盤子裡倒了一些牛奶。「哦，等一下。這樣不行。」她丟下貓盤，朝洞口走去——米庫爾焦躁地抖了一下身子，她將擋住洞口的木板朝一旁拉開，但也於事無補，從外面沒有任何光亮投射進來。除了落到房瓦上的雨水外，只能聽到從遠處傳來的狗吠聲。她像孤兒似的穿著那件長過膝蓋的開襟羊毛衫無助地站在那裡。她想衝出這片黑暗，逃離這令人壓抑的死寂，因為現在，她在這裡也不再有安全感，她感到害怕，害怕自己獨自一人，隨時都可能從某個黑暗的角落裡衝出什麼，向她撲來，害怕會碰到一隻伸向自己的冰冷的手。「快一點啊！」她大聲喊道，像是用自己的聲音給自己壯膽，她摸索著朝米庫爾走去。貓縮在原地沒有動彈。「怎麼了，你不餓嗎？」女孩開始用討好的語調哄騙牠，這一招果真生效，米庫爾看著小主人向牠接近，但是並沒有立即躲閃。機會終於來了：也許這一刻，米庫爾被這討好的語調打動了，牠允許小艾斯蒂在身邊蹲下。女孩以一個閃電般的動作撲了過去，先是把牠按在地板上，然後動作熟練地將牠提起，不讓貓爪子抓到她，把牠拎到「窗戶」下已經備好的貓盤前。「好了，吃吧！給你一點好東西吃！」她用顫抖的嗓音大聲說，並用一個強有力的動作將貓腦袋按進了牛奶裡。米庫爾試圖掙脫但無濟於事，牠似乎明白，自己再怎麼抵抗也沒有意義，於是安靜了下來，一動不動；當小主人終於鬆開手時，就連她自己也不清楚，這隻貓到底是溺死了，還是在「裝死」。牠毫無生氣地趴在盤子旁，好像已經死掉了。小艾斯蒂慢慢退到最遠的角落，用雙手捂住自己的眼睛，害怕看到危機四伏、死氣沉沉的黑暗，她用兩根大拇指按住耳朵，因為在寂靜中突然響起一片震耳的劈啪聲、撞擊聲和尖叫聲。但她沒感到絲毫的恐懼，想來她清楚地知道：她只需等待，這些雜音就會自行消失，就像一支群龍無首、全線潰敗的軍隊——經過一陣短暫的恐慌與混亂——丟盔棄甲，逃離戰場；假如已經無法逃離，那就向勝利者投降求饒。過了很長時間，直到最後一聲轟鳴也歸於寂靜，她不再猶豫，不再慌亂，因為她已經不再為「該怎麼辦」頭疼了；她準確地知道她的腳該往哪裡邁，動作準確無誤，目的明確，她彷彿凌駕於被她擊潰的敵軍之上。她摸到那隻蜷成一團、肢體僵硬了的黑貓，她的臉燒得通紅，縱身跳下閣樓，站在庭院裡環顧了一下四周，之後高興、自豪地沿著通向岸邊的公路朝運河走去，因為她的本能告訴她，她肯定會在那裡找到尚尼。她的心怦怦狂跳，想像自己拎著已經變涼了的屍體站到哥哥的面前，他會做出「什麼樣的表情」。當她意識到農舍周圍的白楊樹就像一群偷看新娘的黃臉婆，嫉妒地嚼著長舌望著她的背影，一陣突然襲來的喜悅使她喉嚨發緊。她握住貓的前爪，讓永遠挺直的米庫爾跟她盡量保持距離。這段路並不是很遠，但現在她還是要花比平時更長的時間才能到達運河岸邊，因為她每走三步，腳都會陷進泥沼裡，她穿著姐姐們留給她的沉重皮靴，深一腳淺一腳，更不要說「這個骯髒的死鬼」也變得越來越沉，因此她要不時地將牠從一隻手倒到另一隻手。但是小艾斯蒂並不氣餒，對傾盆的大雨也毫不理會，遺憾的只是自己不能像風一樣飛到尚尼跟前，所以她只是責怪自己；當她終於走到那裡時，根本沒看到一個人影。「他會去哪兒呢？」她把死貓扔到泥地上，揉了揉累得酸痛的手臂，一分鐘之後她已經忘掉了一切，稍稍躬身看了一眼播種的地方，隨後目瞪口呆地定在那兒，始終保持著那個未完成的姿勢，如同被一顆流彈射中心臟，木訥而孤獨。播下神奇種子的土坑被人刨過了，那根插在地上用來標誌搖錢樹位置的木棍也被人折成了兩段泡在雨水裡，她傾注了所有心血精心培護的小土堆變成了一個黑窟窿，彷彿一隻被人戳瞎了的眼睛，窟窿裡灌進了一半雨水。她絕望地蹲下身來，在黑漆的坑底刨了兩下，然後一躍而起，用盡全身的氣力，想要喊穿在她面前高聳的沉沉黑夜，但是由於過度緊張，她的聲音在不可戰勝的風雨聲中變得扭曲（「尚尼！尚尼！過來！……」）。她呆呆地站在河岸邊，不知道該往哪個方向走。過了一會兒，她沿著運河走了幾步，但她很快又轉過身去，開始朝著相反的方向拔腿奔跑，跑出幾公尺之後，她再次停下，之後邁步朝著礫石公路方向走去。她走得越來越慢，越來越艱難，因為她不時地陷進齊踝深的泥窪，於是不得不停下來，拔出腳後，用另一條腿站著，用手將皮靴從泥裡拉出來。她一瘸一拐地走到礫石公路上，回頭望了一眼走過的田野——在她的頭頂上，月亮突然露了出來，她突然產生一種感覺：她走錯了方向，也許，她最好應該先回到家裡找找他。但是，哪條路是她回家的路？如果她走通向霍爾古斯農舍的那條路，尚尼會不會從通向霍克梅斯莊園的那條路過來？如果他在城裡呢？……他會不會去搭酒館老闆的車？……沒有他，她該怎麼辦？她猶豫不決地朝酒館走去，因為她想，假如她在那裡發現了汽車，那麼……她不敢繼續想下去。高燒已使得她極度虛弱，她盡量將目光投向遠處燈光閃爍的視窗。然而她剛走出幾步，耳邊就聽到一個聲音：「要錢，還是要命？」小艾斯蒂驚恐萬狀地尖叫起來，拔腿狂奔。「嘿，怎麼了？拉褲子了，我的小松鼠？……」那聲音繼續在黑暗中說，並粗野地大笑。聽到這笑聲，女孩的恐懼突然消失，如釋重負地扭頭往回跑。「來……快跟我來！錢……搖錢樹……！」尚尼慢慢將她拉到礫石公路上，站直身子，對她咧嘴笑。「媽媽的羊毛衫！哇，她們會為這個狠狠地揍妳，妳又得在床上躺一個星期！妳這個小白癡！」他將左手揣在衣服口袋裡，右手夾著一支點燃的香菸。小艾斯蒂緊張地苦笑了一下，低下腦袋，然後又說：「搖錢樹！……有人！……」她不敢抬眼看尚尼，因為她知道，如果直視他的眼睛，尚尼肯定會很反感。男孩上上下下地打量了一遍小艾斯蒂，將一口煙吹到她的臉上。「瘋人院裡有什麼消息？」他鼓著腮幫子，似乎只有這樣他才能止住笑聲，隨後他的目光突然變得嚴厲。「妳要不馬上給我滾開，我就搧妳一巴掌，親愛的，會讓妳這可憐的腦袋掉到地上！現在就差有人看到我跟妳在一起了……之後所有人都會笑話我一個星期……好啦，快滾吧！」他朝身後扭過頭去，興奮地注視著那條逐漸被黑暗吞噬的礫石公路，隨後，他的目光越過妹妹的頭頂，彷彿她根本就不存在，他出神地盯著遠處小酒館亮著燈的窗戶，臉上現出一副若有所思的表情。小艾斯蒂被嚇壞了。發生了什麼事？到底會發生什麼樣的事，為什麼尚尼……難道她做了什麼？她做錯了什麼事情嗎？她又試探著問了一遍：「錢種子也……被偷……偷走了……」「被偷走了？」男孩煩躁地嚷起來，「怎麼？妳是說，被偷走了！那麼是誰偷走的?!」「哦，我不知道……哦，有人偷，偷……」尚尼冷冷地瞧了她一眼：「妳是真傻，還是在裝傻？」小艾斯蒂迅速、驚詫地用力搖頭。「嗯，好吧。我還以為妳在裝傻。」他抽了一口菸，然後突然再次扭過頭去，緊張地盯著路的拐彎處，好像在等什麼人，隨後，他開始惱羞成怒地向妹妹發火：「看看妳的站相！」小女孩迅速挺直身子，但腦袋依舊垂著，盯著腳上的皮靴和皮靴上的泥巴，麥稈色的頭髮垂到前額，遮住她的臉。尚尼惱火地發起了脾氣：「妳在發什麼呆？還在等什麼？妳站在這裡做什麼?!趕快給我滾，快他媽的滾！妳明不明白?!」他摸了摸自己長著青春痘和柔軟鬚毛的下巴，看到小艾斯蒂還沒有動彈，很不情願地向她坦白：「嘿，妳聽我講！我需要用錢！那又怎麼樣，嗯?!」他停頓了一會兒，但是妹妹還是沒有走。「再說，我操他媽的！這筆錢……是我的。妳明不明白？」小艾斯蒂驚愕地點點頭。「這筆錢……本來就是我的！妳居然敢**瞞著我**把它藏起來?!」尚尼做出一副蠻不講理的嘴臉，「我沒有揍妳，妳就已經很幸運了。我早就該把這筆錢拿走！」小艾斯蒂表示理解地點點頭，同時向後退了兩步，她以為哥哥會動手打她。「另外，」尚尼帶著狡黠的微笑補充說，「我這裡有一瓶很棒的酒。怎麼？想不想喝一口？我可以給妳嘗嘗。還是妳想抽一口菸？給妳。」他把熄滅了的菸捲遞給她，小艾斯蒂不知所措地伸手去接，但馬上又把手縮了回來。「妳不要？那好。妳聽我講，有些事情我必須告訴妳。妳永遠成不了聰明人。妳生來就是白癡，一輩子都會是一個白癡。」女孩聚集起全身的勇氣問：「難道……你知道？」「我知道什麼？我的小寶貝，妳想問我知道什麼？」「你早就知道……那些……錢種子……永遠……永遠不會……？」尚尼再次失去了耐心：「嘿，妳別想跟我明知故問！這個妳早就應該明白，我的小白癡！妳以為，我真的相信妳不知道這個遊戲的目的嗎？妳還沒有白癡到這個地步……」他抽出一根火柴，用掌心罩著點燃了香菸。「太棒了！妳開始跟我鬥心眼?!我願意搭理妳，妳就應該高興了。」他吐了一口煙，眨眨眼睛說，「好了，會議結束！我沒有時間在這裡跟一個白癡辯論。跑吧，小寶貝，趕緊跑！」他用食指捅了小艾斯蒂一下，但是就在這一剎那，女孩開始撒腿飛奔，他對著她的背影喊：「回來！站住！妳給我回來！趕緊回來。妳聽到沒有？回我這兒來。對，聽話！妳的口袋裡揣的是什麼？」他把手伸進羊毛衫的口袋，用兩根手指掏出了一個小紙包。「嘿，這是什麼？」他舉起紙包，讀了一下上面的文字，「去你媽的！這是老鼠藥！妳從哪裡搞來的？」小艾斯蒂挺著脖子沒有回答。尚尼咬著嘴唇說：「好吧。妳不說我也知道！……妳是從穀倉裡**偷的**！對吧?!」他捏了捏紙袋。「妳要這東西做什麼？聽話，小白癡，跟妳的哥哥講實話！」小艾斯蒂站在那裡一動不動，一言不發。「我明白了，家裡是不是已經有一大堆屍體了？」男孩繼續大笑道，「現在輪到我了，是吧？那好！我看看妳有沒有這個膽量！來吧！」他把小紙包塞回到羊毛衫口袋裡。「但是妳要小心！因為我時刻都在盯著妳！」小艾斯蒂深一腳淺一腳地抬腿開始朝酒館方向跑。「以後妳要小心！小心一點！」尚尼對著她的背影喊，「別一下子把它們都用完了！」他聳著肩膀在雨裡站了一會兒，揚著腦袋，屏住呼吸，豎起耳朵聽黑夜中的響動，然後目不轉睛地盯住遠處的視窗，擠掉臉上的一顆青春痘，之後他也開始奔跑，在養路工的住宿拐彎，消失在黑暗裡。小艾斯蒂多次不停地扭頭看他，看到燃燒的菸頭在他手中的最後一閃，如閃電一般，就像永遠墜落的彗星的光亮，那是天上最後的一顆星星，在黑暗的蒼穹中留下一分鐘之久的痕跡，隨後，它水波般的輪廓也最終被深夜沉重的陰霾所吸收；現在，昏暗的夜色使她平靜下來，路在她的腳下融化，她感覺到自己無助地飄浮在空中，失去重量，孤單一人。她朝酒館閃爍的燈影跑去，彷彿想用它彌補哥哥香菸燃燒的燼火，她在寒風中打了好幾次冷顫，當她跑到那裡後，用手抓住酒館窗戶凸出的窗臺，因為她的衣服已經澈底濕透，鉤編窗簾像冰一樣貼在她滾燙的身上。她踮起腳尖，但還是不能完全搆到窗，所以使勁跳起來，試圖看到酒館大廳——然而玻璃上罩了一層朦朧的霧氣，她只能聽到從裡面傳出的混亂嘈雜聲，酒杯的碰撞聲，玻璃的碎裂聲，一陣陣斷斷續續、很快被說話聲蓋過並融合在一起的笑聲。她的腦袋嗡嗡發響，彷彿有一群喊喳尖叫的無形鳥在她周圍盤飛。她躲開窗口透出的燈光，背貼著牆壁，盯著那個被從酒館內投射出的燈光畫在地上的模糊黑影。幾乎到了最後一刻她才注意到：有一個人邁著沉重的步子，氣喘吁吁地走在從礫石公路拐下、直通酒館門口的土路上。她已經沒有時間逃走了，所以她站在那裡沒有動彈，背靠著牆，腳底下彷彿生了根，她希望這樣能夠不引起別人的注意。直到她認出人是醫生時，她才挪動身子，開始發瘋似的朝他跑去。她抓住醫生淋濕的外套，真想把自己的整個身子都藏進去，她之所以突然放聲大哭，是因為醫生沒有把她摟到懷裡，因此，她只是站在醫生跟前，垂著腦袋，心臟狂跳，耳朵裡的血液大聲地湧動，她並沒有真正聽懂醫生嘴裡在嘮叨些什麼，但她聽得出來，醫生急不可耐、十分惱火地想要擺脫掉她；剛剛撲過去時那種如釋重負的感覺很快被一股無名的苦澀所替代，因為他不僅沒有摟抱她，還試圖把她攆走。她不理解，醫生這是怎麼了。想來他是唯一一個「曾經在她的床邊守護到天亮，並為她擦拭額頭上汗水」的人，可是現在，為了使他不能推開自己，她要使出摔跤的力氣跟他較勁。這到底發生了什麼事？同時，她死活抓住醫生外套的下擺不肯鬆手，直到她看到周圍的一切突然塌陷或升到空中，不管她怎麼使勁想拉住醫生都無濟於事，最後她無計可施，驚恐地看著大地在他們身後沉陷，他——醫生——墜進了深不見底的深淵裡。她拔腿就跑；在她的身後，她似乎聽到野狗的狂吠，追咬她的叫聲步步緊逼，她感覺死到臨頭，無路可逃：野狗汪汪尖叫著撲了上來，咬住她，把她拉倒在泥地裡；當一切突然陷入沉寂，只聽到呼呼的風聲和無數雨點細小的劈啪聲鋪蓋了周圍的大地。一直跑到霍克梅斯路口，她才稍稍放慢一點速度，但是她仍然無法讓自己停下來。風吹雨點打在她臉上，她被嗆得不停地咳嗽，羊毛衫敞開著貼在身上。尚尼說的那些令人毛骨悚然的話和剛被醫生拒絕這件倒楣事，現在全都沉重地壓到了她身上，使她想都不敢去想；一些微不足道的小事牽扯住她的注意力：靴子上的鞋帶鬆了……羊毛衫的鈕扣開了……小紙包還在不在？……當她跑到運河邊時，站在被刨開的土坑前，忽然感到格外平靜。「是的，」她想，「天使們看到了這一切，並且理解。」她看著土坑周圍被刨出的泥土，雨水從她的額頭流到眼睛裡，眼前的大地奇異地、輕輕地翻起波浪。她繫上鞋帶，扣上羊毛衫，試圖用腳把坑填平。她停了下來，站在那裡，轉了下身，瞥見了米庫爾拉長了的屍體。貓毛已經被雨水浸透，眼睛像玻璃球一樣盯著虛無，肚子奇怪地下垂。「跟我來！」她輕聲說，把死貓從泥裡拎起來，抱在懷裡，然後若有所思、毅然決然地上了路。她沿著運河走了一段路，之後在凱雷凱斯家的農舍前拐彎，走上彎曲的普斯泰萊吉路，這條路——在橫穿過通向縣城的礫石公路後——直通溫克海姆莊園廢墟旁大霧籠罩的普斯泰萊吉樹林。走路的時候，她盡量讓皮靴的襯裡少磨鞋跟，因為她知道，前面還有很長路要走：她必須在天亮的時候趕到溫克海姆莊園。她很高興自己並不孤單，米庫爾讓她的肚子感覺到了一點點的溫暖。「是的，」她小聲自言自語，「天使們看到了這一切，並且理解。」她感覺到自己內心的平和，周圍的樹、路、雨，還有黑夜，全都散發著寧靜的氣息。「所發生的一切都是好事。」她想。一切全都變得簡單，不可挽回。她望著路兩邊筆直、光禿的槐樹，不遠的前方就是被黑暗吞沒的村野，她感覺到雨水、泥沙令人窒息的氣味，並且肯定地知道自己應該如何正確、準確地採取行動。她回想一天裡發生的事情，微笑著判斷這些事之間有著怎樣的相互關聯；她感覺到，這些事的發生並非出於偶然，並非隨機地串聯在一起，而是在它們之間搭架著美得無法言說的意義的橋梁。她知道自己並不孤單，因為所有的一切和所有的人（她天上的父親，母親、哥哥、姐姐、醫生、貓、這些槐樹和泥濘的路，還有天空和黑夜）都取決於她，正如她也取決於其他無處不在的一切。「我能成為一個怎樣的勝者？我已經走在路途上。」她緊緊抱著米庫爾，仰頭望著一動不動的天空，之後迅速停下。「之後我再從那裡幫助他們。」東方已經慢慢破曉。第一縷晨曦投照在溫克海姆城堡廢墟的殘垣斷壁上，通過縫隙與嘴巴大張似的巨大視窗射進燒焦了的、蒿草叢生的房間裡。小艾斯蒂做好了一切準備。她把米庫爾抱在右邊，將小紙包裡的藥兄弟般地分成兩半，她就著少量的雨水成功地把自己那份吞進肚子裡，她把紙包放在右手邊一塊腐爛的木板上，因為她確信哥哥肯定會注意到。她自己躺在正中央，舒舒服服地將兩腿伸直。她梳了一下額前的頭髮，將大拇指塞進自己嘴裡，閉上了眼睛。她沒有理由感到不安。她清楚地知道，她的天使們已在路上。

六 蜘蛛事件 II

（魔鬼的乳頭，撒旦的探戈）

「在我背後的東西，還在我前頭。人不可能活得安生。」弗塔基邁著輕軟的貓步，拄著拐杖走回擺在吧檯右側那張位於固執不語的施密特和時而沉默、時而咆哮的施密特夫人身邊的「工作人員專用桌」前，一屁股坐到椅子上，情緒低落地自言自語；他把婦人的話當作耳邊風（「我看，您一定是喝醉了！對我來說，我覺得，這酒是稍微有一點勁頭，我不應該混著喝，但是再說什麼都晚了……不過，您真是一位紳士……」），他心事重重、目光遲鈍地抓住一瓶新開的啤酒，然後將它推到酒桌中央，想來連他自己也不明白這到底是怎麼回事，他沒有任何理由如此黯然傷神；不管怎麼說，今天不是一個尋常的日子：他知道，酒館老闆說的是對的，「只需再等幾個小時」，伊里米亞斯和佩奇納就會在這裡出現，他們的到達將結束長達許多年之久的「令人壓抑的貧困」，他們將驅散這種陰濕的寂靜，中止黎明時那陰險、詭祕的喪鐘；一個人即使躺在床上也無法擺脫那鐘聲的逐獵，之後只能大汗淋漓、無能為力地冷眼旁觀，看所有的一切都慢慢逝去。施密特自從跨進小酒館後，連一句話都不願意講（即便當克拉奈爾和施密特夫人在爭吵中分錢的時候，他也只是嘟囔了兩句，轉過身子對「整個這件該死的事情」置之不理），現在他抬起頭來，坐在椅子上衝著妻子發起火來（「妳怎麼也喝多了！……妳的腦袋醉得就像一隻屁股！」），隨後他轉向正要往他們杯子裡倒酒的弗塔基。「別再給她倒了，真他媽的混蛋！你沒看到她已經喝多了嗎?!」弗塔基既不回答，也不辯解，只是打了一個表示完全贊同的手勢，將酒瓶迅速放回桌子上。他花了幾小時的時間試圖向施密特解釋，但這傢伙只是漠然地搖搖頭——他認為他們坐在這裡，像一群「被閹割的蜥蜴」縮成一團，結果會將「唯一的機會」也錯過了；他們本該利用伊里米亞斯他們引發的混亂悄悄地帶著錢一走了之。「讓克拉奈爾也留在這裡爛掉好了……」弗塔基安慰他說，放心吧，從明天開始一切都會是另一副樣子，現在他們真的抱住了上帝的大腿，但無論他怎麼說都無濟於事，施密特始終一臉譏諷地沉默不語，他們倆就這樣僵持著，直到弗塔基意識到他們倆的觀點不可能達成一致，因為施密特即便願意承認伊里米亞斯的到來是「一個真正的機會」，也不會承認他們別無選擇，他不願意承認：如果沒有他（而且也沒有佩奇納），他們只能繼續盲目地、倉皇地、無助地、時不時相互爭鬥地跌撞蹣跚，就像「屠宰場裡等死的馬」。當然，他在內心深處的某個地方能夠理解施密特的對抗，想來他們遭受厄運的詛咒已經許多年了；施密特認為：這純粹只是一個希望，希望伊里米亞斯接手一切，更好地利用各種「可能存在的機會」，因為伊里米亞斯是唯一一個能夠「把在我們手裡毀掉的東西重新組建起來」的人。即使讓這筆反正也不乾淨的錢化為烏有，那又能怎麼樣？只要別再這樣咀嚼苦澀和酸楚，只要別再日復一日地看著屋外的牆灰剝脫、牆壁龜裂和屋頂塌陷，只要別再忍受胸腔內跳得越來越慢的心跳和經常麻木的四肢。因為弗塔基認為：週復一週、月復一月地不斷重複的慘敗，突然化成灰煙或越來越混亂的計畫，總是不斷破滅的對自由的希望，這些並不意味著真正的危險；甚至恰恰相反，正是這些東西把他們團結在一起，因為在厄運與毀滅之間的道路十分漫長，而現在，在道路的盡頭，已然連失敗都不太可能了。真正的威脅很可能是來自地下對我們的攻擊，但我們無法確定它將從哪個地方發起；人們只是突然驚恐地感覺到寂靜，一動不動，在角落裡縮成一團，希望能夠獲得庇護，感到刻骨的痛楚和劇烈的折磨，後來，他們甚至都沒有注意到，周圍的一切全變得緩慢，空間越來越狹小，退縮的最終結果最為可怕：僵固不動。弗塔基驚懼地環顧四周，用顫抖的手點燃一支菸，大口飲乾杯子裡的酒。「我不應該喝酒，」他責備自己說，「在這種時候，我腦子裡想的總是棺材。」他伸直兩腿，愜意地仰靠在椅子上，他暗下決心，絕不能恐懼；他閉上眼睛，讓溫暖、葡萄酒與喧囂湧遍周身的每塊骨頭。這股荒唐的恐懼來也匆匆，去也匆匆；現在他只留意周遭快樂的聲音，出於感動，他差一點失控地流出眼淚，因為剛剛他還滿心焦慮，現在已然充滿了感激，在忍受了那麼多的痛苦之後，他終於可以坐在這片喧囂之中信任地、激動地避開所有他至今為止不得不睜大眼睛面對的一切。如果在喝了八杯半後還有足夠的氣力，他會擁抱所有手舞足蹈、大汗淋漓的酒友們，因為他無法抗拒這種——將會賦予自己深層情感某種形式的——欲望。他的頭突然開始劇痛，周身燥熱，胃脘飽脹，額頭大汗淋漓。他再次感到虛弱不堪，試圖透過深呼吸緩解症狀，因此他沒有聽到施密特夫人跟他講的話（「怎麼了，你聾了嗎？嘿，弗塔基，你是不是身體不舒服？」），婦人看到弗塔基面色蒼白地揉著肚子，面色痛苦地盯著前方，隨後她厭煩地揮了下手（「好吧。看來這個傢伙也不能指望……」），隨後她將臉轉向已經盯著她看了好久的酒館老闆：「這裡熱得簡直讓人無法忍受！亞諾斯，趕緊想想辦法！」但是「在這地獄般的喧囂中」，酒館老闆好像根本聽不見她說的話，無可奈何地攤開兩條手臂——並沒有理會施密特夫人毫無意義的抱怨——對她意味深長地點了點頭。婦人意識到自己的努力是白費氣力，懊惱地解開檸檬黃色上衣的鈕扣，酒館老闆暗自得意，他像平時一樣耐心堅持，現在也達到了他預期的結果。幾個小時前，他就以出奇的耐心和狡猾的手段偷偷將煤油式壁爐的調控旋鈕逐漸扭向高溫，最後，他以一個迅捷的動作將旋鈕拔出，滑向一邊，將爐火燒到最旺——在這樣混亂的喧囂中有誰會注意到這個呢？——他想先幫施密特夫人脫掉外套，然後再幫她脫下開襟羊毛衫，今天這個婦人的魅力超乎以往，對他產生了更加強烈的誘惑。出於某種未知的原因，婦人總是傲慢地拒絕他的親近，他的所有嘗試——儘管他從未曾放棄，絕不能放棄——連連受挫，他不得不一次又一次投入新的冒險，而被拒絕的痛苦也不斷升高。但是，他有充分的耐心等待，等待，再等待，想來他在那個時候就已經知道，他要走很長一段路才能取得最後的勝利。許多年以前，有一次他在磨坊裡驚愕地撞見施密特夫人正跟一個年輕拖拉機司機幹得火熱，婦人並沒有羞得無地自容地跳起來跑掉，而是裝得若無其事，對他視而不見，任憑他喉嚨乾澀地站在那兒，直到她在小夥子懷裡達到高潮。然而就在幾天之前，他聽說弗塔基與施密特夫人的關係已經變得「鬆散」，他難以抑制自己內心的喜悅，因為他覺得，現在終於輪到他了！這是一個機不可失，時不再來的好機會。此刻，他心酥身軟地看到婦人用手「揪著」乳房上方的襯衫衣襟輕輕地搧動，他的手不由自主地顫抖起來，視線變得模糊。「看她的肩膀！這兩條緊貼在一起的漂亮大腿！她的腰膀！這兩枚乳頭，我親愛的主啊……」他想用自己的目光擁抱她的整副身體，但是出於亢奮，他只能成為令人發狂的一系列局部細節的目擊者。血色從他的臉上退去，他感到頭暈目眩，幾近乞求地試圖捕捉住施密特夫人冷漠的（「像傻瓜似的……」）眼神；因為他從來不能將自己從「想把大大小小的生活真理全部濃縮於一個（唯一的一個）意味深長的短語裡的偏執」中解脫出來，他在快樂的迷狂中向自己提出一個問題：有沒有人會為這類事情心疼煤油呢?!假如他知道自己的努力是多麼的無望，那麼他應該毫不遲疑地立即退縮到倉庫裡，遠遠避開別人充滿敵意、明譏暗諷的目光，惆悵地護理自己新鮮的傷口。想來他絕不可能猜到，施密特夫人——用她挑戰性的眼角餘光，用將克拉奈爾、哈里奇、校長和她自己全都捲入危險漩渦中的舒服的懶腰——只是在消磨時間，因為在她想像中哪怕最小的角落也都被伊里米亞斯占據了，她對他的記憶「就像暴風雨中咆哮的大海泡沫拍打在意識的懸崖上」，與她對他們共同未來的激動幻想混合在一起，加深了她對這個「必須儘快離開」的世界的厭惡與憎恨。即便她偶爾扭動一下屁股但並非只為消磨「緩慢流逝的時光」，即便她偶爾抖抖撩人的乳房但並非只為吸引這些男人們饑餓的目光，並非只為讓剩下的時辰更快飛逝，那也一定是在為這讓她等待已久的重逢做準備；重逢時，「兩顆心將重新喚起美好的回憶」。與酒館老闆相反，克拉奈爾和哈里奇（甚至包括校長）全都清楚地知道，自己根本沒有任何的希望：他們欲望的箭矢噗噗地落到施密特夫人腳邊；因此，他們三個在這種毫無希望的情欲裡狀態鬆弛，至少能讓情欲保持鮮活。跟自己禿頂、瘦削、頎長（「但肌肉強壯有力……」）的身體相比，校長長了一個不成比例的小腦袋，他憤懣不平地坐在角落，坐在凱雷凱斯背後喝第二瓶葡萄酒。他獲知伊里米亞斯將到來的消息純屬偶然，不管怎麼說——除了那個永遠喝得醉醺醺的、反應遲鈍的醫生之外——他是這片地方唯一受過教育的人！這些傢伙都在想什麼呢？這樣下去我們會怎麼樣？若不是他對施密特和克拉奈爾無法原諒的不守時感到不滿，若不是他最終決定——在關上文化館的大門之後，在按規定把投影機放到安全的地方之後——決定到小酒館「打聽一下消息」，那麼他根本就不可能獲知這麼多的消息……假若沒有他在，這些傢伙會怎麼做？誰能保護他們的利益？難道他們認為他會毫無懷疑地接受伊里米亞斯的任何建議？另外，誰會願意指揮這麼一群烏合之眾？這裡必須治理整頓，制訂計畫，逐條列出合理的「基本方針」！他的第一輪憤怒發作完之後（「這些傢伙實在太幼稚了，我們應該怎麼辦？必須一步一步地往前走，不可能一夜之間地覆天翻……」），他把自己的注意力一分為二，分別放在了施密特夫人身上和計畫草案的制訂上；但是很快他就擱置了後者，因為根據多年的經驗，他堅信一項基本的認知，即「在一段特定時間內只能專注地做一件特定的事」。他確信這個女人與其他女人不同。至今為止，她已經接二連三地拒絕了當地男人野蠻粗暴的無禮建議，這不可能是出於偶然。他認為，施密特夫人需要一個「有頭腦、有些物質基礎的男人」，而不是一個像施密特這樣的傢伙；

施密特粗鄙的性格與她深思熟慮、簡單而純淨的靈魂一點也不般配。因此，「分析結果」表明，這個女人——毫無疑問——被他的魅力所吸引；他知道這一點就足夠了，這個女人當時是村子裡唯一從不願跟他開玩笑的人，即使在學校關閉後，她也一直稱他為「校長」。由此可見，這個女人不僅被他的相貌、氣質所吸引，而且顯然對他格外尊敬，因為她知道，他只是在等待一個適當的機會（像他這類無論從人品，還是從專業角度講都很傑出的人，總有一天能夠回城工作，最終會被安排到與他們的身分相符的工作崗位上；現在他們之所以對這幫剛愎自用的小丑們屈服退讓，大概只是出於策略的考慮），只要機會一到，就會馬上翻建校舍，「積極開展教學」。當然，這一點無須否認，施密特夫人是一個非常漂亮的女人；他為她拍攝的那些照片（這些照片是幾年前他親自用一架雖然便宜但效果很好的相機拍攝的），在他看來，遠遠超過他喜歡翻看的那些雜誌（比如《大耳朵》填字遊戲雜誌裡那些「極具挑戰性的攝影作品」），曾幾何時，他嘗試用這些照片打發那些失眠、焦慮、漫無盡頭的長夜……大概是受到剛喝完的一瓶酒的影響，他平時中規中矩、有條有理、邏輯清晰的思維突然變得雜亂無緒，腸胃裡開始感到脹滿，腦子裡的血管劇烈跳動，馬上就要爆裂，他不管「莊稼漢」將如何反應，他想邀請婦人坐到自己的桌邊，當他將興奮的目光投向施密特夫人充滿承諾的身體時，他和婦人的視線越過伏在「撞球桌」上打鼾的凱雷凱斯的肩頭相接；他的臉紅了，低下了腦袋，縮回到莊稼漢碩壯的身後，「獨自蒙羞」，他至少暫時放棄了那個念頭。哈里奇也一樣，一旦意識到坐在自己對面的施密特夫人對他講了半天的那個故事的可信版本要麼沒有注意聽，要麼根本就不想聽，他便戛然而止地收住剛講了一半的一句話。嚷吧，你們愛怎麼嚷就怎麼嚷！他突然靜默下來，一聲不響地看著克拉奈爾跟火氣越來越大的售票員繼續爭吵。你們吵吧！對不起，我可不想聽，我可不想把自己也攪進去！他輕輕撣掉掛在自己身上的蜘蛛網，惱火地盯著正暗中打量施密特夫人的酒館老闆那副揚揚自得、油光錚亮的嘴臉，因為——經過一陣長長的沉思——他斷定：既然「全世界也找不出這樣的垃圾」，那麼毫無疑問，這整張蜘蛛網不過是鋪設在酒館內的新的陷阱。這個無恥透頂的壞蛋！他總用他幼稚的蠢行在他們的鼻子底下調皮搗蛋，現在這還不夠，他又開始往施密特夫人身上「撒網」！然而這個女人只屬於他……這是遲早的事情，就連瞎子都能夠看出來，她至少已經對他微笑了兩次，他也用微笑回應了她！……這一幕肯定所有人都看到了，更何況他有一雙犀利的鷹眼！哈里奇感到非常惱火，心裡恨恨地罵道，這個惡棍，流氓！他在看到之後，竟然還敢這樣地放肆無禮！不要臉的畜生！該死的臭皮匠！……他有花不完的錢，有一倉庫的葡萄酒和帕林卡酒，這整個酒館都是他的，門外還停著他的汽車，可他還是這樣貪得無饜！還想得到更多，更多！永遠不會有滿足的時候！他對施密特夫人也垂涎三尺！現在他也太過分了！他哈里奇可不是用軟木頭刻的，他絕不能忍受這樣的無禮！當然，這裡所有人都以為他膽小如鼠，但這只是外表，只是偽裝！好吧，就讓伊里米亞斯和佩奇納來吧！但他蘊藏在體內的潛能，那些人做夢都不可能想到！哈里奇將杯子裡的葡萄酒一飲而盡，瞥了一眼正一動不動偷眼旁觀的妻子，然後想立即往杯子裡添滿酒，但是出乎意料的是，酒瓶是空的。然而，他清清楚楚地記得，剛才瓶子裡至少還有能倒兩杯的酒。「有人偷喝我的葡萄酒！」他大喊一聲，跳了起來，用威脅的眼神環視了一圈，然而，他沒有看到一副恐懼、認罪的眼神，只好嘴裡嘟囔著坐回椅子裡。煙瘴瀰漫，幾乎讓人看不見東西：煤油壁爐散發著滾滾的熱浪，頂部已經燒得通紅，所有人都大汗淋漓。喧囂聲越來越高，嗓門最響的要數克拉奈爾和凱萊曼，克拉奈爾夫人和這時重新積蓄起力量的施密特夫人一次又一次地扯破嗓子大聲叫喊，試圖壓過她們自己傳播的雜音；另外，凱雷凱斯也醒了過來，粗聲低吼著要酒館老闆給他再拿一瓶酒來。「這只是你自己的想法，我的小老弟！」克拉奈爾上身前傾，手裡握著酒杯，一條手臂在凱萊曼的鼻尖前上下揮舞，額頭上的青筋脹得很粗，白內障的灰色眼球閃爍出威脅的光。「我可不是你的小老弟！」售票員跳了起來，情緒已經完全失控，「我從來不是任何人的小老弟，你聽懂了沒有?!」酒館老闆從櫃檯後插嘴，試圖讓他們冷靜下來（「別嚷了！你們把人吵得腦袋都要炸了！」）。聽到這話，凱萊曼繞過弗塔基的酒桌，徑直朝著吧檯衝去：「那好，那麼你來跟他講！你快點跟他講啊！」酒館老闆在摳鼻子，煩躁地喝斥：「你讓我跟他講什麼？你就不能安靜一會兒！你有沒有看到，你已經打攪了別人?!」但是，凱萊曼不僅沒有安靜下來，反而更加憤怒。「這麼說，連你自己也不明白！難道這裡所有的人都是傻瓜嗎?!」他大聲吼道，開始粗野地用巴掌猛擊吧檯的桌面。「當我……你聽我說：我……跟伊里米亞斯交成了朋友……在新西伯利亞旁邊的……戰俘營裡，佩奇納還沒有出生呢！你明白嗎？那時還沒他呢！」「這話怎麼講？怎麼還沒他呢？他當時肯定在什麼地方，不是嗎？」酒館老闆不以為然地反問。凱萊曼警告性地用力踢了一腳吧檯：「我說沒有，就是沒有！廢話少問……那時候就是還沒他呢！」「好，好，好吧……」酒館老闆用和悅的語調勸慰道，「您説沒有，就是沒有，只是請您好好回到您自己那桌去，別把我的吧檯踢散！」克拉奈爾做了一個鬼臉，越過弗塔基他們的腦袋朝吧檯方向喊：「當時你在哪兒？在什麼……新西伯利亞？那是他媽的什麼鬼地方……?!我的小兄弟，你要是沒有海量，那就不要喝酒！」凱萊曼將他痛苦扭曲的臉先是朝向酒館老闆，而後轉向克拉奈爾，經過一陣憤怒與痛苦的掙扎之後，用力揮了下手，對這不可救藥的無知表示無奈。他搖搖晃晃地回到自己的座位，試圖選一個舒服的姿勢坐下，好讓自己平靜下來，但是沒有成功，椅子被他撞倒在地。克拉奈爾實在忍不住了，突然放聲大笑起來：「呵呵，怎麼回事，你……你，喝醉了的白癡?!……笑死我了，我的肚皮都要笑爆了！……怎麼……這個……在這裡……戰俘……我受不了啦！……」他瞪著鼓鼓的眼睛，用手捂住小肚子，搖搖晃晃地走到施密特夫婦坐的那張酒桌旁，他站到施密特夫人的背後，突然抱住了她。「您聽到沒有……」他用笑走了調的嗓音大聲問，「這個傢伙……在這兒……您知道嗎，他想告訴我……您聽沒聽到這個?!……」「我沒聽到，我也不感興趣！」施密特夫人非常生氣，試圖擺脱克拉奈爾像釘耙一樣抓著她的手，「把你的髒爪子從我身上拿走！」但是克拉奈爾沒有退縮，反而附到女人的耳邊，將全身的重量都壓到了她身上，然後——彷彿只是出於偶然——他將自己的右手滑進施密特夫人敞領的上衣裡：「噢！這裡真是太熱了……」他咧著嘴訕笑，但是婦人用一個憤怒的動作掙脱出來，朝他轉過臉來，用盡渾身的力氣狠狠抽了他一記耳光！「你！」施密特夫人憤怒地喝道，這時候她看到，即使是現在，克拉奈爾也仍在咧著嘴訕笑，於是把怒火發到了丈夫身上，「怎麼，你就這麼無動於衷地坐在這兒?!你怎麼能容忍他這樣無禮?!居然敢對我動手動腳?!」施密特費了很大的氣力從酒桌上抬起腦袋，彷彿使出了最後的氣力，然後重新趴了回去。「妳在嚷嚷什麼?」他嘟囔說，開始一陣陣打嗝兒，「妳就讓他……摸……摸吧!至少讓別人也分……分享一下……」這時候，酒館老闆也走了過來，像一隻好鬥的公雞撲向克拉奈爾。「你以為自己是誰?!這是什麼地方?!妓院嗎?!」但克拉奈爾只是站在那裡，如同一頭公牛，退都沒有退半步，瞪著一對鬥雞眼盯著對方，突然開心地爆笑起來。「哈哈，妓院!就是妓院，我的小老弟!你說得沒錯!」他伸手摟住酒館老闆，把他拖向酒館門口，「嘿，你過來，我的小老弟!咱們離開這個骯髒的地洞!咱們到磨坊去!那裡才有真正的生活……嘿，走啊，不要退縮!……」但是，酒館老闆掙脫開他，迅速逃回到吧檯後面，臉上一副得意的樣子，等著「這個喝醉的畜生」終於意識到：他人高馬大的老婆已經在門口站了好長時間，一聲不響，眼睛放光，雙手叉腰。「我沒聽清楚!你再跟我重複一遍!」這時夫妻倆撞了個滿懷，婦人咬牙切齒地附在丈夫的耳邊說：「你想去哪兒?想鑽進你媽的屁股裡?!」克拉奈爾立刻清醒過來，嘴裡支吾：「我?我想去哪兒?我哪兒都不想去，我只是，只是想要我的小可愛!」克拉奈爾夫人猛地打掉丈夫搭在她身上的手臂，果斷得如同揮下屠刀，她冷笑道：「我會給你你的小可愛，只要你明天早上能清醒過來!我給你你的小可愛，保證會讓你驚得眼珠子掉出來!」她抓住比她高出兩頭但像羊羔一樣溫順的克拉奈爾的衣袖，把他領回到他們的酒桌旁，將他按在椅子上。「如果你再敢從這裡站起來走開，告訴你，你肯定會後悔……」她給自己倒了滿滿一杯酒，憤懣地一飲而盡，她環視四周，隨後深深嘆了一口氣，扭頭轉向正幸災樂禍、冷眼旁觀的哈里奇夫人（「我不得不說，這是一個可愛的小賊窩！但是正如先知所說，總有你們痛苦哀號的那一天！」）。「我說到哪兒了？」克拉奈爾夫人繼續她剛剛中斷了的獨白，邊說邊用手指威嚇自己的丈夫；男人小心謹慎地伸手去抓酒杯。「喲，是啊！話說回來，我先生是一個好人，我沒有什麼可以抱怨的，我說的是實話！只是這酒，您知道，問題在這酒上！他要是沒有喝酒的話，都可以拿他來抹麵包，請您相信我說的話，一點都不誇張，抹麵包！只要他想，他就能成為一個那麼好的好人！他非常能幹活，這個您也知道，他一個人能幹兩個人的活！當然，他身上也有些小毛病，我親愛的上帝！嘿，您說心裡話，哪個人的身上沒有毛病？我可愛的哈里奇夫人，您能告訴我，誰身上沒有毛病呢？地球上還沒有這樣的人！您是問，什麼毛病？對吧？他不能忍受別人對他出言不遜。我丈夫對這一點非常敏感。所以他跟醫生之間也是這樣，就像那次——您知道醫生是個什麼樣的人，他對待人就像對待他的狗！當然，聰明人只是不跟他計較，保持沉默，悶在心裡，因為畢竟那是醫生，再者說，這也不是什麼大不了的事，應該忍受，事情就是這麼簡單。另外，他也並不是他看上去這樣糟糕的男人。這個我清楚，因為我非常瞭解他，可愛的哈里奇夫人，這麼多年下來，我當然瞭解他身上每個細小的瑕疵，怎麼不呢?!」弗塔基小心翼翼地將一隻手保護性地伸向前方，用另一隻手拄著拐杖，腳步蹣跚地朝店門走去；他的頭髮蓬亂，襯衫的後擺從褲子裡皺巴巴地露出來，臉像石灰一樣蒼白。抽出楔子並不是很困難，他打開門，跨到屋外，清新的空氣剎那之間湧遍他的全身。雨仍然下得很大，絲毫沒有減弱，雨滴就像一個個「不可複製、充滿威脅的資訊」落在小酒館長了青苔的頂瓦、槐樹根和枝杈上，落在北面陰森可怖、凹凸不平的礫石路面上，落在——臺階下，店門外——弗塔基陣陣抽搐、彎曲、痛苦地趴在泥濘中的身體上。他在黑暗中意識喪失地躺了好幾分鐘，後來終於放鬆了自己，立即墜入夢中；若不是半小時後酒館老闆意識到他一直沒有回來，找到他並搖醒他（他說：「嘿！你瘋了嗎！？快點起來！這樣會得肺炎的！」），可能他直到第二天早上也不會醒來。弗塔基暈眩地靠在酒館牆上，拒絕酒館老闆的建議（「跟我來，扶著我，在外頭你會被淋壞的，別這樣……」），只是呆滯、空虛地站在這殘酷無情的雨水裡，他雖然看到，但是並不理解自己周圍這個搖搖晃晃的世界，直到又過了半個小時，他徹底被雨水淋透了，忽然之間意識到了自己，清醒了過來。他轉到房子的拐角處，站在那裡朝一棵光禿的槐樹撒了一泡尿，一邊尿一邊抬頭仰望夜空，感覺到自己十分渺小，孤單無助，尿液還在源源不斷、充滿陽剛之氣地從膀胱汩汩噴流，他就已經感到口渴了。他繼續凝望頭頂的天空，心裡暗想，對他們來說，這永遠向上延伸的蒼穹總會有一個盡頭，不管這個盡頭有多麼的遙遠，「所有的一切都在那裡終結」。「我們降生到一個周圍被攔擋起來的世界裡，一個豬圈裡，」他想，他的腦袋始終在嗡鳴，「就像那些在自己的穢物裡打滾的豬，我們自己也不知道自己圍著乳頭鑽擠的結果會是什麼，為什麼要在通向食槽的窄道上沒完沒了地短兵相接，或在黃昏時分為睡覺的鋪位拚命爭搶。」他繫上褲扣，朝旁邊走了兩步，為了能躲開樹枝更痛快地淋雨。「洗一洗我的老骨頭吧！」他苦澀地嘟囔，「好好地洗洗，因為這副衰老的臭皮囊已經熬不了更久了。」他一動不動地站在那裡，閉著眼睛，頭向後仰，因為他想擺脫那頑固的、一次又一次湧起的欲望，至少現在，在這最後的幾年裡，他希望最終能弄明白這個問題：**弗塔基為什麼要來到這裡**？現在最好還是逆來順受，回頭像呱呱落地的新生兒那樣自然、順從地跌入土坑；他又想到豬圈，想到豬（儘管由於舌頭乾澀，現在他很難將內心的感受變成詞句），他認為沒有誰會懷疑，照耀在他們令人慰藉的（因為是重複性的）日常生活之上的神光（「在一個不可避免的黎明時刻！」）將投照在殺豬的屠刀上，我們也從來不會提出疑問，而且永遠也不可能知道答案：我們為什麼要面對這令人難以理解的可怕的訣別？「沒有救助，沒有逃路，」他憂鬱地想，儘管他的腦子紛亂如麻，但他還是可以認識到這一點，「對我來說，即便我能夠活到時間的終極，仍然會有那麼一刻——由於某種原因——我要從這個地方滾蛋，掉到蛆蟲中間，掉進腐臭、黑暗的泥沼裡。」年輕的時候，弗塔基是一個「機器癖」，後來是，現在也是，即便此刻他像一隻被淋透的鳥，渾身是泥和嘔吐的穢物，他也清楚地知道一臺水泵的精確結構和工作原理，他想：假如在某個地方（「在這些機器裡是肯定的！」）運作著嚴明的秩序，那麼表示（「對此可以打一個賭！……」）這混亂的世界也會讓人上癮成癖。他瘋了似的站在傾盆大雨中，過了一會兒，他突然毫無過渡地開始大聲怒斥自己：「弗塔基，你是個多麼愚蠢的白癡！先是像一頭骯髒的豬在泥地裡打滾，而後站在這裡像一隻迷途的羔羊……是不是你可愛的小腦袋也出了問題?!好像你不知道自己不該喝得這樣爛醉?!而且還是空腹?!」他憤怒地搖了搖頭，打量了一下自己，開始羞慚地擦拭身上的衣服，但是效果不大——他的褲子、襯衫沾滿了泥，不過他很快在黑暗中找到了拐杖，試圖不引人注意地溜進酒館內向老闆求助。「怎麼，感覺好些了嗎？」酒館老闆會心地朝他擠了一下眼睛，請他進到倉庫裡。「這兒有臉盆和肥皂，沒關係，你可以用這個擦一下。」酒館老闆抱著手臂站在他身後，一步也沒有離開，直到弗塔基擦洗完，其實他知道，他完全可以讓弗塔基一個人待在這裡慢慢地收拾，但是想來想去，他還是覺得自己最好留下來（因為魔鬼不睡覺，誰知道會發生什麼?!）。「你把褲子也刷一下，能刷掉多少就刷多少，襯衫可以洗一下，回頭晾在壁爐上！你在這兒可以先穿這件！」弗塔基道謝之後，套上那件破舊、掛著蛛網的長衫，將還在滴水的頭髮抹向腦後，跟著酒館老闆走出了倉庫。他沒有回到施密特夫婦桌前，而是走到壁爐旁，將襯衫搭在上面，然後問了一句：「有吃的嗎？」「有牛奶巧克力，還有羊角麵包。」酒館老闆指了一下說。「給我兩個羊角麵包！」弗塔基揮了下手說，但等到酒館老闆端著托盤走到他跟前時，弗塔基突然在騰騰的熱氣裡墜入了夢鄉。天已經晚了，現在只有克拉奈爾夫人、校長、凱雷凱斯，還有哈里奇夫人還清醒著（她趁著其他人疲憊不堪的空檔，現在已經自在、大膽地端起哈里奇的那杯雷斯令酒放到了唇邊），因此，回應酒館老闆的（「新鮮的羊角麵包，給你，可以吃啦！」）只是一片輕聲、回絕的低沉雜音，他將托盤原封不動地放回到遠處。「嗯，好吧。你們死去吧……半小時後再復活吧……」酒館老闆憤憤地嘟囔，伸了伸麻木了的肢體，然後在腦子裡閃電般迅速地估算了一下「目前的營業情況」。情況看起來令人絕望，因為到現在為止的現金數額遠遠少於他的預期，他只能寄希望於等一會兒咖啡能讓「這群醉醺醺的烏合之眾」清醒過來……除了錢上的虧損之外（因為——「哎呀呀」——尚未收回來的數字也是虧損），更讓他惱火的是，離他只有一步之遙，他就可以把施密特夫人帶進倉庫，但是她——好像被火燒焦了似的——突然睡著了，因此他現在只能去想伊里米亞斯（雖然他已經做出了決定：「絕不讓這件事惹自己煩心，該怎麼樣就怎麼樣好了……」），因為他知道，他們很快就會到達，然後結束「所有這一切」……「總是等待，等待……」他煩躁地自語，隨後迅速站了起來，因為他突然想起他把羊角麵包放回遠處後，忘了用玻璃紙罩上托盤，「這些該死的混蛋」只吃一口點心，我就要跟在他們屁股後頭洗幾個小時的盤子。他習慣了隨時處於準備狀態，因為他的第一股憤怒浪潮早就過去了，就像他早已放棄了尋找前任房東的念頭；他確實想找到那個「該死的施瓦本人」跟他算帳，告訴他「合約裡沒有提及這些蜘蛛」。因為就在酒館開張的前幾天，他十分震驚地意識到：無論用什麼樣可能採用的手段來消滅這些蟲子，結果他都必須承認，這絕無可能！之後，他唯一能做的只有跟那個施瓦本人商量，至少將房價降低一點。但那傢伙消失得無影無蹤，好像被大地吞噬掉似的，與之相反，那些蜘蛛仍繼續在酒館裡「快樂地嬉戲」；他不得不接受這個現實，他無法忍受牠們，直到生命的盡頭他都要拿著一塊抹布追著牠們到處擦抹；甚至，他被蜘蛛訓練出了一個習慣，經常三更半夜地從床上爬起，「至少要把牠們的頭領幹掉」。幸運的是，這並沒成為客人們的話題，因為只要酒館開著，「蜘蛛們也確實無計可施」，因為牠們也沒有足夠的本事「走到哪兒就舔到哪兒……」麻煩總是從打烊後開始，當最後一位客人也離開，他將店門鎖好；等他洗完了髒杯子，整理好東西併合上帳本，便開始動手打掃，因為纖細的蛛網罩滿了牆角、桌椅腳、窗縫、壁爐、堆成小山的貨箱和擺在櫃檯上的一排菸灰缸。情況變得越來越糟：當他打掃完，嘴裡罵罵咧咧地在倉庫裡躺下，但是根本無法入睡，因為他知道幾個小時後牠們不會饒過他的。因此這也並不奇怪，只要他稍稍一想那些蛛網，就會對所有的一切感到厭惡，因此經常發生這樣的情況：當他感到實在忍無可忍，他會旋風般地衝向倉庫或店裡窗戶上的鐵柵欄，不過幸運的是，他至今為止一直是徒手，所以並沒有造成任何的損失。「這還都不算什麼……」他向妻子抱怨說。因為，在所發生的事情裡最可怕的一件是：他連一隻蜘蛛都沒有見過！要知道，他曾經守在櫃檯後面一夜沒有闔眼，可這些蜘蛛彷彿察覺到自己受到了監視，在這種時候拒不露面。這個事實他也已經接受，自己永遠不可能消滅掉牠們，他沒有能力控制自己的眼睛，哪怕只有一次——哪怕只是僅有的一次——別再有意無意地試圖找到牠們中的隨便哪隻。因此他後來養成了習慣，總是時不時地——無須停下手裡做的活——在酒館裡環視，感覺此刻牠們也正在哪個角落爬行。但是什麼也沒有。他長嘆一聲，擦了一下吧檯的桌面，將酒桌上的瓶子收到一起，隨後走出酒館，在一棵槐樹後開始撒尿。「有人來了。」回到店裡，他隆重地宣布。整個酒館裡的客人都騰地站了起來。「誰？你說誰，什麼意思？」克拉奈爾夫人不滿地抱怨問，「一個人？」「對，一個人。」酒館老闆平靜地應道。「佩奇納呢？」哈里奇攤開手問。「我說了，只有一個人來。你們別再煩我。」「那麼，這人肯定不是他。」弗塔基肯定地說。「對，沒錯……」剩下的人咕噥說……他們坐回到椅子上，失望地點燃菸捲，或繼續喝各自杯子裡的酒。當渾身濕透的霍爾古斯夫人走進酒館時，有人只冷淡地瞥了一眼，然後立即轉回身去，因為婦人雖然並沒有那麼老，但看上去是一副老寡婦模樣（「她早就不是聖女了！」克拉奈爾夫人板上釘釘地宣布），她在村莊裡算不上是個漂亮女人。霍爾古斯夫人抖掉雨衣上的雨水，一言不發地走到櫃檯前，環顧了一下四周。「您想喝點什麼？」酒館老闆問。「給我一瓶啤酒。這裡簡直像燃燒的地獄。」霍爾古斯夫人用嘶啞的嗓音說。她用銳利的目光掃視了一圈酒館，神色並不是出於好奇，而是像一個人在最恰當的時機趕到現場，現在將揭露他們的陰謀。她的目光最終落到哈里奇身上。她齜了一下嘴裡沒有牙的牙齦，對酒館老闆說：「這些傢伙過得很開心啊。」從她滿是皺紋的烏鴉臉上散發出怒火，雨衣怪異地、皺巴巴地堆在她的肩膀上，使她看上去像是一個駝子。她把啤酒瓶舉到嘴邊，開始貪婪痛飲。啤酒流到她的下巴，然後繼續流到她的脖頸；酒館老闆厭惡地看著。「你們有沒有看到我的女兒？」霍爾古斯夫人邊問邊用拳頭抹了一下嘴角。「我的小女兒。」「她沒來過這兒。」酒館老闆很不愉快地回答說。婦人清了一下嗓子，朝地板上啐了一口口水。她從口袋裡抽出一支香菸，點燃，朝酒館老闆的臉上吐了一口煙。「你知道，事情是這樣，」婦人說，「昨天剛跟哈里奇有過一個小小的聚會，現在他連招呼都不跟我打，混蛋！我整個白天都在睡覺。等到晚上醒來我才發現，居然沒有一個人在家。瑪麗不在，朱莉不在，小尚尼也不在。這還不算，居然連小丫頭也不知道跑哪兒去了。如果我找到她，非要打斷她的腿！你知道我的脾氣。」酒館老闆沒有應聲。霍爾古斯夫人剛喝乾瓶子裡的啤酒，馬上又要了一瓶。「這麼說，她沒來過這兒？這個小婊子。」她從牙縫裡嘀咕說。酒館老闆一邊鍛鍊他的腳趾頭一邊回答：「我敢肯定，她躲在院子裡的什麼地方。據我所知，她不是一個喜歡到處亂跑的孩子。」婦人立即反駁：「怎麼不是？她當然是！這個死丫頭，有她倒楣的時候！你看，天馬上就要亮了，可她還在這雨裡亂跑。難怪我永遠這樣筋疲力盡地病在床上。」克拉奈爾衝她喊道：「妳把妳女兒丟在哪兒了？」「這跟你有什麼關係？她是我女兒！」霍爾古斯夫人將一肚子火氣發洩到他頭上。克拉奈爾咧嘴笑了：「好，好，那也……用不著咬人！」「放心，我不會咬你，只要你管好自己的事！」酒館裡安靜下來。霍爾古斯夫人背對著大廳，將一個手肘支在櫃檯上，仰頭喝掉瓶子裡的啤酒。「我的胃不好，就需要這個。現在這是唯一的特效藥。」「這我知道，」酒館老闆點點頭說，「要不要咖啡？」婦人搖搖腦袋說：「喝那東西我會吐一整夜。那有什麼好處？什麼好處也沒有。」她又把酒瓶舉到嘴邊，直到最後一滴滾進喉嚨裡，她才放下瓶子。「好了，晚安。我再往前找找看。你要是看到他們中的哪個，就請告訴他們，叫他們馬上給我滾回家！別讓我夜遊似的找一整夜！你知道，我也不年輕了。」她將一張二十福林的鈔票推到酒館老闆眼前，然後收好找回的零錢，抬腿就往門外走。「您跟您的女兒們講，要耐心一點，別總是急忙慌！」克拉奈爾朝著婦人的背影大笑說。在酒館老闆為她拉開店門之前，霍爾古斯夫人又自言自語地嘮叨了一句什麼，做為告辭，她朝地板上啐了口口水。經常到她家串門的哈里奇「壓根兒就沒正眼看過她」，自從哈里奇醒來後，一直盯著眼皮底下的空瓶子愣神，腦子裡不住地揣摩，到底是誰在尋他開心。他用鷹隼般的眼睛環視了一周，最後將視線落到酒館老闆身上，他決定從現在開始要盯住他，早晚能揭露出這個壞蛋的真實嘴臉。他又閉上眼睛，將腦袋垂在胸前，他只能堅持幾分鐘，因為很快又會被睡夢征服。「馬上天就亮了，」克拉奈爾夫人說，「我認為他們不會來了。」「但願真是這樣！」手拿咖啡保溫瓶的酒館老闆嘟囔說，擦拭了一下額頭。「妳別在這裡製造恐慌！」克拉奈爾反駁說，「他們應該馬上就到。」「是的，」弗塔基也插話，「估計再過不了多久。不信你們看。」他慢慢喝著熱氣騰騰的咖啡，摸摸正在烘乾的襯衫，然後點燃一支菸，陷入了沉思：伊里米亞斯要做什麼呢？水泵和發電機肯定需要徹底重修，這將是第一步。之後整個機房的牆壁都要抹一層石灰，門窗必須修理，因為過堂風太大，人睡在裡面，醒來時總是頭痛欲裂。當然，這不是那麼容易的事，因為所有的建築都搖搖欲墜，院子裡面長滿了蒿草，人們搬走了昔日機房內所有可搬動的東西，只剩下光禿的牆壁立在那兒，看上去像空襲後留下的一片廢墟。不過，在伊里米亞斯的字典裡不存在「不可能」這個詞！此外，當然還需要運氣，想來沒有一件事做成不需要運氣！但是，運氣只會伴隨智慧而來！而伊里米亞斯的智慧像刮鬍刀一樣鋒銳！想當初，當他被任命為機房負責人時，人們就爭相找他解決問題，包括那些長官們，弗塔基微笑著陷入回憶。正如佩奇納所說，伊里米亞斯是「絕望處境和絕望之人的牧羊人」。但是面對愚蠢的現實，他也束手無策，所以一年後他一走了之，這並不奇怪。他剛一離開，這裡就每況愈下，墜入深淵，而且越墜越深。先是大風降溫，天寒地凍，口蹄疫爆發，大批綿羊死掉，隨後的是拖延一週才發工錢，因為沒有錢支付工酬……這時候所有的人都在議論，沒有出路，必須關門走人。事情的結果也確實如此。有處可去的人，腳底板抹油似的捲舖蓋走了，無處可去的人則留了下來，開始了爭吵，責罵，想出無數根本不可能實現的計畫，似乎每個人都比別人更知道應該怎麼辦，當然最終什麼也沒有發生。之後，所有人都接受了無助的現實，現在他們只相信奇蹟，並且越來越焦慮地數著時辰、星期、月分，最後連這個也不再重要，只從早到晚地縮在廚房裡，如果偶爾從哪裡得到一點錢，就立即到小酒館去把它喝掉。最近這段時間，連他也很少離開機房，只是去酒館或找施密特夫人，因為他不相信這裡會發生什麼改變。他已經習慣了，現在他將留在這兒熬過餘生，因為他沒有別的事可做。就憑這麼一副老腦筋，怎麼能開始新生活？不過，現在一切都將結束，伊里米亞斯會「力挽狂瀾地改變一切」……他興奮而躁動地坐在那兒，因為他多次聽到，有人試圖推開店門，但後來他讓自己冷靜下來（「要耐心，耐心……」），他又向酒館老闆要了一杯咖啡。弗塔基並不孤單，這股興奮顯然席捲了整個店裡，尤其是當克拉奈爾透過窗玻璃朝外張望時鄭重地宣布：「天邊已經發亮了！」人們立即變得活躍起來，又開始喝酒，尤其是克拉奈爾夫人，她提起了精神，用沙啞的嗓音高聲叫道：「這是怎麼了?!葬禮嗎?!」她扭動著巨大的屁股從這頭橫穿到那頭，站在凱雷凱斯面前：「嘿，你也別睡了！不如拉幾支手風琴曲吧！」莊稼漢抬起腦袋，打了一個響亮的酒嗝，然後應道：「妳跟老闆說去，琴不是我的，是他的。」「嘿，老闆！」克拉奈爾夫人叫道，「你的探戈手風琴還在不在？」「在……我去拿……但是拿來之後妳可要喝足了！」酒館老闆咕噥道，隨後轉身鑽進了倉庫。他穿到後部的貨架前，拎起掛滿了蜘蛛網的樂器，草草擦拭了一下，然後抱在懷裡走出倉庫，遞給凱雷凱斯。「你可得小心一點，這你懂吧！她可是個喜怒無常的女人……」酒館老闆說。凱雷凱斯朝他揮了揮手，要他走開，隨後將兩條手臂插進手風琴的背帶，在樂器上稍微試了試音，然後俯身向前，將杯子裡的酒喝乾。「嘿，還有酒嗎?!」他問。克拉奈爾夫人閉著眼睛，一臉陶醉的樣子，在店中央踩著舞步翩翩搖曳。「好吧，再給他來一瓶！」她對酒館老闆說，並且不耐煩地跺了下腳。「怎麼回事，你們這群懶豬！別睡了！」她把兩手叉在胯上，對著傻笑的男人們喝斥。「懦夫！膽小鬼！難道沒人敢跟我跳一曲嗎?!」哈里奇最怕被人稱作「懦夫」，他立即從椅子上跳起來，好像根本就沒聽到老婆厲聲的喝令（「你給我坐在這兒別動！」），他跳到克拉奈爾夫人跟前。「來一曲探戈！」他大聲叫道，挺直了腰板。凱雷凱斯連瞥都沒有瞥他們一眼，哈里奇攬住克拉奈爾夫人的腰，「邁開了舞步」。別人給他們騰出地方，用鼓掌和哄叫鼓勵他們，連施密特也忍不住大笑著站起來，因為眼前的場景確實令人難以忍俊：哈里奇至少比他的舞伴矮一個頭，他圍著扭動巨臀、原地踏步的婦人跳來蹦去，彷彿有一隻黃蜂從掀起的下擺鑽進他的襯衫，他想馬上把牠抖落出來。當第一首查爾達斯[13]結束後，在熱烈的歡呼聲中，哈里奇的胸中充滿了驕傲，他真想對著大呼小叫的酒友們高聲吶喊：「你們看啊！這就是我，哈里奇！」接下來的兩首查爾達斯舞曲，哈里奇更是超水準發揮，讓人看得瞠目結舌，儘管一連串令人難以置信、無法模仿的舞步和花樣不時被一個個片刻的定格打斷，他的兩條手臂時左時右地輪流甩過頭頂，他的身體彷彿固化成了石頭，等著下一個強烈節拍的到來，好圍著時而歇腳、時而呼叫的克拉奈爾夫人繼續他那令人驚嘆不已的魔鬼舞步。每支曲子結束時，哈里奇都會一再要求跳一曲探戈，當凱雷凱斯終於滿足了他的願望時，哈里奇伴著一支婦孺皆知的曲目用他笨重的皮靴有節奏地跺腳，校長也忍不住了，走到只顧著尖叫、看得格外入神的施密特夫人跟

13 查爾達斯（Csárdás）是匈牙利民族舞蹈，起源於馬扎爾人與吉普賽人。

前，附到她耳邊小聲問：「我能不能請您跳一曲？」撲鼻而來的古龍香水味令他心醉神迷，他用盡全身氣力盡量保持「必須的距離」，將他的右手（終於成功了！）搭在施密特夫人的背上，腳步有些笨拙地開始跳舞，他真想一把將婦人滾燙的乳房攬進自己懷裡；而且，情況也並不是那樣毫無希望，因為施密特夫人帶著那副迷離的眼神與他貼得越來越近，越來越令他熱血沸騰，當音樂變得越來越抒情時，她眼含淚水地將自己的臉埋在了男人的肩膀上（「你知道嗎，跳舞是我的弱項……」），她將自己身體的全部重量都壓在了男人身上。這時候，校長已經再無法忍受，笨拙地吻了施密特夫人滿是肉褶的脖頸；當然，他馬上意識到了自己剛剛的舉動，他還沒來得及道歉，婦人已經默默、有力地重新將他摟向自己。此刻，哈里奇夫人的情緒已從剛才主動、好鬥的憎恨轉變為無聲的蔑視，她當然看到了一切；沒有什麼能逃過她的眼睛，她清楚地知道正發生著什麼。「但是神與我同在，祂是我的救主！」她自信地低聲自語，她不能理解的只是：讓地獄之火將這裡的一切燒成灰燼的最後審判為什麼遲遲不下？哎喲！「上帝還在磨蹭什麼?!」她暗暗抱怨，為什麼上帝看著這些「索多瑪人和蛾摩拉人」墮落卻放任不管?!她堅信，最後審判已經迫在眉睫，她越來越迫不及待地等待審判的下達和懺悔的時刻，儘管她也不得不承認：有那麼一兩分鐘——在那個時候，撒旦動搖了她的信念，這時她會不由自主地喝一小口葡萄酒，然後在邪惡的蠱惑下懷著罪惡的欲望盯著施密特夫人正步入魔鬼陷阱的搖曳的肢體。然而，上帝強有力地掌管著她的靈魂，如果需要的話，她隻身也能——並將會——打敗魔鬼撒旦，只是從灰燼中復活的伊里米亞斯快來吧，因為不管怎樣她還是需要他的支援，千萬別「指望」她孤身奮戰就能擊退這卑鄙的進攻。因為她不得不承認，有那麼短短的一瞬間——假如這是魔鬼的目的，魔鬼已經征服了這整座酒館，弗塔基和凱雷凱斯或多或少還能站穩腳跟，他們既沒得到克拉奈爾夫人，也沒得到施密特夫人，但也沒有坐回到各自的椅子上，而是站在不遠處等待舞曲結束。坐在「撞球桌」後，凱雷凱斯不知疲倦地用腳尖踏著節拍，在兩首舞曲的間歇，跳舞者連讓他能喝一杯酒的工夫都不給，一瓶又一瓶的酒擺到他面前，只是為了讓他繼續拉琴不要停下。凱雷凱斯沒有反抗，而是堅持不懈地拉了一首又一首的探戈，剛拉完了一輪，又重複性地開始拉下一輪，循環往復，周而復始，沒有人注意到曲子已重複了好幾遍。當然，克拉奈爾夫人很快就跟不上這橫掃一切的瘋狂節奏了，呼吸變得急促，渾身大汗淋漓，她的腿腳火辣辣地灼痛，還沒等到舞曲結束，她就突然停下，轉身走開，撇下情緒高亢的校長，一屁股坐回到椅子上。哈里奇一臉央求地責怪說：「親愛的小茹茲，我的心肝寶貝。妳不能這樣丟下我啊！現在好不容易剛輪到我！」克拉奈爾夫人用一張餐巾紙擦拭汗水，上氣不接下氣地揮揮手說：「你還想讓我怎麼樣？我已經不是二十歲的女孩了！」哈里奇立即倒了一杯酒塞到她手裡，安慰她說：「把這個喝了，我親愛的小茹茲！然後……」「沒有任何然後！」克拉奈爾夫人咯咯笑著打斷了他，「我跳不動了，我可不像你們這些年輕人！」「別擔心，親愛的小茹茲，我也不是個孩子了！只是表演一下，親愛的小茹茲！……」但是他說不下去，因為此刻他的目光無意中落到婦人乳溝深陷的胸脯上。他嚥了一大口口水，清了下嗓子說：「我給妳拿一個羊角麵包來！」「那太好了……」克拉奈爾夫人輕聲應道，她擦了一下汗涔涔的額頭。在哈里奇還沒回來之前，她盯著不知疲倦的施密特夫人；施密特夫人從一個男人懷裡換到另一個男人懷裡，如醉如癡地跳著探戈。「來，吃吧。親愛的小茹茲！」哈里奇親熱地說，並緊挨著她坐到一把椅子上。他愜意地將身子靠在椅背上，用右手臂摟住克拉奈爾夫人；現在他並不用冒任何風險，因為他妻子終於墜入了夢鄉。克拉奈爾夫人嘴裡嚼著乾麵包，吃了一個，又一個，她就這樣不停地吃著，幾分鐘之後，當她伸手去抓下一個時，視線突然與對方相遇，這時候盤子裡只剩下最後一個羊角麵包。「這裡的過堂風非常大，你不覺得嗎？」婦人心慌意亂地問。哈里奇瞪著因喝了太多酒而對到了一起的眼珠子，直勾勾地盯著婦人的臉。「妳知道，我想說的是，親愛的小茹茲，」他伸手拿起最後一個小麵包，「這個咱們倆一起吃，好不好？妳從這頭先吃一口……我再從那頭吃一口……當我們吃到中間時，我們停下來。妳知道，親愛的，我想說什麼？我們用它來塞門縫！」克拉奈爾夫人突然哈哈大笑起來：「你總是愛開玩笑！你腦袋上的囟門什麼時候才能長好?!你說什麼……塞……門縫兒……！」但是哈里奇的決心已定：「親愛的小茹茲！是妳說堂風很大呀！我沒開玩笑！來，咬一口吧！」他將剩下的最後一個羊角麵包的一端塞到婦人嘴裡，自己隨後在麵包的另一端咬了一口。麵包一咬就斷，麵包渣落到他們懷裡，可他倆還是你一口我一口地咬著，坐在那裡一動也不動，後來，哈里奇開始感到眩暈，他鼓起勇氣親吻了婦人的嘴。克拉奈爾夫人惶惑不安地眨了眨眼睛，一把推開哈里奇：「別這樣，不能這樣，拉尤斯！你別跟我幹這種傻事！你想幹什麼？所有人都會看到的！」她整理了一下自己的裙子。當窗戶和門玻璃映出晨曦的光亮，舞會結束了。酒館老闆和凱萊曼面對面地站著，倚在吧檯上；校長伏在施密特和施密特夫人旁邊的酒桌上；弗塔基和克拉奈爾就像一對訂婚的新人抱在一起，哈里奇夫人的腦袋垂在胸前——所有人都睡得很香。克拉奈爾夫人和哈里奇繼續耳鬢廝磨地親熱了一會兒，但他們已經沒有氣力站起來去吧檯再拿一瓶酒了，就這樣，沒過多久，他倆也很快墜入了夢鄉。只有凱雷凱斯還保持清醒。等到所有的悄聲細語都終於安靜下來，他站起身，活動了一下四肢，躡手躡腳地走在酒桌之間。他逐一抓起桌子上的酒瓶，只要有瓶子裡還剩下一點酒，他就拿走，在「撞球桌」上擺成一排，然後他又檢查了一遍酒杯，將杯子裡的剩酒一滴不留地喝乾。他巨大的身影像幽靈一樣地投在牆上，在天花板上爬行，之後，當影子的主人不安地坐到遠處，影子也隨之蜷縮在身後的牆角裡。他用手抹了抹痛苦不堪、布滿瘡疤和劃痕的臉，將黏掛在臉上的蜘蛛網抹掉，然後盡可能準確地將瓶子裡的剩酒全部倒進一只杯子裡，倒了滿滿一杯，隨後開始暢飲，中間沒喘一口氣，他就這樣倒滿一杯，喝掉一杯，就像一臺沒有感覺的機器，直到最後一滴也流進胃裡。他仰身靠在椅子裡，張開嘴巴，努力想打幾個酒嗝，但是沒有成功，他用手捂住胃脘，搖搖晃晃地走到角落，將手指插進喉頭，然後開始嘔吐。吐完之後，他直起身來，用手掌抹了一下嘴巴。「總算喝痛快了。」他嘴裡嘟囔了一句，坐回到「撞球桌」後，拎起探戈手風琴抱在懷裡，拉起一支情感豐富的憂傷曲子。他巨大的身軀伴隨著曲調輕柔、節奏頓挫的樂曲前後搖晃，拉到一半的時候，淚水從沉重的眼皮下流出。假如現在打擾他，他肯定說不清楚到底突然發生了什麼。他獨自拉著手風琴，現在沒有人在意酒館裡迴響的是一首節奏緩慢的軍曲。他沒有理由中斷這憂傷的旋律，曲子結束，他不加喘息地重新又拉一遍，就像一個孩子置身於一群真正的成年人中間，他心裡充滿了快樂和滿足感，想來除了他之外，再沒有人能聽到這支曲子。在瀰漫著手風琴發出的絲絨般音色的酒館裡，酒館內的蜘蛛發起了最後一輪進攻。酒瓶、酒杯、咖啡杯和菸灰缸都罩上了一層蟬翼般的薄網，蜘蛛網將桌腳和椅腳纏綁起來，過了一會兒，蜘蛛網用一根根神祕、纖細的蛛絲將這裡所有的一切都連接在一起，在所有隱祕的、不能被人發現的角角落落都掛滿了無數精密、特殊、幾乎看不到的薄網，似乎對牠們來說最重要的是：要當即報告每一個細小的動靜，傳遞所有輕微的震動。蜘蛛還將蛛網罩在沉睡者的臉上、腿上和他們的手上，然後以閃電般的速度退回藏身的地方，等待下一個難以察覺的細微牽動，牠們將會重新開始。馬蠅在燈光下不停地飛著，逃避著蜘蛛設下的陷阱，圍著光線昏黃的燈泡不知疲倦地畫著一個躺著的「8」字；此時，仍在演奏的凱雷凱斯已經處於半夢半醒的狀態，頭腦裡交替響著空襲的爆炸聲和飛機墜毀的轟響，逃跑士兵和焚燒城市的畫面在他眼前迅速交替。他們神不知鬼不覺地悄悄走進來，驚愕地看著眼前這幅令人驚駭的場景；凱雷凱斯與其說知道，不如說感覺到：伊里米亞斯和佩奇納到來了。

第二部

六　伊里米亞斯如是說

朋友們！我承認，我陷入了一個艱難的境地。假若我沒有看錯的話，大家誰都不願錯過在這裡舉行的這次決定性的集會……我相信，在我到來之前，在我們昨天商定好這個講演的時間之前，你們當中的許多人都希望我能就這場用正常思維不可能理解的悲劇做出一點解釋……但是各位女士、先生，我能跟你們說些什麼呢？除了這個，我還能說什麼呢……我感到震驚，我想說的是，我感到絕望……我跟你們實話實說，我也是心亂如麻，沒有頭緒，所以請你們原諒，我一下子找不到適當的詞語……我本來是想說什麼的，但是出於震驚，我的喉嚨彷彿被人掐住了，所以請大家不要奇怪，在這個令我們所有人深受折磨的清晨，我也感到痛苦無奈，因為我不得不承認，我感到無能為力，即便在昨天晚上，當我們毛骨悚然地圍站在那副終於找到、已經縮成一團的女孩僵硬的屍體邊時，我向大家建議，我們最好睡一會兒覺，今天早上在這裡重聚，開會商量一下，或許我們能夠更冷靜一些地面對所發生的這些事，因為……可是，我也陷入了混亂之中，今天早晨，我內心的惶惑無措只是有增無減……但是……我知道……我自己必須振作起來，我相信你們能夠理解，此時此刻，我能說的只是，我很想分擔，真心實意地分擔……這位不幸母親的悲痛，一位母親永遠不可能平復、永遠撕心裂肺的哀傷……因為我相信，用不著我再重述，這種悲哀……我的朋友們，沒有任何東西可以慰藉這一巨大的悲哀，我們一夜之間突然喪失了心裡最愛的親人……我相信在前來開會的人當中，不可能有誰會在這一點持有異議……這個悲劇讓我們每個人的心靈都感到沉重和壓抑，因為我們清楚地知道，夜裡發生的這件事情，我們所有人都負有責任。在這種情況下，最艱難的就是，我們必須緊咬牙關，噙滿淚水，喉嚨苦澀哽咽著讓自己渡過這一難關……現在我要提請大家特別注意！因為，在官方部門派人來之前，在員警前來調查之前，我們要做的最重要的事情是做為目擊者和責任者仔細回顧所發生的一切，分析一下到底是什麼原因導致了這令人震驚的不幸事件，一個無辜孩子的可怕毀滅……我們必須做好充分的準備，因為市調查委員會首先會將這場災難歸咎於我們……是的，朋友們，他們會追究我們的責任！請大家不要為此感到意外！因為……假如我們對自己是誠實的，那麼就應該捫心自問，假如我們能夠再多一點遠見，多一點細心，我們本可避免這一場悲劇，不是嗎？……讓我們想一想，這個羸弱無助的小生命，現在我們毫無疑問可以將她視為上帝的棄兒、迷途的羔羊、國道上的流浪者，等等，等等；朋友們，我們把她比喻做什麼都不過分……她在大雨中淋了整整一夜，頂著寒風，成為各種危險的獵物……由於我們的冷漠，由於我們缺少對人的關愛和體貼，她像一隻喪家犬，在這裡，在我們周圍，在我們中間流浪——也許，她曾透過這扇窗戶看到了我們，各位女士、先生，而我們正在醉醺醺地跳舞；我不能否認，還有一種可能，她或許躲在一棵樹後或一個草垛後看到了我們，而我們正冒著大雨搖搖晃晃地沿著礫石公路走向我們的目的地，奧爾馬西莊園——總之，她就在我們的眼皮底下走來走去，然而沒有一個人，你們聽清楚沒有？沒有一個人向她伸出援助之手；我敢肯定，她在瀕死的時刻肯定曾向我們中的某個人呼救，但她的嗓音被夜風吹走，被你們的喧鬧聲掩蓋，各位女士、先生！是啊，這可怕的結局，竟是出於怎樣的偶然！你們自己問一問自己，這是多麼冷漠無情的宿命啊？……你們不要誤解我的意思，我並沒有指控在座的某一個人……我沒有指控孩子的母親，或許她永遠不會再有一個寧靜的夜晚，因為她永遠不能夠原諒自己，直到生命的最後一天……她現在意識到這一切，但已經太晚了。我也沒有指控受難者可憐的哥哥——而是，我指控你們，我的朋友們——這個充滿希望的少年，最後一次看到妹妹是在離這裡兩百公尺的地方，離這裡，離你們正坐著的地方還不到兩百公尺，各位女士、先生！大家誰都沒想到有一場悲劇在等著我們，最終，你們醉醺醺地墜入了昏沉沉的夢鄉……總之，我並沒有指控某一個人，但是……我還是要問一個問題：我們所有人是否都難逃罪責？假如我們不再尋找廉價的藉口，而是坦白地承認我們有罪，那樣是不是更有道德？因為——在這個問題上哈里奇夫人的看法非常正確——我們不可以假裝無辜，只為了能讓自己的良心獲得一絲安寧而自欺欺人地認為所發生的一切都純粹出於偶然，我們對此無能為力……這個，很快就能得到證明，事實根本就不是這樣！讓我們將這個好似一團亂麻的可怕事件仔細地拆開，理清頭緒，列出問題……讓我們逐一地分析，其實主要的問題……各位女士、先生！最主要的問題是，昨天早晨在這裡到底發生了什麼……因為……昨天晚上我也想了整整一夜，一遍遍地梳理細節，直到發現令人震驚的真相！……你們不要以為問題只是我們不知道悲劇是如何發生的，事實上，我們連到底發生了什麼都不知道……我們掌握的資訊和供述是那樣的自相矛盾，以至於讓人沒有可以推理的立足點，無法在可疑的謎團中看清真相……我們知道的僅僅是：這個孩子死了。但是我們必須承認，就真相而言，這點資訊實在少得可憐！正因如此，我後來暗自思忖，假若酒館老闆先生能夠無私地將他後面倉庫內的床鋪借我一用的話，也許這是唯一能夠一步步接近真相的方法，直到現在我都這樣認為，這將是唯一正確的方法……我們必須將所有看似無足輕重的細節搜集起來，假如你們想起什麼看似毫不重要的東西，請毫不猶豫地告訴我……你們再仔細想想，昨天有什麼忘了告訴我……因為只有這樣，我們才有希望找到問題的答案，同時也能幫助我們在困難的時刻，在即將面對的質詢中自我保護……我們要好好利用擺在我們面前的緊迫時間，想來我們只能相信我們自己，因為別人不可能替我們弄清在夜裡或清晨發生的悲劇……

伊里米亞斯字字千鈞的話語使酒館內的氣氛變得嚴肅而沉鬱，像是瘋狂的鐘聲不斷敲響，這鐘聲並不能引導他們找到凶象的源頭，只是越來越令他們驚恐萬狀。人們的臉上帶著昨夜的噩夢和夢醒前充滿不祥預感的窒息狀面容，他們無聲地、焦慮地、同時充滿欣狂地將伊里米亞斯團團圍住，彷彿他們此刻剛從夢中甦醒，衣服皺巴巴，頭髮蓬散凌亂，臉上還印著枕頭的壓痕，大家木然地等著聽他的解釋，因為在他們睡覺的時候，他們周圍的世界已經地覆天翻……所有的一切都變得一塌糊塗。伊里米亞斯蹺著二郎腿坐在他們中間，神氣十足地仰身坐靠在椅子上，他盡量避免直視那些充滿血絲、掛著眼袋的眼睛。他有著一副鼻梁高聳、中部曾經骨折過的鷹勾鼻，線條剛毅、剛刮過鬍鬚的下巴在所有人的頭上高高翹起，長過脖頸的頭髮向兩側捲起；當他提到一個個較為重要的詞句或想法時，眉心相連的凌亂粗眉時不時地向上挑，他指揮著人們焦慮的視線，聚集到他伸出的食指上。

但是，在我們走上一條危險的道路之前，我必須告訴你們一件事。你們，我的朋友們，當我們昨天凌晨到達這裡時，問題多得像冰雹一樣砸到我們頭上，大家你一言我一語地解釋或詢問，闡明立場或收回看法，提出要求或發表建議，有的慷慨激昂，有的嘮叨抱怨，我對你們七嘴八舌、混亂無緒的話語進行了梳理，現在我想回答兩個問題，儘管我跟你們當中的幾人已經就此進行過單獨討論……其中一個問題是，有人要我「吐露」這個「祕密」……我們為什麼——用你們有些人的話說——「失蹤」了大約有一年半？……好吧，各位女士、先生！這我可以告訴你們，其實沒有任何的「祕密」，也沒有必要「遮掩」，讓我再清清楚楚地說最後一遍，這沒有任何的隱祕可言……在過去那段時間裡，我們要執行一項特殊的任務，我也可以這麼講，履行使命……關於這個使命，現在我只需向你們透露一點，它跟我們此行的目的有緊密的聯繫……接下來，當然我也要勾起你們的幻想……我在套用你們的話……我們突如其來的意外重逢確實純粹出於偶然。我和我的朋友——他也是我最得力的助手——此行是去奧爾馬西莊園，出於某種……原因……我們必須盡快趕到那裡，我可以向你們透露，是要在那裡做實地考察……我們並沒有想到會在這裡遇到你們，我的朋友們，我還以為見不到你們呢，甚至沒想過這家酒館居然還在營業……所以對我們來說，這完全是一個意外的驚喜，居然能在這裡再見到你們，就好像什麼都沒有發生過一樣……我不否認，能夠重新見到熟悉的面孔，這種感覺非常好，但是與此同時……我還有個想法並不想對你們隱瞞，我的朋友們，當我看到你們仍舊留在這裡，仍舊堅守在這裡，我對你們真有一些擔心……如果你們覺得我的措辭太過武斷，儘管向我提出抗議！……在這裡，在這個被上帝遺忘的角落裡，許多年來，你們無數次地做出決定，要離開這個毫無希望的不毛之地，要到別的地方尋找你們的幸福……就在一年半前，在我們最後一次見面時……我們互相道別，你們就站在這個小酒館門口向我們揮手，一直到我們在公路的拐彎處消失，我記得非常清楚，你們有那麼多奇妙的主意，有那麼多出色的計畫等著去實現，你們懷了多麼高漲的激情啊！然而現在，我還是在這裡見到你們，生活狀況跟從前一樣，請原諒我這麼講！破衣爛衫，反應遲鈍，各位女士、先生！這到底是怎麼回事？……你們的那些計畫呢，還有那些奇妙的主意?!哦，對不起，我的話有一點跑題了……簡而言之，現在我們能在你們中間，我的朋友們，你們看，這完全是巧合。儘管我們要完成的任務十分急迫，本來我們在昨天中午就應該趕到奧爾馬西莊園，然而鑒於老朋友的情誼，我還是決定，不能把你們丟在這個小酒館裡不聞不問，各位女士、先生！不僅因為這場悲劇也深深地觸動了我的心，因為當它發生的時候，我也恰好在這裡，更不要說，我還隱隱約約記得這位令人難忘的可憐的受難者，過去我跟這個家庭的良好關係也使我無法迴避義務……另外還有一個原因，因為我看到了這齣悲劇的直接起因是這裡每況愈下的生存狀況，我的朋友們，在這種情況下，我們不能丟下你們不管……至於另一個問題，實際上我已經回答了，但還是讓我再重複一遍，免得產生任何誤會……你們猜錯了，當你們聽說我們正朝這個方向過來時，你們想當然爾以為我們的目的地是這座昔日的農莊，其實正如我剛才所說，我根本沒有想過要來這裡，更沒想到會在這裡見到你們……我不否認，在這裡耽擱的時間會給我們自己帶來一些麻煩，因為現在我本來應該返回城裡了，但是既然事已至此，我們就儘快把事情處理掉，越快越好……讓我們終於為悲劇劃下句號吧……假如……萬一……能夠騰出一點點時間……我會盡力為你們做點什麼，儘管，我承認……一下子我也不知道該如何是好……

他稍稍停頓，對著蹲在煤油壁爐旁的佩奇納揮了下手；佩奇納似乎早就做好了準備，情緒高漲地跳起來，手裡拿著——感謝施密特夫人的真心體貼——伊里米亞斯新熨燙好的格子西裝，就在這時，大家看到伊里米亞斯從西裝的雪茄口袋裡掏出一支香菸，哈里奇、弗塔基和克拉奈爾不約而同地跑過去幫他點菸。酒館老闆不再湊到他們中間，而是退到了櫃檯後，面色緊張、蒼白，用譏諷的神情看著他們。

好了，現在讓我們言歸正傳。讓我們從前天中午的事情開始講起，那天中午，我年輕的朋友霍爾古斯．山多爾[14]正在農舍家中跟妹妹一起吃午飯。據他所說，「沒有發現任何反常的跡象」，我說得對不對，年輕的先生？……所以說，沒什麼反常……也就是說，他們吃完了午飯，對吧？……我明白。是的。沒有發現任何反常跡象，只是……妹妹的舉止顯得比平時更錯亂一些……然而，我們這位前途無量的朋友不知道該如何解釋這種錯亂，就像老天下雨一樣，我記得沒錯吧？……因為……是的……下雨……如果我沒有理解錯的話……總讓他有某種不祥感。當然，這種感受相當特別，但是眾所周知，假如我們考慮到孩子的心智還比較薄弱的話，那麼完全可以對此做出解釋。在這種情況下，任何一件小事都可能激發低落的情緒，導致或多或少的精神錯亂，醫學上將這種精神錯亂稱作「憂鬱症」……那麼，後來呢……情況發展到什麼程度？……直到受難者從我們的眼前消失，被黑暗吞噬；當兄妹倆再次碰到時，我的年輕朋友正走在養路工的工棚與酒館之間的公路上……我說得不對嗎？……總之，他在離養路工的工棚不遠的地方，在礫石公路上遇到了她……山多爾非常興奮……是不是說「驚訝」更為準確？……所以，他驚訝地看到了妹妹，他問她，跑到這裡做什麼？為什麼不留在家裡？可是，小艾斯蒂並沒有回答他，她什麼也沒講……我們的目擊者在追根究柢地問了半天之後，命令她立即回家……因為——正如他在昨天下午的談

14 霍爾古斯．山多爾即「尚尼」，匈牙利語裡「尚尼」是「山多爾」的暱稱。

話中所說——他擔心妹妹的健康，當時，當時她只穿著一件黃色的開襟羊毛衫，身上圍著蕾絲花邊的窗簾……渾身都淋透了……從那之後……如果我哪裡講錯了的話，請你們隨時予以糾正……我們再沒有人見過她，一直到昨天夜裡我們在離這裡很遠的溫克海姆莊園裡發現了她……經過整整一天的調查、搜索和最終簡直像「追殺」一般驚險的尋蹤之後，終於在那裡，請大家記住，正是根據我們的朋友山多爾的直覺和建議，我們找到了她，在一片長滿雜草的廢墟裡，她已經死了……好吧，現在讓我們來聽聽大家對於這件事的看法……有的人認為——這個觀點是由我的朋友克拉奈爾提出來的——這件事只能有一種解釋：發生了謀殺……他們的基本論據是，小女孩的智力水準發育延遲，不認為她會親手結束自己的生命……因為——我的朋友克拉奈爾說——她怎麼可能搞到老鼠藥？……即使我們能夠想像，她能透過某種手段從霍爾古斯家裡弄到手，但她又怎麼能知道這是幹什麼用的？我的朋友克拉奈爾認為，小艾斯蒂不可能自己拿著老鼠藥在這樣糟糕的天氣裡跑到幾公里之外荒無人煙的莊園廢墟裡去……在那裡……後來，克拉奈爾提出了一個問題……她為什麼要隨身帶一隻死貓？她是在那裡毒死牠的嗎？這怎麼可能？為什麼要這樣……如果她真想自殺的話，她在自己家裡，在農舍裡豈不更簡單？想來，在家裡沒有誰會打攪她……她的姐姐們不在家，我的年輕朋友在吃過午飯後就離開了家，出去之後就沒再回去，我們受難者的母親睡得很死，一直睡到晚上才醒來，對吧？……不是這樣嗎？是這樣……真是這樣嗎？所以，下午……她在家裡會弄出窸窸窣窣的響動……這個我能理解……她要她出去玩耍……

在大雨裡嗎？我明白，她經常在窗戶外的屋簷下玩……這麼說……下午她還在家……也就是說，在我們的年輕朋友在礫石公路上遇到她之前不久，她還在家裡……你們看，經過大家的努力，案情還是獲得了一些進展……但是讓我們回到剛才的話題……我的朋友克拉奈爾儘管動了許多的腦筋……但是很有可能判斷錯了……我認為，毫無疑問，我們必須排除謀殺的想法，因為沒有人會有任何的理由和任何的手段，在這樣惡劣的天氣裡犯下如此可怕的罪行……想來，所有人都在小酒館裡，當然……只有我們這位前途無量的年輕朋友，還有……醫生先生……以及孩子家裡的其他成員沒在這裡，那麼好吧……讓我們來說說醫生先生，我想，我們無須爭論，肯定會把他排除在這一切之外，我們所有人都很瞭解，醫生的天性是喜歡坐在家裡，行為有些怪異，並且對壞天氣抱有頑固的偏見！……霍爾古斯家的姐妹倆，大家都很清楚，她們在磨坊裡等客人……我的朋友山多爾，則冒著大雨，勇敢地站在離養路工的工棚不遠的地方等著我們，這個我可以作證……外鄉流浪漢作案的可能性我們也肯定可以排除，因為這個不大可能，流浪漢們冒著傾盆大雨揣著老鼠藥在公路上追殺一個十歲的孩子，這是天方夜譚……因此，我們不同意我們的朋友克拉奈爾的觀點；這讓我們鬆了一口氣，但是……另外，還有些人認為這是宿命……偶然發生的事故……這種說法我也不能苟同。請讓我們做一下假設，受難者在非常糟糕、錯亂的精神狀態下……去了溫克海姆莊園……但是，她為什麼要去那裡呢？……再讓我們想一想那隻貓，各位女士、先生，假如真是一樁不測的事故，那麼我們無法對那隻死貓做出合理的解釋……但是我們不要輕易放棄這個假設，我的朋友們……因為，我們所有人的恩人是怎麼說的來著，尊敬的酒館老闆先生？宿命，對不對？……命中註定的偶然事故……您是這麼說的吧？我沒有記錯吧，酒館老闆先生？您要知道，當我們把屍首運回來後，把它抬到了「撞球桌」上（我說得對吧，現在你們仍這樣叫它，是吧？），在我們的朋友克拉奈爾製作棺材的時候，大家向孩子告別……而您，顯然受到了沉重的打擊，出於內心的驚駭，差一點放聲哭出來。那好，有什麼東西小聲告訴我，我們開始接近真相……什麼是真相，各位女士、先生，宿命……一語中的……但是，宿命怎麼可能會出於巧合？……既然是宿命，那就意味著不可避免，既然不可避免，我們還有什麼事故可談?!

婦人們哽咽抽泣，霍爾古斯夫人在孩子們的簇擁下，跟其他人顯得有一些隔離，她穿著一襲黑衣坐在「撞球桌」前，始終用手帕捂住眼睛；小女孩的屍首橫陳在桌上，周圍散亂點綴著楓樹和白楊樹的殘枝……男人們木訥地望著伊里米亞斯，一支接一支地抽著悶菸，神色緊張，一言不發，嚴肅地等著他繼續說下去，心裡的憂慮越積越多，他們注意的不再是他言辭的意義，而是集中在那越來越鏗鏘有力、越來越帶威脅色彩的語調上……因為——在開始幾分鐘裡，他令人不解地對他們使用了許多類似「責任」「我們的受難者」和「指控」的詞彙——現在他越來越強化了他們身上的罪惡感，哈里奇為此心痛如絞，就連感情最遲鈍的克拉奈爾心裡也開始鬆動，因為他感覺到在伊里米亞斯的話語裡「真的有些內容……」

但是，現在我們用心來想一想，如果既不是謀殺，也不是事故，那到底見了什麼鬼？……我希望任何人都不會懷疑，自從我們知道自己不僅失去了孩子，而且是永遠地失去，我盡了我的一切努力來追根求源，想弄清楚到底發生了什麼。我不遺餘力——請你們相信我，我在風裡雨裡步行了一夜，在許多次看上去已經令人絕望、讓人疲憊不堪的努力之後，我累得簡直像死人一樣——我想說的是，昨天晚上，我殫精竭慮地跟你們進行了面對面的單獨交談，因此，我手中掌握了全部資訊，所以，你們不會懷疑我話語的可信度：這場悲劇不可避免地要發生！……我們沒必要再彼此折磨，沒必要再追究進一步的細節，因為我已經說過了，問題是，發生了什麼，而不是，怎麼發生的！……現在，各位女士、先生，我們對此已經有了一個解釋！……這個，我敢肯定，你們自己也猜到了，我的朋友們！對吧，我沒說錯吧？對吧，沒有一個人例外，大家全都猜到了發生了什麼？……但是，各位女士、先生，猜到了什麼是不夠的，我們揣著這種猜測解決不了任何問題。我們必須理解這些事情，必須刻不容緩地把原因講出來！請你們允許我將這個包袱從你們的肩頭卸下來，因為我毫不自負地相信，我在這類事情上既經驗豐富，又訓練有素……那麼……就在我們到達後的黎明的幾個小時裡，直到霍爾古斯夫人出現的那一刻，就在我們所有人動身找孩子的時候，你們肯定還能記得，我跟其他人也進行了重要的交談，特別是跟我們的朋友弗塔基……透過這些非常具有啟發性的思想交流，我清楚地認識到，各位女士、先生，你們的處境十分危險……你們只是跟我說，這裡的情況開始變壞，但是我馬上明白，問題要比你們說的嚴重得多。我的朋友們，在我到來之前，你們對此就已經很清楚了，只是不敢對彼此承認而已，這個村莊已被上帝拋棄了——早在一年半之前就是如此，請你們相信我說的話，氣數已盡，有各種跡象表明，一個無可更改的判決正在慢慢地執行……而你們，我的朋友們，你們窩在這裡等待毀滅，遠離所有的生活……你們的計畫一次次失敗，你們的夢想無情地破滅，你們相信某種永遠不可能發生的奇跡，你們希望有一位能引導你們離開這裡的救世主……然而你們知道，已經沒有什麼可以相信，沒有什麼可以希望，因為許多年過去了，我說得對吧，各位女士、先生，如此沉重的負荷壓在你們肩頭，讓你們感到最終喪失了主宰這種無助的機會，焦慮一天天地扼住你們的喉嚨，慢慢地，你們連呼吸都變得艱難……你們是怎樣的……宿命的受難者，我不幸的朋友們啊？我們的朋友弗塔基總是沒完沒了、令人沮喪地絮叨，話題永遠離不開剝脫的牆皮……沉陷的屋頂……坍塌的牆壁……風蛀雨蝕的磚……和酸腐的氣味？從他的隻言片語裡，我們聽到的難道不是剝脫的想像、沉陷的距離、坍塌的空間和澈底的……無能嗎？……假如我的措辭比平常要犀利，請你們不要感到意外……但是我想有話直說，不遮遮掩掩。因為含蓄、膽小、溫和只會使事情變得更糟糕，請你們相信我說的話！……假如你們真的認為，正像校長先生小聲告訴我的那樣，「宿命籠罩著這座農莊」，那你們為什麼不敢做些什麼呢?!……難道你們真的覺得，今天的一隻麻雀要比明天的一隻鶉鳥更好嗎?!……這種卑賤、膽怯、淺薄的思維方式會導致十分嚴重的後果，請別怪我這麼講，我的朋友們！……因為這種無能是有罪的無能，這種懦弱是有罪的懦弱，這種膽怯是有罪的膽怯，各位女士、先生，有罪的膽怯！因為——你們好好記住我說的話！——我們不僅可以對別人，也可以對我們自己做出無可挽救的事情！……更嚴重的是，我的朋友們，只要你們再好好想一想，你們就會看到，這種膽怯會對你們自己犯下各種罪惡。

村裡人驚恐萬狀地蜷縮成一團，現在，伊里米亞斯最後說出的這幾句話對他們來說無異於晴天霹靂，他們不得不垂下眼簾，因為不僅這些話語四射著烈焰，伊里米亞斯的目光也灼燙似火，殷殷燃燒……哈里奇夫人用一副贖罪的表情吸納著這些鏗鏘震耳的嗓音，只差癡迷地跪在伊里米亞斯腳邊。克拉奈爾夫人摟住丈夫，緊緊地將他攬進懷裡，她的氣力是那麼大，以至於不時要警告自己放鬆一些。施密特夫人面無血色地坐在「工作人員專用桌」後，不時地用手掌抹一下額頭，彷彿想擦去額頭上惹眼的紅斑和難以自制的、驕傲的漣漪……霍爾古斯夫人則出於好奇，不時從揉成一團的手帕後面偷看那些——儘管並不能準確地理解這些話中的暗指——充滿茫然和恐懼並且變得越發激昂的男人。

當然……我知道，我知道！……情況並不是這麼簡單！但是，在你們以「情況尚未查清」、「面對事實卻無能為力」做藉口，為自己開脫這些指控之前，請你們先沉默一分鐘，再想一想小艾斯蒂，她的突然毀滅讓我們震驚不已……我的朋友們，現在你們聲稱自己是無辜的……但是，你們將如何回答我的這些問題：假如你們是無辜的話，那我們該怎麼稱呼這個不幸的孩子呢？……無辜者的受難者？偶然的犧牲者?!無罪的獻祭羔羊?!……所以，你們看，我們最好還是認為她是無辜者，對吧？但是……假如她是無辜的話，那麼……你們呢，各位女士、先生，就是徹頭徹尾的罪人！我的朋友們，假如我說的話沒有道理，你們儘管可以反駁！……但是你們沉默不語！這說明你們同意我的觀點。你們做得很對，因為你們看到，我們已然站到了「坦誠告白」的門檻上……因為現在我們每個人都知道了在這裡發生了什麼，而不僅僅是猜測，我說得對不對？我想聽你們異口同聲地說出來……不是嗎？你們為什麼沉默不語，我的朋友們？哦，當然，我當然理解你們，這樣做很困難，即使現在也很困難，然而一切都已經真相大白。想來我們無法再讓這個孩子復活！但是請你們相信我，這也不是我們現在要做的事情！因為我們現在要做的，是必須給自己面對現實的力量和勇氣！你們知道，坦白地承認，相當於懺悔。靈魂得到洗滌，意志獲得釋放，我們的頭顱也可以重新高高地抬起！你們現在想一想這個，我的朋友們！酒館老闆很快就會把棺材運進城裡，我們則留在這裡，靈魂沉浸在令人窒息的悲劇記憶中，但是不再柔弱，不再哀愁，不再怯懦，不再畏縮，因為我們承擔了罪責，因為我們勇敢地站到了尋找罪人的審判之光下……現在我們不再猶豫，因為我們明白了小艾斯蒂之死是對我們的懲罰和警告，她為我們而受難，她為了你們更加公義的未來而受難，各位女士、先生……

淚水模糊了這些失眠、哀傷的眼睛，聽到最後的幾個詞，他們的臉上翻起一波惶惑、謹慎但又如釋重負的浪潮，一聲聲長吁短嘆從各個角落傳出，就像炎炎烈日下的呼嚕聲。因為他們一直在苦等，等著解放者的講話已等了幾個小時，他們時刻都在等待自己「更公義的未來」；現在從他們失望的臉上輻射出了希望、信念、熱情、堅定和慢慢堅如磐石的意志的光芒，一齊投向伊里米亞斯……

你們知道，當我回想起我們跨進這個門檻時看到的場面，我的朋友們，你們散坐在店裡東倒西歪，流著口水，昏迷不醒地癱倒在桌椅上……爛醉如泥，渾身是汗，說心裡話，我真的感到心痛如絞，不忍心對你們做出判決，因為這個場景我永遠不能夠忘記。我將一次又一次地回想起來，無論什麼都無法讓我推卸上帝賦予我的使命。因為在這個場景裡我看到了人們永無盡頭的苦難，看到了不幸者、被拋棄者、貧困者和手無寸鐵的民眾；我不由自主地從你們粗糙的呼吸聲、鼾睡聲、呻吟聲中聽到了求救的呼喚；只要我還沒有變成塵灰，只要我還有最後一口氣，我就要聽從這個呼喚……我從中看到了特殊的信號，否則我本該為了別的事情拂袖而去，而不必站在這裡宣洩猛烈爆發、合乎情理、出於真實罪感的憤怒……我們彼此都很瞭解，對你們來說，我的朋友們，我是一本攤開來的書。你們知道，我在這世界上闖蕩了許多年，積累了幾十年苦澀的經驗，事實上——儘管存在各種承諾，在虛偽與謊言的厚厚面紗下——什麼都沒有改變……貧困還是貧困，雖然我們多得到了兩勺食物，但我們面前的空氣稀薄。在這過去的一年半裡……我驚愕地發現，我迄今為止所做的事情什麼都不是……我不應該將自己的精力浪費在瑣碎的小事上，而應該尋找更澈底的解決方案……因此我決定抓住這個機會，集結幾個人，創建一個肯定能夠保證我們生存、將人們團結在一起的經濟模式，換句話說……你們聽明白了，是吧？……我要跟幾個人一起建立一座島嶼，這些人不會再遭任何的傷害，在這座島嶼上，不再有剝削，在那裡我們既相互依存，又相互獨立，在那裡每個人都能豐衣足食，生活得既平靜又安全，每天晚上能夠有尊嚴地墜入夢鄉……等消息傳開，我相信，這些島嶼會像雨後春筍一樣迅速繁衍，我們的人會越來越多，有朝一日，所有看似無望的空想，你……還有你……和你的生活，會突然變成現實……當我來到這裡時，我知道，我感覺到，這個計畫必須實現。因為我生在這裡，我屬於這裡，我想在這裡做這些事情。因此我和我的得力助手一起動身去奧爾馬西莊園，因此我們在這裡相遇，我的朋友們……我記得那座主樓的樓況一直還不錯，其他建築也沒有什麼特別的問題……拿下租賃合同是小事一件，唯一的大問題只是……但這個我們用不著去管……

他周圍響起一陣興奮的喧嘩。他點燃一支菸，若有所思、神態鄭重地望著前方，額頭的皺紋加深了，他緊咬著嘴唇。在他的身後，守在壁爐旁的佩奇納欽佩地盯著這個「天才的後腦勺」……這時候，弗塔基和克拉奈爾幾乎同時問道：「你指什麼問題？」

我想，我沒有必要用這個問題增添你們的負擔。我知道，你們現在心裡在想，為什麼我們不該成為這些人呢？……不，不能，我的朋友們，這個想法完全不切實際。我需要的是一無所有的人，而且——這是最重要的條件！——無所畏懼……因為我的計畫有相當的風險。請你們理解，各位女士、先生，假如有任何人臨陣畏縮……脫逃，那麼我就要立即撤退，前功盡棄……我們生活在艱難時代，目前我還不能讓大家分享成果……我必須做好準備，事實上我已經做好了準備：假如我遇到了現在我還無法戰勝的阻礙，我會暫時撤退……但是，我之所以撤退，當然只是為了能在一個有利的時刻得以繼續……

現在，從更多方向傳來剛才的問題：「那麼你說，到底什麼問題？萬一……說不定……也許……」

你們看，我的朋友們……其實這個並不是祕密，我告訴你們，但是你們又能拿它怎麼樣呢？……你們目前肯定幫不了我什麼……另外，我已經說了，儘管我很想說明，讓這裡的情況好轉一些，但是你們也知道，我現在重任在身，我實話實說吧，我在這裡沒看到任何的希望……也許我能夠幫上忙，分別幫助你們，一個家庭一個家庭地找到某種可以謀生的工作……在什麼地方……但這不可能突然實現，你們知道……我必須好好想一想……不是嗎？怎麼能夠留在一起？……我能理解，哦，可是我能夠做些什麼呢？……你們說什麼？我沒聽懂。問題？我指的問題？哦，是這樣，我已經講了，在你們面前我沒必要隱瞞，只是……說白了，是錢的問題，各位女士、先生……

因為要是一個銅板也沒有，這件事就是死路一條……租金……簽合約的費用……房屋修繕……投資……生產，你們知道，有一個專業詞，所謂的「投資資本」……但這是一個比較複雜的問題，我不該進入這樣的話題，我的朋友們……你說什麼？……怎麼籌？……你們有？……從哪裡來的？……啊哈，我明白了……牲畜。噢，這太好了……

參加聚會的人都興奮起來；弗塔基已經跳了起來，搬起一張桌子，擺到伊里米亞斯跟前，然後把手伸進口袋裡，掏出一疊鈔票給大家看，放到桌子上；幾分鐘之內，所有人都仿效他，先是克拉奈爾夫婦，隨後每個人都將各自的錢放到弗塔基的錢旁邊……酒館老闆面色鐵灰，緊張地在櫃檯後踱來踱去，不時停下腳來，踮起腳尖，伸長脖子，想更清楚地看看……伊里米亞斯疲倦地揉了揉眼睛，手裡的香菸已經熄滅了。他眼睛發直，聽著弗塔基、克拉奈爾、哈里奇和施密特、校長、克拉奈爾夫人之間你一言我一語的交談，他們情緒熱烈地表現出他們的願望和決心，一會兒指指桌上堆成小山的鈔票，一會兒指指他們自己……伊里米亞斯慢慢站起身來，後退幾步走向佩奇納，站到他身邊，隨著他做出的一個手勢，酒館裡頓時安靜下來。

我的朋友們！我不能否認，你們的行動熱情感人……但是你們並沒有認認真真地考慮周全。沒有，你們沒有！你們不要不承認這點！你們肯定沒有認真地考慮！你們把你們透過艱苦的勞動、以非人的辛勞為代價掙來的這點錢現在一下子……出於一時的衝動……就這樣……不顧一切地拍到桌上？……就為做一件充滿風險的事情?!不行，我的朋友們！我非常感謝這感人的奉獻，但是不行！我不能拿你們的錢……我想，這是好幾個月的……對吧？……差不多是一年的血汗錢！你們怎麼可以這樣？要知道，我的計畫畢竟充滿許多潛在的失敗風險！會遇到許多不可預知的障礙！我必須做好這樣面對強大阻力的思想準備，可能要推遲幾個月，甚至幾年，才可能實現！你們想為這樣一個計畫犧牲血汗錢嗎？我怎麼能夠收下它呢？而且恰恰是我，這個剛剛向你們表示「我也沒有能力……在短時間內……幫助你們」的人?!不行，各位女士、先生！我不能這麼做！請你們把錢都收回去，保管好！以後總會有什麼出路……我不能讓你們捲入這麼大的風險……老闆先生，您要是還能走動的話，請給我倒一杯蘇打白酒……謝謝……等一下！我想，沒有人會拒絕我請在座的所有人都喝一杯吧……老闆先生，請您趕快給大家都端上一杯……你們喝吧……動動腦筋……好好想想，我的朋友們……平靜下來，把事情從頭到尾地再想一遍……不要草率做出任何決定。我……跟大家講了，這是一項怎樣的計畫……我講了這個計畫有多麼大的風險……只有在你們真能下決心冒這個風險時，再告訴我你們最終的決定。你們要好好想一想，你們的錢來之不易，有可能只是打一個水漂兒……那樣的話，你們有可能要……從頭開始……嘿，弗塔基，我的朋友！我覺得，你這個事情有點做過頭了……把我當成了……救世主……別這樣，不要難為我了！……我想……我還是接受……我的朋友克拉奈爾說的……對，「熱心腸」，這個說法更準確，毫無疑問……我看出來了，我說服不了你們……好，好……那好吧……先生們！女士們！……請安靜一下！……你們不要忘記，我們今天早上為了什麼才聚在這裡！好吧！謝謝……請大家全都坐回到自己的原位……是的……謝謝，我的朋友們……謝謝！

伊里米亞斯等到所有人都回到椅子上，也走回自己的座位，站在那裡，清了清嗓子，感動地攤開兩條手臂，然後又無奈地垂放到身子兩側，用一雙明亮、有些濕潤的藍眼睛盯著天花板。站在眾人後面的霍爾古斯家人，滿心感動地看著這一切——現在他們已跟其他人隔絕開來——緊張、惶惑地望著彼此。酒館老闆情緒不安地用抹布擦拭櫃檯、點心盤子、杯子，隨後坐回到皮匠凳上，儘管他試圖轉過身去，但無法將視線從堆在伊里米亞斯眼前那一堆皺巴巴的鈔票上移開。

好吧，我最親密、最可愛的朋友們……現在我能夠說什麼呢？儘管我們的道路偶然地分岔，但是命運希望我們從這一刻起團結起來，密不可分……雖然我很為你們擔心，各位女士、先生，擔心萬一遭遇的失敗，因此我告訴你們……這種信任讓我非常感動……感動於這種……愛，我覺得自己配不上……但是你們不要忘記，一切都歸功於愛！你們不要忘記！你們永遠都要記住，大家付出了什麼樣的代價！多大的代價啊！各位女士、先生！我希望所有人都能同意我的這個建議，我建議從大家籌集的這筆款項裡抽出一小部分用來安葬死去的孩子，為不幸的母親減輕一些負擔，讓我們為孩子做一點什麼……從某種角度講，她是因為我們……或為了我們……才永遠安息的……因為最終我們也不能斷定……她是因為我們，還是為了我們……我們不能說是，也不能說不是……但這個問題會永遠留在我們心裡，就像這個孩子會永遠活在我們的記憶中那樣，也許她正因為這個才要離去的……好讓守護我們的星星終於升上天際……誰知道呢，我的朋友們……但如果真是這樣的話，生活對我們也太殘忍了。

五　透視，假如從前面

即使過了幾年之後，哈里奇夫人仍固執地堅信，當伊里米亞斯、佩奇納以及那位最終也加入行列的「妖童」冒著淅瀝瀝的雨水在通往城市的礫石公路上遠去，而他們愣愣地在小酒館門口默默站了好幾分鐘，目送救世主的背影在道路盡頭拐彎處消失之時，突然間，有無數色彩絢麗、來自天堂的蝴蝶在他們頭頂上歡快地翻飛，同時不知從哪裡，但可清楚聽見由高處傳來天使柔美的歌唱聲。儘管可能只有她一人這麼想，至少有一點可以肯定：那時他們才剛開始相信發生的事，且終於意識到，他們並非陷入一場迷人幻夢而註定苦澀醒來的俘虜，而是一群熱情洋溢、被特別選中的人，歷經長久的磨難終獲解放；只要他們還看得到伊里米亞斯，還牢記他炳炳鑿鑿的教誨，並為他激勵人心的話語而歡呼雀躍，他們就可以不去擔心隨時會有什麼可怕的事發生，眨眼之間將脆弱的勝利摧毀殆盡，因為他們也知道，只要伊里米亞斯一離開，那陣陣明亮的激情燼火就會熄滅；因此，在達成協議到今夜的告別之間這段痛苦而漫長的時間裡，他們狡黠地試圖分散伊里米亞斯的注意力，時而談論天氣，時而抱怨風濕病的腿腳造成的苦痛，或者又打開新的葡萄酒，你一言我一語、滿懷激情地談論日常生活中的雞毛蒜皮。因此也可以理解，只有在伊里米亞斯走了之後，他們才可能自由自在地喘上一口氣，想來，伊里米亞斯不僅是他們光明未來的源泉，也可能成為災難；難怪只有在他走了之後，他們才敢真正地相信，從現在開始「一切都將像鐘錶一樣規律地進行」，似乎直到現在他們才終於能夠放鬆心神，讓自己沉浸於拋開一切焦慮的快樂之中，享受突然令人暈眩的解放感，在這種解放感面前，就連「看上去無可避免的厄運」也被迫退卻。他們雲破天開的喜悅情緒逐漸升高，當他們離開酒館的時候（「活該，你這個老財迷！」克拉奈爾朝他嚷道），他們最後打量了一眼酒館老闆；酒館老闆將兩隻手臂抱在胸前，精疲力竭地靠在門框上，用隱藏在黑眼圈內的眼睛盯著這支有說有笑的隊伍快樂地遠去，他胸中自我蠶食的怒火、殷殷燃燒的憎恨和無可奈何的諸多苦痛已經耗盡，能夠做到的只是對著他們的背影大喊：「你們都去死吧！你們這些卑賤、沒用的混蛋！」他在夜裡翻過來掉過去地睡不著覺，從一個陷阱跌入另一個陷阱時，他絞盡腦汁想出一個又一個的新計畫，想要澈底地擺脫掉伊里米亞斯，那傢伙搞得他躺在床上都不得安寧，因此他滿眼血絲地左思右想，刺死他，掐死他，毒死他，或者乾脆給他碎屍萬段，而「那頭骯髒的死豬」在倉庫的盡頭打著香甜的呼嚕，根本就不理睬他；談話已經證明是沒用的，沒有任何用處，然而他確實盡了一切努力，時而憤怒，時而威脅，時而要求，甚至央求，試圖勸說「這些愚蠢透頂的鄉巴佬」放棄那個對他們來說毫無疑問意味著災難的計畫，然而，他是對牛彈琴（「你們趕緊醒一醒吧，看在上帝的分上！難道你們沒看到，他在牽著你們的鼻子走?!」），所以，他沒有別的辦法，剩下的只有憤恨地詛咒，咒罵整個世界，並對自己苦澀地承認，他受盡了屈辱，遭到永遠的毀滅。在這之後——「或許我就為了這群爛醉的畜生，為了這個老娼妓才留在這裡？」——他無別選擇，只有收拾起自己的物品，在開春之前搬到他在城裡的房子，然後爭取把小酒館賣掉，或許……到時候，或許那些蜘蛛也可以派上什麼用場。「比方說，我可以把牠們賣給誰，」在他的腦子裡突然閃出一線希望，「用於科學實驗，誰知道呢，說不定能賣點錢……但是，」他沉吟了片刻，「那也只是九牛一毛……事實上，我根本不知道該怎麼從頭開始。」他苦澀地承認：他苦澀的程度只有霍爾古斯夫人的幸災樂禍能夠與之匹配，婦人皺眉撇嘴地從頭到尾觀看完這場「簡直愚蠢至極的儀式」之後，重新回到小酒館，用嘲諷的眼神打量頹喪蜷縮在櫃檯後的酒館老闆：「喏，您看。您的馬也不聽話了。您瞧瞧自己現在的樣子。」酒館老闆一動未動，儘管他真想踹她一腳。「人生就是這樣。今天爬到高處，明天跌到地上。我總是這樣講，一個人最好穩穩當當地坐著。您看，您自己的命運不也如此？您在城裡有漂亮的房子，有賢淑的妻子，有汽車，但是您還是不滿足。現在你可以後悔了！」酒館老闆對她吼道：「妳少在這裡咯咯亂叫。妳要叫就回家叫去。」霍爾古斯夫人一口喝乾了杯子裡的啤酒，點燃一支香菸。「我的丈夫也曾跟您一樣。對他來說，這樣不好，那樣不行，他對什麼都不滿意。後來，他終於意識到了這一點，但已經晚了。他只能爬上閣樓，帶著繩子。」酒館老闆怒喝道：「妳給我閉嘴。別在我跟前胡說八道！妳最好還是回家看好妳的女兒們，不然她們也會跑掉的！」「她們？」霍爾古斯夫人咧嘴笑了，「她們不會跑的。您以為我是傻瓜嗎？我把她們鎖在家裡，直到村子裡的人全部滾蛋。為什麼不呢？您看，她們早晚都會離開我的，我會獨自過我自己的晚年。以後，她們會繼續耕田種地，反正她們也已經淫蕩夠了。不管她們喜歡不喜歡，最終總會習慣的。只有尚尼這孩子，我管不了他。他願意去哪兒就去哪兒。至少可以讓我少操一點心。」「妳跟凱雷凱斯，你們愛幹嘛就幹嘛，」酒館老闆憤憤地說，「但是不要來煩我。那個老鼠臉的混蛋壞了我的好事。」酒館老闆知道，等到天黑，等他收拾好東西——因為現在在他的車裡，除了棺材，無論前座後座都已經放不下更多的東西——他會仔細鎖上門窗，然後開著他那輛破舊的華沙牌轎車直奔城裡，他不會回頭看一眼，不會朝後轉身，能開多快就開多快，擺脫那具屍首，儘快在記憶中抹掉這些灰頭土臉的房屋的影像，他希望這一切終將沉陷，被大地埋葬，連野狗都不會在這裡停下來撒尿；他將頭也不回地離開這裡，毫無留戀，就跟村裡的其他人一樣，出於同樣的原因，他們也不會回頭再最後看一眼那長滿青苔的瓦片、歪斜的煙囪、鐵柵欄的窗戶，因為當他們在寫著昔日新農莊名字的木頭牌下拐彎的時候，他們將會興奮地感到：「未來輝煌的圖景」不僅會完全取代過去，而且會將它徹底地抹掉。他們商量好在機房門口碰面，最遲兩個小時以後，因為他們想在天黑之前趕到奧爾馬西莊園，話說回來，兩個小時的時間足夠他們收拾好家裡最重要的東西，想來他們沒有必要拉著一大車破爛顛簸十到十二公里的路程，如果那樣也太蠢了，尤其是，他們知道，在那裡不會缺任何的東西。哈里奇夫人說得再明白不過：你們趕快走吧，什麼都別管，把所有東西都留在這兒，就像《聖經》裡寫的那樣，從一無所有開始，因為「主已經賜予我們最大的慈悲。我們有《聖經》」；但是其他人——特別是哈里奇——還是堅持認為，他們最好還是帶上各自最需要的個人用品。他們興奮地分手，開始熱血沸騰地收拾行李，三位婦人先是騰空了衣櫥和碗櫃，而後開始收拾儲物間；施密特、克拉奈爾和哈里奇則首先在工具箱裡挑選最不可缺的日常工具，然後用鷹一樣銳利的眼睛檢查了一遍所有的角落，以防由於婦人們的粗心而將什麼有價值的東西「最後留在了這裡」。兩個單身漢的工作最簡單，他們倆每人都將自己的全部家當裝進兩只大皮箱裡：校長雖然收拾得很快，但是反覆思忖，一遍遍提醒自己「要盡可能地充分利用有限的空間」；弗塔基則不然，他手忙腳亂地將衣服塞進還是他父親留給他的兩只舊皮箱裡，閃電般地「啪嗒——啪嗒」扣上了箱鎖，彷彿要將逃出來的精靈強行收回魔法瓶內，然後，他把箱子疊起來，坐在上面，用顫抖的手點燃一支菸。現在，房間裡已經沒有什麼東西可以提示他個體的存在，現在，他坐在一個沒有自己私人物品的地方，周圍顯得冷冰冰的，一種感覺突然襲來：彷彿，由於他把自己的東西收入了行囊，一下子在這個世界裡，那些能夠證明他曾經存在過的跡象，以及與之相關的那一丁點權利也都隨之消失得無影無蹤。因此，不管展現在他眼前的是多麼充滿希望的日子、星期、季節或歲月——想來他清楚地知道，自己終於時來運轉，然而現在，他蜷身坐在自己的箱子頂上，坐在這個吹著過堂風、散發著霉臭味的地方（他已經不能這麼說：「喏，我住在這裡。」就像他同樣也不能回答：「如果不在這裡，那又在哪兒？」），他比過去任何時候都更難抵禦某種突然湧起的、令人窒息的悲傷。他的病腿感覺到疼痛，於是，他艱難地從箱子頂上滑下來，小心翼翼地躺到彈簧床上，幾分鐘後墜入了夢鄉。後來，他心驚肉跳地猛然驚醒，動作笨拙地試圖從床上跳下，但那條病腿不知怎麼卡在了床沿和彈簧之間的縫隙裡，他差一點就摔到地上。他罵罵咧咧地躺了回去，將兩腿架在床背上，用猶豫的眼神在布滿裂紋的天花板上仔仔細細地掃了一遍，然後用手肘撐起上身，環視了一下空蕩的房間。這時候他的心裡已然明白，究竟是什麼一次又一次地拖住他的後腿，使他未能最終下定離開這裡的決心，要知道，現在他放棄了自己生活中唯一的安全感，一下子變得一無所有；就像他以前沒有膽量留下來一樣，現在已經沒有勇氣離開，因為現在他收好了行李，彷彿否定了自身更廣義的存在，只是將一個舊陷阱換成了一個新陷阱。如果說在此之前，他是機房和農莊的囚徒，那麼現在他是一個被迫冒險的人；如果說在此之前，他害怕自己有一天不知道怎麼打開房門，連窗戶都不會透進日光，那麼現在他則判決自己成為某種永恆動力的奴隸，而他卻喪失了這個動力。「再待一分鐘，我就動身。」他稍稍給了自己一點寬限，伸手摸到放在床邊的香菸盒。他苦澀地回憶起伊里米亞斯站在小酒館門前說的那些話（「你們，我的朋友們，從今天開始，從現在開始，你們是自由的！」），然而現在，他在自己的身上唯獨感覺不到自己是自由的：時間越來越緊迫，但他怎麼都難以下動身的決心。他閉上眼睛，試圖想像自己未來的生活，試圖平息一下這種「不必要」的恐慌，但是，他並沒能使自己平靜下來，反而被一陣更強烈的緊張所捕獲，額頭上冒出豆大的汗珠。無論他怎麼強迫自己的想像，都無濟於事，眼前一次又一次地浮現出同樣一幅景象：他看到自己走在礫石公路上，穿著襤褸的外套，扛著破爛的包袱，搖搖晃晃地在風雨中躑躅，後來他停下腳步，猶豫不決地朝回走。「站住！」他大聲喝道，「夠了，弗塔基！」他從床上爬下來，重新把襯衣的下擺塞進褲腰，套上那件破舊的外套，將兩只皮箱的提把綁起來。他把皮箱拎到屋外的房簷下——街上不見任何的動靜，他動身去催促其他的人。他來到住得離他最近的克拉奈爾家門前，正要敲門，從屋裡傳出一陣咕咚咚的聲響，緊接著，彷彿有什麼沉重的東西從高處掉下，砸到地上。他倒退了幾步，因為就在那個瞬間，他以為出了什麼大事。但是，當他再次想要敲門時，清楚地聽到克拉奈爾咯咯的笑聲，之後……有一個盤子……或一隻陶瓷杯摔到了石頭上。「嘿，你們到底在幹什麼？」他走到廚房的窗戶前，用手掌在眼前搭起涼棚，朝屋裡張望。就在那一刻，他簡直不能相信自己的眼睛：克拉奈爾正將一口十升的大鍋舉到頭頂，用力地扔向廚房門；克拉奈爾夫人正將窗簾從朝向後院的窗戶上撕下來，然後她朝喘著粗氣的克拉奈爾示意，小心！牆上的空碗櫃眼看就要掉下來，他猛地一拉，碗櫃倒在地上。碗櫃哐噹一聲摔到了廚房的地磚上，一側木板裂開，另外幾塊板子被克拉奈爾踢碎。這時候，克拉奈爾夫人爬到堆在廚房中央的垃圾頂上，猛地從天花板上拉下錫鐵皮的吊燈，像甩繩圈似的在頭頂上揮舞，這時候弗塔基只剩下蹲下來的時間，吊燈已經朝他這邊飛來，砸碎了窗戶，在地上滾了幾公尺，停在一排灌木叢下。「嘿，你躲在這裡做什麼？」克拉奈爾對他喊道，這時候他終於小心翼翼地推開了窗戶。「哎喲，天哪！」克拉奈爾夫人從她丈夫的身後發出了尖叫，臉色蒼白地盯著他，看著弗塔基罵罵咧咧地從地上爬起來，拄著拐杖，正小心地抖落濺到身上的玻璃碎片。「沒有砸著您吧？」「我是過來叫你們的，」弗塔基一臉怨氣地說，「但是我要是知道你們這麼歡迎我，我還不如留在家裡。」克拉奈爾身上大汗淋漓，不管他怎麼努力，都無法掩飾剛才憤怒的破壞欲望留在臉上的痕跡。「這就是偷窺者的下場！」他一臉壞笑地對弗塔基說，「沒關係，進來吧，如果可以的話，咱們喝一杯酒握手言和！」弗塔基點了點頭，跺了跺沾在靴子上的泥巴，成功地踩著一塊大鏡子的玻璃碎片、一個被摔癟了的煤油爐和散成木板的大衣櫃穿過前廳，這時候克拉奈爾已經斟滿了第三杯酒。「怎麼，你有什麼感想？」克拉奈爾得意地站到他跟前，「幹得不錯，是吧？」「別砸了！」弗塔基應道，舉杯跟克拉奈爾碰了一下杯。「當然得砸，我要不砸，難道留著給哪幫吉普賽人搬走?!那還不如現在就把一切砸個粉碎！」克拉奈爾解釋說。「哦，我懂了。」弗塔基疑惑不安地支吾道，他謝了帕林卡酒，迅速告辭離開。他抄近路從兩排房子之間穿過，但到了施密特家的房子前，吃一塹，長一智，他提高了警惕，先是小心謹慎地摸到廚房窗戶下。不過，在這裡感受不到任何風險的威脅，只看到一片廢墟，施密特和施密特夫人氣喘吁吁地坐在一個被倒扣在地上的碗櫃上。「難道所有人都瘋了嗎？這幫傢伙究竟都中了什麼邪？」他敲了敲窗玻璃，向悵然失神的施密特揮了揮手，示意他們趕緊行動，已經到了該動身的時候了；隨後他朝大門走去，走出幾步後停了下來，因為他注意到校長躡手躡腳地一閃而過，走進克拉奈爾家的院子，透過被打碎的窗戶朝屋內偷窺——他一直以為沒有人會看到他（弗塔基的身影被施密特家的大門擋住了），然後轉身回到自己家的房子，先遲疑了片刻，而後壯起了膽子，越來越用力地捶擊大門。「真見鬼，這是怎麼了？所有人都瘋了？」弗塔基茫然不解地暗想，他從施密特家的院子走出來，悄悄朝校長家的房子走近。校長越來越狂怒地捶門，彷彿想要將自己激怒，過了一會兒，他意識到這樣並未達到目的，便取下門上的鉸鏈，後退了兩步，然後用盡全身的氣力朝門上撞去。然而即使這樣，門也沒有被撞破，因此他惱羞成怒地跳起來踹門，直到將門踹得只剩下最後一塊木板。若不是他出於偶然地朝後望了一眼，他也不會發現弗塔基正站在院外對著他發笑，或許，這時候他剛好來了精神，準備衝向房間裡剩下的最後一件傢俱，但是，由於發現弗塔基站在自己身後，頓時感到格外尷尬，整理了一下灰色的粗呢外套，惶惑不安地跟弗塔基苦笑著解釋：「哦，您知道⋯⋯」但是弗塔基沉默著一聲不吭。「您知道這是怎麼一回事。後來⋯⋯」校長支支吾吾。弗塔基不以為然地聳聳肩膀：「我只是想知道您什麼時候準備好。其他人都已經收拾完了。」校長清了清嗓子說：「我嗎？哦，我可以說，我已經準備好了。只是我得把我的皮箱放到克拉奈爾家的小車上。」「那就好。回頭跟他們商量一下。」「我已經跟他們商量好了。只要付他們兩升帕林卡酒，可是現在，在動身之前⋯⋯」「當然，這樣很值。」弗塔基安慰說，隨後與校長告別，轉身朝機房走去。然而校長，等到弗塔基剛轉過身子背向他，就透過門縫朝前廳啐了一口口水，隨後抄起一塊磚頭，瞄準廚房的窗戶。就在窗玻璃被砸得粉碎的那一剎那，弗塔基猛地扭過頭來，校長迅速抖了抖外套上的塵土，彷彿什麼都沒有聽到，開始在滿地的狼藉中忙這忙那。半小時過後，所有的人都在機房門口做好了出發的準備，只有施密特（他把弗塔基拉到一旁，向他解釋剛才在家裡所發生的一切：「你知道嗎，老弟，我想都沒有想過要砸東西。只是一個鐵鍋偶然從桌子上掉了下來，之後的一切都是自然發生的。」）漲紅的臉和得意的閃光的眼睛透露出「他的告別儀式相當成功」。在克拉奈爾夫婦的雙輪拖車上，除了校長的皮箱外，還裝下了哈里奇夫婦的一大部分行李，施密特夫婦另有一輛小車，因此，他們沒有必要擔心之後會因為要帶的行李太多而影響行進速度。一切準備就緒，隨時可以出發，只是沒有一個人發出「出發」的指令。每個人都等著其他人開口，所以他們都一聲不吭地站在那裡，他們越發惶惑地望著寂靜的農莊，因為此時此刻，在臨出發的瞬間，所有人都感覺到，「還是需要說一點什麼」，一句簡短的告別語，或一句「類似的什麼話」，他們都將希望寄託在弗塔基身上，但是，還未等弗塔基想出一句得體的、「較為鄭重的」，並對這些在他看來不可理解的破壞性行為表示沉默的講話的第一個詞，哈里奇已經感到不耐煩，他抓住小推車的手柄，說了一聲：「好了。」克拉奈爾從前面抓住拖車的鐵杆，就這樣引領著整個隊伍出發了。克拉奈爾夫人和哈里奇夫人在拖車的兩側扶著行李，以防哪個包或口袋由於道路的顛簸而在途中掉下來；哈里奇跟在他們的後面推著獨輪車，走在最後面的是施密特夫婦。他們拐出昔日新農莊的大門，有好長一段時間，只能聽到手推車和車輪的吱呀聲，只有克拉奈爾忍受不住這漫長的沉默，偶爾就堆在車上最頂端的行李狀況發表一兩句看法，其他人都無力打破寂靜，想來，他們對這種奇特的興奮，對這種混雜了激情、對眼前未知的緊張焦慮都很不適應，這只會加重他們的擔憂，在經過了兩個不眠夜之後，他們將如何承受這漫長苦旅的艱辛呢？但這種情況並沒有持續太久，因為他們不管怎樣都放心了一些，綿綿細雨已經下了好幾個小時，他們用不著擔心等一會兒天氣會變得更糟，另外，他們也越來越難克制住自己如釋重負的欣慰感和毅然決然的自豪感，沒有一個踏上冒險旅程的人能夠將肚子裡的感言憋忍太久。當他們拐上了礫石公路朝著坐落在與城市相反方向的奧爾馬西莊園前進時，克拉奈爾真想興奮地尖叫，因為就在這一刻，他正式地上路，一下子結束了對他來說長達幾十年的、就在半個小時之前還在折磨他的痛苦——但他看到，他的同伴們都有點心事重重地跟著他，克制住各自的情緒，直到他們來到了霍克梅斯莊園門口，他終於再也克制不住內心的喜悅，高興地哭喊：「這些年的生活，真他媽的可悲！我們終於成功了！朋友們！我的小老弟們！不管怎麼樣，我們終於成功了！」他停下小車，轉向其他的人，再次拍著大腿放聲高喊：「你們聽到沒有，我的小老弟們？苦難的生活結束了！你們能夠相信嗎？妳明不明白，老婆?!」他跳到克拉奈爾夫人跟前，抓住她，像抱一個孩子似的把她舉了起來，開始和她一起旋轉，一直到他喘不過氣，才把她放到地上，勾住她的脖子，一遍又一遍不停地說：「我早就跟妳說過，我早就跟妳說過！」就在這時候，其他人的情緒也都如同「開閘的洪水」，先是哈里奇吐沫飛濺地詛天咒地，朝著村莊的方向做出一副威脅的姿態揮動拳頭，隨後弗塔基走到咧嘴微笑的施密特跟前，用一副感性的語調說了一句：「老弟……！」校長則按捺不住興奮地跟施密特夫人解釋（「您看，我跟您講過，我們永遠不能放棄希望！要抱有信心，直到最後一個機會！否則我們的命運會是另一副樣子，不是嗎？您說，會是什麼樣子？」），然而，施密特夫人實在難以忍受對方這種粗野、唐突的快樂大爆發，但她之所以並不願在臉上露出尷尬的微笑，只是為了不引起其他人的注意；哈里奇夫人則眼望天空，用沙啞、顫抖的嗓音不斷重複以「讓祢的名榮光」開始的祈禱詞，但由於淅淅瀝瀝的雨水落到臉上，她還是不由自主地低下頭來，這時候她意識到自己跟這群「不信神的烏合之眾」並沒有什麼太大區別。克拉奈爾夫人粗著嗓子說了一聲：「朋友們，咱們來為這個喝一口！」說著從購物袋裡掏出一只半升的酒瓶。「天哪，這真讓人難以置信！你們準備好迎接新生活了嗎？」哈里奇迅速喜笑顏開地站到克拉奈爾的身後，為了能儘快地輪到自己；然而酒瓶毫無規律可循地在大家手裡傳遞，這張嘴傳到另一張嘴，還沒等他反應過來，瓶底裡就只剩下了一小口。「別這麼傷感，拉尤斯！」克拉奈爾夫人低聲對他說，並且對他眨了一下眼，「放心，會有你的。」聽了這句話，哈里奇興奮得難以自制，他推起獨輪車在路上瀟灑地狂奔起來，彷彿推的是一輛空車，直到他在距離克拉奈爾夫人有兩公尺遠處看到對方「現在還沒有輪到你……」的眼神，他的心才突然變涼，稍微平靜下來。大家的情緒越來越高漲，儘管總要不停地整理小車內行李頂上的一個個塑膠袋，但他們的行進速度還是相當快：他們很快離開了舊灌溉渠的小橋，遠遠可以看到高壓電塔和之間相連如波浪起伏的弧線。這時候，弗塔基也加入了其他人東一句西一句的喋喋不休中，儘管一路上他走得最為艱難，因為他必須將行李繩扛在肩上才能吃力地拎著他的兩只皮箱跟上同伴們的步伐——儘管克拉奈爾和施密特想了很多辦法，但還是無法將他的箱子放到小車上，特別是，由於他的那條瘸腿，他要想不落到同伴的後面，就得使出更大的氣力。「我很好奇，不知道他們會怎麼樣。」他沉思著說道。「誰？」施密特問。「我是說，凱雷凱斯，比方說。」「凱雷凱斯？你用不著為那傢伙操心。」克拉奈爾回頭喊了一句，「昨天晚上他回到家後倒頭便睡。如果不出意外，我估計，他會一直睡到明天早晨。他會在小酒館的門口抱怨兩句，然後搖搖晃地去到霍爾古斯家。他們是那麼般配的一對，就像兩顆雞蛋。」「你說得沒錯！」哈里奇插話，「他們除了互相口淫，對別的什麼都不感興趣！讓他們怎麼高興就怎麼來吧！霍爾古斯夫人第二天就把喪服脫掉了……」「對了，不說我都忘了，凱萊曼那傢伙後來怎麼著了？」克拉奈爾夫人打岔問，「他是什麼時候消失的？我都沒有注意到。」「凱萊曼？你問我那可愛的小老弟嗎？」克拉奈爾扭頭咧嘴笑了一下，「他是昨天中午溜走的。輪到他倒楣，哈——哈——哈！先是我稍微教訓了他一下，隨後他跟伊里米亞斯發生頂撞，這個白癡。可想而知，他這是純粹自找沒趣，他剛一開始吐沫飛濺地胡扯，說伊里米亞斯應該這樣，應該那樣，回頭他會告訴他，在這裡應該怎麼做，才能把我們這幫人帶進圈套，他要伊里米亞斯對他另眼看待，等等；伊里米亞斯可不聽他廢話，當即揮揮手叫他滾蛋。他惱羞成怒，氣得一句話都說不出來。我想，最要命的是，當他掏出『志願員警』的臂章在伊里米亞斯眼前揮舞時，伊里米亞斯對他說，用它擦你的屁股去吧！」「我也很煩這個蠢貨，」施密特說，「但是他的那輛馬車，現在我真想用一下。」「這我相信。可是，我們要是真的把他也叫來，你有沒有想過結果會怎樣？我們能拿他怎麼辦？他會把人煩死的。」「等一下！」克拉奈爾夫人突然驚愕地刹住拖車，「天哪！我怎麼把他給忘了！」「誰？你快說！忘了什麼了？」克拉奈爾急切地催促。「醫生。」克拉奈爾夫人說。「醫生怎麼了？」大家都安靜了下來。施密特也將小車停下。「哦，是……」婦人開始結結巴巴地說，「……是這樣……我忘了告訴他，我一個字都沒跟他說！不管怎麼講，唉！……」「沒跟他說又怎麼了，老婆？」克拉奈爾煩躁地說，「我以為出了什麼大事呢。你替醫生操個什麼心？」「如果我們告訴他，我敢肯定他還真的會來。但是他會餓死的。我太瞭解他了，我跟他認識了這麼多年，怎麼可能不瞭解！我知道他，他現在就像是一個孩子。如果我不把飯放到他眼皮底下，他就會餓著肚子坐在那兒。還有他的帕林卡酒。香菸。髒衣服。一星期，兩星期，最後他會被老鼠吃掉。」「別在這裡假充英雄！妳要是真的這麼想他，那就回去找他吧！我可不想他！一點都不想！我覺得他會非常高興，這輩子不會再看到我們……」哈里奇夫人也插言道。「說得很對！應該感謝上帝的仁慈，沒讓這個來自地獄的傢伙跟著我們來！他絕對跟撒旦是一夥兒的，這我早就知道！既然你們已經停了下來，那就……」弗塔基邊說邊點燃一支菸，環視了一圈其他人。「我還是感覺很奇怪，」他補充道，「難道他什麼都沒有察覺？」在此之前，施密特夫人始終沒太講話，現在她湊近了一些，開口說：「這傢伙變得像是一隻鼴鼠。不，說他像鼴鼠也不準確。因為鼴鼠至少偶然還會從地底下露出頭來。但是醫生大概想把自己活埋掉。至少，我已經有好幾個星期沒見到他了……」「看在上帝的分上，不要瞎說！」克拉奈爾用欣悅的語調大聲說，「他自我感覺非常好。每天都把自己灌得爛醉，然後打著呼嚕酣睡，別無他事。我們沒必要為他感到遺憾！我身上要是能有他的母系遺傳基因就好了！另外，咱們停下來的時間已經夠久了！走吧，咱們再不走，就永遠都不可能趕到那裡了！」但弗塔基還是放不下這話題。「他整天都坐在窗戶前，怎麼可能什麼都沒有注意到？」他一邊納悶地琢磨，一邊拄著拐杖跟在克拉奈爾夫婦身後，「他不可能沒有聽到這刺耳的嘈雜。這麼多人走來走去，小車的吱呀聲，還有大喊大叫……噢，當然啦，有這種可能，說不定當時他一直在睡覺，所以沒有聽見。另外，克拉奈爾夫人前天還跟他說過話，當時他肯定沒有問題。再說，克拉奈爾說得對，每個人操心自己的事情就足夠了。他要想讓自己死在屋裡，那就隨他去吧，更何況……我敢打賭，一兩天後，當他聽說了發生的事後，說不定會突然開竅，收拾好東西來追我們。他已經不可能離開我們而活了。」就這樣，他們又走出五、六百公尺，雨點變密，傾盆落下，他們嘟囔抱怨著繼續趕路；道路兩旁光禿的槐樹越來越稀疏，好像慢慢地耗盡了生命。再遠一些，在積水橫流的原野上樹就更少了：不見一棵樹，也不見一隻烏鴉。月亮已經當空，蒼白的月輪透過一動不動、莊嚴肅穆的濃雲濾出一些微光。他們知道，再過一個小時，黃昏將至，隨後夜色會突然降臨。然而，他們不可能走得更快，更何況他們感到突然襲來的疲憊：當他們從錫鐵皮做的受難基督像前走過時，哈里奇夫人建議休息一會兒（並且再來一段「我們的天父」），其他人惱火地拒絕了她，似乎他們清楚地知道，現在一旦停下來，便不會再有氣力再次啟程。克拉奈爾試圖用幾個難忘的故事（「你們還記得酒館老闆的老婆用木勺子打她丈夫的腦袋嗎……」或者：「你們還記不記得，佩奇納往那隻紅毛貓的屁股上撒鹽，真他媽的混蛋……」）激勵同伴打起精神，但是無濟於事——同伴們不僅沒有打起精神，反而奚落克拉奈爾永遠閉不上他那張臭嘴。「另外，誰說在這裡他是頭領？他憑什麼神氣活現地指揮我？回頭我會跟伊里米亞斯講，讓他趕緊掰斷他的犄角，最近這段時間他也太自以為是了……」不管別人怎麼奚落自己，克拉奈爾還是不肯甘休，他又想出新的主意試圖讓大家振作（「休息一分鐘！喝一口水！每一滴水都貴如金，不是從酒館老闆那裡打來的！」），他們拔瓶塞的樣子是那樣的憤怒，好像在此之前克拉奈爾把水壺藏到了哪裡。弗塔基也忍不住抱怨說：「看你還真挺快樂的。如果讓你也拖著一條瘸腿，拎著兩只箱子，看你還能不能這麼快樂……」「你以為這該死的小車就那麼好拉嗎？我真不知道該怎麼辦，才能不讓它在這該死的路上散架！」克拉奈爾說完這話，悶悶不樂地沉默下來，從那一刻開始，他不再跟任何人講話，兩手緊緊抓住拖車的手柄，眼睛只盯著前頭的路面。哈里奇夫人開始嘮嘮叨叨地責怪克拉奈爾夫人，因為她斷定對方在小車的另一側什麼也沒做；哈里奇一想到自己痠痛的手掌就忍不住在心裡咒罵克拉奈爾和施密特，因為「他們拉的是雙輪車，當然可以輕鬆地閒聊……」不過，在所有人眼裡都顯得格格不入的是施密特夫人，即便在此之前大家並沒有注意到她的沉默，現在也越來越引人注意。自從出發以來，她就極少說話，甚至，「不，如果好好回憶一下的話，自從伊里米亞斯到來後，就很少再聽到她的聲音……」這個念頭不僅在克拉奈爾的腦子裡閃過，施密特心裡也這樣想。「這個施密特夫人顯得那麼可疑，」克拉奈爾夫人也暗地裡琢磨，「有什麼事情在折磨她？是不是生病了？但願不是……哦，不會的。想來她知道怎樣照料好自己。昨天夜裡，當伊里米亞斯把她叫到後面的倉庫時，肯定跟她說了些什麼。但是，他想讓她做什麼呢？當然，所有人都知道，當初在他們倆之間肯定有過什麼……可那是哪輩子的事情了？已經過去多少年了？……」「看來，這個伊里米亞斯徹底使她喪失了心智，」施密特不安地繼續想，「另外，當哈里奇夫人帶來這個消息時，她瞧我的眼神就不對勁！……她的目光穿我而過，好像根本就沒有看到我！但願不是又愛上了……啊，不會的。在這樣的年紀，她已經不會再那麼瘋癲。哦，可是……萬一真是這樣該怎麼辦？她應該清楚，我會立即扭斷她的脖子！不，這種事情不可能發生！別的不說，伊里米亞斯現在怎麼可能偏偏為她心動?!這也太可笑了。她身上有一股豬的臭味，她從早到晚噴多少香水也沒有用！伊里米亞斯不可能喜歡這樣的女人！他周圍有那麼多一個比一個好的女人，他才不缺一個像她這樣的農家蠢鵝。啊，不對……可她的眼睛為什麼會那樣炯炯發光？就像是兩隻牛眼睛？……伊里米亞斯怎麼會要她呢，除非太陽從西邊出來！喏，當然啦，她會趕著求他，纏他，無所謂是誰，喜不喜歡她，只要是男人就行……好吧，回頭我來收拾她！假如她至今為止得到的教訓還不夠的話，那麼沒有關係，我可以再教訓她一回！別擔心，我會叫她清醒過來的！在這該死的世界上，所有長乳頭的婊子全都欠揍！」弗塔基越來越拎不動手裡的那兩只箱子，背帶將肩膀磨出了血印，骨頭灼痛，有病的右腿又開始疼痛，他被同伴們遠遠地甩到了後面；然而，那幫人根本就沒有意識到，施密特也不管他，只會扭頭衝他嚷（「你到底怎麼了？咱們已經走得夠慢了，你怎麼還這樣磨磨蹭蹭?!」），由於他心裡還一直在生克拉奈爾的氣，因為那傢伙「在這裡假充領袖」，所以他一臉煩躁地催促施密特夫人走快點兒，跟上隊伍！要積存起最後所有的氣力，把她的小碎步邁得再快一些。他很快趕上了克拉奈爾夫婦的雙輪車，走到了隊伍的最前頭。「往前跑吧，跑你的吧！等會兒看誰能堅持到最後！」克拉奈爾自言自語地恨恨抱怨。「哎喲，看在上帝的分上，我親愛的朋友……你們別跑這麼快呀！這該死的靴子都快把我的腳後跟給磨爛了，每走一步都像是酷刑！」「別這麼哭哭啼啼的！」哈里奇夫人威脅他，「有什麼好抱怨的！你最好還是做給他們看看，你不僅在酒館裡是條真漢子！」聽到這話，哈里奇立即咬緊了牙關，努力跟上正在前面互相競爭的克拉奈爾和施密特，那兩個傢伙正越發吃力地緊跟彼此，時而這個超前，時而那個趕過，交替走在隊伍的前頭。這樣一來，弗塔基便更加跟不上隊伍，落得越來越遠，當距離超過了兩百公尺後，他根本不想再追他們了。他想方設法，試圖能拎著變得越來越重的箱子走得稍微輕鬆一點，然而，無論他怎麼調整肩上的背帶，他的痛苦也未能減輕半分。因此，他決定不再繼續折磨自己，當他看到路邊有一棵較粗的大槐樹時，便從路上拐下，連人帶箱子地癱倒在泥地上，背靠樹幹，氣喘吁吁地大喘了足有半分鐘時間，隨後把肩膀從背帶下抽出來，將兩條腿伸直。他把手伸進衣服口袋裡，但連點菸的氣力都沒有，突然睡著了。後來他被尿意憋醒，吃力地從地上爬起來，但兩條腿已經麻木了，剛一站起來就又摔倒在地，經過第二次的努力，他才成功地站在地上。「我們是一群白癡……」他大聲地抱怨，撒完尿後，他坐回到一只皮箱上，「我們真應該聽伊里米亞斯的建議！他說，我們應該等一等再搬走，可是現在，我們做了什麼？我們非要今天搬！非要今天晚上！這就是結果！我現在坐在雨地裡，累成一攤爛泥……今天還是明天動身，或者一個星期以後，究竟能有多大的區別？好像結果會截然不同似的……說不定伊里米亞斯真能給我們找來一輛大卡車！但是不行，就是不行！非要立即……馬上！……尤其是那個克拉奈爾！……唉，現在說這些也沒有用……再怎麼後悔也已經晚了。我們離目的地已經不遠了。」他抽出一支香菸，深深吸入了第一口。他頓時感覺好多了，還是稍微有一點暈眩，腦袋有些鈍痛。他伸了伸僵硬的肢體，揉了揉麻木的雙腿，然後用拐杖撥弄了一下眼前的泥地。天已黃昏。道路看不大清楚，但是弗塔基感覺很平靜：方向肯定不會迷失，因為公路的終點就是奧爾馬西莊園，再說，就在幾年之前他還經常去那裡，因為想當初，那裡的建築曾被做為「機器墓地」使用，他擔負的任務之一就是將報廢、沒用了的犁地機、耙地機和諸如此類的破爛機器運到那座當時就搖搖欲墜了的建築裡。「不過，如果仔細地想想，這整件事情還是有什麼讓人感到蹊蹺……」他突然想起了什麼，「首先是，這個……奧爾馬西莊園。毫無疑問，在伯爵的時代，它看上去肯定富麗堂皇。可是現在？我最後一次看到它時，殿堂裡已經長滿了蒿草，塔頂上的瓦片也被風捲走，不僅門和窗戶都不見了，就連地板也澈底地坍塌，可以一眼看到地窖裡……當然，這事我最好不要干預……伊里米亞斯是老闆，他知道應該怎麼辦，想來是他選定了馬約爾莊園！或許……它好就好在位置偏僻，離所有的地方都這麼遙遠……因為這地方沒有農舍，什麼都沒有……誰知道呢，也許就因為這一點。」在這樣潮濕的天氣裡，他不想再費力地試著劃火柴，而是用前一支菸的燼火又點燃了一支，但他並沒有將菸蒂立即扔掉，而是在手心裡握了一會兒，因為現在即使那點微弱的餘熱也讓人感到舒適。「另外……這整件事，昨天……儘管我努力想把它弄明白，但最終還是不明白。想來他心裡很清楚，我們非常瞭解他。既然這樣，他有什麼必要耍那番小丑？講話就像一位傳教士……看得出來，他也很痛苦，不僅是我們……我搞不明白，想來他應該清楚地知道，我們到底想要什麼！而且他還應該知道，我們到底為什麼跟這個蠢小子一起捲到這場荒唐事裡，就因為最終我們想從他嘴裡聽到這話：『好吧，夠了……這一切都到此為止。朋友們，我在這裡，我已經來了。你們為什麼還要這樣唉聲嘆氣？讓我們振作起來，開始做些聰明的事。我們洗耳恭聽，誰有什麼好的設想……』但是他並沒有這麼講，而是來了一大堆『各位女士、先生』，並且指責『各位女士、先生』，說『你們犯下了多麼大的罪孽』……這簡直讓人感到不可思議！鬼知道他是在跟我們開玩笑，還是存心這樣做。而且沒有辦法讓他閉嘴……還有那些胡說八道……說她吃了好多的老鼠藥，吃了那又怎麼樣?!對可憐的女孩來講，或許這樣更好，至少不用再繼續忍受痛苦。但是這一切跟我有什麼關係?!女孩的母親幹什麼去了?本來就應該她來照看女兒，想來那是她的責任!後來呢……卻讓我們在附近找了整整一天，在泥溝裡，在灌木叢中，在那麼惡劣的天氣裡，找遍了所有的角落，終於找到了這可憐的小傢伙!……本來應該讓那個老巫婆母親自己去找!是啊，當然啦。有誰能夠理解伊里米亞斯?沒人能理解……只是，有一點可以肯定……要在以前，他不可能會這樣做……讓人驚訝得說不出話來，就像喉裡扎了根魚刺，嚥不下去，也吐不出來……顯然，這個人發生了很大的變化。是啊，有誰能知道他在過去這些年裡都經歷過些什麼?但是他的鷹勾鼻子，他的格子外套，還有他那條紅領帶，還是跟以前一模一樣!一切正常，沒任何問題!」他如釋重負地嘆了一口氣，站起身來，調整了一下背在肩上的背帶，然後拄著拐杖走上了礫石公路。為了能讓時間過得更快一些，為了將注意力從陷到肉裡的背帶上轉移開，另外，還因為他這樣孤單地置身於世界的盡頭，形影相弔地走在荒蕪的路上，心裡感到有一點恐懼，他開始哼唱「你是多麼美麗啊，親愛的匈牙利」，但是剛唱到第二句就忘了接下來的歌詞，因為他突然想起了別的事情，他開始唱國歌。但是，歌聲使他感到更加的孤寂，所以很快停了下來，屏住了呼吸。他似乎聽到有什麼雜音從右側傳來……在右側病腿允許的情況下，他加快了步伐。現在，從他的另外一側也有什麼東西發出震顫的聲響……「真見鬼，這會是什麼?」他覺得自己最好還是繼續哼唱。現在剩下的路已經不多了。但在到達之前，還是得想辦法打發掉時間……

上帝啊，求祢保佑匈牙利，
賜予他快樂，賜予他富足，
向他伸出庇護的手臂，
幫他與敵人進行抗爭……

現在他好像……聽到了什麼叫喊……或者，並不是叫喊……更像是哭泣。「不。這是某種動物在……呻吟，或痛苦地哀叫。肯定是斷了一條腿。」但是不管他怎麼轉動腦袋四下張望，道路兩旁漆黑一片，什麼都沒看見。

如果有誰遭遇到坎坷，
這一年將會讓他快樂……

「我們還以為你改變了主意！」當他們意識到弗塔基趕了上來，克拉奈爾故意逗他說。「我從他的腳步聲就聽了出來，」克拉奈爾夫人附和道，「因為這是不可能聽錯的。他走路的聲音就像一隻瘸腿貓。」弗塔基將兩只皮箱放到地上，摘下肩上的背帶，如釋重負地喘了一口氣。「你們在路上什麼都沒聽見嗎？」弗塔基問。「沒有啊，我們應該聽見什麼？」施密特不解地問。「哦，我只是問問。」哈里奇夫人也坐到一塊石頭上，揉著雙腿。「我們聽到的只是你從後面跟上來的奇怪聲響。我們並不知道會是誰。」「為什麼這麼說？這話什麼意思？除了我們之外，還會有誰往這邊走？小偷嗎？……這裡連隻鳥都看不到，更不要說大活人了。」他們所站的那條甬道一直通向莊園的主體建築；甬道兩邊是瘋長了幾十年的黃楊，山毛櫸或冷杉則在黃楊的包繞下東一株西一棵地拔地高聳，在那些樹上和建築物的牆壁上爬滿了野生的常春藤，因此整座「莊園」（朝這個方向遠望）瀰漫著某種暗啞的絕望，因為現在只有正面牆壁最高的部分還是自由的，毫無疑問，再過幾年，整座建築將被貪婪的植物無情地吞噬。在通向高大的昔日莊園大門的寬闊臺階兩側，曾經左右各有一尊「裸女雕塑」，儘管已過了許多年，弗塔基對此仍印象很深，他放下箱子後的第一件事就是在附近尋找女神，但是無論他怎麼找都是徒勞，她們似乎被大地吞噬了。他失落地睜大眼睛，一聲不響地拾級而上，因為這座巍然聳立在黑暗之中的暗啞莊園——儘管正面的牆皮已經全部剝脫，高高的尖頂搖搖欲墜，看上去已經再經不起一場暴風雨，更不要說一扇扇窗戶都變成了空洞——始終還保持著一些往日輝煌的痕跡和不會隨時間消逝的高貴威嚴，想來它是出於防禦的目的而修築的。他們登上最高一層臺階，施密特夫人毫不猶豫地一步跨進大門殘破的拱券，雖然帶有敬畏，但一點都不害怕地走進空蕩回聲的建築物。弗塔基的眼睛很快適應了內部的黑暗，因此，當他來到左側一間稍小的大廳時，已經可以敏捷地繞開那些胡亂堆放在破碎陶瓷地磚和徹底腐爛的地板上的生鏽機器和零件，弗塔基時不時地在橫在腳下的廢鋼鏽鐵前佇立片刻，他對這一切還是記得那樣清楚。其他人都跟著他，與他保持八到十步的距離，就這樣，他們在這座早已廢棄的死亡「莊園」內穿堂風陣陣、陰冷潮濕的房間裡巡視了一圈，時而在一個個窗洞前停下，向下俯瞰陰森可怖的荒蕪花園，然後忘記了疲勞，就著火柴的光亮凝視那些儘管木料腐朽但仍圖案完整的門窗雕花，以及頭頂上僵硬、呆板、偶能辨識的浮雕人物。最後，弗塔基帶著清晰的記憶將目光落到一個歪倒在地、精心打鑄的銅爐上，哈里奇夫人興奮異常地精確數出十三隻龍頭。經過一陣不同尋常的沉默之後，克拉奈爾夫人洪亮的嗓音嚇了大家一跳。婦人叉開兩條粗腿站在大廳的正中央，高高地舉起兩條手臂，莫名其妙地大聲喊道：「這些人是怎麼給這麼大房子供暖的呢?!」由於這個提問裡已經隱含著答案，所以其他人只用表示贊同的輕聲附和對克拉奈爾夫人做出回應，嘈雜的聲音在一進正門的大廳裡迴響，經過一番爭論之後（特別是施密特，他堅決反對克拉奈爾的建議，他說：「為什麼在這兒？偏偏要在穿堂風最大的地方？我想說的是，老闆，您的主意真是太絕了……」），大家接受了克拉奈爾的建議，他認為「今天夜裡我們最好就睡在這裡。是的，這裡穿堂風確實很大，但是，萬一伊里米亞斯在天亮之前到達這裡，那該怎麼辦？他怎麼能在這麼大的迷宮裡找到我們呢？」他們到外面，將小車上的防雨布繃緊一些，以防夜裡的風雨越來越大，他們拿著各自的東西（睡袋、毛毯、羽絨被）回來，鋪好自己的臨時床鋪。然而，等到他們每個人都在各自的小窩裡躺好後，毛毯下進行的呼吸使他們感到稍許的暖和，他們又因疲勞過度而毫無睏意。「不管怎麼樣，我還是不太明白伊里米亞斯，」克拉奈爾在黑暗中開口說，「你們誰能跟我解釋一下……他在心裡和嘴上都是跟我們一樣簡單的人，只是他的大腦更加好使。現在呢？他簡直就像個大老爺，像是一個大人物！……不是嗎？」一陣長長的沉默，之後施密特補充說：「對，你說得很對，確實真的很奇怪。我們為什麼要攪進這攤狗屎裡？看得出來，他非常想要做什麼，但是我怎麼知道結果會怎樣？……假如一開始我就意識到他想做的事情跟我們所想的沒什麼兩樣，那麼當時我就會跟他講，滾你的蛋吧！……」校長在他躺的地鋪上翻了個身，不安地將目光投入黑暗。「不管怎麼樣，對我來說，他這麼講話還是太過分了，左一句『罪惡』，右一句『罪惡』，『小艾斯蒂』這個，『小艾斯蒂』那個！這個蠢丫頭跟我又有什麼關係?!現在我一聽這個名字就覺得熱血衝腦！為什麼叫她『小艾斯蒂』？這是一個什麼鬼名字？怎麼可以這樣叫一個孩子，『嘿，小艾斯蒂』？天哪，簡直太可笑了。小女孩有一個正經的名字，伊莉莎白，這他媽的還用說嘛，誰都知道。這孩子是他媽的被她父親毀掉的！怎麼會是我呢？怎麼會是我們呢?!更何況我已經盡了我的一切努力，試圖幫這個小丫頭學會獨立地生活！……我曾經跟那個巫婆講，如果需要我說明的話，可以每天早上都送到我這裡。但是她沒有，她從來沒把她送過來過。即使幾個福林，她也捨不得花到這個可憐的女孩身上！現在居然說我是罪人！太可笑了，真是可笑之極。」「安靜一下！」哈里奇夫人對著他們嘶嘶了兩聲，叫他們安靜，她說：「我丈夫睡著了！他習慣安靜！」但是弗塔基沒有搭理她，自顧自地說：「該怎麼著就怎麼著吧！咱們走著瞧，看看伊里米亞斯到底想幹什麼。再說，就在今天夜裡，你們能夠想像嗎？」「我可以，」校長回答，「你們看到旁邊的幾座附屬建築了吧？大概有五座，我敢打賭，它們會變成各種工作間。」「工作間？……什麼工作間？」克拉奈爾問。「我怎麼會知道……我只是猜……也許會這樣，也許不會。這有什麼好大驚小怪？」哈里奇夫人重新抬起頭來：「你們怎麼還不閉嘴？這樣怎麼可以睡得著覺？」「好了，妳也不要嚷，」施密特也抬高了嗓音，「妳丈夫再怎麼睡覺，別人也可以說話啊。」「我認為，」弗塔基停頓了一下，繼續說，「正好相反，附屬建築將是我們的公寓，這個地方將變成工作間。」「你們怎麼一說就是工作間，」克拉奈爾反駁道，「你們都中了什麼邪？難道都想當機械工嗎？弗塔基說這個，我還可以理解，你怎麼也這樣說？你自己想做什麼呢？是不是想當工廠主任？」「你用不著這樣挖苦人！」校長冷冷地說，「我不覺得此刻適合開這類愚蠢的玩笑！另外，我想問你，你有什麼權力這樣出口傷人?!」「你們趕緊睡覺吧，看在上帝的分上……這樣真的沒辦法睡覺！……」哈里奇哼哼唧唧地抱怨說。幾分鐘的安靜，但是並沒能持續太久，因為他們中突然有誰放了一個屁。「誰放的？」克拉奈爾笑著問，用手肘捅了捅躺在他旁邊的施密特。「你別煩我！不是我！」施密特惱火地辯解，並將身子翻向另一側。但是克拉奈爾並不就此甘休，繼續追問：「怎麼了，誰都不願意承認嗎？」哈里奇煩躁地喘著粗氣坐了起來，用央求的語調說：「好了，是我，我什麼都承認……只是求你趕快閉嘴……」聽了這話，克拉奈爾終於安靜了下來，幾分鐘後所有人都墜入了夢鄉。一個目光呆滯的駝背男人在夢裡追趕哈里奇，在驚恐、漫長的奔逃後他縱身跳入河中，然而情況變得越來越絕望，因為只要他將頭露出水面試圖換氣，那個小個子男人就會用一根長得可怕的木棍打他的腦袋，而且每次都用沙啞的嗓音對他喊道：「現在是你還債的時候了！」克拉奈爾夫人聽到從窗外傳進某種雜音，但是她不能斷定那是什麼聲音。她披上一件外套，小心翼翼地朝機房走去。她眼看就要走上礫石公路了，這時候她突然產生了一個不祥的預感。她猛地轉身，火焰已經吞噬了屋頂。「柴火！我把柴火忘在了外面！仁慈的上帝啊！」她絕望地呼救。她轉身向回奔跑，因為她再怎麼呼救都是徒勞，其他人彷彿都被大地吞噬了，她恐懼得渾身哆嗦，衝進房子，試圖救火，救能救的東西。她先是衝進屋內，迅速拿走藏在被子下的鈔票，然後縱身躍過火苗亂竄的門檻，衝進廚房，看到克拉奈爾坐在餐桌旁，正從從容容地吃東西，彷彿什麼也沒有發生。「尤斯卡，你瘋了嗎？房子著火了！」但是克拉奈爾仍一動不動……克拉奈爾夫人看到，火焰已經燒著了窗簾。「快點逃，你這個傻瓜！難道你沒看到整棟房子眼看就要坍塌?!」她從房子裡衝出來，一屁股坐到屋外的地上，突然之間，恐懼和顫抖一下子消失了，甚至，她看著眼前的一切化為灰燼，心裡感到莫名的享受。她指著大火跟站到她身邊的哈里奇夫人說：「妳看，燒得多美啊！我這輩子也沒有見過這麼美的紅色！」施密特腳下的地面開始移動，彷彿他坐在沼澤地上。他走到一根木頭跟前，爬了上去，但感到木頭開始下沉……他躺在床上，試圖將睡衣從妻子身上扯掉，但是女人開始高聲尖叫，他用力一拉，把睡衣撕破了，施密特夫人轉過身來面對著他，突然嘎嘎大笑，她碩大乳房上的乳頭看上去就像兩朵美麗的玫瑰花。房間裡十分悶熱，他們大汗淋漓。透過窗戶朝外眺望：外面暴雨傾盆，克拉奈爾抱著一只紙箱朝家裡跑去，後來，箱底突然散開，裡面裝的東西撒落一地，克拉奈爾夫人高聲叫喊著催促他「快點兒」，因此，掉到地上的東西他連一半都沒能撿起來，他決定明天再回來撿剩下的東西。突然有一條狗朝他撲了過來，他大驚失色地踢牠的臉，那條狗呻吟著倒在地上再不能爬起　他無法停止踢那條狗　狗的肚子非常柔軟校長痛苦而羞澀地說服一個衣衫襤褸的男人跟他一起去到一個荒無人跡的地方　那個男人似乎不能說不　校長則興奮得難以自制當他們走進一片荒蕪淒涼的園林裡他一把將對方推倒在一條被濃密灌木叢包繞的石凳上　小個子男人仰面躺倒校長撲到對方身上吻他的脖頸　但是就在這一刻有幾個身穿白袍的醫生沿著鋪了一層白色礫石的林蔭道朝石凳這邊走來　他羞慚地朝他們招了招手　醫生們從他們身邊走過　這時候他向一位醫生解釋並請他們理解他們倆確實沒有地方可去他們應該能夠理解　隨後他開始對小個子男人動手動腳因為現在他對他已經失去了耐心　但是無論他怎樣調轉視線都無濟於事無法擺脫醫生投向他的輕蔑眼神後來他疲憊不堪無可奈何地揮了下手　哈里奇夫人為施密特夫人搓洗後背　掛在浴缸邊的念珠像一條蛇似的緩慢滑入水中　一個小夥子壞笑的臉出現在窗戶上　施密特夫人對哈里奇夫人說行了她的背已經被搓得火燒火燎般的疼但是哈里奇夫人把她按回到浴缸裡繼續給她搓背因為她越來越擔心施密特夫人對她感到不滿意　施密特夫人惱火地朝她咆哮說夠了叫她趕緊住手哈里奇夫人坐到浴缸沿上哭了起來　在窗戶上始終能看到年輕人那張壞笑的臉　施密特夫人是一隻小鳥她高興地飛到雲層之上看到下面有人在朝她招手　她開始下降這時候她聽到施密特對她喝斥　快點下來妳這個婊子為什麼還不做飯　但是她從他的頭頂上飛過並且嘰喳地叫道　等到明天吧但願你不會餓死　她感覺到太陽火辣辣地烤著她的後背　施密特突然出現在她的身旁說別往下飛了　但是她不理睬繼續下降她想要捉住一隻昆蟲　他們用一根鐵棍打弗塔基的肩膀　他動彈不得被人用繩子綁在一棵樹上　他十分緊張並且感覺到他看到自己被繩子捆綁得皮開肉綻的肩膀他扭過頭去不忍再看　他坐在

一輛巨大的正在挖一個大坑的掘土機上　一個人走過來並且催他快點兒　不管你怎麼央求也沒有更多的汽油了　但是不管他怎麼努力往深處挖　土坑都會不斷地坍塌並被泥土填滿他一次又一次地努力但無濟於事　這時候他坐在機房的窗戶上哭泣不知道這到底是怎麼回事不知道現在是晨光破曉還是暮色降臨　一切都無終無止沒完沒了他坐在那裡不知道這究竟是怎麼回事　外面沒有發生任何改變　既不是早上也不是晚上只是繼續不停地晨光破曉或暮色降臨

四　異象？幻覺？

當他們拐過彎，終於再也看不到站在小酒館門前朝他們揮手的人們，他沉重如鉛的疲憊忽然消失了，也不再感覺到那股折磨人的睏倦，要知道，剛才無論他怎麼掙扎，這股睏倦幾乎把他黏到了那把擺在煤油壁爐旁的椅子上，因為自從那時開始，從昨天晚上伊里米亞斯告訴他那件他做夢都不敢想的事情（「好吧，你去跟你母親商量一下。如果你有興趣的話，你可以跟我走……」）開始，他幾乎連眼皮都沒有閉上過一下，整整一夜他都和衣躺在床上不停地翻身，生怕一不小心錯過約在黎明的碰頭；但是現在，望著眼前消失在朦朧晨霧之中、彷彿通向無限盡頭的道路，他感到渾身的力量倍增，感到「世界終於展現在他的面前」，他相信，無論將會發生什麼，他都能夠堅持到底。不管他內心抱著多麼大的渴望，渴望以某種方式發出聲音，表達體內震盪的激情，他都還是控制住自己，不由自主地放慢步伐，小心翼翼地，揣著天賜鴻運的狂喜亦步亦趨地跟著他的師父，想來他心裡很明白，他要想完成自己被委以的重任，絕不能用一個流鼻涕少年的方式，而是必須要用一個成年男人的方式——更不要說，假如他一不留神而說錯句話，佩奇納就會沒完沒了、變著花樣地嘲諷他，這種事更不能發生在伊里米亞斯面前，哪怕僅僅發生一次，他都會永遠感到羞恥。他清楚地知道，他最好忠實地效仿伊里米亞斯，因為這樣肯定不會出錯；首先，他認真注意他特有的動作，他闊步流星的輕鬆節奏，他驕傲自信的挺身揚頭，還有他在強調某句重要的話之前的片刻停頓和用右手食指做出的富有挑戰性和威脅性的警示動作，並且，他開始學習最難的一項——伊里米亞斯下滑的聲調和用來間隔不同語句和不同段落的深深沉默，還有他使用鏗鏘有力話語時的抑揚頓挫，他偷偷觀察他所表現出的那種不會被誤解的安全感，從而總能萬分精準地成功表述他的思想。他的視線一刻也不能從伊里米亞斯微駝的脊背和那頂窄簷的禮帽上移開，為了不讓雨水打到自己臉上，他將帽簷拉得很低，看得出來，他的師父根本沒有意識到他們的存在，聚精會神在沉思著什麼，他自己也一言不發地走著，嚴肅地皺緊眉頭，因為他希望能夠透過自己的屏氣凝神幫助伊里米亞斯迅速抵達他思想的目標。佩奇納痛苦地撓著耳朵，由於看到自己戰友緊張的表情，他也不敢打破沉默，不管他怎麼對「小傢伙」皺眉擠眼地暗示都無濟於事，於是他只好這樣提醒自己（「一聲別吭！用心思考！」），許多的疑問化成一股巨大的力量緊緊扼住了他的喉嚨，起初他的呼吸只是不太通暢，斷斷續續，過一會兒響起了哮喘的呼嘯，發出粗糙的喘息，直到伊里米亞斯也注意到了一直走在他身邊、憋得幾近窒息的佩奇納的「英雄壯舉」；伊里米亞斯並不情願地咧了咧嘴角，對他發了慈悲：「嘿，你說吧！你想幹什麼?!」佩奇納長吁了口氣，用舌尖舔了舔乾裂的嘴唇，開始不由自主地眨眼睛。「師父！我緊張得連屎都嚇出來了！你打算怎麼從這個坑裡爬出來?!」「如果你的屎沒被嚇出來，那我才會奇怪呢，」伊里米亞斯惱火地說，「要不要給你張紙擦擦屁股？」佩奇納搖搖頭說：「這可不是玩笑。如果我告訴你說，我差一點忍不住要大笑出來，那麼我是在撒謊……」「你給我閉嘴。」伊里米亞斯傲慢地凝視著遠方若隱若現的道路，將一支菸捲塞到嘴角，沒有放慢腳步，更沒有停下，點燃了香菸。「假如我現在告訴你：這就是我們等待已久的機會，」他格外自信地宣稱，同時將目光投射到佩奇納眼睛的深處，「你的心能夠踏實下來嗎？」在這道目光的逼視下，他的同伴感到畏縮，隨後將頭垂下，收住腳步，陷入了沉思，等他重新趕上伊里米亞斯並走在他身邊，他是那樣的緊張，以至於幾乎說不出話。「你……你，你的……腦袋裡，在想什麼?!」但是對方沒有回答，而是帶著一副神祕的表情繼續凝視著迷霧中的道路。佩奇納揣著深深的憂慮，痛苦地試圖為這陣意味深長的沉默找到某種解釋，之後——他在自己的靈魂深處清楚地知道，這種努力是徒勞的——他試圖延緩這場不可避免的災難降臨。「你聽我講！不管是禍是福，我過去、現在和未來都是你的同夥！如果這就是代價的話，那我也認了！我發誓，在我悲慘的餘生裡我別的什麼都不會做，只是逼迫那些敢戴著禮帽在你面前胡說八道的傢伙們給你下跪！但是……你千萬別幹發瘋的事！現在，你就聽一次我的話吧！請你相信一次好心的老佩奇納！我們馬上離開這裡！搭第一班車，一走了之！因為他們一旦發現這是一樁混帳事，肯定會把我們送進監獄！」「這不可能，」伊里米亞斯譏諷地朝他擺了下手，「我們要利用人們為了尊嚴而進行的堅韌不拔的絕望拚搏……」他舉起他那根著名的食指，警告性地對佩奇納說，「聽著，你這個傻瓜！這個時刻屬於我們！」「哎喲，上帝啊，救救我吧！」佩奇納彷彿真的看到了災難，「我一直知道！始終知道，有朝一日屬於我們的時刻終將到來！我信任……我相信……我希望……看哪，這就是結局！」「你這是在開什麼玩笑?!」走在他們後邊的「小傢伙」忍不住插嘴說，「別這麼瘋瘋癲癲，能不能對什麼事情也嚴肅一回！」「我?!」佩奇納尖聲地反問，「我是那麼的高興，高興得馬上會流口水！……」他把牙齒咬得咯吱作響，昂頭望著天空，隨後絕望地開始搖頭。「現在請你告訴我，我做了什麼缺德的事？我到底害了什麼人?!我講了什麼壞話嗎？求你了，師父，至少看在我年紀的分上！你看看我這頭變灰了的頭髮！」但是伊里米亞斯的意志不可動搖：同伴的話對他來講，只是一個耳朵進另一個耳朵出，他露出一絲神祕的微笑說：「網！你這個傻瓜……」佩奇納聽到這話興奮了起來。「你懂了嗎？」他們停了下來，面對面地站著，伊里米亞斯的身子微微前傾。「一張由伊里米亞斯編織的、巨大的、覆蓋全國的蜘蛛網……你這個榆木腦袋開竅了嗎？動動腦子……好好想想……」佩奇納重新感覺到一些活力，先是在他臉上閃過一抹類似微笑的表情，隨後在他圓溜溜的眼睛裡閃出同謀共犯的光亮，由於興奮，他的耳朵變紅了，最後他整個人都被對方的話打動了。「動動腦子……好好想想……我想，我開始明白一點了……」他用顫抖的聲音小聲說，「這……將會很美妙，如果……我該怎麼說呢……」「喏，你看，」伊里米亞斯冷冷地點了下頭，「你要先思考，然後再跟貓似的嗷嗷叫喚。」「小傢伙」遠遠地注視這一場景，他敏銳的聽力也發揮了作用：他一個詞也沒漏掉，由於他連一個詞都沒聽懂，所以在腦子裡迅速地重複了一遍，以免忘掉；他抽出一支菸，慢慢地，沉著地把它點燃，吸了一口，然後像伊里米亞斯那樣地噘起嘴唇，吐出一縷細細的青煙。他並沒有試圖趕上他們，而是跟剛才一樣，繼續跟在他們身後並且保持八到十步的距離，因為他越來越感到內心受到傷害，由於他的師父根本就沒想「讓他也分享他們的祕密」，然而伊里米亞斯理應清楚這一點，他——跟這個總是喋喋抱怨的佩奇納不同——將自己的靈魂都交給了他，要知道，他對他報以無條件的忠誠，這種傷害使他深受折磨，靈魂中的苦澀越來越濃烈，想來現在他必須正視這個事實，伊里米亞斯至少應該跟他說一句話，但是沒有！他根本沒有搭理他，好像他「並不在場」，好像他（「霍爾古斯．山多爾，他並不是隨便一個什麼人，要知道，他是自願為他效力的」）對伊里米亞斯來講什麼也不是，不具任何意義……由於不安，男孩煩躁地抓破了臉上難看的青春痘，當他們快要走到普斯泰萊克岔路口時，他再也忍不下去了，衝過去追上他們，面對面地瞪著伊里米亞斯，用顫抖的嗓音對他憤怒地吼道：「這樣我不會跟你們去！」伊里米亞斯不解地看看他：「你說什麼？」「如果你對我有什麼看法，就儘管明說！如果你跟我講，你不信任我，那麼我馬上會從你眼前消失！」「你這是在發什麼神經？」佩奇納喝斥道。「我沒有發神經！只是請你告我，你到底還需不需要我？自從我們出發後，你連一句該死的話都沒跟我說過，總是佩奇納，佩奇納，佩奇納！既然你這麼喜歡他，那你為什麼還要叫上我?!」「別急，等一下，」伊里米亞斯冷靜地叫住他，「我想，現在我明白了你的意思。好，那你記住我現在說的話，因為這些話我不會再跟你說第二遍……我之所以叫上你，是因為我們需要一個像你這樣意氣風發的年輕人。但條件是你能夠做到以下幾點：一，只有在我問你的時候你才講話。二，假如我派你做什麼事，你要努力把事情做好。三，改掉對我出言不遜的毛病。至於我跟你說什麼或不說什麼，目前還是由我來決定。

明白了嗎？……」「小傢伙」尷尬地垂下眼皮應道：「是的，我只是……」「沒有什麼『我只是』！你要表現得像一個男人……另外，不管怎麼說……我瞭解你的能力，我的孩子，我相信你能夠經受住考驗……好了，咱們走吧，出發！」佩奇納友好地拍了一下「小傢伙」的肩膀，然後將他的手留在了男孩的肩膀上，開始把他朝自己身邊摟。「你知道嗎，你這個小屁孩兒，當我像你這麼大的時候，只要看到附近有成年人在場，我連個屁都不敢放。我沉默得就像一座墳墓！因為那時候沒有孩子敢頂嘴！可不像今天！我真不明白你們……」他突然停頓了片刻，吃驚地問，「這是什麼？」「你指什麼？」「你聽……這個怪聲……」「我什麼也沒有聽到。」「小傢伙」不解地說。「怎麼，你現在也沒有聽到嗎?!」他們屏住呼吸仔細傾聽，伊里米亞斯站在他們前面不遠的地方一動不動地仔細觀察。他們站在普斯泰萊克岔路口，靜靜地望著淅淅瀝瀝的雨點，到處都不見一個人影，只有一隻烏鴉在遠處盤旋。佩奇納似乎覺得，聲音是從他的頭頂上傳過來的，他朝城市的方向指了指。「是汽車嗎？」「我不知道。」伊里米亞斯不安地回答。隆隆的聲響既沒有增強，也沒有減弱。「說不定是一架飛機……」「男孩」不太肯定地說。「不，不太可能……」伊里米亞斯說，「不管怎麼樣……我們必須抄近路。我們走普斯泰萊克這條路去到溫克海姆莊園，從那裡再沿著老路繼續往前走。這樣我們可以節省四、五個小時……」「你知道那條路有多泥濘嗎?!」佩奇納表示反對。「我知道。但我不喜歡聽這樣的聲音。我們最好還是走那條路。那裡我們肯定不會遇到任何人。」「你指什麼人？」「我怎麼知道？咱們走吧！」他們拐下礫石公路，朝著普斯泰萊克方向走去。佩奇納驚惶不安地轉動腦袋，緊張地眺望四周無垠的風景，但是他什麼也看不見。現在他可以發誓，怪聲是從高處的什麼地方傳來的。「但是，這不是飛機……更像是，像是教堂的管風琴……啊，這個世界瘋了！」他停了下來，彎下腰，用一隻手撐著地，幾乎將一側的耳朵貼到泥地上。「不。我敢肯定，不是管風琴。如果是，那我確實要發瘋了。」低沉的嗡鳴並沒有停止。既沒有朝這邊靠近，也沒有向遠處飄遠。無論他怎樣努力地在記憶中搜尋，都無濟於事，他找不出任何的隆隆聲跟這個聲音相似。既不是汽車的馬達聲，也不是飛機的螺旋槳聲，更不是遠處滾動的雷鳴……他有一種不祥的預感。佩奇納不安地將頭左轉右轉，在每片灌木叢裡，在每棵細瘦的枯樹裡，在路邊長了水草的窄溝裡，他到處都嗅到危險的氣息。最可怕的是，他連這一點都無法確定：這……這什麼東西……到底是從近處，還是從較遠的地方威脅著他們？他心懷疑慮地轉向「小傢伙」問：「告訴我！你今天吃東西了嗎？是不是你的腸胃在叫？」

「佩奇納，別說瘋話！」伊里米亞斯緊張地扭過頭說，「快點走吧！」……就這樣他們從岔路口走出了三、四百公尺，這時候，在令人憂慮、持續不斷的嗡鳴聲裡他們又注意到一樣新的、特別的東西。佩奇納是第一個發現的人，他嚇得大氣都不敢出，只是驚愕地定在那裡，像啞巴一樣，瞪著眼睛凝視天空。在他們的右邊，在變成了沼澤、毫無生氣的大地上空十五到二十公尺的高處，飄擺著一塊薄軟、透明的白色面紗，正緩慢而莊重地向下飄落。當他們愕然地看著這塊「面紗似的東西」落到地上並在剎那間消失，一時沒有醒過神來。「你們掐我一下！」佩奇納小聲嘟囔了一句，難以置信地搖了搖頭。「小傢伙」也驚得瞠目結舌，過了一會兒，當他看到無論是伊里米亞斯，還是佩奇納，全都愣在那裡說不出話，他用自信的口吻說了一句：「怎麼了，你們沒見過霧嗎？」「你管這個叫霧？」佩奇納緊張地低聲喝道，「別說蠢話！我敢發誓，這是什麼……就像……婚紗……師父，我有一種不祥的預感……」伊里米亞斯惶惑不解地看著剛才面紗飄落的地方。「別開玩笑了。佩奇納，打起精神，你也說一句聰明話。」「你們看那邊！」這時「小傢伙」喊了起來。他指著離剛才那塊白紗不遠的地方，有另外一塊正在緩緩飄落。他們像中了魔似的盯著它落到地上——彷彿真的是一團霧——隨即消失……「走吧，師父，咱們趕緊離開這裡！」佩奇納嗓音顫抖著建議說，「照我看，說不定馬上會從天上掉下吉普賽孩子……」「我敢肯定，這應該有一個合理的解釋！」伊里米亞斯用沉穩、果斷的語氣說，「只是我真想知道，這是個什麼鬼東西！……總不會是我們三個人全都發了瘋！」「要是哈里奇夫人在這兒就好了！」「小傢伙」邊說邊做了一個鬼臉，「她肯定能立刻告訴我們，這是什麼東西！」伊里米亞斯突然抬起頭問：「你說什麼？」他們全都沉默不語。「小傢伙」緊張地垂下眼皮：「我只是順嘴這麼一說……」「你知道什麼?!」佩奇納吃驚地問他。「我？」他做了一副鬼臉，「我要是知道就好了……」他們一言不發地繼續往前走，而且不僅是佩奇納，就連伊里米亞斯的心裡都在嘀咕：我們是不是該立刻掉頭回去？然而他們之中沒有一個人能保證，假如他們真的掉頭往回走，危險會比現在更小一些。他們加快了步伐，就連佩奇納也不再抗議，甚至，假如他能夠做出決定的話，他會立即撒腿奔跑，一直跑到城裡都不會停下。就這樣，當他們終於望到了溫克海姆莊園的建築時，伊里米亞斯提議休息一下（「我的腿已經凍僵了……咱們點上柴火，吃一點東西，把衣服烤乾，然後再繼續走……」）。佩奇納絕望地大聲反對：「不，絕對不行！你怎麼能夠想像我們可以在這裡停留？在發生了這麼多怪事之後？一分鐘都不行！」「別被嚇成這樣，」伊里米亞斯安慰他，「現在的情況是，我們太累了。我們幾乎兩天兩夜沒睡覺了。我們需要休息。前面還有很長的路要走。」「那好，但你走在前頭！」佩奇納要求說，他存足一點勇氣，在十步之外跟著他們；他的心臟已經跳到了喉嚨口，甚至沒有心思反擊「小傢伙」的譏諷；看到伊里米亞斯神色鎮定，「小傢伙」的心也放鬆了一些，並且希望能夠有一次機會充當一把「勇者」……佩奇納等著兩個人拐上通向莊園的小路，自己也小心翼翼、探頭探腦地迅速跟上，但是當他來到已變成廢墟的建築物大門口時，所有的力量都從他的肢體裡逃脫了，儘管他看到伊里米亞斯他們迅速閃到一片灌木叢之後，但他絲毫沒有氣力走下小路。他可以清晰地聽到從什麼地方——從莊園裡？或從已被火燒焦並被雨澆透了的花園——傳來一陣快樂、清脆的笑聲。「我感覺，現在我真要發瘋了！」出於恐懼，他的額頭冒出了冷汗。「該死的魔鬼！該詛咒的地獄！我們這是到了什麼鬼地方？」他屏住了呼吸，肌肉緊張得馬上就要繃斷，他終於側著身子成功地鑽到灌木叢後面。銅鈴般清脆的嘎嘎笑聲又響了起來，聽起來像是快樂、開心的一群人在這裡說笑逗鬧，似乎這一切都很自然，一群快樂的人在這樣一片荒郊野地，在風雨和寒夜中消磨時光……這銅鈴般清脆的嘎嘎笑聲……古怪得震耳……讓人脊背竄涼，不寒而慄。佩奇納朝小路那邊窺望，然後抓住一個他認為合適的時機發瘋般地狂奔，衝到伊里米亞斯身邊，感覺就像在戰場上一個戰士冒著死亡的危險，迎著槍林彈雨從一條戰壕衝進另一條戰壕。「老兄……」他用顫抖的嗓音小聲說，並且躲到蹲在那裡的伊里米亞斯身旁，「這是怎麼回事?!」「現在我還什麼都沒看到，」伊里米亞斯低聲回答，他顯得平靜沉著，完全能夠自控，目不轉睛地盯著昔日莊園的院落，「但是馬上就可以搞清楚。」「別！」佩奇納哀求說，「還是別搞清楚為妙！」「好像有人在玩遊戲……」「小傢伙」既興奮又急躁地說，因為他迫不及待地準備接受師父委以的重任。「在這裡？」佩奇納尖聲反問，「在雨裡？……在這個被上帝遺忘的角落裡？……師父，我們還是離開這裡吧，現在撤退還不晚！……」「你趕緊給我閉嘴，這樣我什麼都聽不見！」「我能聽見！我能聽見！就因為這個我才說，我們……」「安靜一點！」伊里米亞斯低聲喝斥。院子裡長滿了橡樹、核桃樹和黃楊，樹木間和花圃長滿了雜草，還是看不到任何的動靜，因此伊里米亞斯決定，既然從這裡只能看到一條縫隙，那他們要悄悄、大膽地向前挪動；他抓住佩奇納胡亂揮舞的手臂，然後拉著他慢慢靠近莊園的大門，隨後右拐，踮著腳尖悄悄走到一棵樹旁。伊里米亞斯走在前面，當他快走到建築物的牆角時，從那裡朝花園的後半部窺視；他愣了片刻，然後迅速地縮回了腦袋。「怎麼樣？」佩奇納小聲問，「咱們逃吧？」「你們看到那裡有座小房子了嗎？」伊里米亞斯壓低嗓音問。他朝那座與他們在一條直線上的、搖搖欲墜的建築物說：「快跑！一個一個跑！先是我；然後是你，佩奇納；最後是你，小傢伙。聽清楚了沒有？」話音未落，他已經弓著腰開始朝那棟曾幾何時的夏宮跑去。「我不去！」佩奇納緊張地嘟囔，「這至少有二十公尺遠！我還沒跑到那裡，就會被人拿槍打成篩子！」「快點走！」「小傢伙」粗暴地推了他一下；佩奇納完全沒有準備，跌跌撞撞地剛跑出幾步就失去了平衡，一頭栽倒在泥濘中。他一躍爬起，隨後再次跌倒，他乾脆像一條蛇一樣匍匐前進，跟在同伴身後爬到夏宮門口。由於驚恐，他半天沒敢抬起頭來，用手擋遮住眼睛，一動不動地躺在地上，隨後，當他意識到「老天保佑」自己還活著，這才聚起一股勇氣爬起身來，透過一道縫隙朝院子裡望去。他看到的場景使他已然綳緊的神經瀕臨崩潰。「趴下！」伊里米亞斯喝道，「別亂嚷嚷，你這個白癡！」伊里米亞斯低聲警告：「如果我再聽到你吭一聲的話，就立即扭斷你的脖子！」在花園的後部，在三株粗大挺拔、樹冠光禿的橡樹前有一小片空地……地上躺著一具纏裹著透明白紗的小……小軀體，估計距離他們不到三十公尺遠，甚至可以看見那張未被薄紗纏裹的面孔；假若他們並非認為這絕不可能，假若不是他們親手將那副小軀體放進克拉奈爾親手做的簡陋棺材裡，那麼他們肯定認為現在看到的是「小傢伙」的妹妹，蠟一樣慘白的面孔，打成捲的金髮，彷彿在寧靜地安睡……晚風不時吹拂起薄紗的末端，雨水靜悄悄地洗滌著屍體，三株老橡樹發出咯吱吱、呼啦啦搖曳的聲響，彷彿馬上就要連根拔起……在屍首的周圍不見一個人影……只有那甜美、清脆的笑聲，那活潑、頑皮的咯咯歡笑從各個角落響起，那無憂無慮純真童音的快樂音樂……「小傢伙」目光呆滯地盯著那片空地，不清楚到底是什麼更使他感到恐懼，由於此時此刻——在那片空地上，在這令人毛骨悚然的寧靜中——他看到了自己妹妹濕漉、蜷縮、變僵硬的屍體？還是由於她的軀體開始蠕動，站起，朝他這邊走來？他兩腿發抖，周圍一片昏暗，花園，樹木，莊園，天空，只有她的身體更加痛苦不堪、更加清晰可怖地橫陳在那一小片空地中央。在突然降臨的寂靜裡，在連雨點落地濺起水花都悄然無聲的澈底喑啞中，他們都以為自己失聰了，因為他們雖然能夠感覺到，卻什麼都聽不到，既聽不到呼嘯的林風，也聽不到此刻正柔和地吹拂他們的這股特別的微風，但是即便如此，他還是覺得自己聽到了什麼，似乎剛才那陣持續不斷的嗡鳴聲和清脆的笑聲被某種可怕的獰笑和低沉的呼嚕聲所替代，他看到他們好像正在向他走來，他用手臂擋住眼睛，終於忍不住哭了出來。「你看到這個了嗎？」伊里米亞斯用生硬的音調低聲耳語，並牢牢地抓住佩奇納的手臂，他手指的膚色變得蒼白。忽然起風了，在澈底的寂靜中，那副晃白刺眼的屍體恍惚向上升起……後來，當它升到與橡樹的樹冠頂相平的高度，突然開始搖晃起來，並且抽搐著開始下降，之後重新落到那片空地的中央。看到這個場景，剛才那些不具肉身的嗓音開始憤怒地譴責，就像是一曲抱怨大合唱，不僅要承認自己的過錯，而且還要承認再次失敗。佩奇納氣喘吁吁。「你能相信這個嗎？」「我正在努力相信。」伊里米亞斯面色煞白地說。「我不明白，他們已經嘗試了多久？這孩子已經死了快兩天了。」佩奇納，或許有生以來第一次感到害怕。「老兄……我能問你一件事嗎？」「嗯，你說吧。」「你認為……？」「我認為什麼？」「你認為……哦……地獄存在嗎？」伊里米亞斯嚥了一大口口水說：「誰知道呢。也許吧。」突然間，一切重新恢復了寂靜。只有嗡鳴，只有隱隱的隆隆聲增強了一些。屍體重新開始上升，在空地之上升高了兩公尺，開始抖動，隨後突然急速地向上飛去，很快消失在靜止、肅穆的濃雲之間。夜風席捲花園，橡樹瑟瑟發抖，夏宮也搖搖欲墜，清脆鏗鏘的聲響在他們的頭頂榮耀而莊嚴地奏響，之後慢慢地飄遠，寧息，只留下幾片從天而降的白色薄紗，只有莊園屋頂殘破的瓦片發出嘩啦的聲響，還有斷裂、下垂的鐵皮排水管一下下撞到牆壁上發出的可怕撞擊聲……他們長達幾分鐘地凝視著那片空地，後來什麼也沒有發生，他們也慢慢地清醒過來。「我想，結束了。」伊里米亞斯說，然後打了一個響嗝。「我真心希望，我們能讓這個小傢伙振奮起來。」佩奇納小聲說。他倆把手插到渾身顫抖、蹲在地上的男孩的腋下，幫助他站起身來。「好了，打起精神！什麼事也沒有！」佩奇納鼓勵說，事實上他自己也站在那裡兩腿發抖。「你們別管我……」「小傢伙」悶聲喝道，「你們都給我滾！」「好了，好了！你已經沒有什麼好害怕的了！」「你們讓我一個人待在這兒！我哪兒也不去！」「他當然要跟我們一起來！你已經哭夠了，也喊夠了！再說，現在那裡已經什麼都沒有了……」「小傢伙」往前挪了兩步，站到縫隙間朝那片空地張望。「去哪兒……到哪兒去了？」「蒸發了，就像霧。」佩奇納回答，他的手扶在一塊凸出來的牆磚上。「就像霧，」「小傢伙」壯起膽子重複了一遍，「這麼說，我是對的。」「當然，我必須承認，你是對的。」伊里米亞斯開口說，他終於止住了打嗝。「但是……你們，什麼……你們看到了什麼？」「我只看到了霧，」佩奇納說，然後目光呆滯地盯著前方，痛苦地搖了搖頭，「到處都是霧，除了霧就是霧。」「小傢伙」不安地瞧了伊里米亞斯一眼問，「但是……這是怎麼回事？」「幻覺。」伊里米亞斯面色蒼白地回答說，他的嗓音也很虛弱，「小傢伙」不由自主地向他躬身。「我們都累壞了。尤其是你。所以說……看到這個並不奇怪。」「一點都不奇怪，」佩奇納插言道，「人在疲勞的狀態下，會看到各種各樣的幻象。我在前線服役的時候，每天夜裡都看到女巫騎在掃帚把上到處追我。我說的是真的。」他們沿著小路走了好一陣，然後都一聲不響地拐上通向普斯泰萊克的那條路，他們繞開及踝深的泥窪，朝著一直通向小城東南部的老路走去，佩奇納越來越為伊里米亞斯的精神狀態擔心。可以感覺到，師父的神經已經緊張得眼看就要繃斷，兩腿無力，膝蓋打彎，好幾次看上去，他再邁出一步就會屈腿摔倒。他面無血色，面肌鬆弛，兩眼呆滯地盯著前方的虛無。幸運的是，「小傢伙」對此毫無察覺，原因是：一方面伊里米亞斯和佩奇納的話成功地使他平靜下來（「當然！若不是幻象，那還會是什麼？我必須打起精神，否則他們會嘲笑我的！……」）；另一方面，他興奮於自己所擔負的重任，佩奇納讓他走在隊伍的前頭，充當偵察兵的角色。伊里米亞斯突然停了下來，佩奇納驚慌地衝到他身邊，看他是否需要幫助。但是伊里米亞斯推開了同伴的手臂，朝他轉過臉去厲聲喝道：「你這個畜生！怎麼還不滾開?!我已經受夠了你！明不明白?!」佩奇納迅速垂下眼皮。伊里米亞斯一把抓住他的衣領，試圖把他拎起來，但是最終沒有成功，於是猛地推了他一把。佩奇納的身體失去了平衡，在跌撞幾步之後倒在了泥裡。「老兄……」他用哀求的語調說，「你可不要丟下你的……」「怎麼？你還敢回嘴?!」伊里米亞斯對他吼道，隨後衝到佩奇納跟前，一把將他從地上揪起，用盡全力揍他的臉。之後，兩個人面面相覷地站在那兒，佩奇納失落、絕望地盯著對方；伊里米亞斯猛然清醒了過來，這時候，他感到的只是極度的疲勞和某種澈底的空虛，如同一頭落入陷阱的困獸感覺到自己死到臨頭、無路可逃的巨大絕望。「師父……」佩奇納結結巴巴地說，「我……我不生氣……」伊里米亞斯沮喪地垂下頭說：「對不起，你這個白癡……」他們重新出發了，佩奇納朝著像石頭一樣僵立在那裡盯著他倆的「小傢伙」招了下手：「走你的吧，什麼問題也沒有！」他不時地嘆氣，撓著耳朵嘟囔：「我是一位福音傳道者……」「你的意思是說，你信福音教派，對吧？」伊里米亞斯立即糾正他。「對，對，是的！我想說的就是這個……」佩奇納趕緊應道，如釋重負地吁了口氣，因為他看到自己的同伴「已經度過了最艱難的時刻」……「那你呢？」「我？我根本就沒有受過洗禮。他們肯定知道，即使給我做了洗禮，情況也不會變得更好……」「噓！」佩奇納緊張地向他揮揮手，並且朝頭頂上指了指：「小點聲！」「算了吧你，你這個白癡……」伊里米亞斯苦澀地說，「現在怎麼說都已經無所謂了……」「也許吧，對你來說無所謂，但是對我來說有所謂！每當我想到天上熾熱的彗星，我就連氣都不敢喘！」「一切都不會是想像的那樣，」伊里米亞斯沉默了好一陣後說，「不管我們現在看到什麼都沒有用，沒有任何意義。天堂？地獄？另一個世界？都是沒用的蠢話。我敢肯定，相信這些東西只會讓我們浪費時間。不管我們的想像力怎麼不停地運轉，我們絲毫都沒有更接近真相。」佩奇納聽到這話，心裡的石頭終於落到了地上。現在他已經知道，「一切恢復正常」，他清楚自己現在應該說些什麼才能讓同伴恢復過去的自我。「至少你別這麼大聲嚷嚷！」他壓低嗓音說，「我們遇到的麻煩還不夠多嗎？」「我再怎麼嚷嚷，上帝也沒有表態，你這個白癡。事實上，他對什麼都沒有表態。他沒有現身。他根本就不存在！」「我可是個信徒！」佩奇納惱火地打斷他，「至少你應該考慮一下我的感受，你這個無神論者！」「說上帝存在就是一個謬誤。我早就明白了，在我和一隻甲殼蟲之間，在一隻甲殼蟲和一條河流之間，在一條河流和一聲從我頭頂劃過的吶喊之間，並不存在任何的差別。所有的一切都在空虛地、無意義地運轉，相互依存於一個永恆的、瘋狂震動的強制體系裡，只是我們的想像——而不是我們永遠受挫的感知——使我們不斷地接受這樣的信念，以為我們能夠透過自己的努力將自己從悲涼的洞穴中解救出來。根本沒有逃路，你這個白癡。」「你怎麼會偏偏現在說這種話？」佩奇納反駁說，「現在？我們剛親眼看到那個奇異的場景？」伊里米亞斯苦澀地對他做了個鬼臉：「正因為看到我才說這話，我們永遠無法逃出陷阱。一切都做得滴水不漏。最好你也不要勉強自己，不要相信自己的眼睛。這是一個陷阱，佩奇納。我們總是永遠不斷地墜入其中。我們以為自己獲得了解放，其實我們只是擺弄了一下枷鎖。一切都做得滴水不漏。」佩奇納現在真的生氣了：「你說的話我一句都聽不懂！你別再跟我吟詩了，這麼多廢話！你就有話直說吧！」「咱們上吊去吧，你這個白癡，」伊里米亞斯憂傷地建議，「那樣至少可以早一點結束。其實不管我們以哪種方式結束都是一樣。既然如此，那咱們還是別上吊了。」「老兄，你這人真是沒救了！我們還是不談這個了吧，再談我真的就要哭了……」他們一言不發地走了一會兒，但佩奇納的心裡還是很不踏實，於是又說：「你知道你的問題是什麼嗎，師父？因為你沒有受過洗禮。」「有這個可能。」這時候他們已經走在了那條荒蕪的老路上，「小傢伙」抱著冒險的渴望觀察著前方的地形。然而除了來往的馬車在夏季留下的深深車輪溝外，並沒有別的什麼危險窺伺他們；偶爾有一群呱呱狂叫的烏鴉從他們頭頂飛過，這時候雨絲又開始變得細密，離城越近，風也似乎刮得越發猛烈。「喏，現在呢？」佩奇納問。「你說什麼？」「我說，現在我們該怎麼辦？」「什麼我們該怎麼辦？」伊里米亞斯咬牙切齒地反問，「我們的事業正蒸蒸日上，情況只會變得越來越好。以前總是別人命令你，告訴你應該做什麼，從今以後，發號施令的將是你。而你對他們下的命令完全一樣。隻字不差。」他們點燃香菸，面色沉鬱地吐著煙霧。當他們到達城內的東南部城區時，天色漸漸地黑了下來。他們走在空寂的街巷，街邊的窗戶裡透出昏黃的燈火，屋子裡，人們正一言不發地坐在冒著熱氣的菜盤前用晚餐。當他們走到梅闍酒館門前時，伊里米亞斯停下來說：「喏，咱們進去坐一小會兒。」他們進到烏煙瘴氣、潮熱窒悶的小酒館內，店裡人頭攢動，客滿為患，大貨車司機、稅務局的公務員、石匠和學生們在大聲地說笑，他倆吃力地穿過相互爭吵的人群，站到排在吧檯前的隊伍的隊尾。伊里米亞斯剛一跨進店門，酒保就已經認出他來，殷勤地跑到隊尾跟他打招呼：「看啊，看啊！大家看看誰來了！歡迎光臨！您也都好吧，我們的玩笑大王！」他越過吧檯想跟伊里米亞斯握手，並且小聲問他：「先生們，想喝點什麼？」伊里米亞斯根本沒有理會對方伸出的那隻手，只是冷冷地應道：「兩杯混合酒和一小杯氣泡酒。」「遵命，先生們。」酒保討了個沒趣，尷尬地收回伸過去的手。「兩杯混合酒和一小杯氣泡酒。馬上就來。」酒保迅速回到吧檯中央，很快倒好了酒，恭敬地將酒杯遞給他們。「喝吧，先生們，我請客。」「謝謝。」伊里米亞斯說，「情況怎麼樣？威斯？」酒保用捲起的襯衫袖口擦了擦額頭的汗，眨著眼睛環視了一周，而後俯身湊近伊里米亞斯的臉說：「據說，馬群從屠宰場跑掉了……」他用興奮的語調小聲說。「馬群？」「是的，馬群。我剛剛聽說，他們一直還沒能抓回來。要知道，是一大群馬。據說，牠們在城裡四下狂奔。」伊里米亞斯點了點頭，然後將酒杯舉過頭頂，重新穿過擁擠的人群，吃力地回到兩個同伴跟前：佩奇納和「小傢伙」為他們在窗戶前占了一小塊地方。「小傢伙，我給你要了一杯氣泡酒。」「謝謝，我看到了，你知道我要喝什麼！」「這不是什麼難猜的事情。來，為了我們的健康！」他們一飲而盡，佩奇納瞧了他倆兩眼，他們點燃了香菸。伊里米亞斯感覺有一隻手搭到自己的肩頭。「晚上好！怎麼是您?!是哪位魔鬼把您帶到這兒來的？哎呀，見到您我可真高興！」一個矮個子、紅臉膛的禿頂男人站在他跟前，友好地向他伸出手來。「啊，著名的玩笑大王！您好，先生！」他說著轉向佩奇納。「最近還好吧，托特？」佩奇納問。「我還可以，也只能這樣，是吧，在這種形勢下！你們呢？說真的，我已有兩年，不！至少三年，分辨不出顏色來！是不是挺嚴重？」禿頂男人回答。佩奇納點頭表示同情：「夠嚴重的。」「喲，對了……」禿頂男子忽然想起了什麼，不安地轉向伊里米亞斯，「您聽說沒有？薩布完蛋了。」伊里米亞斯「嗯」了一聲，揚起脖子喝乾了杯子裡的酒，然後問：「情況怎麼樣，托特？」禿頂男人湊到他的耳根說：「我分到了一間公寓。」「真的嗎，恭喜了！還有別的嗎？」「嗯，生活還在繼續，」他悶聲應道，「剛舉行完選舉。你知道，有多少人沒有去投票？嗯，可以猜出來的。每個名字都存在這裡。」他指了指自己的額頭。「哦，太棒了，托特，」伊里米亞斯疲憊地說，「我看到了，你沒有浪費時間。」「那當然，」禿頂男人攤開手說，「一個人該清楚自己的處境。我說得不對嗎？」「好啦，你快去排隊，給我們弄一點喝的來！」佩奇納說。禿頂男人殷勤地弓腰問：「先生們想喝點什麼？我請客。」「混合酒。」「馬上，一分鐘就來。」轉眼之間，那人就擠到了吧檯前，招手將酒保叫到跟前，很快，他手裡端著兩只倒滿酒的杯子回到了原處。「為了重逢的快樂乾杯！」「乾杯！」伊里米亞斯說。「永遠快樂！」佩奇納附和。「嗨，你們講點什麼吧！那邊有什麼新聞？」

托特滿心期待地問，眼珠子瞪得鼓鼓的。「你問哪邊？」佩奇納看著他問。「我只是隨口一問，無所謂哪邊。」「是吧？哦，我們剛親眼看見了復活。」佩奇納一本正經地說。禿頂男人齜著黃牙笑道：「你可真是一點都沒變啊，佩奇納？哈哈哈！剛親眼看見了復活？這很棒！我太瞭解你了！」「你不相信這是真的？」佩奇納不無酸澀地感嘆，「你會看到的，結果會很糟。如果你感到死期將至，就用不著穿得太暖和！」托特笑得渾身發抖。「啊，好啦，先生們！」隨後他嘆了一口氣，「我去找我的同事們去。我們還會再見面嗎？」「很遺憾，托特，」佩奇納露出一個憂傷的微笑，「這無可避免。」

他們從梅閭酒館出來，沿著兩側白楊樹成蔭的中央大道朝市中心走去。風吹在他們臉上，雨滴到他們眼裡，由於在酒館裡已經暖和了過來，所以走在街上瑟瑟發抖。一直走到教堂廣場，他們都沒有見到一個人影，佩奇納不解地問：「這是怎麼回事？難道實行宵禁了嗎？」「不，只是因為秋天到了，」伊里米亞斯傷感地解釋，「人們都縮回到家裡的壁爐旁，春天才會站起來。他們會在窗前坐好幾個小時，直到天黑。他們吃啊，喝啊，在床上緊緊地摟抱在一起，身上蓋著鴨絨被。之後他們會不時地感到，這種日子實在過不下去了，於是開始毆打孩子，或者踢貓撒氣，這樣他們又可以繼續活一段時間。生活就是這樣，你這個白癡。」在中央廣場上，他們被一群人攔住。「你們看到了什麼沒有？」一位身材瘦高的男人問。「沒有，什麼都沒看見。」伊里米亞斯回答。「如果你們看到了什麼，請一定要告訴我們。我們就在這裡等待消息，你們可以在這裡找到我們。」「好的。再見。」佩奇納走出幾步後問：「也許我是一個傻瓜。但說不定他們也是呢？可這些傢伙看上去挺正常的。我們應該看到什麼？」「馬群。」伊里米亞斯回答。「馬群？什麼馬群？」「從屠宰場跑出來的。」他們沿著空無人跡的中央大街往前走，然後拐向納吉羅曼城區。走過愛明內斯庫大街和林蔭大道的交叉路口時，人們發現了牠們。在街道上，在愛明內斯庫大街的中間，在一口街心的水井周圍大約有八到十匹馬正悠閒地溜達。微弱的燈光投照在牠們的鬃毛上，熠熠閃亮，它們安然自得地吃著野草，並沒有注意到窺視牠們的人；後來，牠們警覺起來，不約而同地抬起頭來，其中一匹馬發出了一聲嘶鳴，馬群轉眼之間消失在街道的另一個盡頭。佩奇納禁不住發出一聲呼叫。「你在為誰歡呼？」「小傢伙」狡黠地問。「為我自己。」佩奇納緊張地回答。在施泰格瓦爾德開的酒館裡，根本沒有幾位客人，他們剛一推門進去，裡面的客人也很快地離開；天色已晚。施泰格瓦爾德正在一個角落裡擺弄電視機。「操他媽的，真他媽的操蛋！」他自言自語地罵道，根本沒有發覺有客人進來。「晚上好！」伊里米亞斯聲音洪亮地跟他打招呼。施泰格瓦爾德突然扭過頭來：「上帝保佑！怎麼會是你們，出了什麼事嗎？」「沒有，什麼事也沒出。」佩奇納安慰他說。「哦，那就好，我還以為……」酒館老闆嘴裡嘟囔著，站到吧檯後面。「這該死的爛玩意，」他憤怒地指著電視機說，「我已經折騰一個小時了，但是怎麼沒有畫面。」「那麼，這種時候應該休息一會兒。來兩杯混合酒。給這位年輕人來一杯氣泡酒。」他們坐到一張酒桌旁，解開大衣的鈕扣，重新點燃香菸。「小傢伙，」伊里米亞斯吩咐，「你喝完之後，到帕耶爾那裡去一趟。你知道他住在哪裡。喏，你就告訴他，我在這裡等他呢。」「好的。」男孩應道，重新繫上外套的鈕扣。他從酒館老闆手中接過杯子，將杯中摻了蘇打水的葡萄酒一飲而盡，隨後一躍而起，動作敏捷地跨出了店門。「施泰格瓦爾德！」伊里米亞斯叫住了酒館老闆；此刻，施泰格瓦爾德剛將斟滿酒的杯子放到他倆面前，轉身回到吧檯後。「哦，看來出了什麼麻煩事。」酒店老闆自言自語地嘀咕了一句，將壯碩的身軀挪到他倆旁邊的椅子上。「放心吧，沒有任何的麻煩事，」伊里米亞斯安慰他說，「只是明天需要一輛貨車。」「什麼時候送回來？」「明天晚上。今天我們就睡在這裡。」「沒問題。」施泰格瓦爾德如釋重負地點了點頭，然後吃力地站起來。「你什麼時候付錢？」「現在。」「什麼?!」「你聽錯了，」伊里米亞斯糾正說，「明天。」店門被推開，「小傢伙」跑了進來。「他馬上就來。」男孩說完，坐回到剛才的那個位子。「幹得很不錯，小傢伙。你可以再要一杯氣泡酒。並且跟他說，請他給我們做一鍋豌豆湯。」「放肘子肉。」佩奇納咧嘴笑著補充道。幾分鐘後，一位大塊頭、啤酒肚、灰白頭髮的男人走進了酒館，手裡拿著一把雨傘，顯然已經準備睡覺了，因為都沒有換衣裳，只在睡衣外面套了一件棉大衣，腳上穿著一雙人造毛的棉拖鞋。「我聽到消息了，您又回到了我們的城市，先生，」他帶著睏意說，動作緩慢地坐到伊里米亞斯旁邊的一把椅子上，「如果您想跟我促膝談心，我很樂意。」伊里米亞斯正神色沉鬱地凝視著前方，帕耶爾的話突然打斷了他的思路，他怔了一下，臉上浮現出滿意的微笑：「我向您致以深深的敬意。非常希望我沒有打擾您的好夢。」帕耶爾垂下眼皮，一本正經地說：「您沒有打攪我的好夢，這一點可以肯定，而且，您以後也不會打攪的。」伊里米亞斯臉上的微笑並沒有萎頹。他蹺起二郎腿，將上身靠在椅背上，長長地吐出一團煙霧：「讓我們言歸正傳。」「您別一張嘴就嚇唬我，」帕耶爾舉起手打斷他，動作雖然很慢，但顯得很自信，「我要喝點什麼！既然你們把我從床上抓了起來。」「您想喝什麼？」「不要問我想喝什麼。我想喝的東西這裡沒有。請給我一杯李子酒。」他閉上眼睛聽伊里米亞斯說下去，看上去像是睡著了，直到酒館老闆端來一杯李子酒，他這才重新舉起手來，動作緩慢地將酒乾掉。「等一下！咱們著什麼急？我還不認識這兩位新同事呢……」佩奇納從椅子上跳起來：「我是佩奇納，或者……我是……這個由您來決定。」「小傢伙」坐在椅子上沒有動彈：「霍爾古斯。」帕耶爾睜開垂著的眼皮。「這是一位有教養的年輕人，」他邊說邊向伊里米亞斯投去會心的一瞥，「這小子以後會有出息的。」「我很高興我的助手能夠慢慢贏得您的好感，軍火商先生。」帕耶爾將頭後仰，做出一副防衛的架勢：「饒了我吧，可別給我戴這樣的帽子。我可不是個武器迷，我想，在這一點上您很瞭解我。我還是當我的帕耶爾吧。」「沒問題！」伊里米亞斯微笑說，將香菸頭在酒桌的底面摁滅，「情況是這樣的。如果您能提供一些……原材料，我將萬分感謝。種類越多越好。」帕耶爾閉上了眼睛：「您這只是泛泛地詢問，還是能夠給出具體的數額，好讓我較為輕鬆地承受這份羞辱？對我來說，這羞辱就是活著本身。」「當然，這還用說。」客人頗為讚許地點點頭說，「我不得不再次承認，您從頭到腳都是一位商人，交易夥伴。很遺憾，像您這樣有教養的同行已經很難遇到了。」「您願意和我們一起用晚餐嗎？」當施泰格瓦爾德端著豌豆湯站到酒桌旁時，伊里米亞斯用始終沒有萎頹的微笑親熱地問。「有什麼好吃的？」「什麼也沒有。」酒館老闆乾脆地回答。「您的意思是說，您端上來的東西是不能吃的？」帕耶爾用疲倦的嗓音反問，「那我就什麼都不點了，」他站起身來，稍稍弓了下腰，對「小傢伙」點了下頭，然後又說，「先生們，我很樂意為你們效勞。如果我沒有理解錯的話，具體的細節咱們回頭再議。」伊里米亞斯也跟著站起身來，向他伸出手：「是的。週末我會找您的。您先回去休息吧。」「朋友，我清楚地記得，我最後一次能一連睡五個半小時，那還是二十六年前的事情，從那之後，我總是半夢半醒地輾轉反側，無法睡實。但是不管怎麼說，我都要謝謝您。」他再次弓了一下腰，緩緩邁開步子，睡眼惺忪地離開了小酒館。晚飯後，施泰格瓦爾德絮絮叨叨地在一個角落給客人們鋪床，並帶著無聲的威脅朝沒有畫面的電視機揮了揮拳頭，然後走了出去。「有沒有《聖經》？」佩奇納對著他的背影說。施泰格瓦爾德放慢腳步，然後停了下來，轉身看了看佩奇納：「《聖經》？您要《聖經》做什麼？」「我想在睡覺前讀一小段。您知道，讀完後總能使我平靜下來。」「你說這話也不覺得臉紅！」伊里米亞斯嘀咕說，「你最後一次手拿《聖經》還是在你童年的時候，而且你也只看裡面的畫……」「您別聽他瞎說！」佩奇納一臉怒氣地反駁道，「他只是嫉妒。」施泰格瓦爾德抓了抓頭皮說：「我這裡有很棒的偵探小說。要不要我拿一本來？」「上帝啊，饒了我吧！」佩奇納當即回絕，「那不管用！」施泰格瓦爾德做出一副無奈的表情，然後消失在通向庭院的屋門後。「這個施泰格瓦爾德是一個多麼愚蠢、可憎的傢伙……」佩奇納抱怨說，「我敢發誓，即使在最可怕的噩夢中出現的饑餓狗熊也會比他友善得多。」伊里米亞斯已經躺到了地鋪上，並且蓋上了毛毯。「也許吧。但是他能比我們所有人都活得更長久。」「小傢伙」關上了電燈，他們全都安靜下來。只有佩奇納繼續嘟囔了幾句，試圖記起曾幾何時他從祖母那裡聽到的祈禱詞：

我們的天父……啊，我們的天父，
祂在那裡，祂在天上，是的，
祂在天堂裡，讓我們讚美
讚美我主耶穌基督，
不……讓他們讚美……我們讚美……
或者還是讓他們讚美祢的美名，
讓一切……也就是說，
讓所有的一切都遵照祢的意願
這樣最好……不僅在天上，而且
還在地上，在祢的手所能觸及的
所有地方，無論是在天堂……
還是在地獄，阿門……

三　透視，假如從後面

雨靜靜地、不停地下著，泥窪的僵硬表層在驟然刮起又突然平息的風中微微抖動，在這無法慰藉的觸摸下變得頹喪無力，以至於在黑夜防護的死亡筋膜尚未覆蓋，甚至，連昨日的疲憊閃光都還沒有來得及吸收掉，就越來越貪婪地吞噬起從東方悄悄漫過來的晨光。樹幹、偶爾嘩嘩擺動的枝杈、黏在泥裡爛掉的野草和「莊園」本身，也都籠罩上一層細膩、滑潤的皮毛，彷彿鬼鬼祟祟的黑夜密探們在它們身上做了標記，這樣一來，他們就可以在下一個夜晚繼續幹他們堅韌持久、腐化蛀蝕的毀滅性勾當。當月亮在又高又遠的雲層背後不知不覺地慢慢滾向西邊的地平線，他們眨著眼睛透過昔日大門敞開的縫隙向裡面張望，透過高大的窗洞眺望破曉的天光，他們慢慢地明白過來，在今天的黎明，有什麼事情發生了變化，有什麼事情不像他們以為的那樣，隨後他們驚愕地意識到，他們暗中極其擔心的事情最終還是發生了：他們昨天還那麼興奮地追逐的夢，已經結束了，現在在這裡只有苦澀的甦醒……最初的混亂意識很快被可怕的認知所替代，因為他們已經清醒地看到：他們是如此愚蠢、匆忙地闖進了這條「死胡同」裡，他們的撤離並非基於周密的考慮，而是受到邪惡衝動的驅使，因為他們不僅離開了家園，而且還燒掉了身後通向家園的唯一橋梁，以至於連回家的機會也沒有了，儘管現在看來回家是唯一的明智之舉。現在，在黎明中最悲涼的時刻，他們麻木的四肢痠痛難忍，身子在寒冷中凍得瑟瑟發抖，嘴唇發紫，渾身發臭，饑腸轆轆地從地鋪上爬起，他們不得不面對一個這樣的現實：同是這座「莊園」，昨天還對他們做出過接近他們夢想的變化的承諾，但是今天——在這無情的天光下——卻已成為囚禁他們的寒冷、殘酷的監獄。他們喋喋抱怨，越來越苦澀地在這又一次死亡了的建築物空曠、淒冷的廳堂裡躑躅，心情沉鬱，一言不發地繞著那些滿地亂扔的生鏽機器的殘骸打轉，在墓地般的寂靜裡，他們越發痛苦地懷疑自己被誘入了陷阱，他們只不過是一場卑鄙陰謀的弱智受害者，現在他們無家可歸地站在這裡，每個人都遭到了欺騙、掠奪與侮辱。施密特夫人第一個回到自己在黎明的昏暗中看來那般悲涼的地鋪前，渾身發抖地坐下來，坐到堆在一起的包裹上，茫然地望著逐漸變亮的晨光。眼影粉（這是她從「他」那裡得到的禮物）塗花了她浮腫的臉，嘴角苦澀地向下撇著，喉嚨乾燥，她甚至覺得連整理一下蓬亂的頭髮和皺巴的衣服的氣力也沒有了。因為一切都是徒勞的：跟「他」一起度過的那幾個小時美妙的記憶並不足以補償伊里米亞斯——現在看來已經無可置疑的——野蠻無情的背信棄義，不足以消解她內心的焦慮，或許她已經喪失了一切……接受這一現實並不那麼容易，但是她不接受又能怎麼樣呢？她努力讓自己直面真相：伊里米亞斯（「……終於真相大白……」）是不會把她從這裡帶走的，所以，她想最終逃脫「施密特骯髒的爪子」、離開這「該死的鬼地方」的夢想只能在幾個月後或許多年後（「上帝啊，許多年，又要許多年……」）才有可能變成現實，不過她一旦想到這個可怕的念頭（「說不定這也是一個謊言，也許她已經爬過了所有的溝溝坎坎」），她心裡又燃起了冒險的渴望，並且堅定地握緊了拳頭。的確，一回想起昨夜在小酒館倉庫後面的角落自己向伊里米亞斯的激情獻身，即使現在，即使在這般折磨人的時刻，她也必須承認，她並沒有失望：那些美妙銷魂的時刻，那些高潮時恍如在天堂的分分秒秒，完全能夠補償所有的損失；只是在這個世界上，她唯獨不能原諒「愛情的欺騙」，不能原諒別人將「她純真熱烈的情感」在這樣齷齪的泥濘中肆意踐踏！然而現在，她該怎樣理解分手時他在她耳邊的神祕低語（「在黎明之前！肯定！……」）？沒有別的解釋，現在終於真相大白，那不過是「可恥的謊言」！……她絕望地，但仍然倔強地透過敞開的門洞凝視外面傾盆的大雨，身體蜷縮，心臟緊皺，蓬亂的頭髮垂在痛苦的臉上。然而，無論她怎麼迫使自己「與其無可奈何地接受折磨人的悲傷，不如喚起復仇的渴望」都無濟於事，伊里米亞斯的甜言蜜語總在她的耳畔縈繞，他高大、瘦削、威嚴、堅實的身影始終浮現在她的眼前，還有他鼻梁剛毅自信的曲線，窄細、柔軟的嘴唇，還有他那令人無法抗拒的目光：在她的頭髮裡，能夠一次又一次地感覺到他靈巧手指不由自主的遊戲，在她的胸脯和大腿上，能夠感覺到他手掌的溫熱，在想像中或現實裡的每一點響動裡，她都期望著他的出現，因此，後來——當其他人也都回到各自的地鋪，在他們臉上也能看到與她自己臉上相同的悲傷的苦澀——她驕傲抵抗的最後一道薄弱的堤防也被內心的絕望沖垮了。「沒有了你，我將怎麼活下去?!……上帝啊，唉……你可以拋棄我，但是……不要現在！還沒到時候……至少再給我一次機會！……一個小時！……哪怕一分鐘！……我不管你對別人怎麼樣，只要……跟我！跟我……不要這樣！別的不行，至少允許我當你的情人！你的女傭！……你的女僕！我什麼都不在乎！你可以像對一條狗一樣踢我，揍我，只是……現在你再回來一次吧！……」他們捧著寒酸的食物神色沮喪地坐靠在牆根，在從屋外湧進的清冷、平和的晨曦中一聲不響地咀嚼，吞嚥。屋外那座牆皮剝脫、搖搖欲墜的鐘樓在風中瑟瑟發抖，曾幾何時，那口銅鐘就掛在那裡，在「莊園」右側的小教堂內，現在，從建築物深深的內部傳來遙遠、沉悶的隆隆聲，讓人感覺好像哪個地方的地板再次坍塌……別無選擇，現在他們不得不承認，這樣無條件的等待是毫無意義的，因為伊里米亞斯關於「天亮前到達」的承諾已然報廢，黎明眼看就結束了。但是，還是沒有人敢打破沉默，誰都不敢說出這句沉重的話：「看來，有什麼事情澈底搞砸了！」因為這種話很難說出口，他們很難在「救世主伊里米亞斯」身上看到「該死的惡棍」、「骯髒的騙子」和「卑鄙的竊賊」，更不要說，他們始終難以確定到底發生了什麼……說不定中間出了什麼狀況？……他們之所以來遲，也許是由於下雨的緣故，道路泥濘難行，也許因為……克拉奈爾站起身來，走到大門口，將肩膀靠在潮濕的牆上，抬眼眺望從礫石公路上拐下來的那條小路；他點燃一支菸，隨後用力將自己的身體彈離牆壁，在空中使勁揮了一下拳頭，重新回到原位坐下來。過了一會兒，他用顫抖的嗓音說：「……你們聽我說……我有種預感……他們把我們全都給騙了！……」聽到這話，那些一直瞪著迷茫的眼睛凝視前方的同伴也都垂下了眼皮，他們所有人都惶惑地緊張起來。「我說話你們聽到沒有？他們把我們給騙了！」克拉奈爾提高了嗓音。但是沒有人動彈一下，這鏗鏘有力的話語在令人驚恐的寧靜中響起警示性的回音。「怎麼回事?你們所有的人都聾了嗎?!」克拉奈爾扯開嗓子厲聲吼道。克拉奈爾一躍而起:「你們連一個屁都不會放嗎?!」「我來告訴你!」施密特神色憂鬱地突然開口,「我馬上從頭跟你說起!」他的嘴唇哆嗦,拿出一副指責的架勢用食指指著蜷縮成一團的弗塔基。「他承諾說,」克拉奈爾瞪著兩眼,身子稍稍前傾地咆哮道,「他承諾說,給我們興建一個流奶流蜜的迦南!……看看吧!你們睜開眼看看!這就是我們的迦南!這就是結局,所有的流氓無賴都從天而降,禍害這個本來就很悲慘的世界!他把我們騙到這裡……騙到這個荒涼的廢墟,而我們!就像可憐的羔羊!……」「而他呢,」施密特插言道,「他得意揚揚地去了與我們相反的方向!鬼知道現在他在哪裡?!我們現在可以滿世界找他的腳印了!……」「鬼知道他在哪家酒館裡正拿我們的錢賭博?!」「這是我們一年的血汗錢啊!」施密特繼續用顫抖的嗓音說,「一年裡我們可憐巴巴地精打細算!結果一分錢都沒有留下來!我又變得身無分文了!」克拉奈爾就像一頭被關在籠子裡的野獸,發瘋般地踱來踱去,手握拳頭,不時地朝空中憤恨地擊打:「但是他會遭到懲罰!這個惡棍肯定會後悔的!克拉奈爾不會善罷甘休,我一定會找到他,哪怕他鑽到地底下!我發誓,我赤手空拳就能收拾他,瞧著吧,哼!我就用這隻手,扭斷他的脖子!」弗塔基緊張地抬起手臂揮了下手說:「先別動手!不管怎麼樣,先別急著動手!要是兩分鐘後他出現了,那會怎麼樣?那時候你又會嚷嚷什麼?!嗯?!」施密特跳了起來:「你在說些什麼?你居然還敢開口?!他們打劫了我們,這該歸功於誰?!說呀,誰?!」克拉奈爾一步跨到弗塔基跟前,死死盯著他的眼睛:「那就再等一等!」他深吸了口氣,又說,「好吧!我們再等兩分鐘!

然後我們看看……這裡會發生什麼事！」他把施密特拉到自己跟前，站在大門的門檻上，克拉奈爾叉著腿站著，身子開始前後搖晃。「喏?!你們看！他還真來了，」施密特用挖苦的腔調說，並將腦袋轉向弗塔基那邊，「你聽到沒有?!你的救世主已經來了！你這個可憐的傢伙！」「閉嘴！」克拉奈爾打斷了他，緊緊握住施密特的手臂，「讓我們再等兩分鐘！然後再看看他這張大嘴巴還怎麼說！」弗塔基把頭垂到了兩膝之間。喑啞的寂靜。施密特夫人驚恐萬狀地蜷縮在角落。哈里奇嚥了一大口口水，然後——因為他隱隱約約猜到他準備幹什麼——用幾乎難以讓人聽見的嗓音說：「這真可怕……即使在……這種時候也……互相……！」校長從他的鋪位上站了起來：「別鬧了！」他對克拉奈爾平和地說，「怎麼能這麼做？這不是……解決問題的辦法！我認為……！」「閉嘴！你這個蠢貨！」克拉奈爾咬牙切齒地對他喝道，並用威脅的眼神瞪了他一眼；看到這威脅的眼神，校長立即又坐了回去。「怎麼著，老兄?!」施密特悶聲悶氣地問，背對弗塔基，朝著連接公路的小路張望，「兩分鐘已經到了吧？」弗塔基抬起頭，雙手抱著屈起的膝蓋。「現在請你告訴我，為什麼要演這麼一齣戲？難道你真的以為，我能夠左右這件事嗎？」施密特的臉變成了紅辣椒，辯解道：「在小酒館裡是誰非要說服我的?!誰?!」他邊說邊慢慢朝他這邊走來。「是誰不停地勸我說，放心吧，因為這個，因為那個?!嗯?!」「你的腦袋出了毛病？老弟！」弗塔基也提高了嗓門，開始緊張地挪動身子，「你是不是瘋了？」但施密特已經站到了他跟前，弗塔基根本就站不起來。「你把我的錢還給我！」他瞪著血紅的眼睛咬牙切齒地說，「我說的話，你聽到沒有?!你把我的錢還給我！」弗塔基將身子向後縮到牆根，將脊背靠到牆上。「你在我這裡，再怎麼找也不可能找到你的錢！你的腦子清醒一點！」施密特閉上眼睛說：「我最後再說一遍，你把我的錢還給我！」「夥計們！你們快點把他拉走，這傢伙真的瘋了……！」弗塔基大聲喊道，但是還沒有等他把話喊完，施密特就用盡全力朝他的臉上狠踢了一腳。弗塔基的腦袋向後一仰，片刻之間就一動不動地打了個挺，鼻孔冒血，然後開始慢慢向一旁倒去。但是這時候，婦人們、哈里奇和校長也從地上跳起來，撲過去，將施密特的手臂扭到背後，然後推推搡搡，用了很大氣力才把施密特從那裡拖開。克拉奈爾緊張地咧嘴傻笑，叉開雙腿，兩臂抱胸地站在門口，而後他朝施密特這邊走過來。施密特夫人、克拉奈爾夫人和哈里奇夫人驚恐無措地圍著昏迷不醒的弗塔基尖叫，後來，施密特夫人恢復了理智，抓起一塊破布，衝到露臺，蘸了一下地上的積水，然後迅速跑回來，跪到弗塔基身邊，開始擦他的臉，然後對驚慌失措的哈里奇夫人喊道：「妳與其在這裡哭，不如找一塊厚一點的布給他吸一下血！」……弗塔基慢慢地恢復了意識，張開眼睛，茫然地盯著天花板和施密特夫人俯向他的那張憂心忡忡的臉，之後，他突然感到一陣疼痛，試圖坐起來。「哎喲，看在上帝的分上！你坐著別動！」克拉奈爾夫人喊道，「血還沒有止住呢！」她們扶著他躺到褥子上，克拉奈爾夫人跑出去，洗掉吸在破布裡的血水，哈里奇夫人則跪在弗塔基身邊，開始小聲地禱告。「把這個巫婆從這裡拖走……」弗塔基呻吟說，「我還活著呢……」施密特氣喘吁吁、神色混亂地蹲在對面的角落裡，將一副緊握的拳頭架在大腿根內，似乎這樣他才能強迫自己待在那裡不動。「哎，天哪，」校長不住地搖著腦袋，他和哈里奇一起用自己的後背擋住施密特的去路，以防他再次撲向弗塔基，「我簡直不能相信我自己的眼睛！你正經也是一個成年人！怎麼能夠做出這種事情?!想都不想就這樣攻擊另一個人?!你知道，你這是什麼行為嗎？暴力主義！」「這不關你的事！」施密特咬牙切齒地嘟囔了一句。「他說得沒錯！」克拉奈爾也朝這邊跨近一步，「因為，所發生的一切確實跟您一點關係也沒有！您為什麼總要多管閒事?!話說回來，這個傻瓜罪有應得，這全是他自找的！……」「你給我閉嘴，你這個怪物！……」校長當即打斷他說，「你……這把火就是你點起來的！你以為我沒有看到嗎？你最好還是閉嘴！」「我建議您，」克拉奈爾的眼睛在黑暗中閃閃發光，他警告說，「我建議您，最好還是躲開這裡，趁著我還不想跟您打架！……我並不希望，我們抱在一起打一架……！」就在這時，從門檻外傳來一個洪鐘般震耳、響亮、果斷而嚴肅的聲音：「出了什麼事?!」所有人都刷地一齊轉過頭去，哈里奇夫人驚叫了一聲，施密特從地上跳起來，克拉奈爾不由自主地倒退幾步。伊里米亞斯出現在大門口。藍灰色的雨衣沒怎麼繫扣，幾乎完全敞著，帽簷拉得很低遮住了前額。他用犀利的目光「環視了一周」，兩手插在衣服口袋內，嘴角叼著一支被雨水打濕了的香菸。大廳裡頓時鴉雀無聲。弗塔基坐了起來，搖搖晃晃地試圖站起，用濕布擦掉仍在流淌的鼻血，而後迅速將破布塞到身後。一臉驚愕的哈里奇夫人剛要在胸前畫一個十字，馬上又把手垂了下來，因為哈里奇正無聲地揮手制止她，叫她「……馬上給我停下」。「我在問你們，這裡出了什麼事？」伊里米亞斯用嚴肅的語調重複了一遍。他把菸蒂吐到地上，抽出一支新的菸捲塞到嘴角，然後點燃。村民們都垂著腦袋站在他面前。「我們都以為，你不會來了……」克拉奈爾夫人遲疑不決地說了一句，並且勉強做出一個微笑。伊里米亞斯看了一眼手錶，氣惱地敲了敲玻璃錶蓋說：「六點四十三分。這錶很準。」克拉奈爾夫人用幾乎讓人難以聽見的聲音回答：「只是，您知道……您說的是，半夜來……」伊里米亞斯皺了皺眉頭說：「你們這時怎麼想呢？你們以為我是一名計程車司機？我把整個身心都交給了你們，已經三天三夜沒睡覺了，在大雨裡走了好幾個小時，一場暴雨接著另一場暴雨，一路上克服了重重阻礙，而你們這些傢伙……？」他朝他們走過去，掃了一眼亂糟糟的地鋪，然後站到弗塔基跟前。「您這是怎麼了？」弗塔基羞慚地低下頭說：「我在流鼻血。」「這我看到了，但是為什麼會流？」弗塔基沒有應聲。「唉，我的朋友……」伊里米亞斯嘆了口氣繼續說，「這真的不是我所期望的。不僅對您，還有你們！」他突然轉身對其他人說：「我們只是剛剛開始，開始的開始！如果你們現在就鬧成這樣，以後會發生什麼？互相揮刀子嗎？這個場面我已經看夠了。可悲啊，實話告訴你們，非常可悲！」他在村民們面前踱了幾步，目光嚴肅地看著他們，然後，當他重新走到大門口時，突然轉過身來對他們說：「你們看，我並不知道這裡到底發生了什麼。我也不想知道，因為時間寶貴，我們不能將寶貴的時間花在處理這類雞毛蒜皮的瑣事上。但我不會忘記，至少不會忘記你們，弗塔基，我的好朋友。這次我暫且原諒，但有一個條件，你們要保證這類事情不會再發生！你們明不明白?!」他停頓了片刻，然後顯出一副心事重重的樣子，用手抹了一把額頭。「現在咱們言歸正傳！」他深吸了一口已經燃到指甲蓋的香菸頭，隨後扔到石頭地上用腳踩滅，「我有重要的消息要告訴你們。」好像有什麼魔鬼的咒語突然被解除，人們猛地醒了過來，所有人都變得清醒和理智。他們根本無法理解，在過去的幾個小時裡究竟發生了什麼。是什麼魔鬼的力量占據了他們的心靈，奪走了他們的心智，使他們成為魔法的犧牲品。他們怎麼會像瘋子似的相互攻擊，就像那些「由於餿水來晚了而互相爭搶的骯髒的豬」？這本來是一個令人興奮的機遇，他們在經歷了許多年的痛苦絕望之後，終於能自由地呼吸令人眩暈的空氣，而他們卻像被關在牢籠裡的奴隸那樣毫無意義、毫無希望地在籠中奔跑，衝撞，視野全都變得模糊，認為自己未來的家園只是他們「目睹」的廢墟、霉臭和淒涼，並且忘記了「重建廢墟、再次崛起」的美好承諾！他們彷彿從噩夢中驚醒，低眉順眼地將伊里米亞斯團團圍住。在如釋重負之後，他們能夠感覺到的只有深深的羞恥，因為他們的急躁和猜疑是不可饒恕的，他們完全錯怪了一位不管怎麼說（即便遲到了幾個小時……）還是恪守了諾言的恩人，他們本來應該感激他；痛苦的羞恥感逐漸升級，因為這位「為他們敢冒生命風險」的人肯定不會想像得到，他們剛才是怎樣地懷疑他，汙蔑他，誹謗他，不假思索地指責他，而事實做出了有力的駁斥，他不僅活生生地站在了他們面前，而且已經做好了行動的準備。由於懷著逐漸升級的自責和愧疚，他們自然會懷著更加堅定的信任聆聽他的講話，還沒等能準確地理解他所說的內容，就熱情高漲地開始點頭，尤其是克拉奈爾和施密特，他們清楚地知道自己犯了多大的罪孽。實際上，伊里米亞斯提到的那些「發生了變化、不太有利的情況」本該會損害他們的心情，因為他們獲知，「關於奧爾馬西莊園的計畫，我們不得不暫時擱置一段時間」，因為圈裡人認為「在目前狀況下這不是一個好主意」，反對將這個「目標尚不明確的實體」設立在這裡，尤其是，當他們從伊里米亞斯那裡得知，莊園距城裡有很遠一段距離，在他們看來這座「莊園」遙不可及，會「很大程度地削弱」他們對實際工作進行持續性監督的可能性……「鑒於這種情況」，伊里米亞斯稍顯激動地用本來就鏗鏘的嗓音繼續說，為了能夠使他們的這一計畫付諸實現，目前只有一條路可走，那就是，「我們暫時分散到州裡的不同地方工作，直到這些大人物們澈底找不到我們的蹤跡，然後我們再放心大膽地回到這裡，並著手實現我們最初的目標」……他們帶著逐漸增強的自豪感意識到，從這一刻開始，他們的存在有了某種「特殊的意義」，因為有一項「重要的使命」選擇了他們，為此他們必須保持忠誠、熱忱和高度的警醒。儘管他們對伊里米亞斯的有些想法的真實含義並不很清楚（特別是像「我們的目標太過明顯」這類話），不過他們馬上能夠明白，他們的「分散」只是一個「戰略性的計謀」，即便在一段時間內他們之間會失去聯絡，他們也會跟伊里米亞斯保持不斷的、經常性的聯繫……「你們用不著擔心，」這時候伊里米亞斯提高了嗓音，「在這段時間裡你們只需耐心等待，情況自然會朝好的方向發生轉變。」他們帶著短暫的驚詫靜靜地聽著，他們的任務是持續而警覺地仔細觀察周圍的情況，嚴密記錄下所有人的看法、傳言和所發生的事件，「這些工作對於計畫的實現，有著特別重要的意義」，因為他們每個人都必須學習並掌握這種必不可少的能力；借助於這種能力，他們「可以辨別出有利或不利的徵兆，換句話說：能夠區分好壞，判斷吉凶」，因為他——伊里米亞斯——由衷地希望，他們每個人都要明白，假如缺乏這種能力的話，他們將在實現他所描繪出的具體藍圖的道路上寸步難行……但就在這時，施密特突然問了一句：「那在這段時間裡我們靠什麼生活？」他們得到的回答是：「儘管放心，朋友們，儘管放心——

一切都已經做好了計畫，一切都經過了周密考慮，我們每個人都會得到一份工作，大家在開始階段必不可少的生活費將從公共基金裡面出。」轉眼之間，今天黎明的恐慌已從記憶裡消失得無影無蹤，接下來他們要做的只是收拾行李，先把行李拎到門外小路的盡頭，然後再裝上等在公路口的大卡車上……他們狂熱、匆忙地投入工作，儘管稍微有一些尷尬，但還是開始了快樂的閒聊。哈里奇表現得最為開心，好像剛才什麼也沒發生，他拎著一個個塑膠袋或皮箱，像猴子一樣頑皮地跟在別人身後，一會兒模仿克拉奈爾狗熊般笨拙的動作，一會兒模仿他妻子大步流星的男人步態，裝好了他自己的行李之後，他幫助一瘸一拐的弗塔基將兩隻皮箱拎到大路上，嘴裡嘟囔說：「患難見真情……」等他們將所有的行李都堆到了路邊，「小傢伙」也終於把大卡車掉了一個頭（經過長時間的央求，伊里米亞斯終於允許他在方向盤後坐一小會兒），現在，剩下的最後一件事只是，為了他們自己的未來，最後再回頭望一眼「莊園」，與它默默地告別，然後爬上敞篷卡車的車斗。「嗨，我親愛的弟兄們！」佩奇納從駕駛室的車窗戶裡探出頭來，「你們全都找個地方坐好，即便這輛車風馳電掣，至少也要開兩個小時！把外套的扣子繫上，把頭罩、帽子都戴好，最後把身子轉過去，將你們的後背朝向無望的未來，否則該死的雨會迎面打來……」由於行李就占了半個車斗，所以他們只能坐成兩排，相互擠靠在一起，因此並不奇怪，當伊里米亞斯發動引擎，卡車顛簸搖晃地載著他們上路時——掉頭往回，朝著城市的方向——他們重新燃起了熱情，感到一種「牢不可破的團結」的溫暖，這種溫暖的感受使他們一天前動身時的記憶變得甜蜜。尤其是克拉奈爾和施密特，他們暗下決心，絕不再發洩他們愚蠢的壞脾氣，在未來的生活裡，只要在他們中間發生任何危險的衝突，他們將第一個站出來予以制止。搬行李的時候，施密特曾試圖在歡快的說笑中向弗塔基發出信號，向他表明「自己為剛才的行為感到十分後悔」，但無論他怎麼努力都沒有成功，沒能在「莊園」前的小路上「與他相遇」，後來他也缺少了懺悔的勇氣，所以現在他暗下決心，「至少給他遞上一支菸」，可是他被死死地夾在克拉奈爾夫人和哈里奇中間，他的手想動都沒法動彈。「沒關係，」他安慰自己，「最遲等我們從這輛老掉牙的破卡車上下去時……不管怎麼說，我跟他不能這樣懷著憤怒分別！」施密特夫人的臉上泛起了紅暈，用快樂閃亮的眼睛望著迅速遠去的莊園、長滿蒿草和常春藤的高大建築、在四個角落高聳的悲涼尖塔、他們身後那條朝向無限伸延的礫石公路起伏的波濤，她長吁了一口氣，不管怎麼說，她「心愛的人」又回來了，她是那樣的激動，以至於都感覺不到打在臉上的雨水，然而雨急似箭，她沒遮沒擋地坐在車斗裡，再怎麼將頭罩往下拉都無濟於事，因為澆在最後一排邊上的雨水最大。現在她心裡不可能有，也從沒有過絲毫的懷疑，她對伊里米亞斯的信任依舊，絕無動搖，在這裡，在這輛疾駛中的卡車頂上，她也理解了自己未來的角色：她將做為一個特別的、夢一樣的影子跟隨著他，有時做為情人，有時做為女僕，有時以婦人的身分出現，如果需要的話，她也可以隱身，過一段時間後重新出現在那裡；她會明白他一舉一動的意味，準確地學會他語調後的神祕含義，她會解析他的夢，假如——上帝保佑——有人要傷害他，她會把他低下的頭抱在自己懷裡……她學會了等待，做好了迎接任何考驗的準備，假如有一天命運做出這樣的安排，伊里米亞斯不得不永遠地離開她，她也會心平氣和地接受現實，想來她也沒有別的辦法：她將寧靜地度過餘生，戴上眼罩，可以懷著驕傲的自知進入墳墓，做為「一位偉大人物和真正男子漢」曾經的情人……擠靠在她旁邊的哈里奇情緒高漲地大呼小叫，儘管風在刮，雨在下，車在顛簸，但是沒有任何東西能掃他的興。他那兩條靜脈曲張的腿僵直地凍在靴子裡，雨水不時從駕駛室的篷頂上流下來，澆進他的脖領，有的時候，從側面刮來的呼嘯寒風使他忍不住流出眼淚；不僅伊里米亞斯的返回令他興奮，單純旅行本身也令他欣狂不已，想來他以前就總是叨念，認為自己「永遠難以抵禦速度帶來的醉人快感」，現在正是他享受這種快感的機會：伊里米亞斯對礫石路上危險的坑窪視而不見，腳下的油門一直踩到底。每當哈里奇將眼睛睜開一條縫隙，就可以高興地看到兩邊的風景正以令人眩暈的速度向後滑去，很快在他心裡誕生了一個計畫：現在還不晚，現在還來得及，現在是讓自己的夙願好夢成真的絕好機會，他搜腸刮肚地尋找最恰當的語句，試圖說服伊里米亞斯幫助他，這時候他突然意識到，一名司機確實該避免這種機會，而他——很遺憾！——「從老年人的角度看」則不能放棄這個機會……於是，他決定盡可能地享受現在旅行的樂趣，以便將來在跟未來的酒友們推杯換盞時，能夠繪聲繪色地詳細描述每一個細節，因為他可以在至今為止的單純想像中「加入個體的真實體驗」……哈里奇夫人是唯一一個不能在這種「瘋狂疾駛」中找到快樂的人，因為——與她的丈夫相反——她堅決反對任何種類的新式暈眩，因為她清楚地知道，假如這樣繼續下去，他們的脖子會被摔斷，於是，她繼續十指交叉地抱拳祈禱，祈求萬能上帝的保護，千萬別讓他們在危險中喪命；但是無論她怎樣努力地試圖說服其他人（「以我主耶穌的名義，請求你們跟這個瘋子說一下，讓他稍微開慢一點！」），但根本沒人理會她在瘋狂馬達聲與呼嘯風聲中驚恐的嘮叨，甚至（！）似乎「在這危險之中感到精神振奮！」……克拉奈爾夫婦和校長也都帶著孩子式的歡樂，自豪而緊張地坐在卡車上，略顯高傲地眯起眼睛眺望在兩邊疾速飛奔的貧瘠土地。就這樣，他們想像自己未來的道路，以風的速度，在令人頭麻腦木的疾馳中穿越一切，不可戰勝！……他們驕傲地望著在薄霧中消失的土地，看啊！看啊！不管怎麼說，他並沒有像可憐的乞丐那樣自慚形穢，而是高昂起頭顱，充滿自信、凱歌高唱地離開這裡！……他們唯一的遺憾是，當卡車從自己居住過的農莊前駛過，而後開到養路工棚旁的長長彎道時，他們在疾馳中沒能看到酒館老闆、霍爾古斯一家和瞎眼的凱雷凱斯他們因嫉妒而變成蠟黃色的臉……弗塔基小心翼翼地摸了一下青腫的鼻子，然後平靜地安慰自己，幸好沒出什麼大問題，「撿回一條命」。在此之前，鑽心的疼痛始終沒有減弱，他連碰都不敢碰一下，不知道是不是鼻梁骨斷了。他始終沒有完全清醒過來，頭暈，稍微感到有一點噁心。在他的腦子裡，所有的一切都混亂無序地攪在了一起，一會兒看到施密特扭曲的紅臉膛，一會兒看到在他身後準備撲過來的克拉奈爾，之後，他再次感覺到伊里米亞斯嚴厲的目光，那目光像炭火一樣灼烤著他……隨著疼痛開始慢慢地消失，他接二連三地發現身上其他的傷處：一顆門牙缺了一塊，下嘴唇的皮膚破了一道傷口。他幾乎聽不到坐在他旁邊的校長對他說的安慰話（「哎，不管怎麼樣，別把這件事太放在心上！看啊，最後一切還是朝好的方向發展……」），因為耳鳴，他痛苦地來回轉動著腦袋，不知道該把積在嘴裡、融化了的、鹹澀的血水吐到哪裡；直到他看到迅速經過的農莊，看到一閃而過的磨坊，看到哈里奇家房子殘破的屋頂時，他才開始感覺到舒服了一些，但遺憾的是，不管他怎麼挪身扭頭，都沒能看到機房，因為他剛找好能夠看見的角度，卡車就已經載著他們從小酒館前駛過。他朝蜷縮在自己身後的施密特投去敏感的一瞥，而後跟自己坦白地承認，他對他感覺不到絲毫的怨恨；他太瞭解他了，他早就知道，施密特的火爆脾氣說發就發，因此，他復仇的念頭還沒有冒出，就已經實心實意地原諒了他，他決定儘早讓他猜出自己的心境，因為他也猜到了此刻施密特的心裡在想什麼。他傷感地望著路邊兩側遠去的樹木，感覺到剛才在「莊園」裡發生的那一幕是註定應該發生的。雜嘈、呼嘯的風聲、不時從側面打來的雨水，不時將他的注意力從施密特和伊里米亞斯身上轉移開來，他好不容易從口袋裡掏出一根菸捲，向前弓著身子，用手掌護住火柴，成功地點燃了香菸。村莊，小酒館，已經被他們甩得很遠，根據路兩邊不時閃爍的燈火判斷，再有兩、三百公尺他就將離開發電站區，從那裡再有半個小時的路程，肯定能夠到達城裡。他注意到，校長和縮在另一側的克拉奈爾也是多麼自豪、激動，時左時右地轉動著腦袋，彷彿什麼都未曾發生，彷彿在「莊園」裡發生的事情早已成為過去，甚至都不值得納入記憶，然而，他一點都不覺得伊里米亞斯的出現就能解決懸在他們頭上的所有問題……毫無疑問，就在他們看到伊里米亞斯站在門檻的那一剎那，危險係數成倍增大，整個這場手忙腳亂、莫名其妙的大轉移和在沒有人跡的碎石路上的冒雨疾馳，根本沒有任何跡象表明他們正朝著某個經過周密計畫的方向前進，而是看上去只是在暈頭轉向地逃竄，彷彿只是漫無目標、前途未卜地疾速闖進一個莫測的世界，他們連猜都來不及猜，一旦停下來後會有什麼事情發生。……他有一種不祥的預感，鬼知道伊里米亞斯的腦袋裡在想什麼。而且，他怎麼也想不清楚，他們為什麼要這般匆忙地離開莊園？突然，有一幅可怕的畫面閃現在他的腦海裡，在過去這些年裡，他從來無法忘記：他再次看到了自己坐在一張破沙發裡，或拄著一根拐杖，饑腸轆轆，萬念俱灰地步行在碎石路上，農莊在他的背後變得模糊，前面的視野模糊一片……而現在，在這裡，在令人痲木、突突震耳的馬達聲中，他不得不承認，他的預感應驗了：像乞丐一樣身無分文，饑腸轆轆，精疲力竭地坐在一輛破得令人難以置信的小卡車上，小卡車走在一條不知道通向哪裡的路上，駛進未知，等一會兒如果到達一個岔路口，他都無法斷定會往哪個方向拐彎，他能感受到的只有無奈，一堆嘩啦亂響、顛簸搖晃、破爛不堪的「鏽鐵皮」的意志決定著他生命的方向。「看起來沒有出路，」他冷漠地暗想，「無論這樣，還是那樣，不管怎樣我都已經迷失。明天我將在一個陌生的房間裡醒來，不知道什麼宿命在等著我，好像我孤獨一人在世界上……假如我還能有幾枚可憐的硬幣，我會把它們攤放在床邊的桌上，黃昏的時候，我又可以凝視窗外的餘暉漸漸消失……」他驚愕地意識到，就在那一刻，當伊里米亞斯出現在「莊園」的大門口時，他對他的信任動搖了……也許，如果他沒有回來，還可以留下一絲希望……但是現在？他感覺回到了「莊園」裡，在他話語的背後隱藏著隱祕的苦澀，因為在他們往卡車上裝行李時，他瞧見伊里米亞斯垂著腦袋站在卡車旁，那一刻他就已經看了出來，有什麼東西喪失了，永遠地喪失了！……現在他突然看清了一切……在伊里米亞斯身上也喪失了力量，在他身上已經沒有了那股闖勁，他自己也只是笨拙地躑躅，只是出於習慣向前走，現在他已經明白了，他在小酒館裡的那場演說，只不過是故弄玄虛，裝腔作勢，為了能夠在我們這些還相信他的人面前掩飾自己，掩飾他跟我們一樣的無奈與無助，因為他也不再抱希望，不相信能夠賦予厄運意義，他跟我們一樣，也無力掙脫那隻扼住喉嚨的厄運之手。弗塔基的鼻子一陣陣地隱痛，噁心的感覺還是沒有消失，現在連抽菸也沒有幫助，於是他扔掉了那半截還沒有抽完的香菸。他們駛過了「臭水橋」——由於水草和浮萍，橋下的河水靜止不動。路邊的槐樹逐漸增多，隱約可以看到遠處農莊的廢墟建築，周圍有幾棵槐樹環繞著它們；雨已經停了，但是風卻越刮越猛，在他們耳邊呼嘯，他們擔心行李堆上的哪件東西會被風捲走。暫時他們還沒有看到人影，最讓他們驚訝的是，直到他們從艾萊克岔路口拐下，沿著直通城裡的公路行駛，也沒有看到一個生靈。「這鬼地方怎麼了？」克拉奈爾吃驚地叫道，「爆發了瘟疫？」過了一會兒，當他們開到了梅閭酒館，他們欣慰地看到，在酒館門口站著兩個身穿雨衣的人，那兩人互相勾著脖子，正醉醺醺地哼唱著什麼。他們拐彎開上通向中央廣場的街道，像是一群蹲了多年監獄剛被釋放出來的囚徒，饑渴地暴飲眼前的生活美景：平房，百葉窗，帶有裝飾性的排水管，雕花的木門。當然，現在時光飛逝，他們還沒有來得及欣賞完所有的景觀，卡車就已經停在了寬闊的火車站廣場的正中央。「好啦，大伙們！」佩奇納朝後面喊道，但他只是將腦袋從駕駛室的車窗伸出來，「城市觀光結束了！」「等一下！」他們剛準備下車，伊里米亞斯就從方向盤後的駕駛座上跳下來，攔住了他們：「只有施密特，還有克拉奈爾和哈里奇，你們把行李拿下來！您，弗塔基，校長先生，留在這裡等著！」伊里米亞斯邁著堅定、果斷的大步走在前面，其他人拎著箱子，扛著包袱，跌跌撞撞地跟在他身後。他們走進了候車室，把行李堆到一個角落，然後將伊里米亞斯圍在中間。「還有時間，我們可以從從容容地商量一切。你們凍壞了吧？」「我想，今天晚上我們肯定能夠睡上一個好覺。」克拉奈爾夫人嘿嘿笑道，「這附近沒有酒館嗎？真想喝點什麼！」「當然有，」伊里米亞斯回答說，然後看了一眼手錶說，「走，跟我來！」候車室空空蕩蕩，只有一名鐵路工作人員屈腿鬆胯地依在櫃檯上。「你們，施密特，」當他們每人喝下一杯烈性的帕林卡酒後，伊里米亞斯開始下達命令，「你們去艾萊克。」他從公事包裡抽出一張字條，塞到施密特手裡。「這上面寫得清清楚楚，到了那裡你們找誰，哪條街，門牌號，等等。你們就跟他們講，是我派你們去的。明白了嗎？」「明白了。」施密特點頭應道。「告訴他們，過幾天我會去那裡看他們。但是在那之前，他們也要給你們安排工作，提供食宿。聽懂了嗎？」「聽懂了。但是，什麼工作？」「這是一個屠夫，」伊里米亞斯指了一下那張字條說，「他那裡有幹不完的活。您，施密特夫人，回頭您負責站櫃檯。而您，施密特，肯定能夠幫上他的忙。我相信你們能夠勝任那裡的工作。」「這個儘管放心。」施密特自信地說。「那就好。火車，讓我們看看……」他又看了一眼手錶，「……嗯，大概二十分鐘後進站。」隨後他轉向克拉奈爾夫婦：「你們，回頭在凱萊斯圖爾可以找到工作。我不寫了，你們就把我說的話都好好記在腦子裡吧。你們去找的人叫考爾瑪。考爾瑪．伊斯特萬。具體的街名我不知道，你們先去那裡找天主教堂，那裡只有一座，所以肯定不會搞錯。教堂右邊有一條路。你們能記住嗎？那好，沿著這條街走，直到在路的右側看見一塊牌子寫著：女裝裁縫。考爾瑪就住在那兒。你就跟他說，是『胖子』派你們去找他的，這個你們一定要記好，說我的綽號，因為他們可能記不得我的名字了。你們告訴他，你們需要工作，需要食宿。而且馬上要提供給你們。在他們的屋後有一個洗衣間，跟他講，讓他安排你們住在那裡。你們都記住了嗎？」「記住了，」克拉奈爾夫人響亮地回答，「教堂，那裡的右側有一條路，然後，找一塊牌子。沒問題，肯定可以找到。」「我就喜歡妳這樣，腦子清楚。」伊里米亞斯微笑著說，隨後轉向哈里奇。「那麼，你們，哈里奇，你們搭乘去普斯泰萊克的長途車，從這裡發車，每小時一班，就在火車站前的廣場上。你們到了普斯泰萊克後，去找當地的福音教會，找季維察恩教長。你們不會忘了吧？」「季維察恩。」哈里奇夫人認認真真地重複了一遍。「對。你們就跟他說，是我派你們過去的。他跟我說了好多年了，要我給他推薦一兩個人，現在，你們是我能推薦的最好人選。他那裡有足夠的地方，你們可以自己選擇，那裡還有彌撒酒，哈里奇；至於您，哈里奇夫人，可以在教堂裡打掃，做你們三個人的飯，當他們的管家……」哈里奇夫婦高興得滿臉紅暈。「我們該怎樣感謝您的善心呢？」哈里奇夫人眼裡盈滿了感恩的熱淚，「感謝您為我們所做的一切！」「別這樣，先別這樣，」伊里米亞斯打斷了她，「你們以後有的是時間表達感激。好了，現在請各位都聽我說。在剛開始的這段時間，在事情還沒有安頓好之前，你們每個人從公共基金裡領取一千福林。你們要節省著花，不要浪費！不要忘了，是什麼讓我們團結在一起！你們一刻都不要忘記我們的任務。你們要仔細地觀察一切，在艾萊克，在普斯泰萊克，在凱萊斯圖爾，因為，只有這樣我們才能夠向前發展！幾天之後，我會到這三個地方去看望你們，那時候咱們再商討所有的細節。有什麼問題沒有？」克拉奈爾清了一下嗓子說：「我覺得，我們都聽懂了。但是現在……嗯，我們想……想正式地向您表示感謝，感謝……您為我們所做的一切，對吧……」伊里米亞斯舉起了手，揮了一下。「朋友們，用不著感謝。這是我的職責。現在，」他站了起來，「到了我們該告別的時候了。我還有許多事情等著要處理……重要的談判……」哈里奇衝到他跟前，深受感動地握住他的手。「您要保重自己！」他喃喃地說，「您知道，我們很擔心您的身體！別出什麼意外！」「你們用不著為我擔心，要保重自己，千萬不要忘記：時刻保持警惕！」伊里米亞斯微笑說，然後起身朝大門口走去。跨出火車站大門，走到卡車跟前，伊里米亞斯先將校長招呼過來：「聽著！我們把您放在斯特列貝爾大街，您在伊帕爾酒館裡等我，大約一個小時後我會去找您。到時候我們再具體談。弗塔基在哪兒？」「我在這兒。」弗塔基應道，從卡車的另一側轉過來。「您……」弗塔基舉起手說，「用不著為我操心。」伊里米亞斯驚愕地盯著他的臉：「您這是怎麼了？」「我？沒怎麼。但是我知道我該去哪兒。總有一個地方會聘我當守夜人。」伊里米亞斯惱火地對他揮了下手說：「您總是這麼固執。還有更好的地方需要您，好吧，那就這樣，您去納吉羅曼城區，就在聖三位一體金像的旁邊。您知道在哪裡嗎？對，在聖三位一體金像旁有一塊工地，那裡招聘守夜人，而且提供住處。先給您一千福林。找個地方吃一頓午飯。我建議您去施泰格瓦爾德，離這裡很近，只有一口痰的距離。那裡可以吃飯。」弗塔基鞠了一躬：「謝謝。只有一口痰嗎？」伊里米亞斯尷尬地對他撇了撇嘴說：「現在沒辦法跟您說正經話。先去休息一下。晚上我們在施泰格瓦爾德見！一言為定？」他伸出手，弗塔基敷衍地跟他握了一下，另一隻手把握成一卷的鈔票塞進口袋，然後一言不發地轉身離開，把伊里米亞斯丟在了卡車旁，他拄著拐杖朝「吻巷」走去。「嘿，你的行李！」佩奇納從駕駛室裡向他喊道，隨後跳下車，幫助掉頭回來的弗塔基把箱子扛到背上。「重不重？」校長問他，並且伸手想幫他一把。「不是很重，」弗塔基應道，「再見！」他重新上路，伊里米亞斯、佩奇納、「小傢伙」和校長都一臉疑惑地目送他遠去，而後重新坐回到卡車裡，校長爬到車斗裡，卡車掉頭往回開，回到市中心。弗塔基顫顫巍巍地往前走，途中，他感覺到皮箱的重量將要把他壓垮，走到第一個十字路口時，他把箱子放到了地上，解開背帶，稍稍想了一下，將一只皮箱扔到路邊的一條土溝裡，然後拎著另外一只繼續往前走。他內心苦澀、漫無目標地從一條街道拐進另外一條街道，不時將皮箱放下來，喘一口氣，之後重新上路……他一碰到迎面走來的行人，就會垂下腦袋與他們擦肩而過，因為他感覺到，看到那些陌生人的眼睛，只會加重自己的不幸所釀造的苦澀。想來，他是一位迷失者……「多麼的愚蠢！昨天我還是那麼信心十足，滿懷希望！然而現在，看看啊，你看看你自己！鼻子流著血，門牙被打碎了，嘴唇裂著傷口，在這裡跌跌撞撞，一身泥，一臉血，好像我要為自己的愚蠢付出代價……說來說去……沒有公正……沒有公平可言……」他就這樣滿心憂鬱地躑躅到天黑，直到他終於在聖三位一體金像旁的建築工地內的一間工棚裡打開電燈，他目光空洞地盯著骯髒的小窗玻璃上自己扭曲的鏡影。伊里米亞斯開足馬力沿著通向市中心的主路行進，佩奇納嘲諷地說：「這個弗塔基是我見過的最大的白癡！現在，他發現了什麼新大陸？他以為自己是誰？以為這裡已經是迦南地了？這傢伙中了什麼邪？你們有沒有看到他臉上做出的那副神情？而且鼻青臉腫?!」「閉嘴，佩奇納！」伊里米亞斯厲聲喝道，「如果你再廢話，你也會變得鼻青臉腫。」「小傢伙」坐在他倆中間哈哈大笑：「喏，佩奇納，現在你該閉嘴了是吧？」「我閉嘴？你以為是個人就能嚇住我嗎?!」佩奇納衝他吼道。「佩奇納，我叫你給我閉嘴！」伊里米亞斯惱火地說，「別拐彎抹角，如果你想說什麼，那就直話直說！」佩奇納咧嘴訕笑，抓了抓頭皮。「那好，師父，既然情況如此，那就……」他猶豫不決地問，「並不是我多疑，這點請你相信我！……那個帕耶爾對我們有什麼用？」伊里米亞斯咬著嘴唇，放慢車速，讓一位老婦人走過馬路，然後踩下油門，用嚴厲的口吻說：「大人的事情小孩子別問。」「師父，但我還是想要知道，我們要他有什麼用？……」伊里米亞斯怒視前方：「因為有用。」「師父，我不明白，可是……總不會是?!……」「對！」伊里米亞斯大聲喊道。「師父，你想把整個世界炸掉嗎！……」佩奇納一臉驚恐地失口說，「你只是想要擺脫什麼，對不對？」伊里米亞斯沒有回答。踩剎車。他們停在了斯特列貝爾大街的街口。校長從車斗跳下車，走到駕駛室的車門前，向他們揮手道別，然後轉身走進街道，走到街的另一側，推開了伊帕爾酒館的店門。「已經過了八點半，他們會怎麼說？……」「小傢伙」提醒道。佩奇納揮了下手說：「讓上尉先生見鬼去吧！遲到，遲什麼到？我就沒聽說過這個詞！我們能去，他就應該很高興了！佩奇納登門造訪，他就應該感到榮幸才是。你明白嗎，小傢伙？這話你給我好好記住，因為我不會再說第二遍！」「哈，哈，」「小傢伙」譏諷地笑了兩聲，把煙吐到了佩奇納臉上，「這個笑話不好笑！」「你這個死腦袋要好好記住，笑話就跟人生一樣，」佩奇納一本正經地說，「開頭不好，結尾不好。中間很好。」伊里米亞斯一聲不吭地盯著路面。現在，這件事情做完了，他並沒有感到自豪。他的眼睛呆滯地盯著前方，臉色土灰。他兩隻手痙攣地握住方向盤，太陽穴的青筋劇烈搏動。他看到街道兩邊整齊的房屋。花園。歪斜的大門。從煙囪裡冒出來的青煙。既感覺不到憎恨，也感覺不到厭惡。他的頭腦冷靜地運轉。

二　只有煩惱，工作……

這份文件在八點一刻整理完畢，幾分鐘後送交到潤稿員手中，問題看起來還是難以解決。然而，在他們的臉上看不出絲毫吃驚、憤怒或抱怨的跡象，他們只是沉默不語地面面相覷，好像在說：看哪！這是又一個平均水準正以可悲速度下降的確鑿證據。只要朝那歪斜、潦草的字行和像貓爪子胡亂抓撓出的筆跡瞥上一眼，就足以知道擺在他們面前的手稿是一項根本不可能完成的工作，因為他們又要把一句句「令人沮喪、莫名其妙的咒語」變成意思明白、條理清晰、措辭得當的文字。短得不可思議的規定處理時間，以及不可能實現的完美解決要求，都使得他們感到緊張和深深的憂慮，與此同時，這項任務異乎尋常的艱巨性又使他們的內心充滿了英雄主義的憧憬。只有用「多年的經驗、成熟的心智和日復一日對尊重的要求」才可以做出解釋，他們為什麼能夠跟以往一樣在轉瞬之間將自己從周圍走來走去、喊喳談笑的同事們令人煩躁的喧囂中抽離出來，與周遭的世界澈底隔絕，將自己的注意力毫無保留地集中到文稿上？開場白他們完成得相對較快，只需要對一些習慣性的含糊措辭和看上去顯然外行的「笨拙描述」做一些修改潤色，就這樣，文字的第一部分可以說基本保持原樣地納入了所謂的「終稿」裡：儘管昨天我曾多次強調，我並不認為把這類資訊記錄下來是一件聰明的事情，但是為了讓他看到我的願望，而且做為表明我對此事態度的一個無可辯駁的證明，我在下文裡向委員會做出如實的報告。在我的報告裡，我尤其注意到要做到這一點，正如您所鼓勵我的那樣無條件地誠實。在這裡我必須寫下的是，我的下屬們毫無疑問都非常稱職，關於這個事實，但願我昨天已經成功地向您闡釋明白並且得到了您的重視。我之所以認為還要再說一遍，是因為覺得這很重要，或許您可以從下面所寫的草稿裡總結出別的什麼東西。我特別想提請您注意的是：為了能讓我的工作切實有效地進行，只有我和我的下屬們之間繼續保持直線聯繫，別的任何方式最終都將導致失敗，等等，等等……

但是，當他們讀到關於**施密特夫人**的報告內容後，立即發現自己遇到了最大的難題，因為他們不知道該如何處理那些粗俗的表達，例如：愚蠢的、**大奶子的母牛**。如何能夠——出於敬業——給這類低俗的措辭改換某種體面的語言形式，同時又不能對報告的內容有任何的影響?!經過長時間的討論，他們決定用「心智不成熟、女性的胸部線條格外突出的人」這一個版本做為補充，但是，他們還沒有來得及喘氣，馬上又遇到了這樣一個粗俗可怕的詞：**爛婊子**。由於表達不準確，他們不得不放棄了「聲譽不好的女性」、「風月場上的女人」、「放蕩的婦人」和其他一連串他們在第一時間認為是巧妙解決方案的委婉詞語；他們焦慮不安地像彈鋼琴似的敲擊手指，伏在辦公桌的桌面上面面相覷，或痛苦地避開另一個人的目光，之後，經過小小的挫敗之後，他們經過商議達成了一致的意見，通過了「毫無熱情地將自己的身體做為商品出售的女人」這個說法。然而，要改寫下面這個句子的開頭半句可不是一件容易的事情：她見誰就跟誰上床，如果沒有上床，也只是因為那傢伙是一個打著燈籠都難找到的醜八怪。經過左思右想，忽然靈感突現，他們成功地把這句市井粗話改寫成「婚姻不忠的樣板」的客觀表述。真正讓他們感到驚喜的是，在這句之後他們接連發現了三個不加改動就可以直接敲入官方版的句子，但隨後馬上再次遇到了障礙。不管他們怎麼絞盡腦汁地想出一個比一個更好聽的詞彙，但都無濟於事，死活想不出一句合適的話來替換原文裡的這一句：廉價的古龍香水和某種揮發出來的臭氣混合在一起散發出可怕至極的糞肥味。這時他們終於到達了忍耐的極限，猛地從椅子上跳起來，真想找個什麼藉口，推說還有更緊要的公務急等著要辦，把這份文稿退還給上尉；這時候一位年長的女打字員出於體貼之心，面帶羞澀的微笑，端來幾杯熱氣騰騰的黑咖啡放到他們的辦公桌上，令人愉悅的苦香味讓他們稍稍平靜了一些。他們再次開始審慎思考，看是否還有可行的解決方式，並試圖避免遭受新一輪折磨的恐怖襲擊，最後他們決定不再繼續跟自己過不去，而是將這句話簡單地改為：「她試圖用非傳統的手段掩蓋自己令人不悅的身體氣味。」「看哪，時間可怕地飛逝！」當他們終於修改完關於施密特夫人的報告內容後，一位潤稿員發出大聲的感嘆，他的同事吃驚地瞧了一眼手錶，是啊，離午飯時間只剩下一個小時……他們決定努力加快工作速度，實際上這話沒有別的意思，只是意味著他們將盡量接受最初的、並非十分令人滿意的解決方案，「的確，這樣一來成果喜人」。他們高興地發現，在新技術的幫助下，他們在修改下一段與**克拉奈爾夫人**有關的文稿內容時，很快就順利地完成了。比方說，閒話連篇的長舌婦這一表達，他們很快就成功地、令人欣慰地修改為「喜歡傳播小道消息的人」，即使連真應該好好想出一個辦法，怎麼才能永遠縫上這張臭嘴，這隻肥母鴨這樣的句子對他們來說也不再是什麼特別的難題。讓他們特別高興的是，有好幾句話他們可以原樣不變地抄寫到報告的官方版文稿裡。當他們開始修改涉及**哈里奇夫人**的文字時，已經可以自由地呼吸了，因為這份報告裡對這一角色的刻畫——帶著宗教性狂熱和某種反常傾向——使用了大量「老掉牙的俚語」，翻譯這個對他們來說簡直是小菜一碟。但是，一旦讀到報告中形容哈里奇的那些令人頭皮發麻的低俗語句時，他們禁不住再次感到震驚，意識到更大的困難還在後邊：他們以為自己已經看清了舉報人語言基礎的緻密紋理，還是不得不承認自己精力耗盡，天賦有限，詞語枯竭。因為，他們雖然能把灌滿酒精、渾身是褶的蛆蟲簡單翻譯為「小個子的老酒鬼」，但是對上竄下跳的小丑、無法挪動的呆滯、耳聾眼瞎的蠢笨之類的表達——不管羞愧與否——他們都感到束手無策；於是，經過長時間的痛苦掙扎，他們默默地達成了共識，把這些表達刪掉了，因為他們相信上尉不可能有耐心逐字逐句地通篇閱讀，這份報告將按照相關的規定，以特殊的方式原封不動、未經閱讀地存入檔案室……他們筋疲力盡地揉著眼睛仰面靠到椅子裡，生氣地看到其他同事已經輕鬆愉快、有說有笑地準備去吃午飯了：有人在整理桌上成堆成堆的檔案，坐在隔壁的同事們開始無憂無慮、自由自在地閒談、收拾、洗手，幾分鐘之後就可以三三兩兩、結隊成群地擁向直通走廊的辦公室門。他們悲哀地長嘆口氣，意識到「現在午餐對他們來說真是一樁巨大的奢侈事」，嘴裡嚼著黃油小麵包或餅乾重新埋頭做他們手頭的工作。但是，命運連這一丁點可憐的快樂都不給他們，食物變得無味，咀嚼變成折磨，因為在涉及**施密特**的那部分文字內容裡，他們遇到了至今為止最大的問題和挑戰：含糊不清，不知所云，粗心大意，有意無意的遮掩混淆，已經到了令他們忍無可忍的程度，正如他們中的一位所言，「這簡直是對他們的職業、工作和努力的一記耳光」……看哪，瞧這傢伙到底想說什麼：原始的麻木的十字路口與冰冷洞穴（！）無意義的空虛一起在深不見底的黑暗深淵裡?!這是對語言多大的玷汙！這是一鍋多麼混亂的隱喻大雜燴啊?!在這篇東西裡，代表著人類精神對於清晰、明確、準確的努力跑到了哪兒去了？根本連影子都沒有！對他們來說最大的噩夢是，在描述施密特的這份報告中，這一類的句子簡直比比皆是，而且從這一句開始，舉報者的字跡也由於某種無法解釋的原因變得越來越潦草，最終變得完全無法辨認，像是在寫報告的過程中喝醉了似的……現在，他們不得不再一次放棄，他們要來了他們的工作簿，因為「這實在太不公平了，長官們只是日復一日向他們分派這類根本無法完成的任務，但從來沒有表揚過他們」！這時候，年長的老打字員再次——今天已發生過一次——面帶微笑地為他們端來了熱氣騰騰的黑咖啡，咖啡的苦香又將他們的注意力轉移到了較為美好的事物上。他們開始繼續改寫我無從釋放的焦慮墜入了這無可救藥的愚蠢、口齒不清的抱怨和無法慰藉的存在的濃稠黑暗之中等諸如此類的可怕句子，直到終於將「字符畫」看完，他們懷著慘遭折磨的身心痛苦無奈地訕笑，他們發現，在這份手稿裡只有幾個連詞和總共兩個動詞未加修改地保留了下來。由於想要破解舉報者真正想說的內容純屬天方夜譚，他們再怎麼努力也肯定毫無希望，因此他們不得不大刀一揮，砍掉了描寫施密特的所有胡言亂語，只用一句正常話代之：「儘管他的智力衰退，但是毫無疑問，他仍舊憑自己獨特的方式，以極高的水準完成了他所擔負的重要任務。」在下一段刻畫一位未寫真名、只稱之為「校長」的報告內容裡，難度不僅沒有減小，反而——假如真有這種可能的話——令人難以置信地更加模糊不清、混亂不堪，自以為是的賣弄玄虛更加令人憤怒。一位面色蒼白的潤稿員搖著腦袋，指著一堆皺巴巴的稿紙，跟他對面那位垂頭喪氣坐在打字機旁的同事說：「看來這傢伙的腦袋澈底瘋了。你聽聽這個！」隨後他念了一段話：**假如一個準備跳河的人在最後的一刻站在高高的橋上做尚有可能的不知所措的猶豫，跳，還是不跳，那麼我會向他建議說，想一下校長，他馬上就會知道，剩下的只有一個可能：跳。**他們滿腹狐疑、疲憊不堪地帶著一副極度苦澀的表情面面相覷。這寫的什麼狗屁東西？難道他們想用嘲諷的方式把我們攆走?!讓我們失業?!那位垂頭喪氣坐在打字機旁的潤稿員默默地朝他的同事打了一個手勢，算了吧，琢磨它根本沒有意義，反正咱們拿這種句子也沒有辦法，還是繼續往下讀吧。**他的體形看上去就像是一根枯萎、晒萎了的黃瓜，他的智力甚至還沒有達到施密特的水準，不過成績相當不錯……**「咱們就這樣寫，」無精打采地坐在打字機旁的同事建議說，「就寫……就寫……『他的體形羸弱，沒有天賦』……」他的同事不滿意地吐了一下舌頭。「這兩句之間有什麼關係?!」「我怎麼知道?!」另一個人惱火地反問，「他就是這麼寫的！不管怎麼說，我們還是要尊重原文的內容……」「那好吧，」這個同事點了下頭，「我繼續念。**他用自吹自擂、虛妄傲慢、令人難以容忍的愚蠢療治他的懦弱。他喜歡多愁善感和笨拙的憂傷，總是做出一副自慰的面容……**等等，等等。」現在，毫無疑問，不管怎麼動腦筋尋找妥協方案都是白費氣力，他們不得不採用勉強湊合，甚至對原文來說根本不合適的解決辦法；因此，經過長長的爭論之後，他們商量出一個這樣的版本：「懦弱。生性多愁善感。性的方面不成熟。」無可否認，當他們頗為「粗暴地了結了」校長之後，新技巧使他們感到的良心不安慢慢地演化成深深的自罪感，因此他們帶著令人窒息的焦慮開始處理關於**克拉奈爾**的那段文字，兩個人都變得越來越煩躁不安，因為他們看到時間流逝得如此之快。一位潤稿員懊惱地指了一下他的手錶，環視了辦公室一圈，他的同事只能無可奈何地揮了一下手，因為他也意識到周圍人的動靜，這毫無疑問地證明，再過幾分鐘就要到下班的時間了。「這可能嗎？」他困惑不解地搖搖頭，「一個人剛剛沉浸到工作中，下班的鈴聲就要響了。這我真不理解。一天一天過得這麼快，人們只能手忙腳亂地……」他們剛把一句讓人頭疼的這個**笨蛋很容易讓人聯想到一頭邋遢、懶惰的公牛**改寫為「他體格健壯，本來是一位鐵匠」，馬上又要給**一隻白癡面容、皮膚黝黑、威脅公共治安的樹懶**想出一個適當的句子，這時候，一部分同事已經動身回家，他們不得不一聲不吭地忍受那些下班的同事們跟他們告別時所說的一句句幸災樂禍或譏諷調笑的話，因為他們心裡非常清楚，如果他們現在停止工作，哪怕只是短短的一瞬，他們就會面臨巨大的威脅，可能會情緒失控地宣洩憤怒，衝冠皆裂，那麼毫無疑問，第二天的後果肯定會更嚴重。五點半後，他們痛苦不堪地處理好關於克拉奈爾的那部分內容，他們給了自己一分鐘的休息時間，抽了一支菸。他們伸展了一下嘎叭作響的四肢，呻吟著揉了揉因疼痛而燒灼的肩膀，一聲不響地閉著眼睛抽完了菸。「好吧，咱們繼續，」其中一位潤稿員說，「我來讀，你聽著……**他是獨一無二的危險人物，**」這是關於**弗塔基**段落的第一句話，「**但並不很危險。與他的**

反抗傾向相比，還是他的軟弱更占上風。他本來可以做許多事情，但是他沒有能力讓自己從固執的偏見中解脫出來。我覺得他很有趣，我能夠肯定，以後我更願意寄望於他……等等，等等。你就寫，」第一位潤稿員口述，「這人危險，但有用。跟其他人相比他更聰明。腿瘸。」「就這些？」另一個嘆了口氣。他的同事若有所思地點了點頭。「你把他的署名寫在那裡。寫在最下面，你就寫……嗯，**伊里米亞斯**。」「你說什麼？」「我說：伊——里——米——亞斯，你聾了嗎？」「我就這麼寫……？」「對，就這樣。不這麼寫還能怎麼寫！」他們把文稿放進了檔盒裡，然後把所有的文件檔案都鎖進了相應的抽屜裡，小心翼翼地把抽屜鎖上，然後將鑰匙掛在門邊的牌子上。他們一言不發地穿上外套，鎖上身後的房門。在外面，他們倆在門前握手告別。「你怎麼走？」「坐公車。」「那好，再見！」「只是，第一位潤稿員說。「咱們這一天工作得不錯，不是嗎？」他的同事說。「這，簡直是地獄。」「只是，他們這輩子至少也應該注意我們一次，我們一天付出了多少辛勞，」另一個潤稿員抱怨說，「但是從來沒有。」「他們從來沒有表揚過我們。」另一個也沮喪地搖搖頭。他們再次握手，彼此分手，當他們終於回到家，在前廳裡聽到的是同樣的問題。「這一天很累吧？」他們各自的妻子問。「很累。」他們在溫暖的家中，他們除了這個還能怎麼回答呢？「沒有什麼特別的。跟平時一樣，親愛的……」他們回答。

一　圓圈閉合

醫生戴上眼鏡，將已經燃到指甲的菸頭在座椅的扶手上摁滅，隨後用審視的目光透過窗簾與窗戶之間的縫隙朝村子裡面瞥了一眼（他默默「讚許地」自言自語，外面一切如舊，沒有任何改變），他估測了一下杯子裡被准許喝的帕林卡的酒量，然後往杯子裡面兌了一些水。要對杯中液面的高低——從各個角度講——做出一個令人滿意的決定，總是讓他感到相當的頭疼：在選定帕林卡酒與水的勾兌比例時，不管操作起來多麼困難，他都必須考慮到主任醫師對他不厭其煩的、顯然有些誇張的警告（主任醫師認為：「假如他不能遠離酒精，不大幅度削減每天抽菸的數量，那麼他就要做好最壞的準備，早點跟牧師打一個招呼……」），因此，經過長時間的內心掙扎，他終於放棄了「兩份酒一份水」的念頭，而接受了「一份酒三份水」的比例。他慢慢地、一小口一小口喝著杯中的淡酒，現在，他已經度過了「過渡期」那無可否認的痛苦折磨，帶著些許慰藉告訴自己，瞧啊，即使這種「地獄的苦水」也是可以適應的。想當初，當他第一次嘗到經過稀釋的烈酒時，立即火冒三丈地吐了出來，然而現在，他已經可以心平氣和地把它嚥下肚，不會再發那麼大的火，或許，他在這段時間裡已經掌握了這種能夠從「餿水」裡甄別酒香的特殊能力，因此這變得可以忍受了。他把杯子放回到原位，迅速調整了一下擺在香菸盒上的那根有點歪斜的火柴，然後心滿意足地環視了一圈，檢閱了一下在扶手椅後列成「戰鬥佇列」時刻準備出發的冬季專用的酒壺酒簍，放心地斷定，他可以勇敢地面對將要來臨的冬季了。當然，要想贏得這場戰爭，並不是一件「手到擒來」的容易事，就在兩天之前，他在「自擔風險」的情況下從城裡出院回家，救護車終於拐進農莊的大門，因為幾個星期以來，他感覺到的幾近窒息的焦慮一天比一天強烈，突然變成了真實的恐懼，他幾乎可以肯定，他不得不重新開始一切：他會發現房間內一片狼藉，東西滿地亂扔，甚至在那一刻，他認為並不能排除有這樣的可能性——那個「揣奸把猾」的克拉奈爾夫人趁他不在家的這段時間，「用她骯髒的掃帚和可惡的濕抹布」以打掃的名義毀壞了這整棟房子以及房裡的一切，澈底地摧毀了他花費多年的辛勞和心血才成功建起的這座家園。然而，他的擔心是多餘的：他的房間和三個星期前他離開的時候一模一樣，他的記事本、鉛筆、玻璃杯、火柴、香菸都原封不動、未挪毫釐地擺放在原處，該在哪兒還在哪兒，更不用説，當救護車拐進庭院，在房門前停下，他如釋重負地長吁了口氣，因為他沒有看到一張貼在哪家鄰居窗玻璃上的好奇的臉；救護人員——腦子裡想著將要得到的不菲的「小費」——幫他將大包小包的東西、食品袋和一只編了酒簍並在莫普斯酒館打滿了酒的酒壺拎進屋裡，鄰居們不僅沒有在這段時間過來打攪他，就連救護車開走後，他們也沒敢過來打擾他休息。當然他想都未曾想過，在他住院搶救期間，「這些愚鈍的笨蛋」有可能發生什麼樣的變化，不過他不得不承認，他還是察覺到這裡的情況有所改善：農莊裡靜悄悄的，不再有人神色緊張地亂走亂竄，雨始終持續地下，秋季一旦不可避免地到來，人們就都蜷縮在各自的小窩裡不願意出來，因此，他並沒有因為鄰居們一次都沒有露面而感到詫異。在鄰居們中間，他只在兩天前看到了凱雷凱斯。他是透過救護車的車窗看到的，凱雷凱斯一腳深一腳淺地緩步走在霍爾古斯家的坡地，朝著礫石公路的方向，但那也只是匆匆一瞥，因為他很快就把目光移開了。「但願直到開春都別讓我看到他們。」他在日記裡這樣寫道，然後小心翼翼地抬起鉛筆，以免一不小心劃破紙頁，這也是他離開了一段時間之後發現的：由於空氣潮濕，紙張吸收了太多的水氣，以至於稍不留神就會被劃破……現在，他並沒有什麼特別的理由感到不安，想來有一種對他來說的「超然力量」完好地保護了他的「觀察哨」，而對於灰塵和潮濕空氣造成的破壞，反正他也無能為力，因為他知道，「任何種類的驚恐呼號」都無法抵禦這個衰敗的過程。因為（後來他也為此責罵自己）他驚愕地發現，他回家的時候，當他剛一跨進房間的門檻，這個離開了只有幾星期的地方到處都覆蓋著一層薄薄的灰塵，蜘蛛網狡猾的蛛絲已經從掛鏡線連到了天花板；不過，他很快從這股無端的惶惑中恢復了理智，迅速送走了幾位已經滿意地領到一筆不菲的「小費」、正準備向他道謝的救護人員，然後在房間裡踱了一圈，開始沉下心來研究「衰敗的程度與性質」。他先是覺得「完全多餘」，而後認為「毫無意義」，最終打消了打掃的念頭，因為毫無疑問，這樣做恰會對那些能夠激勵他更準確地進行觀察的事物造成破壞；所以，他只是把桌子和攤在桌上的東西擦了擦，並且大體地抖了抖毛毯，然後立即著手工作。與幾個星期前的狀態進行前後比較，然後分別觀察個體的事物——懸在天花板中央的光禿的燈泡、地板、牆壁、眼看就要散架的衣櫃、門前的垃圾堆——並且盡可能地在他的日記裡生動、翔實地記錄下所發生的變化。這一天他熬了一個通宵，第二天他也沒有中斷，繼續工作了整整一天——除了打了短短的幾分鐘瞌睡外，直到自認為詳細記錄下了一切之後，他才允許自己一下子睡了七個小時的長覺。他帶著完成了任務的喜悅發現，在被迫休息之後，他的氣力、耐力不僅沒有下降，反而有一定程度的增強；不過這也是一個事實，他所擁有的那種能夠抵禦「混亂環境因素」影響的能力要比過去明顯衰退：從前，即使毛毯從他的肩膀上掉下去，眼鏡滑到鼻子尖上，或是皮膚搔癢難忍，都不可能打攪他的觀察，然而現在，哪怕是毫無意義的細微變化都會轉移他的注意力，現在，只有恢復到「原有的狀態」，只有消除這些「令人煩心的雞毛蒜皮」，他才可能繼續之前被打斷了的思考。對衰敗過程的觀察耗盡了他的精力，因此，經過兩天的痛苦搏鬥，他終於在今天早晨擺脫掉了那只令他忍無可忍的鬧鐘，當時在醫院裡，他之所以——私下——經過反覆的盤算和長時間的砍價買下它，是為了能夠嚴格按照醫囑掌握服藥時間；可是，他實在難以適應那可怕、震耳的滴答聲，他的手指和腳趾不由自主地染上了鬧鐘那地獄般的節奏，後來——除了在規定的時間發出令人毛骨悚然的鬧鈴聲外——他還要忍受自己的腦袋隨著這撒旦發明物的節奏被迫地點頭，他抄起鬧鐘，打開屋門，憤怒地揮起顫抖的手臂將它扔到院子裡。現在，他恢復了冷靜，已經享受了好幾個小時險些喪失掉的寧靜，他不明白，為什麼他沒有早一點採取行動，比如在昨天或前天？他點燃一支香菸，長長地吸了一口並吐出一口煙霧，拉了一下快要從肩膀上滑下去的毛毯，然後重新伏在日記本上繼續寫道：「感謝上帝，雨不斷地在下。

完美的防守。我的自我感覺還不錯，儘管由於睡了太久稍稍感到有一些遲鈍。四下裡寂靜無聲。校長家的門和窗戶都被鑿破了，我不明白，到底發生了什麼事？為什麼不修理？」他猛地抬起頭，豎起耳朵在寂靜中專注地聽了一會兒，然後，他的視線落到了火柴盒上；突然，他生出一種確切的預感，感覺視線馬上就要從火柴盒上滑落。他屏住呼吸盯著它，但是什麼也沒有發生。他又兌了一杯混合酒，重新塞好酒壺的瓶塞，用一塊抹布把灑在桌上的水擦乾淨，然後放下這只他在莫普斯酒館花三十福林買下的酒壺，端起酒杯一飲而盡。他感到令人愉悅的虛弱；在暖和的毯子下，他肥胖的身體變得鬆軟，腦袋歪向一側，眼皮慢慢闔上了；但是，這種半夢半醒的狀態並沒有持續太久，因為浮現在眼前的場景他頂多只能忍一分鐘，他無法忍受更久：一匹兩眼圓睜的馬朝他衝過來，他手握一根鐵棍用盡全力——驚恐萬分地——朝馬頭揮去，他想要住手，卻無法停止，他就這樣揮啊揮啊，直到把馬的頭骨打得碎裂，腦漿從深處噴濺出來……他猛地驚醒，從整整齊齊堆在桌邊的一落記事本裡抽出寫著**弗塔基**的那一本，不斷地記錄起來：「他不敢從機房裡出來。現在他正躺在床上，不是在打鼾，就是盯著天花板發呆，要麼就是蜷著身子用他的拐杖敲打床頭，如同一隻啄木鳥在樹幹裡尋找死亡之蟲。殊不知這樣他只會讓自己對恐懼的東西更加恐懼。我將出席你的葬禮，你這個傻瓜。」他又調配了一杯混合酒，心事重重地把它喝乾，然後就著一口涼水吃了午前的那份藥。在這一天的另外兩段時間裡——中午和黃昏——他也記錄下了窗外的「光線條件」，為院子裡時刻在變的排水路線繪製了多張草圖，而後，繼描述完施密特和哈里奇的家之後，他剛要結束推測中的克拉奈爾家廚房的悶熱狀況進行的描述，突然聽到從遠處傳來的鐘聲。他清楚地記得，就在他被送進醫院的前一天，他曾聽到過一次這樣的聲音，而且他可以斷定，他完好的聽力不會欺騙他。他翻看那天撰寫的日記（但是發現在上次的記錄中，根本就沒有提到這件事，顯然是他忘記了，或是當時認為這件事並不具有什麼特別的意義），這個被他漏掉了……他立即記錄下這個不可思議的非常事件，他仔細想了一番，找不出任何合理的解釋：有一點是肯定的，這附近沒有教堂，如果非要說有，只有那座空置已久、變成廢墟的霍克梅斯莊園小教堂，而這裡離城市又相當遠，城裡教堂的鐘聲是絕不可能被風吹到這裡的。忽然，在他的腦子裡閃出一個念頭，也許是弗塔基或哈里奇，也說不定是克拉奈爾，出於無聊在鬼祟地搞什麼惡作劇。但是他很快否定了這一猜想，因為不管他們中的哪一個都不可能模仿出教堂的鐘聲……可是，他敏感的耳朵不可能欺騙他！……也許真有可能？……有可能他具有某種特異功能，使他的聽力逐漸變得敏銳，使他能夠從周遭輕微的雜音裡分辨出從遠處傳來的低沉鐘聲？他不知所措地坐在寂靜裡，點燃一根菸，之後很長時間什麼也沒發生，他決定，在沒有新的跡象可以幫他做出合理的解釋之前，他先暫時停止工作。他打開一個燉四季豆罐頭，把湯喝掉，然後把罐頭推到一邊，因為胃口不好，感覺一口東西也吃不下去，消化不了。他決定保持絕對的清醒，因為他事先不可能知道剛才的「鐘聲」什麼時候會再次響起。如果下次也只能在很短的時間內聽到，就像剛才那樣，那麼他哪怕只打幾分鐘的盹，也有可能會錯過……他又為自己調了一杯酒，吃下晚上的那份藥，然後用腳將桌子底下的皮箱鉤出來，花了很長的時間挑選雜誌。他一直翻看到凌晨，用閱讀消磨時光，但不管他怎麼保持警醒，無論他怎麼戰勝睏意，結果都是徒勞，「鐘聲」並沒有再次響起。他從扶手椅上站了起來，來回踱了幾分鐘的步，好放鬆一下痲木了的四肢，然後坐回到椅子裡，等到黎明藍色的天光映照在窗戶玻璃上時，他深深墜入了夢鄉。中午他從睡夢裡驚醒，跟以往一樣，渾身被汗水濕透了，自從他習慣了睡長覺，每次醒來時都會盜汗，同時感到非常憤怒，罵罵咧咧地搖晃腦袋，為自己浪費了時間感到懊惱。他迅速扶了一下架在鼻梁上的眼鏡，讀了一下日記裡寫的最後一句話，然後仰頭靠在椅背上，透過用來窺視的窗簾縫隙朝屋外望了一眼。屋外的雨小了，只是淅淅瀝瀝地下，天穹仍是鉛灰色，陰沉沉地籠罩在農莊上，施密特家門前那棵光禿的槐樹在寒冷的風中弓彎了腰。「他們全都死了，」醫生寫道，「要麼就是坐在廚房的餐桌後撐著手臂發呆。校長家的破門窗若不趕緊修理，冬季一到，會把他的屁股凍爛的。」突然，他好像一下子明白了什麼，從椅子上站起，揚起腦袋將目光投向遠方，氣喘吁吁地用力喘氣，然後握緊了鉛筆……「現在他站了起來，」他陷入遐想地寫道，但是動作謹慎，擔心筆尖會將紙頁劃破，「他抓了抓大腿根，伸了一個懶腰。在房間裡走了一圈，坐了回去。出門尿了泡尿，然後回到屋裡。坐下。站起來。」他狂熱地書寫著一串串字母，不僅看到了自己所寫下的一切都這樣準確無誤地在街對面的房子裡發生，而且**他的意識**也對此確信無疑，從現在開始，情況也只能夠這樣發生。因為他越來越為此感到震驚，自己多年痛苦、艱辛的工作終於結下了果實：他擁有了某種獨一無二的特殊能力，這種能力不僅可以使他能夠透過文字記錄迎接那些永遠朝向一個方向轉變的事物的挑戰，而且還可以從某種程度上決定那些看似自由發展的事件的具體內容！……他從「觀察哨」站起身來，眼睛灼熱、激動不已地開始在狹小的房間裡往返踱步，從一個角落走到另一個角落……他試圖控制住自己，但是沒有成功：這種認知突然降臨到他的頭上，來得是那樣的出人意料，令人措手不及，以至於在剛開始的時候，他都懷疑自己是不是喪失了理智……「這有可能嗎？我是不是瘋了？」很長一段時間他都無法冷靜下來，喉嚨因興奮而變得乾燥，心臟狂跳，大汗淋漓。有那麼一刻，他感覺自己的腦袋馬上就要爆炸，無法繼續承受這件事情的沉重壓力，他高大、肥胖的身體幾乎在房間奔跑起來，氣喘吁吁喘不過氣，最後重新一屁股坐回到扶手椅裡。他有那麼多的事情必須在同一時間內做出周密的思考，坐在寒冷、刺目的光線裡，他感到頭疼，心裡越來越紛亂無緒……他小心翼翼地握住鉛筆，從一大疊本子裡抽出寫有**施密特**的那一本，翻到可以接著記錄的那一頁，猶豫不決地，就像一個人有充分的理由擔心自己的行為「可能會造成嚴重的後果」，他寫下了下面的這句話：「他背對著窗戶坐著，將他蒼白的影子投在地板上。」他咕咚一聲嚥了一大口口水，把鉛筆放下，用顫抖的手又為自己倒了一杯帕林卡酒，喝的時候，小半杯酒濺到了杯外，他將剩下的酒一飲而盡。「他抱著一個紅色的平底鍋，鍋內盛的是紅椒燉馬鈴薯。他並沒有吃。沒有食欲。他要撒尿，站了起來，繞過了餐桌，走到院子裡，他是從後門出去的。他回到屋裡，坐下。施密特夫人問了他一句什麼。他沒有回答。用腳將放在地板上的平底鍋往旁邊扒拉了一下。他沒有食欲。」醫生用始終顫抖的手點燃一支香菸，擦拭了一下冒汗的額頭，而後用手臂做了一個「飛行」的動作，讓他的腋下透一透風。他扯了一下披在肩上的毛毯，重新埋下頭寫日記。「我瘋了，也許出於上帝的仁慈，我在今天的午後突然意識到，我擁有了某種神奇的力量。我僅僅透過詞語就可以決定在我周圍發生的事件的具體內容。但我暫時還不知道怎麼辨。或許我已經瘋了……」他感到猶豫不定。「這一切都不過是幻象……」他嘟囔道，他又做了一次試驗。他把面前的日記本推到一邊，又從眼前抽出寫了克拉奈爾的那個本子，翻到記錄的最後一頁，又開始興奮地寫起來：「他在屋裡，躺在床上，穿著衣服。皮靴垂在床沿外，以免蹭髒床上的被褥。房間裡悶熱。外面，克拉奈爾夫人正在廚房裡把鍋碗瓢盆弄得叮噹作響。克拉奈爾透過敞開的門對她喊。克拉奈爾夫人說了一句什麼。克拉奈爾生氣地翻了個身，背朝向房門，把腦袋塞到枕頭底下。他試圖睡覺，閉上了眼睛。他睡著了。」醫生緊張地嘆了一口氣，又勾兑了一杯酒，把裝在酒簍中的酒壺放回到桌子上，在房間裡不安地環視了一圈。他既驚愕又懷疑地在心裡默默想了一會兒，組織好了詞句：「毫無疑問，我可以集中我的注意力，在某種程度上能夠決定在村子裡應該發生什麼。因為只有我想到並且寫下的事情才會發生。當然，只是我現在還不是非常清楚，我應該如何確定方向，因為想來……」就在這一刻，他又聽到了「鐘聲」。雖然非常短暫，但足以讓他斷定自己在昨天晚上並沒有搞錯，他聽到的確實是「鐘聲」，不過他並沒有衝到窗前判斷這鏗鏘的鐘聲到底是從哪個方向傳來的，因為這聲音剛一傳到醫生耳邊，就已經被持續嗡鳴的沉寂吞沒了，鐘聲最後的餘韻也消失了，在他的靈魂裡留下了似乎失去了什麼重要東西的巨大空虛。不管怎麼說，他從這個特別的、遙遠的聲音裡聽出了「希望已然喪失的旋律」，一個盲目的鼓勵，一個其關鍵資訊完全讓人無法理解的詞語，現在，他能夠聽懂的僅僅是「意味著某種好事，並為我這種尚未可知的能力指出了方向」……他停止著魔似的書寫，迅速穿上外套，將香菸、火柴揣進口袋，因為現在他覺得自己至少該做的最重要的一件事是去尋找這神祕鐘聲的源頭。新鮮的空氣使他稍稍暈眩了片刻，他揉了一下灼熱的眼睛，然後——無論如何他都不想引起那些蜷縮在家中的鄰居們的注意——他從開向院子的後門溜出去，盡可能快速地邁開腳步。當他走到磨坊前時，停了下來，因為他根本不知道自己選擇的方向對還是不對。他跨進磨坊高大的正門，聽到有人在樓上哈哈大笑。「肯定是霍爾古斯家的女孩們。」他跨出大門，茫然無措地環視了一圈，不知道應該怎麼辦。繞開農莊，朝塞凱斯方向走？……還是沿著礫石公路去小酒館的方向？也許往奧爾馬西莊園的方向走，成功的可能性會大一些？或者乾脆留在這裡，在磨坊門前等著，說不定「鐘聲」會再次響起？他點上一根菸，清了一下嗓子，因為他無法做出決定：是走？是留？他焦躁不安地在原地跺腳。望著環繞這座高大建築的大槐樹，冷風刺骨，他禁不住打了一個寒顫，心裡暗想，自己這樣心血來潮地出來散步，是不是一個愚蠢的主意？在這裡等待，是不是有點太過心急？想來，在兩次「鐘聲」之間隔了漫長的一夜，他憑什麼認為現在很快又能夠聽到？……他於是做出決定，最好還是掉頭回家，回頭在家裡，在暖和的被子下耐心等待，等待再次發生什麼；然而就在這一刻，「鐘聲」又響了……他三步併作兩步地衝到磨坊前的空場上，現在他終於可以揭開什麼祕密了：「鐘聲」好像是從礫石公路的另一邊傳過來的（好像是從霍克梅斯莊園那邊！……）。根據聲音，現在不僅能夠判斷出大約的方向，而且再次使他確信，這鐘聲無疑是一個訊息，是激勵性的呼喚，或是承諾，並不是他病態幻覺的產物，不是突然迸發的情感導致的錯覺……他興奮地朝礫石公路走去，然後穿過公路，大步流星地蹚著泥濘朝霍克梅斯莊園方向步行，「在他的心裡充滿了渴望、希望和信心」……他這樣覺得，「鐘聲」是對他至今為止所遭受的所有折磨和永恆苦難的補償，也是對他堅持不懈的頑強努力的獎賞。他一旦能更加準確地理解這鐘聲的激勵，那麼一切都會迎刃而解，馬到成功，他將獲得一種得天獨厚的威力，能夠在處理「人類事務」的問題上賦予一種至今為止完全陌生的動力……當他在霍克梅斯莊園的盡頭望見了那座殘破的小教堂時，心裡充滿了一股孩子式的快樂，想來他並不知道小教堂早在上一次戰爭就被戰火摧毀，從那之後，鐘樓裡的「鐘」就再沒有顯示過任何生命的跡象，所以他並不認為這座鐘敲響是一樁無法想像的事……要知道，多年以來沒有人往這邊走，就連那些白癡的流浪漢都不會在這裡過上一夜……他站在小教堂的大門前，試圖推開大門，但無論他怎麼用力都推不開，他用身體又頂又撞，可是大門紋絲未動。他繞過這座建築，在側面找到一扇腐爛、眼看就要傾倒的小木門。他稍稍用力推了一下，門吱吱呀呀地打開了。他低頭跨進小教堂內，迎接他的是蜘蛛網、灰塵、骯髒、臭氣和黑暗，長椅只剩下缺手臂斷腿的幾條，聖壇更是不復存在，只有散在地上的一些碎片，在殘缺的磚石處長出了蒿草。他突然轉過身子，因為他恍惚聽到在教堂正門旁的角落裡傳出一陣斷斷的喘息。他走近一些，看到一個蜷縮的人影：有一個老得令人難以置信、滿臉皺紋、驚懼地發抖、縮成一團的人躺在地上，恐懼的目光在黑暗中閃爍。當他意識到自己被人發現了，立即開始絕望地呻吟，手腳並用地朝相反的角落逃去。「你是誰？」醫生終於戰勝了內心的恐懼，厲聲問道。小老頭沒有回答，而是更緊地縮靠在角落裡，做好隨時撲上去的準備。「你不明白我在問什麼嗎?!」醫生提高了嗓門，「你是誰?!……」那人開始含糊不清地喃喃低語，防衛性地舉起他的手，然後突然放聲大哭。醫生惱火地朝他喝道：「你在這裡幹什麼?你是逃犯嗎?」小老頭還是不停地嗚咽，醫生失去了耐心。「這裡有鐘嗎?」他吼道。小老頭嚇了一跳，頓時停止了哭泣，開始用力揮舞手臂。「啊——啊嗯!啊——啊嗯!」他一邊尖叫，一邊朝醫生揮手。「上帝啊!」醫生嘟囔了一句，「這是個瘋子!你是從哪裡跑出來的，你這個倒楣鬼?!」那人迅速向鐘樓上爬，把醫生甩下了幾步遠，他盡量讓身子貼著牆壁，以免自己的體重把吱呀作響的腐爛木樓梯壓垮。他們爬上只剩下磚牆的小鐘樓，尖頂早被暴風捲走或被炸彈炸掉了，醫生頓時從幾個小時前「病態、可笑的恍惚」中清醒過來。他看到在沒有屋頂的鐘樓內，有一口小型的銅鐘懸掛在一根粗大的橫梁上，橫梁的一端架在磚牆上，另一端撐靠在臺階出口處的一根椽木上。「這橫梁你是怎麼放上去的?」醫生不解地問。小老頭怔怔地盯了他一會兒，然後走到銅鐘前。「特——阿爾——其——來啊——啦!特——阿爾——其——來啊——啦!」他用難以聽懂的聲音驚恐地尖叫，然後抄起一根鐵棍猛地一擊，鐘聲恐怖震耳。醫生面色蒼白地靠在樓梯井的牆上，對那個瘋狂敲鐘的傢伙大聲喝道：「停下!馬上停下!」但是醫生越這樣喊，小老頭越是驚慌失措。「特——阿爾——其——來啊——啦!特——阿爾——其——來啊——啦!特——阿爾——其——來啊——啦!」他固執地大喊，使出更大的力氣拚命敲鐘。「什麼？土耳其？土耳其人來了[15]？我操你媽的，你這個瘋子！」醫生對他厲聲喝道，然後積存起氣力，爬下鐘樓，匆匆離開了教堂，盡可能快地逃離那裡，不想再聽到那個滿臉皺紋的小老頭可怕淒厲的尖叫，那叫聲就像一只破裂銅號的嘶鳴一直伴隨他逃到礫石公路上。醫生回到家時，黃昏已經來臨，他坐到窗前「觀察哨」的位置。慢慢地，過了幾分鐘後，他逐漸重新恢復了平靜，然後，他等到自己的手不再那麼劇烈地顫抖，拿起了酒壺，給自己勾兑了一杯飲料，點燃一根菸捲。他喝完帕林卡酒，將那堆日記本拖到跟前，努力將剛才自己經歷的一切都用文字記錄下來。他苦澀地盯著紙頁，隨後這樣寫道：「這是一個不可原諒的錯誤。我把天庭的鐘聲和魂靈的鐘聲搞混了。一個骯髒的流浪漢！一個從瘋人院逃出來的精神病人！我真是個白癡！」他披著毛毯，仰身靠在扶手椅裡，眼睛望著窗外。細雨霏霏。他逐漸鎮定下來。他記錄下剛才發生的事件，記下「啟蒙的時刻」，然後，他抽出寫有**哈里奇夫人**的本子，翻到上次中斷記錄的那一頁，開始書寫。「她坐在廚房裡。眼前擺著《聖經》，嘴裡喃喃地念念有詞。她抬起頭來。感到肚子餓了。她走到儲藏間，拿了些風乾腸、醃肉和麵包回來。她咂著嘴巴開始咀嚼，並咬了一口麵包，偶爾翻兩頁《聖經》。」儘管工作對醫生來講有很好的鎮靜作用，但是，當他又讀了一遍午後剛寫到**施密特**、**克拉奈爾**、**哈里奇夫人**的本子裡的內容後，他失落地意識到，所有的一切都是錯誤的。他站起身來，開始在房間裡踱步，不時若有所思地停下來，之後繼續踱步，然後在房間裡面環視一圈，目光落到了屋門上。「真該死！」他惱火地抱怨，從衣櫃底下取出一盒釘子，然後他一隻手捏著幾根釘子，另一隻手握著一把錘子，走到房門跟前，然後越來越憤怒地揮起錘子朝釘帽上猛砸，在八個位置將屋門釘死。他平靜地回到「觀察哨」，把毯子披在肩上，然後重新開始勾兌飲料，他沉思了片刻，而後按「一半一半」的比例。他若有所思地凝視著前方，之後眼睛突然一亮，取出了一個新本子。「正在下雨，當……」寫完之後，他搖了搖頭，把這句話又劃掉了。「當弗塔基醒來時，屋外在下雨，而……」他嘗試重寫，但認為這句話也「完全是矇人的東西」。他揉了揉鼻梁，又將眼鏡架好，然後將手肘支到桌子上，把腦袋埋在手掌裡。他彷彿看到一幅充滿魔力的清晰畫面，看到眼前等著他上路的那條大道，迷霧在兩側緩緩地升起，在道路的中央，未來生活中的所有面孔匯成了一個狹長的發光條帶，他們的面容講述著溺水的恐怖故事。他再次拿起鉛筆，現在他感覺自己走上了正軌；他有足夠多的本子、帕林卡酒和藥，完全可以堅持到開春，只要釘在門上的釘子不生鏽腐爛，就不會有人來打攪他。小心，別把紙劃破！他開始寫道：「在十月末的一個清晨，就在冷酷無情的漫長秋雨在村子西邊乾涸龜裂的鹽鹼地上落下第一粒雨滴前不久（從那之後直到第一次霜凍，臭氣熏天的泥沙海洋使逶迤的小徑變得無法行走，城市也變得無法靠近），弗塔基被一陣鐘聲驚醒。離這裡最近的一座小教堂孤零零地坐落在西南方向四公里外早已破敗了的霍克梅斯莊園的公路邊，可是那座小教堂不僅沒有鐘，就連鐘樓都在戰爭時期倒塌了，城市又離得這麼遠，不可能從那裡傳來任何的聲響。更何況：這清脆悅耳、令人振奮的鐘聲並不像是從遠處傳過來的，而像是從很近

15 顎圖曼帝國的土耳其軍於一五二六年入侵匈牙利並佔領了長達一百五十年之久。

的地方（「像從磨坊那邊……」）隨風飄來。他將手肘支在枕頭上，撐起上身，透過廚房牆上老鼠洞般的小視窗朝外張望，窗玻璃上罩了一層薄薄的霧氣，在幽藍色的晨幕下，農莊沐浴在即將消遁的鐘聲裡，依舊喑啞，安然不動，在街道對面，在那些彼此相距甚遠的房屋中間，只有醫生家掛著窗簾的窗戶裡有燈光濾出，那裡之所以能有光亮，也只是因為住在房子裡的主人已經許多年不能在黑暗中入睡了。弗塔基屏住呼吸，生怕漏掉哪怕半聲正朝遠處飄散的鏗鏘聲響，因為他想弄清楚這陣鐘聲到底來自何處（『你肯定是睡著了，弗塔基……』），所以他絕對不能漏掉任何一點聲響。他一瘸一拐地踩著廚房冰冷的地磚，邁著令人難以置信的柔軟貓步走到窗前（『難道沒有一個人醒著？沒有人聽到？難道除了我，誰都沒有聽見嗎？』），他推開窗戶，探出身子。清冽、潮冷的空氣撲面襲來，他不得不閉上一小會兒眼睛；公雞的鳴叫、遠處的狗吠和幾分鐘前剛剛刮起的凜冽刺骨的呼嘯寒風使周遭變得更加沉寂，不管他怎麼豎起耳朵都無濟於事，除了自己沉悶的心跳聲外，他什麼都沒有聽見，彷彿這一切只不過是一場半夢半醒的魂靈遊戲，彷彿只是『……有誰想要嚇唬我』。他憂傷地望著陰鬱的天空和被蝗災氾濫的苦夏烤焦的殘景，突然在同一根槐樹的枝杈上看到春夏秋冬的季節變換，他似乎突然理解了，整個事件在巍然不動的永恆球體內，也只不過扮演一個小丑的角色，在混亂無序中誘喚魔鬼的良知，經營出一個優勢地位，將瘋癲偽造成生活的必需……他看到自己被釘在自己搖籃與棺槨的木十字架上，痛苦地掙扎了一下，最後，隨著乾淨俐落的一聲判決，他被赤條條地——既無封爵也無授勳地——交到洗屍人手中，交給一邊忙碌一邊大笑的剝皮工，在那裡，人們必須毫無憐憫之心地面對人的際遇，不存在任何一條小徑可以讓人死而復活，因為一個人在那個時候就連這個事實也將會明白，自己的整個一生都命中註定要被騙子操縱，他們事先早就在紙牌上做好了記號，最終不僅收繳掉他最後的武器，還剝奪了他有朝一日能夠找到歸途的希望。他朝側面扭過頭，望了望坐落在村子東邊的那幾棟曾經紅紅火火、現在已經荒蕪了的廢棄建築物，這時他苦澀地注意到，紅腫的旭日射出的第一道曙光投照在一座頂無片瓦、搖搖欲墜的農舍房頂的木梁之間。『我必須做出最後的決定。我絕不能繼續留在這裡。』他重新鑽回到被窩裡，將頭枕在手臂上，但是不能夠閉上眼睛——與其說他被那陣鬧鬼似的鐘聲給嚇住了，不如說驚愕於這突如其來的寂靜，這可怕的喑啞，因為他感覺到從現在開始，什麼都有可能發生。但是一切全都靜止不動，連他自己也一動不動地躺在床上，就這樣，一直到他周圍沉默的物品突然開始了某種令人心煩的對話……」

國家圖書館出版品預行編目資料

撒旦的探戈 / 卡勒斯納霍凱・拉斯洛 (Krasznahorkai László) 著 ; 余澤民譯 . -- 初版 . -- 臺北市 : 聯合文學 , 2020.02
320 面 ;14.8×21 公分 . --（聯合譯叢 ; 87）

譯自 : Sátántangó

ISBN 978-986-323-333-6(平裝)

882.357　　108023266

聯合譯叢 087

撒旦的探戈（Sátántangó）

作　　者／卡勒斯納霍凱・拉斯洛（Krasznahorkai László）
譯　　者／余澤民
發 行 人／張寶琴

總 編 輯／周昭翡
主　　編／蕭仁豪
外文編輯／李珮華
資深編輯／尹蓓芳
編　　輯／林劭璜
實習編輯／張書瑜
資深美編／戴榮芝
業務部總經理／李文吉
行銷企劃／邱懷慧
發行事員／簡聖峰
財 務 部／趙玉瑩　韋秀英
人事行政組／李懷瑩
版權管理／蕭仁豪

法律顧問／理律法律事務所
陳長文律師、蔣大中律師

出 版 者／聯合文學出版社股份有限公司
地　　址／(110) 臺北市基隆路一段 178 號 10 樓
電　　話／(02) 27666759 轉 5107
傳　　真／(02) 27567914
郵撥帳號／ 17623526 聯合文學出版社股份有限公司
登 記 證／行政院新聞局局版臺業字第 6109 號
網　　址／http://unitas.udngroup.com.tw
E-mail:unitas@udngroup.com.tw

印 刷 廠／沐春行銷創意有限公司
總 經 銷／聯合發行股份有限公司
地　　址／(231) 新北市新店區寶橋路235巷6弄6號2樓
電　　話／(02) 29178022

出版日期／ 2020 年 2 月 3 日　初版
定　　價／ 380 元
SÁTÁNTÁNGÓ by KRASZNAHORKAI LÁSZLÓ

ISBN 978-986-323-333-6（平裝）